外国文学名著丛书

〔英〕查尔斯·狄更斯/著

双城记

石永礼 赵文娟/译

"外国文学名著丛书"编委会

人民文学出版社

Charles Dickens
A TALE OF TWO CITIES
据 The Caxton Publishing Company，London 版本译出。

图书在版编目(CIP)数据

双城记／(英)查尔斯·狄更斯著；石永礼，赵文娟译. -- 北京：人民文学出版社，2025. -- (外国文学名著丛书). -- ISBN 978-7-02-019203-8

Ⅰ. I561.44

中国国家版本馆 CIP 数据核字第 2025V7C183 号

责任编辑　马冬冬
装帧设计　刘　静
责任印制　王重艺

出版发行　人民文学出版社
社　　址　北京市朝内大街 166 号
邮政编码　100705

印　　刷　河北新华第一印刷有限责任公司
经　　销　全国新华书店等

字　　数　298 千字
开　　本　850 毫米×1168 毫米　1/32
印　　张　14.875　插页 3
印　　数　1—5000
版　　次　1993 年 10 月北京第 1 版
印　　次　2025 年 5 月第 1 次印刷

书　　号　978-7-02-019203-8
定　　价　65.00 元

如有印装质量问题，请与本社图书销售中心调换。电话:010-65233595

查尔斯·狄更斯

出版说明

人民文学出版社自一九五一年成立起,就承担起向中国读者介绍优秀外国文学作品的重任。一九五八年,中宣部指示中国科学院文学研究所筹组编委会,组织朱光潜、冯至、戈宝权、叶水夫等三十余位外国文学权威专家,编选三套丛书——"马克思主义文艺理论丛书""外国古典文艺理论丛书""外国古典文学名著丛书"。

人民文学出版社与中国科学院文学研究所,根据"一流的原著、一流的译本、一流的译者"的原则进行翻译和出版工作。一九六四年,中国社会科学院外国文学研究所成立,是中国外国文学的最高研究机构。一九七八年,"外国古典文学名著丛书"更名为"外国文学名著丛书",至二〇〇〇年完成。这是新中国第一套系统介绍外国文学作品的大型丛书,是外国文学名著翻译的奠基性工程,其作品之多、质量之精、跨度之大,至今仍是中国外国文学出版史上之最,体现了中国外国文学研究界、翻译界和出版界的最高水平。

历经半个多世纪,"外国文学名著丛书"在中国读者中依然以系统性、权威性与普及性著称,但由于时代久远,许多图书在市场上已难见踪影,甚至成为收藏对象,稀缺品种更是一书难求。在中国读者阅读力持续增强的二十一世纪,在世界文明交流互鉴空前频繁的新时代,为满足人民日益增长的美好生活的需要，人民文学出版社决定再度与中国社会科学院外国文学研究所合作，以"网罗经典，格高意远，本色传承"为出发点，优中选优，推陈出新，出版新版"外国文学名著丛书"。

值此新版"外国文学名著丛书"面世之际，人民文学出版社与中国社会科学院外国文学研究所谨向为本丛书做出卓越贡献的翻译家们和热爱外国文学名著的广大读者致以崇高敬意！

"外国文学名著丛书"编委会
二〇一九年三月

编委会名单
（以姓氏笔画为序）

1958—1966

卞之琳	戈宝权	叶水夫	包文棣	冯　至	田德望
朱光潜	孙家晋	孙绳武	陈占元	杨季康	杨周翰
杨宪益	李健吾	罗大冈	金克木	郑效洵	季羡林
闻家驷	钱学熙	钱锺书	楼适夷	蒯斯曛	蔡　仪

1978—2001

卞之琳	巴　金	戈宝权	叶水夫	包文棣	卢永福
冯　至	田德望	叶麟鎏	朱光潜	朱　虹	孙家晋
孙绳武	陈占元	张　羽	陈冰夷	杨季康	杨周翰
杨宪益	李健吾	陈　燊	罗大冈	金克木	郑效洵
季羡林	姚　见	骆兆添	闻家驷	赵家璧	秦顺新
钱锺书	绿　原	蒋　路	董衡巽	楼适夷	蒯斯曛
蔡　仪					

2019—

王焕生	刘文飞	任吉生	刘　建	许金龙	李永平
陈众议	肖丽媛	吴良柱	吴岳添	陆建德	赵白生
高　兴	秦顺新	聂震宁	臧永清		

目　次

译本序 ………………………………………… *1*
初版序 ………………………………………… *1*

第一部　起死回生

第一章　时代 ………………………………… *3*
第二章　邮车 ………………………………… *7*
第三章　夜的阴影 …………………………… *14*
第四章　准备 ………………………………… *19*
第五章　酒店 ………………………………… *33*
第六章　鞋匠 ………………………………… *46*

第二部　金　线

第一章　五年后 ……………………………… *61*
第二章　一场好戏 …………………………… *69*
第三章　失望 ………………………………… *77*
第四章　祝贺 ………………………………… *92*
第五章　豺狗 ………………………………… *100*

第六章	好几百人	108
第七章	城里的爵爷	123
第八章	乡下的爵爷	133
第九章	戈冈的头	140
第十章	两个许诺	153
第十一章	一幅伙伴的画像	163
第十二章	会体贴的人	168
第十三章	不会体贴的人	177
第十四章	诚实的生意人	183
第十五章	编织	195
第十六章	仍在编织	208
第十七章	一天晚上	221
第十八章	九天	227
第十九章	求教	235
第二十章	请求	244
第二十一章	脚步回声	249
第二十二章	一波又起	263
第二十三章	四处起火	270
第二十四章	吸向磁礁	278

第三部 一场风暴的历程

第一章	秘密处置	293
第二章	磨刀石	307
第三章	阴影	315
第四章	岿然不动	321

第五章　锯木工 ……………………………	*328*
第六章　胜利 ………………………………	*336*
第七章　敲门 ………………………………	*344*
第八章　打牌 ………………………………	*351*
第九章　成局 ………………………………	*366*
第十章　阴影的实质 ………………………	*381*
第十一章　黄昏 ……………………………	*398*
第十二章　黑夜 ……………………………	*403*
第十三章　五十二名 ………………………	*413*
第十四章　编织结束 ………………………	*427*
第十五章　脚步声永远消失 ………………	*441*

译 本 序

查尔斯·狄更斯(Charles Dickens,1812—1870),是十九世纪英国现实主义作家,他以十四部揭露、抨击当时英国社会的巨著的突出成就,开创了现实主义新时期,被后世尊奉为批判现实主义最杰出的代表,幽默、讽刺的巨匠,语言大师,"召唤人们回到欢笑和仁爱中来的明灯",也理所当然得到马克思很高的评价。

狄更斯于一八一二年二月出生于英国朴茨茅斯,父亲是海军军需部门的职员,由于欠债进了债务拘留所,全家生活陷于困境,也搬进拘留所,当时,十二岁的狄更斯已在一家皮鞋油作坊当学徒,在阴冷的地下室里干贴商标等杂活。《大卫·科波菲尔》的主人公的遭遇,就是他童年经历的写照。父亲出狱后,送他去上了两年学。十五岁时,进律师事务所当缮写员,又自学速记,当了《纪事晨报》报道议会辩论的采访记者。业余仍孜孜不倦地学习,是大英博物馆图书阅览室的常客。他童年的不幸遭遇,他所从事的工作,尤其是当时英国的社会现实,是他真正的大学。

作者所处的时代,是英国经历了始于十八世纪六十年代,延续至十九世纪四十年代的工业革命,经济上获得了突飞猛进的发展,阶级矛盾更为尖锐的时代,套用狄更斯的语言来说,那是英国历史上经济最繁荣的时代,也是最黑暗的时代;英国是世界上经济最发达的国家,也是世界上最大的贫民窟。一方面,原始积累大大扩大,生产力迅速增长,财源滚滚而来,工农业资本家获得了暴利;另一方面,大量农民、小生产者破产,沦为廉价的劳动力,从而造成了"人数最多、最集中、最典型的无产阶级";他们的处境极为悲惨,不满情绪日益高涨,终于在十九世纪三十年代爆发了轰轰烈烈的宪章运动,列宁称之为"世界上第一次广泛的、真正群众性、政治性的无产阶级革命运动"。在十年间(1838—1848),这一运动经历了三次高潮,虽然被镇压下去,但在工人运动史上留下了光辉的一页,它提出的社会问题,群众所表达的"愤怒和不满",也必然对当时英国的思想家、作家,产生很大的影响。

狄更斯于一八三三至三七年出版了"真实生活与风习的小速写"《特写集》及《匹克威克外传》,初露头角之后,触目惊心于社会的黑暗,即转向社会小说的创作,他在以后的三十四年间先后出版了《奥列佛·退斯特》等十四部长篇小说;这些小说大都通过善良的小人物或受害者的遭遇,从多方面深入揭露了当时严重的社会问题,即已成为全国性问题的几百万穷困不堪的人的状况[1],社会上形形色色的罪恶,以及与此相关的黑暗腐朽的议会制度、法院、监狱——资产阶级制度的象征。狄更斯怀着对受苦受难的人民的深切的同情,对虚伪和邪恶的极度憎恨,以形象的巨大艺术感染力所揭示的当时英国的社会现实,是如此深广,马克思对

---

[1] 参看恩格斯《英国工人阶级状况》第51—52页。

以狄更斯为代表的十九世纪英国现实主义作家所作的高度评价,确切地说明了这一点:"现代英国的一批杰出的小说家,他们在自己的卓越的描写生动的书籍中,向世界揭示的政治和社会真理,比一切职业的政客、政论家和道德家加在一起所揭示的还要多。"①然而,狄更斯,和不少伟大的作家一样,有过去受到指责的人道主义的局限性,即相信崇高的道德的力量能感化人,甚至改造社会,而不主张暴力革命;以对法国大革命的态度来说,不少伟大的作家开始表示欢迎,热烈欢呼,当革命深入,或者说进入"恐怖时期",他们就转向了;且不说英国著名的"湖畔派诗人",连歌德也是如此。人道主义者毕竟是人道主义者。

《双城记》(1859)是狄更斯后期创作的重要作品之一,是根据法国大革命部分史实(即攻陷巴士底狱,及一七九二至九三年间的大屠杀等情节)写的一部历史小说,也是他的鸿篇巨制中最短、最精炼然而故事情节最曲折惊险、最惊心动魄的小说。

《双城记》虽然最"短",但他在写作前对法国革命作了大量调查研究。他阅读了卢梭的著作,梅尔锡描写法国封建专制制度崩溃前夕的巴黎的随笔、十二卷本的《巴黎的景象》(1781),以及其他以法国革命为背景的著作;他走访过写法国革命的历史学家,当年坐过牢的报纸编辑;苏格兰思想家、作家卡莱尔的《法国革命史》(1837),《宪章运动》(1839)等著作,尤其使他信服,他多次阅读他的《法国革命史》,也从中引用部分史实。(两书分别指出十八世纪末的法国革命和英

---

① 见《马克思恩格斯论艺术》,人民文学出版社1982年版,第154页。

国的宪章运动,是由于统治阶级残酷剥削、压迫工农群众造成的必然结果,而且预言新的革命无法避免。)

"双城",即十八世纪后期的伦敦和巴黎,尤其是法国革命"恐怖时期"的巴黎;小说以此为背景,围绕马内特医生和达奈的冤案、遭遇,展开惊心动魄的描写。

小说一开篇,即通过典型事例高度概括地揭露了法国大革命前十五年法、英两国的社会状况:一边是骄奢淫逸的统治阶级企图以残酷的镇压,骇人听闻的酷刑,来维持他们的专制统治,一边是广大的工农群众在封建贵族的肆无忌惮的剥削、压迫下过着极为悲惨的生活,从而深刻地揭示出革命的不可避免。

作者以他辛辣的讽刺手法,突出地刻画了一个典型的残暴的贵族形象,艾弗勒蒙德侯爵。他的马车横冲直撞,压死一个农民的小女孩,他无动于衷,扬长而去,尤其令人发指的是,他年轻时霸占农家妇女,逼死她全家,甚至凭他的贵族特权,把敢于揭发他这一罪行的正直的马内特医生送进巴士底狱。马内特医生在监狱里写的血书,就是对他,也是对法国封建统治阶级最沉痛的声声血泪的控诉。作者以极阴沉的笔调描写了广大工人、农民已忍无可忍的悲惨处境,但他们的目光燃烧着怒火,双唇咬得发白,竭力克制,不出一声,等待复仇的时刻。一七八九年七月十四日法国革命爆发,他们等待很久很久的时刻终于到来;攻打象征封建堡垒的巴士底狱,那些群众激动得疯狂的场面,以及他们在推翻了封建王朝之后进行报复的种种暴行,都充分反映了他们压抑多年的痛苦和怒火;在这些描写中,在对马内特医生和达奈的遭遇的描写中,寄托了作者对受难者的深切同情,对暴行的强烈谴责。作者理解,同情人民,多次指出,他们之所以狂暴到丧失理性,是因为残酷的迫害扭曲了他们的人性,是前一个时代的邪恶造成的恶果。

最后作者借卡顿的潜台词作了这样的预言,也是作者从历史中引出的教训:凡压迫者必将受到惩罚,自食其果。

三审达奈的场面,也是本书很精彩、很有意义的部分,值得一提。第一次,是在伦敦高等法院,检察长振振有词地指控无辜的达奈是间谍,在这按法律、按审理程序审案的法庭上,几乎判处他死刑(见第二部第二、三章);第二、三次,是在巴黎的革命法庭上受审,那是没有法的法庭,只要被怀疑是共和国的敌人,就该判死罪。作者认为,前者是因,后者是果,如果过去没有滥用法律害人,那时就不致把法律废弃。(见第三部第六章、第九章)对司法界的黑暗深恶痛绝的作者,一如既往,对此进行了淋漓尽致的揭露和讽刺。

与此形成鲜明对比的,是小说对善良、仁慈、爱,对爱的奉献的歌颂,构成了小说的另一主旋律。作者在本书初版《序》中写道:

"当我和我的孩子们、朋友们演出威尔基·柯林斯先生的《冰天雪地》一剧时,我第一次构想出本书的主要思想。"

这一"主要思想",即为了爱而自我牺牲。作者在精心构思的卡顿代达奈上断头台这一戏剧性高潮中,对此作了最集中、最充分的体现,感人至深。

马内特医生被害得家破人亡,自己在巴士底狱里被"活埋"了十八年,悲痛欲绝,那难熬的凄苦日子把他折磨得精神失常,像孤魂野鬼似的;医生一家的忠实朋友、善良可靠的洛里先生,露西的忠实保护人、外貌虽粗鲁但内心很美的普罗斯小姐,尤其是露西,他们以爱的力量帮助马内特医生"起死回生";马内特医生和卡顿出于对露西的爱先后救了达奈,最后,普罗斯小姐为了救露西一家,凭着比仇恨强烈得多的热爱,终于战胜了怀着"不把达奈全家斩尽杀绝决不罢手"的强烈仇恨的德法日太太。这些非常感人的描写,无不闪耀着忘我的"爱的奉献"的光辉。(德法日太太全家被侯爵害死,她的深仇大恨是可以理解的;恨得那样强烈,也可以说是为了完成她哥哥在临死前所发的,马内特医生也写在血书里的誓愿;她和"复仇女神"等编织妇女的形象,显然是当年"罗伯斯比尔派的编织妇"的体现。参看米涅《法国革命史》第190页)

《双城记》虽被称为历史小说,但是,除了写攻陷巴士底狱的场面而外,没有写任何重大的历史事件,除了几个小人物有历史根据而外,没有写任何重要的革命人物。写历史题材的小说,从来就是"借古讽今"。作者着重描写的是他从这一历史事件引出的教训,而不是历史本身。作者以巨大的艺术力量,以阴沉的色调渲染、烘托的,是山雨欲来风满楼的气氛,是令人忧心忡忡的象征性的"脚步声",预告不分青红皂白横扫一切的"怒涛狂潮"之将至。当年英国群众的"愤怒和不满"和法国革命前夕法国群众的"愤怒和不满",有不少相似之处,《双城记》是不是和作者在一八四一年出版的另一部历史小说《巴纳比·拉奇》一样,也反映了作者对当年英国社会状况的出于人道主义的深深忧虑?也可以认为,这是作者要求社会改革的最强烈的呼声。本书的书名,几经选择,才定为《双城记》的原因,也在此吧。

本书所附初版《序》,系根据企鹅丛书的版本译出。

译 者
一九九二年十月

初 版 序

当我和我的孩子们、朋友们,演出威尔基·柯林斯先生的《冰天雪地》一剧时,我第一次构想出本书的主要思想。① 当时,我有个强烈的愿望,想亲自体现这一思想;于是,我凭想象精心地勾画出这一思想需要给敏锐的观众表演的那种心理状态。

我熟悉这一思想之后,它渐渐形成了目前的形式。在体现过程中,它从始至终完全控制了我;我甚至认为,本书人物的所作所为,所受的痛苦,就跟我的确做过那些事,受过那些痛苦一样真实。

本书凡提及(哪怕略微提及)革命前或革命时期法国人民的状况,都忠实地根据最可靠的见证。对帮助我们了解那一恐怖时期所用的流行的生动的描写手段,作一点补充,这本

---

① 威尔基·柯林斯(Wilkie Collins, 1824—1889),英国作家,《白衣女人》和《月亮宝石》的作者,他根据狄更斯提供的关于英国北极探险队的材料,并在他的启发下,写出此剧。剧情大意是,两个探险队员奥尔德斯利和沃多,同爱一个姑娘,姑娘爱上了前者,拒绝了后者;探险队在北极遇险后,沃多为了救他的情敌而牺牲。此剧演出时,狄更斯亲自扮演那个自我牺牲的情人的角色。他当时构想出的这一"主要思想",即为了爱而自我牺牲。

来是我的一个愿望,不过,谁也不能指望对卡莱尔先生那部令人惊奇的著作的哲理,作任何补充。①

---

① 参看本书《译本序》第2—3页。

第一部 起死回生

第一章 时 代

那是最好的年月,那是最坏的年月;那是智慧的时代,那是愚蠢的时代;那是信仰的新纪元,那是怀疑的新纪元;那是光明的季节,那是黑暗的季节;那是希望的春天,那是绝望的冬天;我们将拥有一切,我们将一无所有;我们直接上天堂,我们直接下地狱——简言之,那个时代跟现代十分相似,甚至当年有些大发议论的权威人士都坚持认为,无论说那一时代好也罢,坏也罢,只有用最高比较级,才能接受。

那时,高踞英国宝座的,是一位大下巴国王和一位面貌平常的王后;高踞法国宝座的,是一位大下巴国王和一位美貌的王后。① 在这两个国家那些掌管国家聚敛财物的禁区的王公大臣看来,江山稳定,万世不易,是再明白不过的。

那是纪元一千七百七十五年,在那蒙受恩惠的时代,如同现代一样,英国也获得神的启示。② 索思科特夫人③最近已

---

① 指英王乔治三世(1760—1820 在位)和王后夏洛特·索菲娅;法王路易十六(1774—1792 在位)和王后玛丽·安托瓦内特,后者在法国大革命时期被送上断头台。
② 参看《新约·启示录》第 1 章第 1 节:"耶稣基督的启示,就是神赐给他,叫他将必要快成的事指示他的众仆人。"这里借以讽刺当时英国搞降神等迷信活动。
③ 索思科特夫人(1750—1814),宗教狂信者,自称是《启示录》中那个怀孕的妇人(见第十二章),能通灵,并出版预言书,有不少信徒。

过了二十五岁诞辰,虽然近卫军中有一名当兵的预言家,在宣告伦敦和威斯敏斯特宫将遭灭顶之灾时,即预报了她的法驾降世。公鸡巷的鬼魂,像刚过去这一年的鬼魂敲出它们的信息(在通灵的手法上缺少独创性)那样,敲出它的信息之后被驱除,也不过十二年整。① 最近由美洲英国臣民代表大会②传给英国君民的仅仅是人间事态的信息:说来也奇怪,对于人类来说,这一信息竟比通过公鸡巷那一窝里任何小鸡所得到的任何信息更重要。

法国,总的来说,虽然在降神通灵上不如她的手持盾牌和三叉戟的姊妹③那样受惠,却一边造纸币一边挥霍,极为顺利地走着下坡路。此外,法国在她的教士们的指导下,以做这等慈善功德为乐,诸如判处一个青年砍掉两手,用钳子拔掉他的舌头,然后将他的身体活活烧死,因为他看到一队肮脏的修道士在离他五六十码远的地方经过,当时正下着雨,未向他们下跪致敬。很可能,当这个受害者被处死时,那些生长在法国和挪威的森林中的树木,已经被"命运之神"伐木人作了记号,准备砍下来锯成木板,做成一种装有一个袋子和一把刀子,在历史上引起恐怖的活动架子④。很可能,就在这一天,有些粗糙的大车停在巴黎郊区一些劳苦的农家简陋的棚子里遮风避

---

① "公鸡巷的鬼魂",指一七六二年轰动伦敦的公鸡巷闹鬼事件,当时连达官贵人、社会名流都去听那神秘的敲击声,后查明是房主的女儿所为。"过去这一年的鬼魂",指当时盛行的降神会。
② 指北美殖民地为反抗英国的剥削和镇压,于一七七四年九月、一七七五年一月,在费城召开殖民地代表大会,即"大陆会议",会上通过了致英国议会的"关于殖民地权利和不满的宣言"。从此揭开了美国独立战争的序幕。
③ 指英国。三叉戟象征海上霸权。
④ 指断头台。

雨,车身溅满农村的污泥,猪在周围呼哧呼哧转来转去,鸡在上面栖息,"死神"农民已将这些大车留作大革命时押送死刑犯的囚车。这位伐木人和这位农民,虽然在不停地工作,默默地工作,还没人听见,因为他们都轻手轻脚走动;尤其因为只要怀疑他们没睡觉,就被认为是在搞无神论和叛逆活动。

在英国,几乎谈不上有什么社会治安和人身保障,可以证明国家那样自吹自擂有多大道理。即使在首都,每天晚上都发生手持武器的歹徒明目张胆的盗窃,拦路抢劫等案件;甚至有人公开警告住户,如离境外出,务须将家具运往家具店仓库,以确保安全;有人在晚上做强盗,白天在城里做买卖,后来,他以"头目"的身份拦劫他的同行,被认出来,受到质问,他英勇地开枪打穿同行的脑袋,就骑马跑了;有七个强盗拦截一辆邮车,被警卫打死三个,"由于弹药不足",警卫自己也被另外四个强盗打死;之后,邮车便平静地被抢劫;有个强盗竟在特恩汉草地上强迫显赫人物伦敦市长老爷站住,交出钱财,当着他的随从的面,把这位名人抢光;伦敦一些监狱的犯人跟看守打起来,这些法律的最高权威用装了弹药的大口径霰弹枪向他们开枪;小偷竟在朝廷的客厅里剪去显贵们脖子上的钻石十字架;火枪兵闯进圣·吉尔斯教堂去查走私货,暴民向火枪兵开枪,火枪兵也向暴民开枪;然而,无论哪一件案子,人们都不认为太越轨。在发生这些案子之际,一向很忙碌然而总是无益有害的绞刑手,更是忙个不停,时而绞死一长排一长排各种各样的罪犯;时而在星期六绞死一个在星期二抓住的侵入私宅的抢劫犯,时而在新门监狱烙成打的犯人的手;时而在威斯特敏斯特议会厅门口烧小册子①;今天处死一个罪大恶

---

① 威斯特敏斯特,英国议会所在地。小册子,即宣传品。

极的凶手,明天处死一个可怜的小偷,因为抢了一个农民的小孩六个便士。

这些事件,以及许许多多诸如此类的事件,都发生在那令人怀念的一千七百七十五年。在发生这些事件之际,那两个大下巴,还有另外两个面貌平常和美貌的人物迈着引起惊动的脚步,用高压手段维持他们的神圣权利,一边,那个伐木人和那个农民也在进行工作,不为人注意。一千七百七十五年便这样引导着他们的丰功伟绩,以及千百万小人物——这本书中要讲述的人物也在其中——沿着展现在他们前面的条条道路前进。

第二章 邮　车

　　十一月下旬一个星期五的晚上,展现在与这个故事有关的第一个人物面前的,是去多佛的路。当开往多佛的邮车吃力地爬上射手山时,在他看来,好像多佛路伸展在多佛邮车的另一边。他跟其他乘客一样在邮车旁踩着烂泥往上走;他们倒不是因为在这种情况下对散步活动有丝毫兴趣,而是因为,上山,挽具,烂泥,以及邮车,拉起来太沉重,那几匹马已经在路上停了三次,还有一次把车往横里拉,要造反,竟想拉回黑荒原。但是,由驾驭功夫,鞭子,车夫和警卫联合行动,宣读了禁止别有用心的强烈支持认为有些畜生也有理性的论调那条军规;于是那几匹马不再较劲,继续拉车上路。

　　它们耷拉着脑袋,抖动着尾巴,吃力地踩着烂泥走着,有时跌跌撞撞打个趔趄,好像它们身上较大的关节都散了架似的。每当车夫让它们歇歇脚,小心地叫着"吁——吁",它们停下来时,左边那匹头马便使劲地摆摆头和头上的一切东西——好像一匹异常坚决的马否认能把马车拉上山似的。那匹头马一发出这种响声,乘客就吃一惊,紧张的乘客往往如此,于是心神不安。

　　整个凹地,山谷一片雾气腾腾,雾气凄凉地缓缓升上山坡,好像一个恶鬼,想歇歇脚又找不到歇处似的。黏糊糊的冰凉的雾气,在空中慢慢飘动,泛起明显可见的一个接一个又相互弥漫的微波,一片于健康有害的海水泛起的波浪往往像这样。大雾浓得挡住马车灯的光,只能照见雾缓慢飘动,和前面几码远的路;劳累的马冒出的热气,也融入雾中,仿佛这大雾就是它们造成的。

除这位乘客外,还有两位也跟在车旁,吃力地往上走。这三位浑身裹得严严实实,连颧骨、耳朵都遮住了,都穿着长筒靴。他们三位谁也无法凭自己所见说出另外两个人的样子。各人几乎都裹得那么严实,既不让另外两位同车的肉体的眼睛,也不让他们心灵的眼睛看见。那年头,出门人都怀有戒心,不敢轻易信任别人,因为路上的人谁都可能是强盗,或强盗的同伙。至于后者,因为每个驿站和酒店都可能有人受雇于"头目",很可能从店老板到小伙计,什么不三不四的人都有,非常可能。一千七百七十五年十一月那个星期五晚上,当多佛邮车吃力地慢慢上山时,车上的警卫站在车后他的专座上,心里就捉摸这些事,一边用脚拍打着,一直留神照看着他面前的武器箱,还把一只手放在上面,箱里上面一层摆着一支装好弹药的大口径霰弹枪,下面摆着六支或八支装好弹药的马枪,一把短弯刀垫底。

多佛邮车仍像平常那样和谐:警卫怀疑乘客,乘客互相怀疑,也怀疑警卫,大家都怀疑别人,而车夫只信得过那几匹马;说到这些牲口,他可以凭那两部《圣经》问心无愧地发誓说,它们不适宜拉这趟车。

"吁!"车夫吆喝道,"得!再加把劲就到山顶,该死的,把你赶上山让我费老劲了!——乔!"

"唉!"警卫答道。

"几点啦,乔?"

"十一点刚过十分。"

"真他妈的!"着急的车夫突然叫道,"这时候还没到山顶?咳!走吧!"

那匹倔强的马挨了一鞭,却拗着性子偏不听话,突然停了一下,才又坚决地使劲往山顶爬去,另外三匹马也紧紧跟上。于是多佛邮车再次挣扎着赶路,乘客穿着长筒靴跟在车旁踩着烂泥走着。马车一停,他们也停下来,始终靠近马车。要是他们三个人当中有人胆敢向另一个提出再往前走几步,进入大雾和黑暗之中,他正好去送死,会被看作强盗,马上挨一枪。

最后加的这把劲,终于把邮车拉上山顶。马匹又停下来歇口气,警卫也下了车,将制动器卡住车轮,准备下坡,接着打开车门让乘客上车。

"嗨!乔!"车夫用警告的口气叫道,一边从他的座位上往山下瞧。

"你看有什么情况,汤姆?"

他俩注意听着。

"我看有一匹马慢跑上来啦,乔。"

"我看有一匹马在飞跑呢,汤姆,"警卫答道,放开把住车门的手,敏捷地登上他的岗位,"先生们!凭国王的名义,全体上车!"

他匆匆发过话之后,搬起霰弹枪的枪机,摆好防卫的架势。

本书所记载的这位乘客,登上踏板正要进去;另外两位乘客紧跟在他后面,也正要跟着进去。他停在踏板上,半身在车内,半身在车外;那两位还在他下面的路上。他们看看车夫又

9

看看警卫,又看看车夫,一边注意倾听。车夫往后瞧着,警卫往后瞧着,连那匹倔强的头马也毫无异议地竖起耳朵往后瞧着。

晚上很安静,颠颠簸簸隆隆作响的邮车一停下来,显得更静,真是静极了。马喘气引起车身抖动,仿佛邮车也惴惴不安。乘客们的心怦怦直跳,也许都能听得见;总之,这安静的片刻把人们的喘气、屏息和由于期待加快了的心跳,都清晰可闻地表达出来。

只听得一匹疾驰的马飞奔上山。

"吁!"警卫放开嗓门吼叫道,"喂!站住!我要开枪啦!"

马蹄声突然放慢,随着一阵深一脚浅一脚的踩水声,有人在雾中喊道:"是多佛邮车吗?"

"你甭管什么车!"警卫驳斥道,"你是什么人?"

"是多佛邮车吗?"

"你打听它干吗?"

"如果是,我要找一个乘客。"

"哪个乘客?"

"贾维斯·洛里先生。"

本书所记载的这位乘客马上表示,那就是他的名字。警卫、车夫,以及另外两位乘客都怀疑地瞧着他。

"待着别动,"警卫向雾中的喊声叫道,"因为,要是我犯了错误,就没法在你活着的时候改正。叫洛里的先生,直接回答吧。"

"什么事?"于是那位乘客用微微发颤的声调问道,"谁找我?是杰里吗?"

("我不喜欢杰里的嗓子,要是他是杰里,"警卫自言自语咕哝道,"他那么沙声沙气,真难听,太沙哑了。")

"是的,洛里先生。"

"什么事?"

"那边有个急件送给你。特公司的。"

"我认识这个信差,警卫,"洛里先生说着,从车上下来——另外那两个乘客忙不迭在后面扶了他一把,而不是出于礼貌,因为他们马上抢着上了车,关上车门,拉上窗子,"他可以过来,没有问题。"

"希望没问题,不过我可没有那么大的把握,"警卫口气生硬地自言自语,"喂!"

"怎么啦!喂!"杰里比刚才更沙哑地说道。

"慢慢骑过来!听见没有?要是你那个马鞍上有手枪套,别把手靠近它。因为,我这人最容易犯错误,一犯错误,就是枪子儿出膛。那么,让我瞧瞧你。"

一个人骑着马的影子慢慢穿过旋卷的雾气,来到车旁那位乘客站的那一边。骑马的人俯下身子,一边翻眼看了看警卫,一边交给那位乘客一张折叠的小纸条。他的马喘着气,马和骑马的人,从马蹄到他的帽子满是泥。

"警卫!"那位乘客以办事沉着自信的口气说道。

右手握着扳起枪机的霰弹枪的枪托,左手握着枪筒,正留神提防的警卫,简短地应道:"先生。"

"没有什么可担心的。我在特尔森银行工作。你一定知道伦敦特尔森银行。我去巴黎办事。给一克朗酒钱。我可以看看这封信吗?"

"要是这样,就请尽快看,先生。"

他就在那边的车灯的灯光下打开信看——先自己默念,

接着出声念道:"'在多佛等候小姐。'你瞧,并不长,警卫。杰里,你说我的答复是,起死回生。"

骑在马上的杰里吃了一惊。"这回答也太出奇了。"他用最沙哑的声音说道。

"你带回这个口信,他们就知道我收到信了,跟我写了回信一样,尽快赶回去。晚安。"

说罢,他打开车门,上了车;同车的乘客谁也没扶他一把,因为他们急忙把手表、钱袋藏在靴子里,这时都装着睡觉。这不过是怕招致某种行动,避免出事罢了。

邮车又隆隆地上路,下坡时邮车笼罩在一圈一圈更浓的雾中。警卫随即把枪放进武器箱,在查看了箱里其他的东西,查看了他皮带上带的备用手枪之后,再查看他座位下一个较小的箱子,箱里有几件铁匠工具,两个火把和一个火绒盒。他就是准备得那么齐全,以备不时之需,如果车灯灭了,或被大风刮灭了,这是常有的事,他只要关在里边,用火石火镰打火时离干草远一点,就能在五分钟之内(如果运气好)较为安全从容地点上火。

"汤姆?"从车顶上传来轻轻的声音。

"唉,乔!"

"你听见那口信吗?"

"听见了,乔。"

"你听出什么意思没有,汤姆?"

"一点也听不懂,乔。"

"也真巧,"警卫沉思着说道,"我也听不懂。"

只剩下杰里一个人待在大雾和黑暗中时,他下了马,不仅仅为了让他那精疲力竭的马轻松一下,也为了擦掉脸上的泥,抖掉帽檐上的雨水,那帽檐可能装了大约半加仑水。他把缰绳搭在沾满泥的胳膊上,等到听不见车轮的响声,夜晚又恢复宁静之后,才转身朝山下走去。

"从圣殿门①跑这一趟,老太婆,我可信不过你的前腿,把你牵到平地再骑吧,"嗓子沙哑的信差看了一眼他的母马说道,"'起死回生'。这口信真怪。这种事跟你可不对劲,杰里!要是起死回生时兴起来,我说,杰里,你的日子就难过了!②"

---

① 圣殿门,旧伦敦城门,当时常在城门上陈列叛逆的头示众。
② 这个信差也干盗墓的勾当,所以才有这番话。

第三章　夜的阴影

　　这事仔细想想，也真不可思议：每个人，对别人来说，生来就是个秘密，那么深奥，不可思议。

　　每当我夜间进入大城市，总引起严肃的思考：那黑漆漆一片房屋当中，每家都包藏着自己的秘密；每家的每间屋里都包藏着自己的秘密；住在那里的千万人的胸怀中每颗跳动的心，它的某些幻想，即使对跟它最亲近的心，也是一个秘密！发生可怕的事情，甚至死亡，都与此有关！我再也不能翻看我喜爱的这本珍贵的书了，我还徒劳地希望有一天把它看完。我再也见不到这片深不可测的水域的深处，我曾经凭借偶然照进水中的闪光，看了看埋藏在水下的珍宝和其他东西。这本书我才看了一页，它注定要突然合上，永远、永远合上。当光亮照耀在水面上，我还一无所知地站在岸边时，这片水域注定了要封锁在永恒的冰冻之中。我的朋友死了，我的邻居死了，我的爱人，我最心爱的人，死了；一死就无情地把始终藏在那个人心中的秘密，封得更坚固，永远不为人所知，我也要将我的秘密终生藏在我的心中。就个人最深的内心来说，难道我认为我所经过的城里任何墓地的长眠者，比城里忙碌的居民更难理解，或者，城里的居民认为那些长眠者比我更难理解？

　　就这一秘密，这位骑在马上的信差天生的不可转让的遗产而论,他所有的,跟国王、首相,或伦敦最富的商人的完全一样。关在隆隆行驶的旧驿车的狭窄车厢里的三位乘客也是如此;他们就像各人都坐在自己的六匹马,或六十匹马拉的马车里,相隔一郡之遥那样,彼此完全不理解。

这位信差骑着马以不急不慢的小跑往回赶,经常停下来到路边的酒店喝酒,不过,显得有点神神秘秘的,老让帽子扣在眼睛上面翘着。他那双眼睛,跟这一装饰很相配,因为表面也是黑的,无论颜色或形状,都没有深度,而且靠得太近——好像那双眼睛害怕隔得太远,会让人看出它们各看各的。因为戴一顶像三角痰盂似的旧三角帽,下面围一条用来围下巴和脖子的大围巾,几乎拖到膝盖,显得那双眼睛很凶险。他停下来喝酒时,只是在用右手灌酒那会儿才用左手把围巾撩开,一灌完又围上。

"不行,杰里,不行!"信差骑着马又唠叨这件事,"这事对你不合适,杰里。你一个本分的买卖人,杰里,这跟你干的那一行可不对劲!起死——!我看他不是喝多了,我就该死!"

这口信让他那么作难,他不得不几次脱下帽子搔搔头。除了那块硌硌棱棱的秃顶而外,他长了一头又硬又黑的头发,参差不齐地扎煞着,而且几乎长到他那狮子鼻上。那头发很像铁匠打出来的,尤其像安上结实的倒刺的墙头,而不像头发,即使玩"跳背"游戏玩得最好的人,也会认为从他身上跳过去最危险,不肯跟他玩。

他要把这口信送到圣殿门附近特尔森银行大门旁交给在岗亭中值夜班的人,再由他交给银行里更大的主管;他带着这口信往回赶时,夜的阴影,在他看来,显现出由那口信引起的形象,在那匹母马看来,则显现出由它自己感到不安的事引起的形象。那些形象似乎很多,因为它在路上一看见阴影就避开。

这时,邮车载着三位同样不可理解的乘客,在它那单调沉闷的旅途上轰轰隆隆、吱吱嘎嘎、颠来簸去地行驶着。同样地,在他们看来那夜的阴影也显现出他们那蒙眬的睡眼和胡思乱想所暗示的形象。

于是邮车里浮现出了特尔森银行的繁忙景象。这位干银行的乘客把一只胳膊套进皮带挽住,要是马车颠得特别厉害,这皮带可以尽力防止他撞到旁边的乘客身上,或把他推到角落里;他这样坐在他的座位上半闭着眼睛打瞌睡时,那小车窗,马车灯透进车窗的暗淡灯光,坐在对面的乘客那臃肿身躯,都变成了银行,业务十分繁忙。挽具的吱嘎声变成银钱的叮当声,而且在五分钟内所承兑的汇票,甚至比特尔森银行在十五分钟内所承兑的汇票还多,尽管特尔森银行在国内外有许多户头。接着,特尔森银行的地下保险库房展现在他眼前,各库房保存着这位乘客所知道的贵重财物和秘密文件(而且很熟悉它们的情况),他带着一串大钥匙,拿着火光微弱的蜡烛,走进各间库房,发现它们还是跟上次看见时那样安全、牢靠、安静。

尽管银行几乎总是在他跟前,邮车(乱哄哄的,像服了鸦片酊还感到痛那样)总是在他跟前,但是,那晚上还有通宵都没有停止流动的源源不断的印象。他正要去把一个人从坟墓里挖出来。

这时,他面前显现出许许多多张脸,其中究竟哪一张脸是被埋葬者的脸,夜的阴影并未表明;但是,这些都是一个四十五岁的人的脸,不同之处,主要在于各自的表情,在于各自瘦骨嶙峋的可怕形态。它们一个接着一个显现出来,或高傲,或轻蔑,或反抗,或倔强,或驯服,或哀伤;也各显其不同程度的深陷的脸颊,死灰的肤色,干枯的手和指头,但面貌大体上还是一样,而且全都过早地白了头。这位打瞌睡的乘客向这个鬼影问了上百次:

"埋了多久啦?"

回答始终一样:"差不多十八年了。"

"你已经放弃了让人挖出来的希望了吧?"

"早放弃了。"

"你知道你已活过来了?"

"别人都这么跟我说。"

"我希望你愿意活着吧?"

"很难说。"

"可以带她来见你吗?你能去见她吗?"

对这一问题的回答都不相同,又自相矛盾。有时,那断断续续的回答是:"等一等!要是我过早见到她,会要我的命。"有时,那回答是,不断流下温情的眼泪,接着说:"带我去见她。"有时,那回答是,瞪着眼睛感到困惑,接着说:"我不认识她。我不明白。"

经过这一番想象的交谈,这位乘客又会在想象中挖起来,挖呀,挖呀,一会儿用铲子,一会儿用一把大钥匙,一会儿用手——要挖出那个可怜人。他终于被挖出来,脸上、头发上都沾着泥土,他会突然化为尘埃。接着,这位乘客会惊醒,放下窗子,让脸接触雾和雨的现实。

然而,即使他睁眼瞧着雾和雨,瞧着车灯照射的那块移动的光亮,和一下一下往后退的路边的树篱,车外的阴影仍会在车内形成连续不断的阴影。圣殿门附近的真实的银行楼房，昨天做的真实的生意，真实的保险库房，送给他的真实的急件和真实的回信，会全在车内。那张可怕的脸也会从它们当中冒出来，于是他又跟那张脸搭话。

"埋了多久啦？"

"差不多十八年了。"

"我希望你愿意活着吧？"

"很难说。"

于是挖呀——挖呀——挖呀——直到有一个乘客不耐烦地动了动，提醒他拉上窗子，他才把胳膊套进皮带牢牢挽住，一边捉摸着那两个打瞌睡的形影，直到他的心思放开它们，它们便溜进了银行和坟墓。

"埋了多久啦？"

"差不多十八年了。"

"你已经放弃让人挖出来的希望了吧？"

"早放弃了。"

这些话像刚才说的一样，还在耳边——就像他一生中听到别人说过的话一样清楚——当这位疲惫的乘客惊觉到天已亮时，发现夜的阴影已消失。

他放下车窗，瞧瞧外面升起的太阳。一片耕地的垄上扔着一挂犁，那是昨晚卸马时留在那里的；再过去，是一片寂静的灌木林，树上还残留着不少火红的、金黄的叶子。虽然大地上寒冷、潮湿，天空却很晴朗，太阳明媚、平静。

"十八年啦！"乘客瞧着太阳说道，"创造白昼的神啊！活活埋了十八年！"

第四章　准　备

邮车顺利地在午前到达多佛时,皇家乔治旅店的招待领班按照惯例打开车门。他一边开门,一边还要说上几句礼节上的动听的套语,因为冬天从伦敦搭邮车到达这里,就了不起,值得向冒险的旅客表示祝贺。

那时,只剩下一位冒险的旅客接受祝贺;另外两位旅客已经在路上各自的目的地下了车。车里长了霉,加上又潮又脏的干草,难闻的气味和昏暗,颇像一个较大的狗窝。这位乘客,即洛里先生,当他抖动着身子,走下车来,身上带着干草的锁链,缠裹着毛乎乎的围脖,披肩之类,戴着帽檐扇动的帽子,和两腿泥,也颇像一种较大的狗。

"明天有没有开往加来的邮船,招待?"

"有,先生,如果天气不变,风向还顺。下午两点左右,潮水很适于开航,先生。要个床位吗,先生?"

"我晚上才睡;我可要一个房间和一个理发师。"

"然后吃早饭,先生?好的,先生。请这边走,先生。领到'协和'①房间!把先生的手提箱和热水送到'协和'。到

---

① 旧时英国旅店房间多有名称,不用编号。例如莎士比亚《亨利四世》中野猪头酒店的房间有"石榴"等名称。

了'协和'为先生脱靴子。(这就为您生上煤火,先生。)请个理发师到'协和'。马上准备接待'协和'的客人,快点!"

"协和"房间总是安排给搭邮车的乘客住,而搭邮车的乘客又总是浑身上下裹得很严实,住这房间的人便引起皇家乔治旅店上下人等的好奇,因为他们虽然看见走进房间的只是一种人,出来的人却是各色各样。于是,另外两个招待,两个搬行李的,几个女侍,还有女店主,偏巧都在从"协和"到餐厅的过道上各处溜达;这时,一位穿着整齐的六十岁的绅士正经过这条过道去吃早餐,他穿一身棕色套装,虽然很旧,但保存得很好,宽大的方袖口,宽大的衣袋盖。

那天上午,餐厅只有这位穿棕色套装的客人,他的餐桌已挪到炉火前,他坐着等待早餐时,火光照在身上,他一动不动,简直像坐着让人画像。

看来,他的穿着打扮非常齐整,有一定之规,两手放在膝上,他那带口袋盖的背心里一只很响的表在嘀嘀嗒嗒大声说教,仿佛以其庄重、长寿,跟那欢实的火的轻佻、易逝争高低。他有双漂亮的腿,还有点以此自负,因为他那双棕色长袜光滑、贴脚,而且是细纱织品;他那双带鞋扣的鞋虽属平常,倒也整洁。头上紧紧地扣着一顶古怪的小巧光滑卷曲的亚麻色假发:我们姑且认为那假发是头发做的,不过看起来倒非常像真丝或玻璃丝的制品。他的亚麻布衬衣,虽然质地不如他的长筒袜那么细,却白得像那冲击着附近海滩的波浪的浪花,或大海远处在阳光下闪耀的点点白帆。那张习以为常地保持克制、镇静的脸,由于带了那顶古怪的假发,两眼湿润明亮,仍显得容光焕发,它们的主人在过去的年月里必然费过一番辛苦,才历练出这副特尔森银行的老成持重的态度。脸色健康,脸上虽然有了皱纹,却很少忧虑的痕迹。不过,那些特尔森银行极受信任的单身职员,也许心里主要装着别人的忧虑;也许转手的忧虑跟转手的衣服一样,来得容易去得快。

洛里先生在摆出好像坐在那里让人画像的人那副姿势之后,就睡着了,到早餐送来,才惊醒。他一边挪过椅子就餐,一边向招待说道:

"我想为一位小姐订一个房间,她今天随时都会来。她可能找贾维斯·洛里先生,也可能只是找从特尔森银行来的先生。请通知我。"

"是,先生。可是伦敦的特尔森银行,先生?"

"是的。"

"是,先生。很荣幸,贵公司的先生们来往伦敦和巴黎时,我们经常接待他们。特尔森公司商号的人,来来往往的真多。"

"是的。我们英国的商号很大,我们法国的商号也很大。"

"是,先生。我看,您本人不常来吧,先生?"

"这几年不常来了。我们上次——我上次——从法国回来,有十五年了。"

"那当然,先生!那时候我还没有到这儿工作呢,先生。我们这儿的人都不在这儿。那时候还是别人在经管乔治旅店,先生。"

"我看是这样。"

"不过,我敢下大注打赌,像特尔森公司这样的商号,别说十五年前,五十年前生意就做大了,是不是?"

"你不妨再翻两番,说它一百五十年,还差不多。"

"那当然,先生。"

招待撮圆了嘴,睁圆了眼睛,往后退了退,又把餐巾从右臂搭到左臂上,不觉把姿势摆得舒适一些,客人吃喝时,便站着打量他,好像从瞭望台或望楼上眺望似的。这是历代的招待都遵循的古老规矩。

洛里先生吃完早餐,便出了旅店到海滩上去散步。多佛这狭窄、弯曲的小镇,躲着海滩,把它的头插进白垩峭壁里,就像一只海上的鸵鸟。那海滩是一片波涛汹涌、乱石滚滚的沙漠,大海为所欲为,爱干的就是摧毁。它轰隆隆冲击着这个镇,冲击着峭壁,冲塌海岸,十分狂暴。房屋之间的空气弥漫着一股强烈的从事渔业的气味,人们很可能认为病鱼也上岸来洗了空气浴,就像病人下海洗海水浴一样。这个港口打鱼的不多,可是到了晚上,到处溜达的、观海的倒很多;尤其在起潮和快涨潮的时候。有些小商人,尽管什么生意也不做,有时却莫名其妙地赚一大笔;值得注意的是,附近一带的人都不能容忍街道的点灯夫。

天色渐晚,不觉已到下午,天气,有时晴朗得可以看见法国海岸,这时又充满了雾和水汽,洛里先生的思想似乎也云遮雾罩。天黑时,他坐在餐厅的炉火前,像等待早餐那样,等待晚餐,他的心思却忙着挖那烧红的煤,不停地挖着。

因为酒有一种使他无法工作的劲头;晚饭后喝了一瓶好红葡萄酒,对这位挖红火煤的人也就这点害处。洛里先生已有好一阵子没有干活了,正当他像一个脸色红润的老绅士在喝完一瓶酒之后常见的情形那样,面带十分满意的神色,倒出最后一杯酒时,车轮的吱嘎声从那条狭窄的街道响过来,随即隆隆地进了旅店院里。

他还没有喝就放下酒杯。"小姐到了!"他说道。

不一会儿,招待就进来通报,马内特小姐从伦敦来了,想见特尔森银行那位绅士。

"这样快?"

马内特小姐已在路上吃过一点东西,这时什么也没有要,就迫不及待马上要见特尔森银行那位绅士,如果他愿意,也方便的话。

特尔森银行这位绅士别无办法,只好显出不易流露的孤注一掷的样子一气喝干那杯酒,压一压那顶仅盖及耳朵的古怪小巧的亚麻色假发,便跟着招待到马内特小姐的房间。那房间大而阴暗,像办丧事似的布置了一些黑马鬃,还摆了几张沉甸甸的黑桌子。这些桌子都经过多次上油,亮得每张桌面都朦胧地反映出摆在房间当中那张桌上的两支高烛;它们好像埋在很深的黑桃花心木做的坟墓里似的,要把它们都挖出来,才能指望它们发出一点值得一提的亮光。

屋里昏暗得很难看透,洛里先生有一会儿还以为马内特小姐在隔壁房间,便小心地踩着破旧的土耳其地毯往前走,过了那两支高蜡烛,才看见一位年轻小姐站在蜡烛与炉火之间的桌旁迎接他;这位小姐不过十七岁,穿着骑装斗篷,还拿着一顶旅行草帽,缎带提在手里。她的身材矮小,苗条,很美,一头丰厚的金黄色头发,一双蓝眼睛,带着询问的眼神跟他的眼睛相遇,那前额有一种奇特的能力(记得那前额是那么年轻、平滑),能在一抬一蹙之间露出一种说不上是困惑、是惊奇、是惊慌,或仅仅是专心注意的神情,却兼而有之——当他凝视着这些外貌特征,一个活像这一外貌的幼儿的形影突然闪过他眼前,他曾经在一个大冷天,下着密密麻麻的冰雹,卷着大浪的时候,抱着这个幼儿横渡那个海峡。这形影,就像在她身后那可怕的穿衣镜上哈的一口气那样消失了,那镜框上的雕饰,仿佛是从医院出来的一队黑丘匹特,有几个无头,但都瘸腿,一个个捧着装满死海水果的黑篮子献给黑女神;于是,他按规矩向马内特小姐鞠了一躬。

"请坐,先生。"一个年轻的声音说道,清脆,悦耳:带一点外国口音,但的确只有很少一点。

"吻你的手,小姐。"洛里先生按上一代人的规矩,说着,又鞠了一躬,才坐下。

"昨天我接到银行的信,告诉我一个消息——或者说发现——"

"这个词无关紧要,小姐;用这两个词都行。"

"——是关于我可怜的父亲的一小笔财产的事,我从来没有见过他——因为早已去世——"

洛里先生在他的座位上动了动,不安地向那一队从医院出来的黑丘匹特看了一眼,仿佛它们装在那些荒唐的篮子里的东西①对任何人都有所帮助似的!

"因此,我必须去巴黎,到那里跟银行派到巴黎办这件事的一位绅士联系。"

"就是本人。"

"果然是您,先生。"

她向他行了屈膝礼(当年年轻小姐多行屈膝礼),想向他表达这点美好的心意:她觉得他比她老练精明得多。他又向

---

① 指上文的"死海水果",又称"所多玛苹果"。据传说,长在死海边的这种苹果,外表好看,里面则全是灰。这个词常用以比喻令人失望的东西。

她鞠一躬。

"我答复银行说,既然了解情况又蒙赐教的先生们认为我必须去法国,再说,我是个孤儿,也没有能陪我去的朋友,如能允许我在一位可敬的绅士的保护下旅行,不胜感激。那位绅士已经离开伦敦,不过我认为已派人赶去送信,请他在这儿等我。"

"能受托办理此事,"洛里先生说道,"很高兴。完成这一委托我会更高兴。"

"先生,实在感谢。衷心感谢。银行告诉我,那位绅士会跟我说明这件事的详细情节,而且那些情节是令人吃惊的,我必须做好思想准备。我已尽可能做了思想准备。我自然非常关心,急于想知道究竟是怎么回事。"

"那自然,"洛里先生说道,"是的——我——"

他停顿一下,又压压那仅盖及耳朵的拳曲的亚麻色假发,这才补充一句:

"开头真难呀。"

他还没开口,正不知如何说才好,遇上她的目光。那年轻的额头一抬,露出那种奇特的神情——但那神情,非但奇特,也很美,有个性——随即抬起手,仿佛以下意识的动作抓住,或止住一个闪过的阴影。

"你跟我素不相识吧,先生?"

"不是吗?"洛里先生摊开手,带着争辩的微笑伸出去。

她本来一直站在一把椅子旁边,这时才若有所思地坐下,那一神情在那小巧的女性鼻子的正上方的眉宇间加深了;那鼻子的线条再优美不过。她一边沉思,他一边注视着她,在她又抬起眼睛时,才接着说道:

"在你入籍的国家里,我认为最好还是像称呼英国女士那样称呼你马内特小姐,好吗?"

"请便,先生。"

"马内特小姐,我是个办事人,我受委托,得尽我的职责。你听我谈业务时,就当我是一架说话的机器好了——其实,别的也谈不上。请允许我向你讲一讲我们的一位客户的故事。"

"故事!"

他似乎故意听错她重复的这个词,急忙补充道:"是的,客户:在银行业务中,我们通常把主顾称为客户。他是一位法国绅士;一位学有专长的绅士,学问高深——一位医生。"

"不是博韦人吧?"

"啊,是的,是博韦人。跟令尊马内特先生一样,这位绅士也是博韦人。跟令尊马内特先生一样,这位绅士在巴黎也很有名气。我有幸跟他相识。我们的关系虽是业务关系,但彼此信任。当年我在我们的法国商号工作,都有——啊!二十年了。"

"当年——请问,是哪一年,先生?"

"我说的是,小姐,二十年前。他娶了——一位英国小姐——而我是受托人之一。他的事务,跟许多法国绅士,法国家庭的事务一样,完全委托特尔森公司经管。我也同样接受,或者说一直接受几十个客户这样那样的委托。这些关系,只是业务关系,没有友谊,没有特殊的关心,毫无感情可言。正如上班时,我接待一个又一个客户,我干这一辈子,也是接待一个又一个客户;简言之,我没有感情;不过是一架机器。接着讲吧——"

"这可是我父亲的故事,先生;我开始认为——"那好奇地皱起的额头凝神注意他——"我母亲仅仅比我父亲多活了两年,我成为孤儿之后,是你把我送到英国。我简直可以肯定是你。"

洛里先生握住那只信任地伸过来犹犹豫豫要握他的手的小手,礼貌地送到嘴唇上吻了一下。接着他马上扶这位年轻小姐坐下,用左手扶着椅背,用右手一会儿摸摸下巴,一会儿拉拉盖及耳朵的假发,或加强他的话的语气,她坐着抬头观察他的脸时,他站着低头观察她的脸。

"马内特小姐,正是我。只要你想一想,从那以后我就没有见过你,就会明白我刚才谈到我自己,说我没有感情,我跟人们保持的关系都是业务关系那番话,一点不假。没有感情;从那以后,你是特尔森商号的受监护人,我则忙着办理特尔森商号的其他业务。感情!我没时间讲感情,也没有可能讲感情。因为我这一辈子都在开这部巨大的榨钱机。"

洛里先生对自己的日常工作作了这番古怪的描述之后,用双手按了按头上的亚麻色假发(这根本用不着,因为那假发的闪光的表面再平整不过),又恢复他原来的姿态。

"到此为止,小姐(正如你刚才说的),这是你那令人惋惜的父亲的故事。现在出现了不同的情况。如果你的父亲死了,却没有死——别害怕!你真吓坏了!"

她的确吓坏了。她用双手抓住他的手腕。

"求求你,"洛里先生用安抚的声音说道,把扶着椅背的左手挪过来放到那抓住他直发抖的恳求的手指上,"求你克制一下,别激动——不过是业务上的事。我刚才说——"

她那副样子使他很不安。他停下来,走神了,接着又开始说道：

"我刚才说，如果马内特先生没死；如果他突然无声无息失踪了，如果他被人拐骗走了；如果，虽然无法查找他的下落，也不难猜出他被拐骗到什么可怕的地方；如果他有一个敌人，是能行使一种特权的同胞，在我年轻的时候，我知道，海峡那边最大胆的人也害怕即使悄悄提到这种特权；例如，有权填一张空白单子①就能把任何人关进监狱，无期监禁，从此湮没无闻；如果他的妻子为了打听一点他的消息，曾经求过国王、王后、大臣、教士，但都徒劳；——那么，你父亲的经历，就是这位不幸的绅士，博韦的这位医生的经历。"

"求你再告诉我一些情况，先生。"

"行。我这就讲。你能忍受吗？"

"我什么都能忍受，就是不能忍受这会儿让我捉摸不定。"

"你说得倒镇静，而你——的确镇静。很好。"（虽然他的态度显得不如他说的那样满意。）"这是业务上的事。把它当作业务上的事——必须办理的业务吧。那么，如果这位医生的妻子，尽管她非常勇敢，在生下她的小孩以前，仍然为这事痛苦已极——"

"那个小孩是女孩吧，先生？"

"是女孩。这——这——是业务上的事——别难过。小姐，如果这位可怜的夫人在生下她的小孩以前痛苦已极，以致下定决心，不让她这可怜的孩子承受这份使她受尽折磨的痛

---

① 即所谓"密札"，一种盖上国王印章的逮捕状，只需填上姓名，即可逮捕任何人，不经审讯，关进巴士底狱。这是波旁王朝用以镇压反对他们的人的一种手段。

苦,这才让她相信她父亲已去世——别,别跪下!看在上天的分上,为什么向我下跪?"

"为了实情。啊,亲爱的、善良的、有同情心的先生,为了实情!"

"这——这是业务上的事。你叫我心慌意乱了,要是我心慌意乱怎么谈业务呢?我们都要头脑清醒。现在要是你能说出,比方说,九乘九便士是多少便士,或二十几尼①合多少先令,那才让人敢讲。我对你的精神状态就放心多了。"

她没有直接回答这一要求,他轻轻扶她起来之后,她坐着一动不动,那双仍抓住他的手腕的手也安稳多了,甚至使贾维斯·洛里先生也恢复了几分信心。

"对,对,勇敢些!办事!你还有事要办呢;办有益的事。马内特小姐,你母亲就是这样护着你。她生前始终坚持不懈地尽力寻找你的父亲,尽管徒劳无益,她死后——我相信死于悲伤过度——也要让两岁的你,茁壮成长、美丽、幸福,而不是生活在疑虑的阴影下,总让你担心,不是怕你的父亲在狱中会很快受不了痛苦的折磨,就是怕他熬不过狱中漫长的难挨的岁月。"

他一边说,一边怀着羡慕的怜惜之情往下瞧着那一头披着的金发;仿佛他暗自想象着,本来,那头发也该有些灰白了。

"你知道,你父母的财产并不很多,他们所有的都已指定遗留给你母亲和你了。没有发现还有钱,也没有发现还有其他财产;不过——"

他感到他的手腕被抓得更紧,便停下来。本来特别引起

---

① 几尼,英国旧金币,合二十一先令。

他注意,而且已稳定的那前额的表情,这时加深为痛苦和恐惧。

"——不过,倒发现了——发现了他。他还活着。说他大变样了,这是很可能的;说他简直是行尸走肉,这也可能;虽然我们抱最好的希望。不过还活着。你的父亲已经被人送到巴黎他原来的一个仆人家里,我们就要去那儿:我,去认一认他,如果还能认出来;而你,去帮他恢复生活、爱、责任、休息、安乐。"

她身上一阵哆嗦,也传到他身上。她用很低的、清晰的、畏惧的声音说道,仿佛说梦话似的:

"我是去见他的幽灵!那是他的幽灵——不是他!"

洛里先生平静地摩着抓住他胳膊的那双手。"好啦,好啦,好啦!现在明白了,现在明白了!最好的和最坏的情况你都知道了。你这就是到那位可怜的蒙冤的绅士那儿去,已经走到半路上了,再一路平安过海峡,赶一段陆路,不久就可以到亲人的身边。"

她用同样的声音悄声重复说:"我还一直无牵无挂,快快乐乐,他的幽灵也从未缠过我!"

"我再嘱咐一句,"作为迫使她注意的有益的手段,洛里先生加强了语气说道,"我们发现他用了另外的称呼;他自己的名字早就忘记了,或者说早就被隐瞒了。现在要去打听那名字,非但无益反而有害;现在要想了解,是多年来没有人注意他,还是始终有意关押他,非但无益反而有害。现在要做任何调查,非但无益反而有害,因为那很危险。还是别在任何地方,用任何方式提到这件事为好,还是把他送出——无论如何暂时是必要的——送出法国为好。即使我,虽然作为英国人是安全的,即使特尔森公司,尽管对法国的信贷很重要,也尽可能避免提到这事。我身边没有带一张公开提到这事的字据。这完全是秘密任务。我的证件,记的东西和备忘录全包含在这一句话里:'起死回生';这句话怎么解释都行。怎么回事?她根本没听!马内特小姐!"

她坐在他的手下,一动不动,一声不响,也不往后靠在椅子上,完全失去了知觉;睁着两眼定定地瞧着他,还是最后出现的那副神情,仿佛那是刻在,或者说烙印在她的前额上似的。她那么紧紧地抓住他的胳膊,他都不敢脱身,怕弄伤了她;他只好站着不动,大声呼救。

只见一个样子粗野的女人,赶在几个旅店仆人之前冲进房间;洛里先生即使很焦急,也注意到她简直是一团红色,有一头红发,穿一身特别紧的衣服,头上戴一顶奇妙的帽子,就像掷弹兵的木酒杯,而且是大号的,或者像一块斯蒂尔顿干酪;她一进来就用那粗壮的手往他胸前一掌,马上就解决了把他和那可怜的小姐分开的难题,搡得他一下撞到后面最近的墙上。

("我真以为这位一定是个男人!"洛里先生一撞到墙上,就气喘吁吁地想道。)

"嗨,瞧瞧你们!"这位人物向旅店仆人吆喝道,"干吗不去拿东西,倒站在那儿瞪着眼睛瞧我?我有什么好瞧的,好瞧吗?干吗不去拿东西?要是你们不赶快把嗅盐、凉水和醋拿来,我要让你们尝尝厉害。我会的!"

他们马上分头去拿那些清醒剂,同时,她轻轻地把病人放到一张沙发上,极熟练又温柔地护理她:一边叫她"我的宝贝!""我的小鸟!"一边极骄傲又小心地把她那金黄的头发撩开,披在她的肩上。

"穿棕色衣服的!"她气冲冲地转向洛里先生说道,"你跟她讲那些一定要跟她讲的事,就非得把她吓坏吗?瞧瞧她,小脸苍白,两手冰凉。你认为干银行的就是干这种事?"

洛里先生让这个很难回答的问题窘得狼狈不堪,只能站在一边旁观,那副同情和谦卑的样子,也显得大为软弱无力;那个粗壮的女人说了,如果他们还站在那儿瞧,就"让他们尝尝"未明说的什么不可思议的惩罚,把旅店仆人打发走之后,立即按一套正规的程序护理,她照顾的这个姑娘才渐渐醒过来,又哄着她把她垂着的头靠在她肩上。

"我希望她现在好些了。"洛里先生说道。

"就算她好些了,也不感谢你这穿棕色衣服的。我的小美人!"

"我希望,"洛里先生由于软弱无力的同情和谦卑,又停顿一下之后说道,"你陪马内特小姐到法国去吧?"

"这也很可能!"那位强壮的女人答道,"要是我们有这个打算,我就要过海,难道你认为上天会安排我在岛上过一辈子?"

这又是一个难以回答的问题,洛里先生只好回去考虑。

第五章 酒 店

一大桶葡萄酒掉在街上,裂开了。这事发生在从马车上卸酒桶的时候;酒桶一轱辘翻滚下来,桶箍裂了,正好躺在酒店门外的石路上,像核桃壳似的四分五裂。

附近的人全都放下自己的工作,闲着的也忙起来,一起赶到出事地点喝葡萄酒。街上铺路的石头,粗糙,不规整,向四处支棱着,人们可能会认为,它们显然存心要绊瘸靠近它们的每一个人,这些石头已把葡萄酒拦进一个个小坑,每个小坑,视其大小,都围着一小堆,或一大群人,挤来挤去。有些男人跪在地上,两手像勺似地捧着酒喝,或趁酒还没有从指缝间漏完,捧着让俯在他们肩上的女人喝。有些男人和女人,用破陶器片当小酒杯,甚至解下头巾,往小坑里浸,又把头巾往婴儿嘴里拧;有些人筑起小土埂拦住流出的酒;有的人,在楼上窗子里看热闹的人的指挥下,窜来窜去堵截向别处流的一股股细流;有些人则专对付那些浸透了酒的染上酒渣色的酒桶碎片,贪馋地、津津有味地舔着,甚至大嚼着那些含酒更多的被酒泡烂的碎片。虽然没有水沟把酒排走,然而不仅酒被清除一净,也连带清除了许多烂泥,就好像街上来过吃腐肉动物似的,只要见识过这种动物的人就会相信真出现过这样不可思议的事。

当这场喝酒竞赛在进行时,街上回响着男女老少的一片大笑和欢叫声。这一竞赛,很少粗野行为,多半在寻欢作乐。其中倒有一种特殊的友谊,显而易见,每人都想与别人搭伴,尤其是那些较幸运,或较轻松愉快的人,于是大家便嬉闹地搂搂抱抱,为健康干杯,握手,甚至十几个人手拉手跳起舞来。酒喝完之后,在刚才酒流得最多,被指头扒出一道道像烤肉架似的纹路那些地方,这些表演,突然开始也突然结束。原来正在锯木柴,扔下锯子插在木柴上就跑的那个男人,这时又拉起锯来;原来拥着一小罐热灰取暖,想缓解饥饿的手指脚趾的疼痛,或小孩的手指脚趾的疼痛,刚才把那罐子放在门口台阶上就跑的那个女人,这时又回去取暖;那些刚才从地窖上来,出现在冬天的日光下,光着膀子、一头蓬乱的鬈发、脸色惨白的男人,这时也离去,又走下地窖;随后,渐渐阴暗下来,对于这一场景,阴暗似乎显得比日光更自然。

这酒是红葡萄酒,它染红了巴黎圣安东区那条狭窄的街道上它倒出的地方。它也染红了许多手、许多脸、许多赤脚和许多木鞋。锯木头那个人的手在木柴上留下红印;奶孩子那个女人的额头上,被她又缠在头上那条破布的残酒染红。刚才贪馋地大嚼酒桶板的那些人,满嘴红迹,像老虎的血口一样;一个爱开玩笑的高个子也那样满嘴红迹,他的头与其说套在一顶肮脏的长袋子似的睡帽里,不如说露在它的外面,他用指头蘸上带泥浆的酒渣在墙上胡乱写了一个字——血。

有一天,这种红葡萄酒也会洒在这条街的石头上,也会把那儿许多人染红。

刚才不过是暂时出现的一线光明把遮住圣安东那副圣容的阴云驱散,这时阴云又笼罩着圣安东,遮得昏天黑地——寒冷、肮脏、疾病、无知和贫困，是随侍圣驾的几位大臣——他们全是权势极大的王公贵族，尤其是最后一位。在磨石中（当然不是传说中把老人磨年轻那种磨石）受尽可怕的碾磨的一般平民，总是缩在每个角落里发抖，在每家门口出出进进，在每家窗口探望，穿的每一件不像样的外衣，风一吹就飘动。把他们折磨垮的磨石，是把年轻人磨老的磨石；孩子们的脸已经像老头子，声音也低沉；饥饿，是孩子们脸上、成年人脸上的标记，也深深进入多年的和新出现的每一道皱纹。饥饿无处不在。饥饿被赶出高楼大厦，待在晾在竿子和绳子上的破烂衣服上；饥饿，和干草、破布、木屑、纸片一起，补缀在那些衣服上；那个男人锯下的每一小片木屑都反复念着饥饿；饥饿从不冒烟的烟筒瞪着眼往下瞧，又从垃圾堆里没有扔下一点可吃的东西的肮脏街道上冒出来。饥饿，是用很少一点粗劣的面包存货中每一小块面包，写在面包房货架上的铭文；是用供出售的每一根死狗肉香肠，写在香肠铺货架上的铭文。饥饿在转炉里的烤栗子当中，它一身干骨头也嘎巴作响。饥饿在用勉强倒出的几滴油煎的每一小碗像硬壳似的土豆片里，被撕扯成碎末。

饥饿住在一切适合它住的东西里。这条处处令人不快，充满恶臭的狭窄弯曲的街道，和其他几条弯曲的岔道，全都住着衣衫破烂戴着睡帽的人，都有一股破衣服和睡帽的气味，凡能见到的东西无不露出抑郁的样子瞧着这些面带病容的人。他们虽然流露出被人追捕的神色，也像野兽那样想到可能作困兽斗。他们尽管抑郁，鬼鬼祟祟，眼里也不是没有怒火，紧闭的嘴也不是没有因为压抑着什么而发白，额头也不是没有蹙得像他们曾考虑过要忍受的或绞别人的绞绳。店铺招牌

（几乎跟店铺一样多）都是表现贫困的严酷的图画。屠夫和卖肉的招牌，只画上一点最瘦的碎肉块，面包师傅的招牌，只画上几块最粗劣的干巴面包。画人的画则潦潦草草画他们在酒店里喝酒，他们一边喝着很少一点淡薄的葡萄酒和啤酒一边发牢骚，或横眉怒目地交头接耳谈什么。除了工具和武器，没有一样画得繁荣兴旺；不过，刀匠的刀和斧头倒锋利、锃亮；铁匠的锤子，沉甸甸的，制枪匠的存货显得杀气腾腾。那条由绊人的石头铺的路，还有许多石头拦成的泥水坑，没有人行道，又在家家门前突然中断。路当中有一条顺街流的阴沟，弥补了这一缺憾——它只要一流动（这仅仅在下过大雨之后），就多次不走正道，阵阵外溢，流进各家各户。街上，每隔相当远才有一盏粗劣的路灯，用穿过滑轮的绳子吊着；到了晚上，点灯夫把灯放下来，点上，又拉上去之后，一簇无力的暗淡的灯捻在头上病怏怏地晃动，好像在海上一样。它们的确是在海上，那条船和船员有遭到大风暴的危险。

因为，有一天这一地区那些瘦骨嶙峋的稻草人，在他们无事可干和饥饿时，看那个点灯夫看的日子长了，总会想出改进他的做法的主意，用绳子和滑轮把人吊上去，照亮一下他们黑暗的生活状况。不过，这种日子还未到来；刮过法国的每一阵风徒劳地吹动那些稻草人的破衣服，因为那些歌声悦耳、羽毛美丽的鸟儿们，还没有警觉。

这家酒店在拐角处，外观比大多数店铺像样一点儿，等级也高一些；酒店老板穿着黄背心，绿紧身裤，早就站在酒店外边旁观他们抢洒的酒。"这不关我的事，"他最后耸耸肩说道，"这是市场的人弄砸的。让他们再运一桶来。"

他碰巧看见那个爱开玩笑的高个子在墙上涂的字，就隔着街向他叫道：

"喂，我的加斯帕德，你在干吗？"

那家伙意味深长地指一指他胡乱写的那个字，他这种人总是这样。这玩笑没达到目的，根本不可笑，对他这种人这也是常事。

"怎么啦？你想进疯人病院吗？"酒店老板说道，一边过街，一边抓起一把泥要抹掉他闹着玩胡乱涂的字，随即把它涂抹了，"你干吗在大街上写？就——告诉我——就没有别的地方写这种字吗？"

说着，他那只较干净的手（也许是偶然，也许不是）落到那家伙的胸口上。那人用手拍了它一下，灵活地一跃而起，摆出古怪的舞姿落下来，那双弄脏的鞋子有一只从脚上甩到他手上，就那样拿着。在这种情况下看来，他是那种开玩笑的人，他搞恶作剧虽不能说凶狠，也是过火的。

"穿上鞋，穿上鞋，"另一个说道，"那叫葡萄酒，葡萄酒，别再闹了。"进了这番忠告之后，他把那只沾了泥的手在爱开玩笑的人那身不像样的衣服上擦了擦——完全是有意的，因为手是为他弄脏的，随后，过街，进了酒店。

酒店老板，三十岁，脖子粗壮，一副雄赳赳的样子，他应该有火辣辣的脾气，因为，天气虽然很冷，他却没有穿上衣，而是把上衣搭在肩上。他的衬衫袖子也卷了起来，那双棕色胳膊裸露到肘部。头上什么也没戴，不过一头鬈曲的黑短发。他的肤色完全是黝黑的，一双漂亮的眼睛，两眼间隔颇大。总的来看，那样子显得和气，但不宽容；他显然是一个刚强、坚决的人；如果我们匆匆走过架在深渊上的独木桥时，是不愿遇上这样的人的，因为无法使他回头。

他走进酒店时,他的妻子德法日太太坐在柜台后面。德法日太太很壮实,年岁与他相仿,她的眼睛,看来似乎很少看什么东西,却一直留神观察周围的动静,一只大手上戴着沉甸甸的手镯,一张不动声色的脸,样子刚强,举止极为镇静。德法日太太有一个特点,人们根据这一特点可能会断定,在她管的账上,她并不经常算错,让自己吃亏。德法日太太怕冷,穿着皮衣,把一块鲜艳的披肩的一部分缠在头上,但还没有遮住她那对大耳环。她编织的活计摆在面前,那是她拿牙签剔牙时放下的。德法日太太左手托着右胳膊肘正这样剔着,她的丈夫进来时,她没吭声,只是轻轻咳了一声,伴随着牙签正上方她那黑得分明的眉毛略微一扬,这一配合是向他丈夫暗示:他走到街那边去时来了新顾客,他最好在那些顾客当中找一找。

于是,酒店老板转动着眼睛向周围瞧,最后停在一个老年绅士和一个年轻小姐身上,他们坐在一个角落里。店堂还有其他客人:两个在玩纸牌,两个在玩多米诺骨牌,三个站在柜台边慢慢喝那很少的一点儿葡萄酒,喝了半天。他走到柜台后面时,注意到那位老年绅士用眼色向年轻小姐示意说:"这就是我们要找的人。"

"你们待在那个旮旯究竟要干什么?"德法日先生想道,"我不认识你们。"

但他装作没注意那两个陌生人,跟在柜台边喝酒的那三个顾客交谈起来。

"怎么样,雅克①?"三人当中有一个向德法日先生说道,

---

① 雅克,一三五八年法国农民起义时,贵族对农民的蔑称,以后起义者和革命者都沿用这个称呼。

"洒的酒都喝光啦?"

"一滴不剩,雅克。"德法日先生答道。

在这样互相称呼之后,剔着牙的德法日太太又咳一声,眉毛又略微一扬。

"这些跟牲口一样的可怜人,"其中第二个向德法日先生说道,"除了黑面包和死亡外,多半难得尝到葡萄酒,或别的东西的滋味。是不是,雅克?"

"可不是,雅克。"德法日先生答道。

在第二次这样互相称呼之后,仍在极为镇静地剔牙的德法日太太,又咳一声,眉毛又略微一扬。

其中最后一个,放下空酒杯,咂咂嘴之后,说出他要说的话。

"咳!情况还要坏得多!这些可怜人嘴里经常尝的是苦味,过的是苦日子,雅克。我说得对不对,雅克?"

"说得对,雅克。"德法日先生应道。

第三次这样互相称呼刚完,德法日太太就放下牙签,扬着眉毛,衣服在座位上发出轻微的沙沙声。

"得啦!没错!"她的丈夫低声说道,"先生们——这是我妻子!"

那三位顾客向德法日太太脱下帽子,挥了三下。她低低头,又瞟了他们一眼,表示领了他们的敬意。然后,漫不经心地扫视一下店堂,显得极镇静自若地拿起她的活计,一心一意编织起来。

"先生们,"她的丈夫说道,他那明亮的眼睛一直留神观察她的动静,"日安。我刚才出去的时候,你们想去看看,你们要的那间供单身客人住的房间,在五楼。上楼的门道,在挨着这儿左边的一个小院,"用手指着,"在我这店铺的窗子附近。我想起来了,你们当中有一位去过,可以带路。先生们,再见!"

他们付了酒钱走了。德法日先生的眼睛正观察着在编织的妻子时,那位老年绅士从角落走过来,要求跟他说句话。

"很乐意,先生。"德法日先生说道,不声不响跟他走到门口。

他们虽然只谈了几句,却是开门见山。德法日先生几乎刚听到头一个词就吃了一惊,马上留神听着。还没谈到一分钟,他就点点头出去了。随后,那位绅士向年轻小姐打打手势,他们也跟了出去。德法日太太两手灵巧地编织着,眉毛一动不动,什么也没有看见。

贾维斯·洛里先生和马内特小姐从酒店出来,在德法日先生刚才给另外几个客人指路时所说的那个门口,跟他会合。那个门口,门前的小院,很暗,臭气熏人;而且是重重叠叠住了许多人的许多人家共用的大门。在通向阴暗的砖铺的楼梯这个阴暗的砖铺的门道,德法日先生向他的旧主人的孩子,屈一膝下跪,把她的手放到嘴上。这本来是文雅的举动,却做得一点也不文雅:不一会儿,他就变了一个人,他的脸不再显得和气,也没有留下一点坦率的样子,而是变成一个诡秘、愤怒、危险的人。

"那里很高,上楼有点费劲。开头还是走慢点好。"他们开始上楼时,德法日先生用生硬的口气向洛里先生这样说道。

"他一个人住吗?"后者悄声问道。

"一个人!上帝保佑他,还能有谁跟他住?"另一个用同样低的声音说道。

"那么,他总是一个人吗?"

"是的。"

"是他自己要求的?"

"是他必须这样。当年他们找到我,问我愿不愿意收留他,而且要小心谨慎,否则有危险,随后,我头一次见到他时,他就是这样,那时候他是这样,现在他还是这样。"

"他大变了吧?"

"变了!"

酒店老板停下来,往墙上拍了一掌,低声发出可怕的诅咒。任何直接回答都远不如这么有力。洛里先生和他两个同伴一步步越走越高时,他的心情越来越沉重。

在巴黎较破旧住得较挤的地区内,这种楼梯及其附属物,现在一定够坏的了,但是,当年那些感觉器官还不习惯,还没有变得木然无感的人,当然觉得它令人厌恶。在这座巨大的藏垢纳污之所似的高楼内每一个小住处——即是说,在开向公用楼梯的每一个门内的一间或数间房间——除了从各自的窗户扔出去的垃圾,还在各自的楼梯口堆了一堆垃圾。即使贫穷、匮乏没有把它们无形的污秽充满空气,这样造成的无法控制、无法治理的大量腐败物,也已经污染了空气;在这两种污染源的配合作用下,这儿的空气简直无法忍受。这条路就在一个笔陡、漆黑、肮脏、有毒的竖井似的通风道旁边,穿行于这种气氛之中。洛里先生由于心烦意乱,由于他的年轻同伴越来越激动,不得不停下两次,歇一歇。每次都停在一个可悲的铁栅栏窗旁,未经污染的越来越少的一点新鲜空气似乎由此逸出,一切污浊的令人作呕的蒸气似乎由此钻进来。透过生锈的铁栅栏,闻到而不是看到附近乱糟糟的房屋;比圣母院那两座雄伟的塔楼更近或更低那一带,凡能看到的东西,都没有一点可望过健康生活,呼吸到有益于健康的空气的迹象。

他们终于走到这一段楼梯的顶上,第三次停下来休息。要到顶楼,还得爬一段更陡而且狭窄的楼梯。酒店老板始终走在前边一点,靠近洛里先生那一边,仿佛怕那位年轻小姐向他提什么问题,到了这儿才转过身来,仔细摸着搭在肩上那件上衣的口袋,取出一把钥匙。

"那么,门上锁啦,我的朋友?"洛里先生吃一惊,说道。

"唉,是的。"德法日先生冷冷地回答道。

"你认为有必要把这位不幸的绅士这样隔离起来吗?"

"我认为有必要锁上。"德法日先生凑近他的耳边悄声说,皱紧眉头。

"为什么?"

"为什么!因为他锁着门过了这么多年,要是让他的门开着,他会吓得——说疯话——把自己撕碎——死去——我不知道会遭到什么不幸。"

"这事可能吗?"洛里先生叫道。

"这事可能吗?"德法日痛苦地重复道,"是的。只要我们生活在这样一个美好的世界上,这种事就有可能发生,许多这种事都有可能发生,不仅可能,而且发生过——发生过,你瞧!在这样昏暗的天空下,这种事天天都在发生。魔鬼万岁!咱们走吧。"

这一对话是用很低的声音说的,那位年轻小姐一点也听不到,不过,这时她已激动得发抖,脸上露出那样强烈的不安,尤其是害怕和恐怖的神情,洛里先生觉得他有责任说一两句让她放心的话。

"勇敢些,亲爱的小姐!勇敢些!办事!他的苦难一会儿就结束了;只要走进那个房间的门,他的苦难就结束了。然后,他就得到你带给他的一切好处,带给他的一切宽慰和快乐。让我们这位好朋友扶你那一边。很好,德法日朋友。走吧。办事,办事!"

他们慢慢地、轻轻地往上走。这段楼梯不长,他们不久就到了顶上。因为顶上有一个急拐弯,这时他们才突然看见三个人,他们在一个门旁边低着头紧紧凑在一起,正透过墙上一些裂缝或洞,专注地窥看这个门内的房间。这三个人听到走近的脚步声,才转身站起来,原来是刚才在酒店喝酒那三个同名的人。

"因为你们突然来访,我倒把他们忘了,"德法日先生解释道,"离开我们,好小伙子;我们有事。"

这三个人溜过去,悄悄下楼走了。

看来这层楼似乎没有别的门,他们走了之后,酒店老板径直走到这个门前,这时洛里先生有点生气,悄声问道:

"你让马内特先生当展览品吗?"

"我只让经过挑选的几个人,像你刚才看到的那样看他。"

"这合适吗?"

"我认为合适。"

"这几个人是什么人?你怎么挑选他们?"

"我挑选跟我同名的真正的人——我的名字叫雅克——看看这种情景对他们可能有好处。够了;你是英国人;那是另外一回事。请在这里稍候。"

他做了个阻止他们的手势之后,弯下身,透过墙上的裂缝往里看。不一会儿又抬起头来,敲了两三下门——显然只是想敲出响声,没有别的目的。出于同样意图,他又拿钥匙在门上划了三四下,这才笨手笨脚地把它插进锁孔,使劲转动。

手一推,门慢慢向里开了,他瞧着屋里,说了些什么。一个微弱的声音回应了什么。双方所说的也不过一两个音节的词。

他回过头,招呼他们进去。洛里先生一只胳膊紧紧搂着那个女儿的腰,扶住她;因为他感到她在往下滑。

"不过是——是——是——办事,办事!"他竭力鼓励道,脸颊上闪着不是出自办事的泪光,"进去吧,进去吧!"

"我怕它①!"她战抖着答道。

"它?什么?"

"我指他。我的父亲。"

她吓成这样,而且他们的领路人已经打了招呼,他就有点不管不顾了,把她搭在他的肩膀上发抖的手绕过他的脖子,把她挟起一点,急忙带了进去。一进门就把她放下,扶着她,让她靠在自己身上。

德法日取出钥匙,关上门,从里面把门锁上,再取出钥匙拿在手里。一切做得井井有条,也尽可能把开关的声音弄得又响又刺耳。最后,他噔噔向窗前走去。在那儿停下,转过身来。

这间阁楼,原是盖来存放木柴之类的东西的,很昏暗:因为那天窗形的窗子,实际上是屋顶的一个门,上面安装了一个小起重装置,用以从街上往上吊运东西;没有安玻璃,像法国

---

① 它,指她父亲的幽灵,她在第四章曾说过,怕见她父亲的幽灵。

的任何门一样，是双扇，向中间关。为了驱寒，一扇门紧闭着，另一扇也只开了一道缝。凭这样透进的一点点亮，刚进屋时很难看见任何东西。而任何人要在这样昏暗的屋里干任何细活，只有多年的习惯才能养成这种能力。然而，就有人在这阁楼里干那种细活；一个白发苍苍的人，背对着门，脸朝着酒店老板站在那儿瞧着他的那扇窗子，坐在一个矮板凳上，俯着身子忙着做鞋。

第六章 鞋 匠

"日安!"德法日先生往下瞧着那低俯着做鞋的苍白的头,说道。

那头抬起一会儿,一个很微弱的声音回应了这一问候,好像是从远处传来的:

"日安!"

"原来你还在忙着干活啊?"

沉默很久之后,那头又抬起一会儿,那声音答道:"是的——我在干活。"这次一双深陷的眼睛瞧了瞧问话的人,才再次低下头。

那有气无力的声音既可怜又可怕。不是由于身体虚弱那种有气无力,虽然监禁和粗劣的饮食无疑有一定关系。那声音的可悲的独特之处是,那是由于与世隔绝,长期不说话而形成的。它就像很久很久以前发出的声音的最后的微弱回声。它完全丧失了人声的活力和共鸣,使人觉得它像一块原来很美的色彩,后来黯淡失色,成了一抹污迹。它是那么深沉、压抑,就像从地下发出来的声音。它那么真切地表现了绝望的迷途的人的声音,一个孤独地在荒野上彷徨,走得精疲力竭,饿得半死的旅客,在倒毙前,就会用这种声音怀念家和朋友。

在默默地工作了几分钟之后,那双深陷的眼睛又往上瞧:

并非出于兴趣或好奇,而是先出于迟钝的、机械的感觉,意识到那位唯一的来客所站的地方,还没有空。

"我想,"德法日说道,他一直注视着这个鞋匠,"把窗开大一点亮一些。亮一些你受得了吗?"

鞋匠停下工作;茫然地听着,一会儿瞧瞧他一边的地板,一会儿又瞧瞧另一边的地板,然后仰望着说话人。

"你说什么?"

"亮一些你受得了吗?"

"要是你开亮些,我就得忍受。"("就得"这个词,略微说得重一些。)

他把那半扇打开的窗门再开大一点,暂时固定在那个角度上。大量光线照进这间阁楼,照见了这个鞋匠,暂时放下工作,膝上放着一只未做好的鞋。脚下和凳子上散放着几件普通工具和各种各样的碎皮块。一把白胡子,剪得参差不齐,但不很长,双颊下陷,眼睛特别明亮。在那仍是黑色的眉毛和蓬乱的白发下面,他那瘦骨嶙峋的脸可能使眼睛显得很大,虽然它们本来的确不是那样;不过,它们天生就大,现在显得不自然的大罢了。他那件破烂的黄衬衣,衣领敞着,显出他的身子枯瘦不堪。他,他那件旧帆布工作服,他那双松松垮垮的长袜,以及他那身破破烂烂的衣服,由于长期不直接接触阳光和空气,都已褪成羊皮纸黄色,浑然一体,很难对它们加以区别。

他把一只手举在眼前,遮住光,那手的骨头似乎透明。他放下工作,这样坐着,两眼发呆。他总要先看看这一边的地板,又看看另一边,才看他面前的那个人影,好像他失去了凭声音定位的习惯;他总要先这样看来看去,才说话,于是忘了说话。

"今天你要做完这双鞋吗?"德法日问道,一边打手势要洛里先生过去。

"你说什么?"

"今天你打算做完这双鞋吗?"

"说不好。我想是这样。我也不知道。"

可是,这一问倒使他想起他的工作,于是又埋头干起来。

洛里先生把那个女儿留在门边,悄悄走过去。他在德法日身边站了一两分钟之后,鞋匠才抬头往上看。他看到另一个人影并不显得吃惊,不过这时他一只手的手指晃晃悠悠晃到唇边(他的嘴唇和指甲都是铅灰色),随即落到他的活计上,又埋头做鞋。这一看一动之间不过顷刻工夫。

"有位客人来看你,你瞧。"德法日先生说道。

"你说什么?"

"来了客人。"

鞋匠像刚才那样抬起头,但他的手并没有离开他的活计。

"嗨!"德法日说道,"就是这位先生,他懂行,鞋做得好不好,他一看就知道。把你做的那只鞋给他看看。拿着,先生。"

洛里先生接过鞋拿着。

"告诉先生,这是什么鞋,制鞋人的名字。"

停顿了比往常更长的时间之后,鞋匠才答道:

"我忘了你问我什么事。你说什么?"

"我刚才说,你能不能给先生说一说这是什么鞋?"

"这是女士鞋。是年轻小姐穿的便鞋。现在流行的式样。过去我还没见过。我这里有一个鞋样。"他瞧了那只鞋一眼,闪过一点得意的神色。

"制鞋人的名字?"德法日说道。

既然他手里没拿着活计,就拳着右手放在左手心里,又拳着左手放在右手心里,然后摸摸长胡子的下巴,这样不停地有规律地倒来倒去。要使他从说话时常常陷入的走神状态中清醒过来,有如使一个很虚弱的人从昏迷中苏醒过来,或由于希望获得什么秘密,竭力留住一个快死的人的灵魂一样困难。

"你问过我的名字吗?"

"的确问过。"

"北塔楼,一百零五号。"

"就这个名字?"

"北塔楼,一百零五号。"

他发出一声既非叹气,又非呻吟的疲倦的声音,又埋头干活,直到又打破沉默。

"你的职业不是做鞋的吧?"洛里先生直瞧着他,说道。

他那双深陷的眼睛转向德法日,好像这该由他来回答,既然他不帮忙,那双眼睛往地板上看来看去之后,又转向发问人。

"我的职业不是做鞋。不,我过去的职业不是做鞋。我——我在这儿学的,自学的。我要求允许我——"

他走神了,甚至长达几分钟,这时他一直重复那一套有规律的两手倒来倒去的动作,他的眼睛离开那张脸看来看去之后,终于又慢慢转向那张脸,一停到那儿,他吃惊了,仿佛睡觉的人刚醒,又回到昨夜的话题似的。

"我要求准许我自学,过了很久,好不容易才得到准许,从此我就做鞋了。"

当他伸出手要那只从他那里拿去的鞋子时,洛里先生仍

49

直瞧他的脸,说道:

"马内特先生,你一点也记不得我了吗?"

那只鞋掉到地上,他坐着定定地瞧着发问的人。

"马内特先生,"——洛里先生把手放到德法日的胳膊上——"你一点也记不得这个人了吗?看看他。看看我。难道你心里就想不起过去的老银行职员,过去的业务关系,过去的仆人,过去的年月,马内特先生?"

这个被关了多年的囚徒目不转睛地一会儿看着洛里先生,一会儿看着德法日,这时,那前额当中早已消失的,活跃而专注的智力的标志,渐渐强行透过罩住他的黑雾。那些标志又被雾罩住,暗淡了,消失了;但它们出现过。那位小姐年轻美丽的脸上也丝毫不差地重复出现那样的表情,因为她已经顺着墙悄悄走到能看见他的地方,这时正站在那儿瞧着他,她举起手来,最初只是出于惊惶的怜悯,即使不是为了避开他,挡住不敢看他,这时,向他伸过去,由于急于要把那幽灵似的脸搂在她温暖年轻的怀里,急于用爱使他恢复生机,恢复希望而发抖——她美丽年轻的脸上那样丝毫不差地重复出现(只不过那些特征更鲜明)那样的表情,看来它就好像一道移动的光,从他那儿移到了她身上。

阴暗又罩住他的前额。他瞧着他们俩时,越来越走神了,他的眼睛又像先前那样,蒙眬、茫然地往地板上,往他的周围,看来看去。最后,长叹一声,拿起鞋,又干起来。

"你认出他了吗,先生?"德法日悄声问道。

"是的;有一会儿。最初我以为毫无希望,但是,就一会儿,我的确看见了过去我很熟悉的脸。别作声!咱们往后退一退,别作声!"

她已经离开了墙边,走到他坐的板凳前。他埋头工作时不知道这个人影会伸出手摸他,这有些可怕。

既没有说话,也没有弄出响声。她像幽灵似地站在他旁边,他埋头干他的活。

他终于需要换手上的工具,要用鞋匠刀。刀在他身边,但不在她站的那一边,他拿起刀又埋头工作时,他的眼睛看见了她的裙子。又抬起眼睛,看到她的脸。那两个旁观者正要上前,但她打了个手势止住他们。她并不怕他拿刀砍她,但他们怕。

他露出可怕的神色凝视着她,过了一会儿他的嘴唇动了动,要说什么,但没有说出声来。在他急促、吃力的呼吸的间歇中,渐渐听到他的声音:

"怎么回事?"

她的眼泪滚滚直流,一边把两手举到唇上吻一下飞给他;随即把两手抱在胸上,仿佛搂着他那被毁的头似的。

"你不是看守的女儿吧?"

她叹息着说:"不。"

"你是谁?"

她仍信不过她的嗓子,怕泣不成声,便挨着他在板凳上坐下。他躲了躲,但她扶住他的胳膊。这引起他一阵异样的战栗,又明显地传遍全身;他一边凝视着她,一边轻轻地放下刀。

她匆匆撩开她那头长长的金黄色鬈发,披到脖子上。他的手一点,一点挪过去,拿起她的头发看。正看着就走神了,接着长叹一声,又开始做鞋。

不久,她放开他的胳膊,把手搭在他的肩上。他怀疑地对那手看了两三次,仿佛要看准它确实在那里,才放下他的工作,把手伸到脖子上,取下一根弄黑的细绳,绳上系着一块叠好的破布。他把它放在膝上,小心地打开,破布里包着一点头发:不过一两根金黄色长发,这是他在多年前的一天从他指头上解下来的。

他又把她的头发拿在手里,仔细看着。"一样的头发。怎么可能呢?那是什么时候?那是怎么回事?"

他的前额又出现专注的神情,他似乎意识到她的前额也有这种神情。他把她转过去全身对着光亮,看着她。

"我应召出去那天晚上,她把头靠在我肩上——我去的时候,她很担心,但我不担心——后来,把我带到北塔楼,他们发现我袖子上有这两根头发。'你们把这两根头发留给我吧?这决不能帮我的身体逃出去,虽然会帮我的灵魂逃出去。'这是我当时说的话,我记得很清楚。"

他的嘴唇,动了多次,才说出这番话来。不过,他一说出口,就连贯地想起那些词,虽然很慢。

"这是怎么回事?——难道是你?"

当他可怕地突然转向她时,那两个旁观者再次吃了一惊。她任他抓住,坐着一动不动,只低声说:"恳求你们,好心的先生,别走近我们,别说话,别动!"

"听啊!"他叫道,"这是谁的声音?"

他边叫边松开抓住她的手,又抓住他的白发一阵乱扯。如同除了做鞋而外,一切都从他心里消失一样,这阵狂乱平息了,他把那小包叠起,打算放到怀里保存好;他仍瞧着她,阴郁地摇摇头。

"不是,不是,不是;你太年轻,像盛开的花朵。不可能。瞧瞧我这囚徒是什么样子。这不是她熟悉的手,这不是她熟悉的脸,这不是她听过的声音。不,不。她原来——他原来——在北塔楼过那些难熬的日子之前——多年以前。你叫什么名字,我温柔的天使?"

由于他的口气和态度变得温和了,她跪倒在他面前,两手乞求似地放在他的胸口上。

"啊,先生,以后你会知道我的名字,我母亲是谁,我父亲是谁,还有我从来不知道他们那苦难的经历的原因。不过,现在我不能告诉你,在这里我不能告诉你。现在,在这里,我只能告诉你,我求你挨着我为我祝福。吻我,吻我!啊,亲爱的,亲爱的!"

他那冷冰冰的白头和她那金光闪闪的头发混在一起,她的头发温暖并点亮了那白头,仿佛那是在他身上闪耀的自由之光。

"要是你听我的声音——我不知道是不是这样,但愿是这样——要是你听我的声音,跟你曾经听来像甜美的音乐一般的声音,有些像,为此哭吧,为此哭吧!要是你摸着我的头发,有所感触,使你想起你年轻、自由的时候,躺在你怀里的可爱的头,为此哭吧,为此哭吧!当我向你暗示,不久我们就有一个家,我会尽心尽力孝敬你、侍候你,要是引起你对一个早已破败的家的回忆,而你那可怜的心已衰弱不堪,那么,为此哭吧,为此哭吧!"

她更紧地搂着他的脖子,把他像小孩子似的搂在怀里摇着。

"当我告诉你,最最亲爱的,你的痛苦已经过去,我到这儿就是为了带你脱离苦海,我们到英国去过和平、安宁的生活,要是我使你想到你被毁了的本来有作为的一生,想到我们的祖国法国对你这样恶毒,那么为此哭吧,为此哭吧!当我以后告诉你我的名字,我还活着的父亲,已去世的母亲,要是你知道,由于我那可怜的母亲的爱,对我隐瞒了他遭受的痛苦,因而我从来没有为他终日奔走,彻夜不眠,哭泣,为此我必须向我尊敬的父亲下跪,乞求他宽恕,为此哭吧,为此哭吧!为她哭,再为我哭吧!好心的先生们,感谢上帝!我感到他那神圣的眼泪流到我脸上,他的抽泣撞击着我的心。啊,瞧!为我们感谢上帝,感谢上帝!"

他已倒在她的胳膊里,脸落在她胸上;这一情景是如此感人,然而在此之前所蒙受的奇冤和巨大痛苦又那样可怕,那两位旁观者都蒙住了脸。

阁楼里的安静很久未被打搅,他的起伏的胸部和抖动的身子也早已屈从于一切暴风雨——人性的象征——之后必然出现的平静,就像那称为"生命"的暴风雨最终必然要静下来那样安息,寂然无声;这时他们走过去,准备从地上扶起父女俩。原来,他已慢慢滑到地板上,昏昏迷迷躺在那儿,已经精疲力竭。她也跟着他一起躺下,他的头才能靠在她的胳膊上;她的头发搭在他身上,像窗帘似的给他挡住光。

"要是不惊动他,"她一边说,一边向洛里先生举起手,他在反复擤过鼻子后向他们俯下身子,"能马上安排好离开巴黎就好了,我们可以从这个门把他送走——"

"不过,要考虑考虑。他适于旅行吗?"洛里先生问道。

"对他来说,这个城市太可怕了,我认为,旅行比留在这里更合适。"

"对,"德法日说道,他正跪在那儿旁观、旁听,"岂止合适;无论凭什么理由,马内特先生最好离开法国。我说,我去雇一辆马车和几匹驿马,好吗?"

"这是正事,"洛里先生说道,他一听这话马上恢复了有条理的态度,"既然有事要办,我还是办事吧。"

"那么,"马内特小姐恳求道,"请让我们留在这儿,你们瞧,他现在多镇静,现在让他跟我在一起,你们不会担心了。你们干吗要担心呢?如果你们把门锁上,保证别人不会打搅,等你们回来时,你们准会发现他跟你们离开时一样安静。无论如何,我要照顾他,直到你们回来,然后我们马上把他送走。"

洛里先生和德法日都不愿意这样办,主张他们当中留下一个。但是,不仅要雇马车,还要办旅行证件,而且天快黑了,时间紧迫,他们终于急忙把必须办的事作了分派,匆匆离开,分头去办事。

天渐渐黑了,女儿挨着父亲躺在坚硬的地面上,守护着他。天越来越黑,他们俩这样静静地躺着,直到墙上的裂缝透进一点亮光。

洛里先生和德法日先生已作好旅行的一切准备,还准备了旅行斗篷,披的围的东西,夹肉面包,葡萄酒和热咖啡。德法日先生把这些食物和他带来的灯,放在板凳上(阁楼里除了一张干草铺的床,什么也没有),接着,他和洛里先生唤醒这个囚徒,把他扶起来。

无论多高的智力,都无法从他脸上那恐慌的茫然的惊奇中,看出他心里的隐秘。他是否知道发生了什么事,他是否记得他们跟他说过的话,他是否知道他已获得自由,这些都是最精明的人也无法解答的问题。他们试着跟他说话;但他是那么慌乱,回答得那么慢,看到他那样困惑,他们吃了一惊,都认为,暂时不宜再打搅他。有时,他两手抱着头那副狂乱、迷惘的样子,过去还从未见过,不过,他还爱听他女儿说话,哪怕仅仅听声音,而且她一说话,他就总是转过身去听。

由于长期在淫威下服从惯了,他还是那样驯服地吃喝他们给他吃喝的东西,穿上他们给他穿的斗篷和其他披的围的东西。他女儿伸手挽住他的胳膊时,他马上作出反应,用两手抓住那只手——抓住不放。

他们开始下楼;德法日先生拿着灯走在前面,洛里先生殿后。他们由那长长的主楼道下去,没有走几步,他就站住,凝视着屋顶和四周的墙壁。

"你记得这地方,父亲?你记得在这儿上楼?"

"你说什么?"

可是,还没有等她再问,他就喃喃地做了回答,仿佛她又问过了。

"记得吗?不,我不记得。那是很久很久以前的事。"

在他们看来,显然他一点也记不得把他从监狱带到这座楼房的事。他们听见他喃喃地说:"北塔楼,一百零五号";当他看四周的墙壁时,显然是把它当作那曾经长期关过他的坚固的城堡墙。他们走到院子之后,他本能地放慢了脚步,仿佛在等待放吊桥;既然那儿没有吊桥,他却看见一辆马车在街上等着,便放下他女儿的手,又抱住头。

门口附近没有人群,那许许多多窗户,看不见一个人影;街上连偶然过路的人也没有。一片反常的寂静和荒凉。只看见一个人,那就是德法日太太——她靠在门柱上编织着,什么也没有看见。

这个囚徒上了车,他的女儿也跟着上了车,洛里先生刚上踏板就给止住了,因为囚徒可怜巴巴地要他做鞋的工具和那双未做完的鞋。德法日太太马上叫他的丈夫,说她去拿,便一边织着,一边离开车灯照着的地方,穿过院子。她很快就把那些东西拿下来,递进车里,然后马上又靠在门柱上编织,什么也没有看见。

德法日上了驾驶座,便吩咐"到关卡!"马车夫一甩鞭子,他们在微弱的过于摇晃的灯光下,咔哒咔哒地驶去。

在那过于摇晃的灯光下——在路面较好的街上晃得更亮,在较坏的街上,则晃得更暗——经过点着灯的店铺,快乐的人群,灯火通明的咖啡店和剧院大门,来到一个城门。士兵们提着灯站在那儿的警卫室旁边。"证件,旅客们!""这儿,长官先生,"德法日说着,下了车,严肃地把他带到一边,"这就是里边那位白头先生的证件。这是由——连他一起交给我的。"他放低了声音,这时那些军用提灯当中出现了飘动,其中一盏由一只穿制服的胳膊提进了马车,与那只胳膊相关联的一双眼睛,用不同于日日夜夜例行检查的目光,瞧着那位白头的先生。"行啦,走吧!"那位穿制服的说。"再见!"德法日说。于是,从一小片灯光越来越微弱的过于摇晃的路灯下,来到一大片星斗之下。

到了这满天一动不动的永恒的星光之下:有些星星离这小小的地球太远,据学者说,它们的光至今还不一定照到它,虽说它只是宇宙中一个小点,那里却受尽苦难,也无所不为:夜的阴影既大又暗。从这段寒冷、不安的历程,直到黎明,这些阴影再次在洛里先生耳边悄悄地说个不停——他坐在这个被埋葬后又挖出来的人对面,捉摸着,不知道他永远丧失了哪些不可思议的能力,又有哪些可以恢复——还是问那些事:

"我希望你愿意起死回生吧?"
还是那样的回答:
"很难说。"

第二部 金 线

第一章　五　年　后

坐落在圣殿门附近的特尔森银行,即使在一千七百八十年,也算是老式房子。它很小、很暗、很难看、很不方便。再说,这家银行的合伙人倒以其小而自豪,以其暗而自豪,以其难看而自豪,以其不方便而自豪。就这种道德品质而论,它也是老式房子。他们甚至以这些特点很突出夸耀于人,而且,受到一个明确的信念的激励:如果它不那么遭人反对,就不那么受人尊敬。这绝不是消极的信念,而是他们用以向条件更方便的商号挥舞的积极的武器。(据说)特尔森银行不需要更多活动的余地,特尔森银行不需要光亮,特尔森银行不需要装饰。也许诺亚克斯公司需要,也许斯努克斯兄弟公司也需要;而特尔森银行,感谢上天!——

无论哪个合伙人,都会因为他的儿子提出重建特尔森银行的问题,而取消他的继承权。在这一方面,这家银行和这个国家差不多一样;这个国家也常常因为它的儿子提出改进那些早已遭到强烈反对反倒更受尊敬的法律和风习而取消他们的继承权。

这样一来,特尔森银行就成为扬扬得意的极不方便的标本。在你猛一下推开那扇冥顽不灵,喉咙管发出微弱嘎嘎声的大门之后,下两级台阶,你就跌进了下面的特尔森银行,到了一间有两个柜台的简陋的小店铺,你才清醒过来,当几个最老的办事员拿着你的支票靠近最脏最暗的窗户验看签字时,支票直颤动,仿佛风吹得它沙沙响;那几个窗户经常冲洗舰队街喷来的泥浆淋浴,而且被它们自己的铁栅栏和圣殿门的浓重的阴影,遮得更阴暗。如果你有事必须见"这家商号",你就被带到后面一种"牢房"里,你在这儿回顾了虚度的一生,这家商号才两手插在口袋里走来,在那阴森的昏暗中,你眨眨眼睛也几乎看不见它。你的钱,从一些虫蛀的旧木柜里取出,或存放在那里,在开关木柜时,柜里的尘土就飞进你的鼻子,进入你的喉咙。你的钞票有一股霉臭味,好像它们很快就会再次化为破烂。你的金银餐具放在附近那些污秽的地方,由于污染,过一两天它们就失去了光泽。你的契约,存放在由厨房、洗碗间临时凑合的保险库房里,契约的羊皮纸的脂肪全被侵蚀,散发到银行的空气中。你放家庭信件的较轻的盒子,存放在楼上一间巴密塞德室①,室内总是放着一张大餐桌,但从未在这里进过餐;陈列在圣殿门上示众的人头(那样无动于衷的残暴,无异于阿比西尼亚或阿散蒂的土著),透过这儿的窗户向你的旧情人或你的孩子们最初写给你的书信飞眼;甚至在一千七百八十年,这些书信才刚摆脱这一恐怖。

不过,那时候,处死的确是各行各业都很流行的法子②,

---

① 巴密塞德,波斯一王子,常以空盘空杯,报佳肴美酒的名字宴客,作弄人。见《一千零一夜》第一卷《理发匠六兄弟的故事》。这里指虚有其名的餐室。

② 十八世纪,英国滥施死刑,处以死刑的罪名多达两百多种。直到一八二六年才有所改革。

尤其是特尔森银行。既然死亡是大自然医治百病的良方，作为立法的良方有何不可？于是，伪造者处死；使用假钞者处死；非法拆信者处死；偷窃四十先令六便士者处死；在特尔森银行门前偷马逃走者处死；铸造一先令伪币者处死；凡触响"犯罪"的全部音阶中四分之三的音键者，均被处死。并不是因为这对防范为非作歹有丝毫好处——事实上恰恰相反，这也许值得注意——而是因为它了结了（今生今世的）某一案件的麻烦，而且一了百了。因此，当年的特尔森银行，跟更大的商号，跟同时代的人一样，处死了那么多人，如果把在它附近砍下的头，不是私下处理掉，而是陈列在圣殿门上，它们很可能颇有深意地把银行底层那点微弱的光亮完全挡住。

年纪最老的办事员们就在特尔森银行里各种朦胧的橱柜和箱笼的夹缝间，庄严地办理业务。只要他们接收一个年轻人进特尔森银行的伦敦商号工作，就把他藏到某处，一直到老。他们先把他像干酪似地放到暗室里，等他浑身发出特尔森的气味，长满蓝色的霉，只有到了这个火候，才准许他露面，引人注目地查阅大账簿，而且显摆他那紧身裤和鞋罩，为整个商号的重要性，增添一点分量。

特尔森银行门外，有一个打杂的，有时干搬运和信差——非经召唤，决不许进去——他成为这家商号的活招牌。上班时间，他从不缺席，如果有差事，就由他的儿子顶班：那是个十二岁的讨厌的淘气鬼，跟他长得一模一样。人们了解，特尔森银行是以庄严的态度容忍这个打杂的。它对这号人总是宽容，而时势的潮流又把这个人漂到这个岗位上。他姓克伦彻，年轻时，由于请人代他在亨兹迪奇东边的教区教堂声明不再干坏事,便得到杰里①这个外号。

这一场,发生在白衣修士区悬剑巷克伦彻先生私宅;时间是,安诺·多米奈②一千七百八十年,(克伦彻先生自己总是把"耶稣纪元"说成安娜·多米诺:他显然以为耶稣纪元是从一位女士发明一种以她的名字命名的流行的游戏那时开始。)三月一个多风的早上七点钟。

克伦彻先生的一套房间并不在名声好的地区,在间数上,即使把仅安了一块玻璃的那一间小屋也算上,不过两间。但收拾得整整洁洁。三月那天多风的早上,虽然还很早,他睡的那间屋就已经彻底擦过洗过了;一张笨重的松木桌上铺了一块很干净的白桌布,摆着早餐用的杯盘。

克伦彻先生盖着一床镶拼的床单睡觉,像家里的丑角似的。他先睡得很熟,渐渐开始像波浪似的滚动,翻腾,终于翻身起来,露出水面,头发像铁钉似的扎煞着,那样子仿佛非把床单撕成碎缎带不可。就在这时,他气急败坏地嚷道:

"她要不是又在捣鬼,我就该死!"

一个看来整洁、勤劳的女人跪在一个角落里,这时慌忙站了起来,那样惊惶,足以说明她就是刚才提到的这个人。

"怎么啦!"克伦彻先生边说,边往床下找靴子,"你又在捣鬼,是不是?"

他第二次这样道过早安之后,把一只靴子向那女人扔去,算是第三次问候。这是一只沾满泥的靴子,却可以作为了解与克伦彻先生的家庭经济有关的一桩怪事的引子,因为他下

---

① 杰里(Jerry),有"德国佬"等含义。
② 安诺·多米奈(Anno Domini),即耶稣纪元,或纪元,与一种骨牌多米诺音近。

班回家时,靴子总是干干净净的,他第二天早上起身后总是发现这双靴子沾满泥。

"怎么啦,"克伦彻先生说道,在一击未中之后改变了顿呼法——"你在干什么,惹人生气的东西?"

"我不过是做祷告。"

"做祷告!多好的女人!你往下一跪,就祷告祝我倒霉,是什么意思?"

"我祷告,不是祝你倒霉,而是为你好。"

"不是。就算是,也不允许对我这样随便。嗨!小杰里,你妈是个好女人,就是做祷告祝我发不了财。你有一个尽责的妈,没错,我的儿子。你有一个虔诚的妈,没错,我的儿子,就是往下一跪,就做祷告,祝愿把她独生儿子嘴里的黄油面包抢走!"

克伦彻少爷(穿着衬衣)对此非常生气,随即转向他的妈,强烈反对任何把他个人的饭食祝掉的祈祷。

"你这自以为了不起的娘们,"克伦彻先生说道,不自觉地说得前后不一致,"你认为你的祈祷有多大价值?你把你的祈祷定个啥价,说说看!"

"那不过是发自内心的,杰里。就这么大的价值。"

"就这么大的价值!"克伦彻重复道,"那么说,价值不大喽。不管怎么样,反正不许祝我倒霉。我招架不住。我可不愿意让你暗中捣鬼,害得我倒霉。如果你一定要下跪,那就祝祷你的丈夫和孩子交好运,而不是害他们。要不是我有个太不近人情的老婆,这可怜的孩子有个太不近人情的妈,上星期我本来可以挣些钱,不会被人暗中捣鬼,中了奸计,上了宗教的当,而倒了大霉。"克伦彻先生说道,这段时间,他一直在穿

65

衣服,"要不是因为虔诚,还有这样那样的混账事;上星期上了当,我这可怜的本分的生意人才碰上最倒霉的事,我就该——该——死! 小杰里,穿上衣服,孩子! 我擦靴子的时候,随时留神你的妈,你只要看到她像要下跪的样子,就叫我一声。因为,我告诉你,"他再次对他老婆说,"因为,我不许别人这样整我,我跟一辆出租马车似的摇摇晃晃,我像服了鸦片剂一样直发困,我的神经那么紧张,要不是感到神经痛,我都分不清这是我的身子,还是别人的身子,可是我并没有因此多挣些钱;我才怀疑,就是你从早到晚祈祷,害得我没有多挣钱;我不能再忍受了,惹人生气的东西,现在你怎么说?"

克伦彻先生又咆哮了一通,说些"啊! 是的! 你还信教! 你不会反对你丈夫和孩子的利益,是吗? 你才不会!"之类的话,他那转动的愤怒的磨石上还溅出一些讽刺的火花,之后,便去擦靴子,做平常上班的准备。在这同时,他的儿子一直按吩咐监视他的妈,跟他父亲一样,他的头像安装了铁钉似的扎煞着,不过稍软一点,两只年轻的眼睛靠得很近。他时不时从他在里面穿着打扮的那间小屋钻出来,压低声音叫一声:"你要下跪啦,妈——喂,爸爸!"发完假警报之后,毫无孝心地咧嘴一笑,又钻进屋去,把这个可怜的女人搅得心神不安。

克伦彻先生去吃早餐时,脾气并没有好一点。他尤其恨克伦彻太太做感恩祷告。

"喂,惹人生气的东西! 你干什么? 又来啦?"

他的妻子解释说,她不过是"做饭前祷告"。

"别做啦!"克伦彻先生说着,向周围看了看,仿佛他倒希望看到那面包在她祝祷的效力下消失似的,"我不想让祷告把我祝出家门,我不能让祷告祝掉我桌上的饭食。老实待着！"

杰里·克伦彻的眼睛特别红，板着脸，好像参加了一个毫无乐趣的晚会熬了一个通宵似的，与其说是他在吃早餐，不如说在咬，因为他一边咬一边咆哮，像笼子里关的四足动物一样。快到九点时，他把生气的面孔平和下来，尽可能在他的本来面目上添一层可敬的一本正经的外表，就出门去干他白天干的工作。

尽管他总爱把自己说成"本分的生意人"，但那很难说是做生意。他的本钱只有那个由破靠背椅改做的木凳，小杰里天天早上带着这个凳子跟着父亲到银行的离圣殿门最近的那个窗下，再加上一有机会能从过路的车上捞到的一把干草，供这个勤杂工的脚防寒防潮，就用这干草在那儿扎下过一天的营盘。上岗之后，克伦彻先生在舰队街和圣殿一带，像城门那样出名——也几乎像那样邪恶。

差一刻九点扎下营，杰里正好来得及向过路进银行的最老的办事员们碰一碰他那顶三角帽致敬，这样，他便在多风的三月的这天早上，上了岗，要是小杰里没有出城门去欺侮人，便站在他旁边，他往往对过路的小得适于他捉弄的男孩，在身体上和精神上加以恶毒的伤害。父子俩一式一样，都一声不响地瞧着舰队街上那天早上过往的车辆、行人，他们的头，像他们的眼睛一样，紧紧靠在一起，活像一对猴子。即使老杰里偶然嚼嚼干草又吐出来，小杰里那双闪动的眼睛转来转去，像瞧街上别的东西那样不断注意他，也仍然是一副猴相。

在特尔森银行大楼内部当差的一个信差，从门内伸出头来，吩咐道：

"找听差！"

"哇,父亲！祝你捞份早活干!"

小杰里对父亲这样祝愿之后,在凳子上坐下,也开始对他父亲刚才嚼的干草发生返祖遗传的兴趣,一边琢磨起来。

"老是有铁锈,他的指头老是有铁锈!"小杰里喃喃道,"我父亲从哪儿蹭上这些铁锈呢？他在这儿可蹭不上!"

第二章 一场好戏

"你对老贝利①很熟悉,没错吧?"一个最老的办事员向信差杰里说道。

"是——的,先生,"杰里有点固执地答道,"我的确认识老贝利。"

"一点不错。你认识洛里先生吗?"

"我认识洛里先生,您哪,比我对那个贝利熟悉得多。我很明白,"杰里说道,未必不像一个在上述法庭上不情愿作证的证人,"我这样一个本分的生意人,可不愿意认识那个贝利。"

"很好。找到证人进入的门,把这张给洛里先生的便条,给看门人看看,他就会放你进去。"

"要进法庭吗,先生?"

"进法庭。"

克伦彻的两只眼睛似乎靠得更近,在相互询问似的:"你对这事有什么看法?"

"我要在法庭上等候吗,先生?"他问道,这是两眼商量的结果。

---

① 老贝利,即法庭,坐落在新门监狱旁边,后改建为伦敦中央刑事法庭。

"我这就告诉你。看门人把这张便条送给洛里先生之后,你就打手势,引起洛里先生注意,让他看到你站在什么地方就行。然后,你就站在那儿,听候他的吩咐。"

"就这件事吗,先生?"

"就这件事。他想留个人在身边送信。这张条子就是告诉他你在那儿。"

那个老办事员从容不迫地折好便条,又在上面写姓名,克伦彻先生在一边一声不响地看着,等他到了用吸墨纸的程序时,说道:

"我看,他们今天上午要审伪造案吧?"

"叛逆案!"

"那要把人大卸几块呀,"杰里说道,"真野蛮!"

"这是法律,"老办事员那副感到意外的眼镜转向他,说道,"这是法律。"

"还要把人开膛破肚,我认为,这法律也真狠。杀了他就够狠的,把他开膛破肚,就太狠了,先生。"

"为法律说句好话,就一点也不狠。"老办事员回答道,"我奉劝你,还是照顾好你的胸部和嗓子吧,我的朋友,让法律管它自己的事。"

"我这胸部和嗓子的毛病,先生,是受了潮湿,"杰里说道,"就请你评评看,我受寒受潮混口饭吃,那是什么日子。"

"得啦,得啦,"老办事员说道,"我们各有各的谋生之道。有的人谋生受寒受潮,有的人不受寒受潮。信拿去。走吧。"

杰里接过信,心里不像他装出的那么恭敬,一边鞠躬,一边暗自说道:"你也是个干巴老头。"过路时,把他的去处告诉儿子,就走了。

当年还在泰伯恩①执行绞刑,因此新门监狱外面的大街还没有获得后来加于它的恶名。不过,这个监狱极为恶劣,简直无恶不作,而且滋生着种种可怕的疾病,由犯人带到了法庭,有时从被告席直接袭击审判长阁下,而且把他拉下法官席。那位戴黑帽子的审判长,像宣判犯人死刑那样确定地宣判自己的死刑,甚至还比犯人先死,这种情况发生过不止一次。此外,老贝利还以一种死亡客店的场院闻名于世,脸色灰白的旅客们坐着运货的或载客的马车,不断由那里出发,经过暴力的过程,进入另一个世界;他们要在大小街道上游街两英里半,使即使有也很少的善良公民感到羞耻。老规矩的威力太大,一开始就立下好规矩真让人称心。老贝利之所以著名,还因为颈手枷这一明智的老规矩,谁也无法预料判处这种刑罚会扩大到何种程度;还因为鞭人柱,另一种可爱的老规矩,看了施鞭刑,确能使人变得心慈手软;还因为广泛的血腥钱②交易,这是又一种祖传的智慧,由此一步步导致一桩桩天下最可怕的图财害命的罪行。总而言之,当年的老贝利,是说明"凡存在的,都是正确的"这一箴言的最佳例证;如果它不包含这一令人不安的推论:凡过去存在的,都没有错,就不但使人不思上进,又成为定论。

在这可怕的起诉的现场上,到处都是受污染的人群,这位信差像习惯于不声不响地赶路的人那样熟练地穿过人群,找到他要找的那道门,把信从门上一个小活门递进去。当时,上法庭看热闹要花钱,正如到疯人院看热闹要花钱一样——只

---

① 泰伯恩,一七八三年以前,伦敦及米德尔塞克斯郡等地的绞刑场,因此,绞架又称为"泰伯恩树",后来,新门监狱外面的大街成为刑场。
② 血腥钱,因害人、杀人获得的报酬,或付出的酬金。

不过前一种娱乐要贵得多。因此,老贝利所有的门全有人严加把守——当然,犯人上法庭经过的那些社会上的大门除外,它们总是敞开着。

那道门迟疑一会儿之后,不情愿地在枢纽上转动一下,稍稍开了一点,仅容克伦彻先生挤进法庭。

"审什么案子?"他悄声问他旁边的人。

"还没有开场。"

"要审什么案子?"

"叛逆案。"

"要分尸的案子,是吗?"

"唉!"那人津津乐道地答道,"先用囚车把他拉来,吊得半死,再放下来,当着他的面,剖开肚子,然后让他瞧着掏出他的内脏焚烧,然后砍掉他的脑袋,又大卸四块。判这种刑就这样处治。"

"你是说,要是他被判有罪?"杰里补充了一个条件。

"啊!他们会判他有罪,"另一个说道,"这你不用担心。"

这时,克伦彻先生的注意力已转向那个看门人,他看见看门人拿着信向洛里先生走去。洛里先生跟一些戴假发的绅士们坐在一张桌子旁边,离犯人的律师,一个戴假发的绅士不远,他面前摆了一大堆文件;对面是另一个戴假发的绅士,两手插在口袋里,在克伦彻先生当时或以后看来,他的全部注意力似乎都集中在法庭的天花板上。杰里哑着嗓子咳了几声,又擦擦下巴,又打手势,才引起洛里先生注意,他刚才站起来找杰里,默默地点点头,又坐下。

"他跟这案子有什么关系?"跟他谈话的那个人问道。

"我可真不知道。"杰里说道。

"那么,要是有人问,你跟这案子有什么关系?"

"我也真不知道。"杰里说道。

法官们入场,引起了很大的骚动,平静下来后,他们才停止交谈。被告席马上成为关注的中心。刚才站在那儿的两个看守走出去,把犯人押上来,带进法栏。

除了那个老望着天花板的戴假发的绅士外,在场的人都注视着那犯人。全场人的气息,像大海、像一阵风、像一团火似的,翻翻滚滚向他袭去。在柱子周围和各个角落的一张张急切的脸,都尽力张望,想看到他;后排的看客都站起来,要丝毫不漏地把他看个真切;站着的人则把手撑在他们前面的人的肩上张望,也不管是否妨碍别人——为了把他看得清清楚楚,有的踮着脚,有的爬上窗台之类的突出物,有的站在几乎没有增加高度的东西上。杰里站在这后一类人当中,就像新门监狱安了铁钉的墙头的一个活的部分,特别显眼;他在来这儿的路上喝的那杯啤酒的气味,也对准那犯人放出去,跟涌向犯人的别的啤酒,杜松子酒,茶和咖啡等等气味的浪潮合流,那浪潮已经使犯人身后的几个大窗子蒙上污秽的雾气,湿淋淋的了。

众目所视并对之哇啦哇啦的目标,是一个大约二十五岁的年轻人,长得高大、英俊,脸晒得黑黑的,一双黑眼睛。绅士身份。一身黑色,或深灰色的普通衣着,长长的黑发,用一条缎带束在颈后;与其说这是装饰,不如说免得头发碍事。如同内心的感情总会透过身上的任何覆盖表现出来,他的处境所造成的苍白,也透过他脸上的棕色显露出来,证明心灵的力量胜过阳光。除此而外,他很镇静,他向法官们鞠了一躬,就默默站着。

73

看客们急切地围观这个人的兴趣,不是那种提高人性的兴趣。如果他面临的不是那么可怕的刑罚——如果行刑的野蛮细节有可能省掉任何一项——他就会失去一分吸引力。那判定要遭受如此可耻的宰割的形体,才值得一看;那遭到如此屠宰,碎尸的神的造物,才能引起激动。形形色色的看客,即使各显自欺欺人的本事,对他们的兴趣无论怎样粉饰,究其根源,那仍然是吃人恶魔的兴趣。

法庭一片肃静!昨天查尔斯·达奈已对那份起诉作了答辩,申诉自己无罪;那份起诉指控他是(满篇音调铿锵的冗词赘语)背叛我光荣、伟大,如此这般的圣主明君,国王陛下的奸贼,由于他在法王路易反对我光荣、伟大,如此这般的国王陛下的战争中,多次,以多种方式、方法,协助法王路易;即是说,在上述我光荣、伟大,如此这般的国王陛下的领土,和上述法国的路易的领土之间,来来往往,并邪恶地、不忠实地、大逆不道地,还有其他恶毒的副词,向上述法国的路易,泄露了我上述光荣、伟大,如此这般的国王陛下准备派往加拿大和北美洲的兵力。杰里因为那些法律术语,搞得他的头发都竖了起来,他的头就越来越像墙头上的铁钉,他听懂了这点意思,大为满意,这样绕了些弯子才弄明白:"上述",而且一再"上述"的查尔斯·达奈,站在他前面受审;陪审团正宣誓入席;总检察长先生准备发言。

虽然在场的每一个人(被告也知道)都想象着被告正在被吊得半死,砍头,肢解,对于他这种处境,被告既不畏缩,也毫不装模作样。他不动声色,注意听着,一边严肃地关注着开庭的程序;他把手放在他面前的木板上,那么镇静,木板上铺的药草连一根叶子也没有移动。法庭里到处撒了药草,洒了醋，预防监狱的空气和监狱流行的恶性伤寒传染。

犯人的头顶上有一面镜子，把光线照到他身上。许许多多歹徒和不幸者被它照过，后来离开了镜子和这个世界。如果这镜子能重现它照过的映像，如同大海总有一天会泛起它吞没的尸体，那么，那些鬼影，就会极可怕地出没于这令人憎恶的地方了。这个犯人心里也许偶然想到受了侮辱，因为那镜子就是为此而设。尽管如此，当他挪动一下身子，感到一道光闪过他的脸时，仍抬头仰望；他看到那镜子后，脸红了，他的右手也把药草推开。

由于这一挪动，他的脸转向他左面的法官席。在法官席那个角落，几乎正对着他的眼睛的地方，坐着两个人，他眼睛立即停在他们身上；他的神色立即大变，那些原来瞧着他的眼睛不禁转向那两个人。

看客们发现这两个人一个是刚过二十岁的年轻小姐，一个是一位绅士，显然是她父亲；这个人，头发全白，脸上有一种难以形容的强烈的神色；不是那种活跃的，而是沉思内省的脸，他这副样子，很引人注目。当他脸上露出这种表情，就显得苍老；当这种表情被激发，又被驱散时——正如现在这样，当他跟他女儿谈话那一会儿——他就变得像正当盛年的漂亮男人。

他女儿坐在他身边，一只手挽着，另一只手抓着他的一只胳膊。由于害怕这种场面，也由于同情这个犯人，她紧紧地靠着他。她的前额，因为她只关心被告面临的厄运，突出地表现出交集着恐怖和同情的动人的样子。这神态太引人注目，力量太大，而且那样自然，那些看着她的人，本来对被告毫不同情，也被她感动；于是到处都在悄声打听："他们是什么人？"

信差杰里,刚才按自己的方式谈了自己的看法之后,就一直咂着指头上的铁锈想他的事,这时也伸长脖子想听一听他们究竟是什么人。他周围的人都向离自己最近的人打听,一个问一个,又一个一个更慢地传回去,杰里终于听到:

"证人。"

"哪一方的?"

"对方。"

"哪个对方?"

"指控犯人的一方。"

当总检察长先生站起来,编绞绳,磨斧头,往绞架上钉钉子时,审判长的眼睛,刚才也向大家看的地方转过去,又转了回来,往后靠在椅背上,定睛瞧着生死操在他手上的那个人。

第三章 失　望

总检察长先生必须向陪审团陈述案由，他说：他们面前的这个罪犯，虽然年轻，但干罪该处死的卖国勾当却是老手；这一通敌罪行，不是发生在今天、昨天，甚至去年、前年；罪犯确实在更久以前，就经常来往于英法两国之间，从事他无法老老实实说明的勾当；如果叛逆的鬼蜮伎俩能得逞（幸而决不能），他所干的罪恶勾当，可能不会被揭露；然而有一个无所畏惧、无可指责的人，禀承天意，查明了罪犯的阴谋的性质，大为震惊，便向首相和最受尊敬的枢密院告发；这位爱国者将出庭作证；总之，他的立场、态度是崇高的。他本来是罪犯的朋友，但是，在一个既吉利又不吉利的时刻，发现了他的可耻行径之后，决心以他不再珍惜的这个卖国贼，作为牺牲，献于他的国家的神圣的祭坛上；如果英国像古代的希腊、罗马那样，明令规定为公众的恩人建立雕像，肯定会为这位卓越的公民建立一座；既然没有这样的规定，也许不可能为他建立了；美德，如诗人们所描述的（他很清楚，许多这类篇章，应该涌到陪审员们的嘴边，几乎要逐字念出来了；而陪审员们因为对这些篇章一无所知，脸上露出内疚的样子），颇有感染力，尤其是称为爱国主义，或爱国的光辉美德；为国王（提到他，无论多么不配，深感荣幸）作证的这位清白无瑕、无可指责的证人的崇高典范,就感染了罪犯的仆人,激发他下定神圣的决心,去检查他的主人的抽屉、衣袋,并把他的文件藏起来;他(总检察长先生)倒很想听听对这位可敬的仆人的责骂;但是,总的来说,他喜欢他,胜于他(总检察长先生)喜欢他的兄弟姊妹,尊敬他胜于他(总检察长先生)尊敬他的父母;他满怀信心地请求陪审团这样看待他们;即将提交审查的这两位证人的证词,连同他们发现的文件,都证明,罪犯掌握了关于国王陛下的兵力,关于海上陆上的部署和备战情况的表册,而且毫无疑问,他经常把这些情报送给敌国;虽然还不能证明这些表册出自罪犯的手笔,但无关紧要,这反而对起诉更有利,因为,正足以证明他的防备手段之狡猾。这些证据可以追溯到五年前,证明罪犯在英军和美军初次交战那一天之前几周,即已从事这些罪恶使命;由于上述种种理由,陪审团,既然是忠诚的陪审团(他知道他们是忠诚的),负责的陪审团(他们知道他们是负责的),就应当坚决地裁定他有罪,结束他的生命,不管他们是否愿意;如果不砍下罪犯的头,他们决不放心躺下睡觉,就是想到他们的妻子竟躺下睡觉也受不了,想到他们的儿女竟躺下睡觉,也决不能容忍,简而言之,他们或他们的妻小,根本无法放心躺下睡觉;总检察长先生,凭着他能想到的音调铿锵的种种名义,凭着对他所做的已把罪犯看作如同死人一样的庄严断言深信不疑,要求陪审团砍下罪犯的头之后,结束了发言。

总检察长刚刚住口,法庭上就响起一阵阵嗡嗡声,好像一大片大蓝苍蝇围着罪犯团团转,期待着他即将临头的下场。嗡嗡声平息之后,那无可指责的爱国者出现在证人席上。

接着,副检察长先生效法他的上司,审问了这个爱国者:

姓名,约翰·巴萨,绅士。那篇讲述他纯洁心灵的话,与总检察长先生刚才的陈述,丝毫不差——如果有什么毛病可挑,也许太精确了一点。他从他那高尚的胸怀卸下这一负担之后,要不是那位面前摆一堆文件,离洛里先生不远的戴假发的绅士,要求问他几个问题,他本来会谦虚地退席。坐在他对面那位戴假发的绅士,仍望着法庭的天花板。

他本人当过暗探吗?没有,他瞧不起这种下流的间接讽刺。他靠什么生活?他的财产。他的财产在哪儿?他记不得究竟在哪儿。什么样的财产?谁也管不着。他继承的财产吗?是的,继承的。继承谁的?远亲。很远吗?相当远。进过监狱吗?当然没有。从未进过债务拘留所?不明白跟这案子有什么关系。从未进过债务拘留所?——说吧,再说一次。从来没有?进过。进过几次?两三次。不是五六次吗?也许。什么职业?绅士。被别人踢过吗?可能。常挨踢吗?没有。曾经被人踢下楼梯吗?绝对没有;有一次在楼梯顶上被人踢一脚,是他自己滚下楼的。那回挨踢是因为掷骰子骗人吗?据踢我那个醉鬼撒谎说,是那么回事,但不是实情。敢发誓说那不是实情吗?确实不是。曾经靠赌博骗人为生吗?绝对没有。曾经靠赌博为生吗?不过跟别的绅士一样玩玩。跟罪犯借过钱吗?是的。还过钱吗?没有。你跟罪犯这点亲近关系,其实很浅,难道不是你在马车上,酒店里,邮船上,硬巴结上的吗?不是。他一定看到罪犯带着这些表册喽?没错。关于表册的其他情况就一点也不知道?不知道。比如说,这些表册是不是他本人弄到手的?不是。想靠这次作证得到好处吗?不。是不是受政府雇用,设圈套害人?啊,不!或干任何事?啊,不!敢发誓吗?发多少次都行。完全出于爱国主义,没有别的动机吗?没有任何动机。

罗杰·克莱,这位品德良好的仆人,在审问过程中,发誓倒是发得非常快。他在四年前跟罪犯当差,一贯忠诚老实。他在到加来的邮船上问罪犯要不要找一个打杂的,罪犯就雇了他。他并没有求罪犯当做好事一样雇个打杂的——绝没有这种想法。他开始怀疑他,不久,就注意他的行动。他在旅途中,收拾他的衣服时,在他的衣袋里一再看到跟这些表册一样的表册。他从罪犯书桌的抽屉里取出这些表册。最初他并没放在那儿。他在加来看见罪犯把同样的表册给几个法国绅士看,又在加来和布洛涅,给几个法国绅士看。他爱他的国家,无法忍受这种行为,于是告发了。别人绝没有怀疑过他偷银茶壶;为一个芥末罐,倒是有人说过他的坏话,原来那不过是个镀银的。他认识上一个证人有七八年;那仅仅是个巧合。他并不认为那是特别稀奇的巧合;巧合多半是稀奇的。他也不认为那是稀奇的巧合,因为他的唯一动机是真正的爱国主义。他是真正的英国人,而且希望像他那样的英国人多一些。

那些蓝苍蝇又嗡嗡起来,副检察长先生传讯贾维斯·洛里先生。

"贾维斯·洛里先生,你是特尔森银行的职员吗?"

"是的。"

"一千七百七十五年十一月一个星期五的晚上,因办理业务,你曾搭邮车由伦敦到多佛吗?"

"是的。"

"邮车里还有别的乘客吗?"

"有两个。"

"他们是不是夜间在半路上下车的?"

"是的。"

"洛里先生,看看这个罪犯。他是不是那两个乘客当中的一个?"

"我不能肯定。"

"他像不像那两个乘客当中的哪一个?"

"他们都裹得很严实,那天晚上又很黑,而且我们都不敢跟别人搭话,因此,就连这一点我也不能肯定。"

"洛里先生,你再看看罪犯。假定他裹得像那两个乘客那样严实,难道凭他身材的胖瘦,高矮也不能肯定他是其中一个?"

"不能。"

"洛里先生,你能不能发誓保证,他不是其中一个?"

"不能。"

"那么,你至少可以说,他可能是其中的一个吧?"

"是的。不过我记得他们两个都——像我一样——有点怕强盗,而这个罪犯却没有一点胆小的样子。"

"你见过有人假装胆小吗,洛里先生?"

"我的确见过。"

"洛里先生,请再看一看罪犯。你确实知道,你过去见过他?"

"见过。"

"什么时候?"

"几天以后,我正要从法国回来,罪犯在加来上了我回来乘的邮船,跟我一起渡海。"

"他在什么时候上船的?"

"刚过半夜。"

"正是夜深人静的时候,这么晚上船的客人,只有他一个吧?"

"碰巧只有他一个。"

"别管它是不是'碰巧',洛里先生。在这夜深人静的时候上船的客人,只有他一个吧?"

"只有他一个。"

"你是一个人旅行呢,洛里先生,还是有旅伴?"

"有两个旅伴。一位绅士和一位小姐。他们在这儿。"

"他们在这儿。你跟罪犯讲过话吗?"

"几乎没有。那天常刮大风,路长浪大,我就躺在沙发上,差不多从那一边一直躺到这边。"

"马内特小姐!"

刚才引起大家注视,这时又引起注视的那位小姐,从座位上站起来。她父亲跟着她站起来,握着她挽着他的胳膊的那只手。

"马内特小姐,看看这个罪犯。"

面对着对他这样同情、这样真诚的年轻貌美的人,使被告感到比面对这大庭广众痛苦得多。他仿佛跟她在一边,站在他的坟墓的边上,尽管看客们都好奇地目不转睛地看着他,也不能刺激他振作起来,保持平静。他连忙用右手把他面前的药草分成堆,摆成想象的花园里一些花圃模样;由于竭力控制和稳定他的呼吸,那失去血色的嘴唇直颤动。那些大苍蝇的嗡嗡声又大起来。

"马内特小姐,你以前见过罪犯吗?"

"见过,先生。"

"在什么地方?"

"在刚才提到的那只邮船上,也在那个时候。"

"你就是刚才提到的那位小姐吗?"

"啊!我多么不幸!"

审判长恶狠狠地说道:"回答向你提出的问题,别对问题提出意见。"她充满同情的凄楚的音调消失在审判长不那么悦耳的声音之中。

"马内特小姐,在那次过海峡时,你跟罪犯讲过话吗?"

"讲过,先生。"

"想一想讲过什么。"

她在一片肃静中,有气无力地开始说道:

"当这位绅士上船时——"

"你是说罪犯吗?"审判长皱紧眉头问道。

"是的,阁下。"

"那么,说罪犯。"

"当罪犯上船时,他注意到我父亲,"亲切地转眼瞧瞧他,他站在她身边,"很累,身体也很虚弱。我父亲那么瘦弱,我怕他透不过气来,便在靠近船舱扶梯的甲板上打了个地铺,我坐在他旁边的甲板上照顾他。那天晚上,就我们四个人,没有别的客人。承蒙罪犯好意,要求允许他教我比我铺得更好的铺法,我父亲才不致遭到风吹雨淋。因为我们离开港口之后,我不了解风向,不知道怎么铺才好。是他为我铺的。他对我父亲的身体状况非常关怀、体贴,我相信他很同情。我们就是这样开始交谈的。"

"让我插一句。他是一个人上船的吗?"

"不是。"

"有几个人跟他上船?"

"两个法国绅士。"

"他们是否一起谈过？"

"他们一直谈到要开船了，那两个法国绅士必须上他们的小船的时候。"

"他们是否传递过文件，就像这样的表册？"

"他们传递过一些文件，可我不知道是什么文件。"

"形状、大小，是不是跟这些表册一样？"

"可能，我可实在不知道，虽然他们站在离我很近的地方悄悄说话，因为他们站在船舱扶梯的顶上，那儿吊着一盏灯，看得见。灯光很暗，他们的声音很低，我听不见他们说些什么，只看见他们看文件。"

"还是说罪犯的谈话吧，马内特小姐。"

"罪犯跟我谈得那么坦诚——出于可怜我无助的处境——对我父亲又那么好、那么照顾，我希望，"眼泪夺眶而出，"我今天不会没报上恩，反而害了他。"

蓝苍蝇们又嗡嗡起来。

"马内特小姐，如果罪犯不完全了解你很不情愿作证，而你有责任作证——必须作证——无法逃避作证，那么在场的只有他一个人不那么了解。请接着讲。"

"他告诉我，他出门旅行，是为了一件需要慎重处理，也很难办的事，因为这事可能惹出麻烦，所以出门都用化名。他说，为了这件事，他几天之内就到了法国，而且今后很长一个时期还要在法国和英国之间常来常往。"

"他提到美洲吗，马内特小姐？讲详细点。"

"他尽力给我说明引起这次纠纷的原因。他说，照他看来，在英国方面引起这次纠纷是错误而愚蠢的。他还打趣地说了一句,也许乔治·华盛顿在历史上可能获得和乔治三世几乎一样大的名声。但他这种说法,并无恶意,是笑着说的,为了消磨时间。"

一出戏演到重要一幕时,引起许多人注视的主要演员脸上出现任何显然与众不同的表情,观众都会不自觉地模仿。她在作证时,在停下来等审判长做记录的间歇中观察证词对双方辩护律师的影响时,她的前额露出痛苦的焦急和专注的神情。法庭上四面八方的看客都露出同样的表情,绝大多数人的前额就好像照映这位证人的一面面镜子,这时,审判长听到关于乔治·华盛顿的可怕的异端邪说,从记录本上抬起头来,瞪圆了眼睛。

这时,总检察长先生向审判长阁下示意,由于谨慎和程序,他认为必须传讯小姐的父亲,马内特医生。于是传讯他。

"马内特医生,看看罪犯,你过去见过他吗?"

"见过一次。他到我伦敦的住宅来拜访我的时候。大约在三年前,或者三年半以前。"

"你能不能认出他是跟你同船的乘客,或者证明他跟你女儿讲的话?"

"先生,我都不能。"

"你都不能证明,是不是有某种特殊的原因?"

他低声答道:"是的。"

"在你的祖国,你未经审判,甚至未经起诉,就被长期监禁,这是不是你遭遇的不幸,马内特先生?"

他回答的声音使人人心酸:"长期监禁。"

"你是不是在上述那个时候刚获得释放?"

"据说是这样。"

"你不记得那个时候的情形吗？"

"一点也记不得。从很久以前——甚至不知道从什么时候——我在监禁中开始做鞋，直到来到伦敦跟我这个亲爱的女儿住在一起，这一段时间，我的头脑是一片空白。我跟她的关系亲密之后，仁慈的上帝恢复了我的能力；但我甚至完全不知道怎么跟她亲密起来的。这一过程我一点也记不得。"

总检察长先生坐下，父女俩也一起坐下。

这件案子出现了奇特的情况。现在审讯的目的，是要证明五年前十一月那个星期五晚上，罪犯和一个至今下落不明的同谋搭乘到多佛的邮车，晚上他在一个地方下车，不过是幌子，他并没有在那里停留，而是从那里往回走了十多英里，到一个要塞和海军船坞收集情报；于是又传讯一个证人，证明他就是在指定的时间，到要塞和船坞所在的镇上一家旅馆的咖啡厅里，等另一个人的那个人。罪犯的辩护律师对这个证人进行了盘问，毫无结果，只是了解到他在别的时候，从未见过罪犯；这时，那位老望着天花板的戴假发的绅士，在一张纸条上写了几个字，把纸条卷起拧一下，扔给他。辩护律师在下一间歇中打开纸条看过之后，极注意地、好奇地瞧着罪犯。

"你完全肯定那就是罪犯吗，再说一遍？"

证人完全肯定。

"你是否见过非常像罪犯的人？"

没见过（证人说）像得他会认错的人。

"好好看看那儿那位绅士，我这位知识渊博的朋友，"他指着扔纸条那位，"再好好看看罪犯。怎么样？他们两个非常像吧？"

这位知识渊博的朋友的外表，即使不是放荡不羁，也显得随随便便,不修边幅,尽管如此,他们两个太像了,这样一对比,不仅使证人,甚至使在场的每一个人都吃一惊。他请求审判长阁下吩咐这位知识渊博的朋友揭下假发,审判长不大宽厚地准予所请,这样一看,他们的相像尤为明显。审判长阁下问斯特赖弗先生(罪犯的辩护律师),下一案,他们是不是该以叛国罪审判卡顿先生(知识渊博的朋友的名字)?斯特赖弗先生回答审判长说,不;不过他要证人告诉他,发生过的事会不会发生第二次;如果他早一点看见这个说明他轻率的例证,他会不会这么自信;现在看过之后,他是不是还这么自信;还问了些问题。问的结果,把这个证人像陶器似的砸碎,把他在本案扮演的角色砸成废物。

克伦彻先生一边听证词一边舔指头上的铁锈,到这时,已舔掉不少,饱餐一顿了。当斯特赖弗先生把罪犯的案情像一套很紧的衣服似的往陪审团身上穿时,他不得不注意听;斯特赖弗先生向陪审团证明,爱国者巴萨,是一个受雇用的暗探和卖国贼,一个厚颜无耻的赚血腥钱的家伙,一个继可恨的犹大之后天下最大的恶棍——他看起来的确相当像犹大。证明那位品德高尚的仆人克莱,是他的朋友和搭档,而且很般配;这些作伪证、发假誓的坏蛋,早就想害他,一直留神盯着他,因为他原是法国人,在法国有些家务事,他需要经常过海峡——但是,出于对他亲近的人的考虑,哪怕要他的命也不能说出这些家务事的内情。有偏向地逼迫那位小姐作出的证词(刚才陪审团亲眼看到她在作证时多么痛苦),不过是在那种情况下相遇的年轻绅士小姐之间,谁都可能表示的一点无邪的殷勤和关怀,除了涉及乔治·华盛顿而外,不能证明任何问题,而这些话完全是过头话,只能看作开的一个大玩笑。如果这次不惜利用最低下的民族反感和恐惧心理以争取人心的企图遭到失败,就会成为政府的缺点,因此,副检察长先生竭力利用这一心理,然而仅仅依靠常常损害这类案件的那种卑劣无耻的证据,在我国的国事案件中这类案例太多了。这时审判长阁下表示异议(板着脸,仿佛这不是实情),说他不能坐在法官席上忍受这种暗示。

接着,斯特赖弗先生讯问了他的几个证人,随后,克伦彻先生又得注意听总检察长先生发言,他把刚才斯特赖弗先生穿在陪审团身上那套衣服,整个翻了过来,里子朝外;证明巴萨和克莱甚至比他对他们的看法要好一百倍,罪犯要坏一百倍。最后,审判长阁下亲自出马,他把那套衣服一会儿翻过来,一会儿又翻过去,总之,决心要把那套衣服修改为适于罪犯穿的尸衣。

这时,陪审团转过身去进行研究,那些大苍蝇又开始拥动。

这么久一直望着天花板的卡顿先生,甚至在这样激动的时候,也没有挪动一下,也没有改变姿态。他那位知识渊博的朋友斯特赖弗先生,一边收拾他面前的文件,一边悄悄跟坐在他身旁的人说什么,不时焦急地看看陪审团;看客们都或多或少挪动了一下,又一群一伙聚在一起;连审判长阁下本人,也站起来,在讲台上慢慢来回踱着,看客们的心里不免怀疑他的心情很不安宁;只有这个人,靠在椅上,他那件破旧的长袍脱了一半,那顶不整洁的假发,就像揭下之后又碰巧落在他头上那样戴着,两手插在口袋里,两眼望着,一整天都那样望着天花板。他的态度特别漫不经心,这不仅使他显得不体面,也不大像那罪犯了,本来他们长得的确很像(把他们作对比时,他一时露出的真诚态度,使他显得更像),因此,这时已注意他的看客,都互相说道,他们简直不该认为这两个人长得很像。克伦彻先生向他身边的人谈了他的看法,又补充一句:"我敢拿半个几尼打赌,他肯定找不到律师工作干了。他不像能找到工作的那种人,是不是?"

这位卡顿先生看来虽然漫不经心,但场上有些细节,他还是看在眼里;因为,这时马内特小姐的头倒在她父亲的怀里,是他第一个发现,还听得见他说:"法警!去照顾那位小姐。帮那位绅士扶她出去。你没看到她要倒了吗?"

在扶她出去的时候,大家都很可怜她,也很同情她父亲。刚才使他想起坐牢的日子,他显然感到非常痛苦。他在接受询问时,已经显出强烈的内心激动,此后,那使他显得苍老的沉思的愁容,便像乌云似的笼罩着他。他出去之后,陪审团转过身来,停了一会儿才通过他们的主席发言。

他们未取得一致意见,希望退庭。审判长阁下(也许仍念念不忘乔治·华盛顿)对此颇感意外,但指示他们应当在监护下退庭,接着,自己也退下。审判拖了一整天,这时法庭上已点上灯。传说陪审团要过一阵才出庭。看客们也渐渐散了,各自去吃点东西,罪犯已在被告席后边坐下。

洛里先生,刚才跟着那位小姐和她父亲走出去,这时又露面,招呼杰里过去:杰里并不费事就走到他跟前,显得劲头不那么大了。

"杰里,要是你想吃点东西,就去吧。可是要待在附近,陪审团进来的时候准能听见的地方。要跟着他们赶到,不得延误,因为我要派你把陪审团的裁决送回银行。你是我所知道的跑得最快的信差,你赶到圣殿门比我早得多。"

杰里的脑门刚够用指关节敲，于是他敲敲脑门，对给他的这一信息和一先令表示感谢。这时，卡顿先生走过来，碰碰洛里先生的胳膊。

"那位小姐怎么样？"

"她很痛苦；但她的父亲在安慰她，她在法庭外面觉得好些了。"

"由我来把这情况告诉罪犯吧。你知道，一个像你那样受人尊敬的银行的绅士，让人看见你公然跟他说话，不合适。"

洛里先生脸红了，好像意识到他心里争辩过这个问题，卡顿先生向法栏外侧走去。出法庭的过道就在那个方向，杰里跟着他，一边留神看着，听着，头发像铁刺似的扎煞着。

"达奈先生！"

罪犯马上迎上去。

"你当然急于想知道那个证人，马内特小姐的情况。她就会好的。你看到了她极度焦虑不安的情形。"

"这都怪我，深感抱歉。能代为向她转达这点歉意，并表示衷心感谢吗？"

"是的，可以。只要你要求，我会照办。"

卡顿先生那样满不在乎的样子，简直可以说是傲慢了。他把胳膊肘懒洋洋地靠在法栏上，半对着罪犯站着。

"求你啦。请接受我真诚的感谢。"

"达奈先生，"卡顿仍半对着他，说道，"你期待什么结果？"

"最坏的结果。"

"最明智的估计，可能性也最大。不过，我认为陪审团退庭于你有利。"

既然不准在出法庭的过道上逗留,杰里不能再听下去,只好离开他们——在外貌上那么相像,在举止上又各不相同——让他们顶上的镜子照映着他们俩挨着站在那儿。

在挤满了小偷、流氓的楼下过道里,即使人们吃羊肉馅饼,喝啤酒排遣,也好不容易才挨过了一个半小时。那位嗓子沙哑的信差在那样吃喝之后,不大舒服地坐在一张条凳上,正打盹时,只听见一阵嘈杂声,接着一股人的急流涌上到法庭的楼梯,把他也卷了进去。

"杰里!杰里!"当他走到那儿时,洛里先生已在门旁叫了。

"这儿,先生!赶回来就跟打仗一样。我在这儿,先生!"

洛里隔着人群递给他一张条子。"快!接到纸条了吗?"

"是的,先生。"

那纸条上草草写着这几个字:"宣判无罪。"

"如果你又让我送'起死回生'的信,"杰里转过身,喃喃道,"这回,我该明白你的意思了。"

他走出老贝利,才有可能说别的话,甚至想别的事;因为,人群拼命往外拥,差点把他抬了起来,接着一阵阵嗡嗡声响到街上,仿佛那些未能如愿的蓝苍蝇一哄而散,去寻找别的腐尸。

第四章 祝　贺

在法庭的灯光昏暗的过道里煮了一整天的炖人肉的最后一点渣滓，从过道滤出之后，马内特医生，他的女儿露西·马内特，被告的事务律师洛里先生，被告的辩护律师斯特赖弗先生，站在达奈先生——刚获释——周围，祝贺他死里逃生。

即使这里灯光亮得多，也很难认出那一派学者样子、身板挺直的马内特医生，就是巴黎那间阁楼上的鞋匠。谁要是看过他两次，总要再看看他，即使还没有机会注意到他那低沉的声音的忧伤的尾音，他那无缘无故一阵阵茫然若失的样子。只要有一点外因，而且只要提到他长期不能解脱的痛苦——像这次审案一样——总会从他灵魂的深处引起这种症状，本来，这种症状也会自行出现，使他愁眉不展，对此，那些不了解他的经历的人，就好像看见夏天的阳光把远在三百英里以外的真正的巴士底狱的阴影投到他身上那样难以理解。

只有他的女儿才有消除他心里的忧思的魔力。她是把他和他遭遇苦难以前的过去，和脱离苦难后的现在，相连接的金线；她的声音，她的容光，她的手的触摸，几乎总是对他有很大的有益的影响。但也不一定总是有影响，因为，她记得有几次她的魔力也失效，不过，这种情况很少，也无关紧要，而且她相信不会再发生。

达奈先生热情地感谢地吻过她的手,又转向斯特赖弗先生,深致谢意。斯特赖弗先生,虽然才三十出头,看起来倒像比实际岁数大二十多岁的人,他身板粗壮,大嗓门,满脸通红,相当粗鲁,没有拘泥礼节的缺憾,有一股子硬挤进(精神上、身体上)别人的圈子,跟人交往的莽撞劲,这足以说明他在生活上挤开别人往上爬的作风。

他仍戴着假发,穿着长袍;他在他的前当事人面前摆开身子,把无辜的洛里先生都挤出了圈子,说道:"达奈先生,能荣幸地把你救出来,很高兴。这是无耻的诬告,无耻已极;不过,仍然可能胜诉。"

"你让我终生感激不尽——在两种意义上。"他的前当事人拉着他的手说道。

"我为你尽了最大努力,达奈先生;我相信,我跟另一个人出的力一样大。"

显然有个人应该说"大得多",洛里先生说了,也许并非完全公正无私,不过,有想挤回圈子去的私心。

"你认为是这样?"斯特赖弗先生说道,"对啦!你整天都在场,你应当知道。你也是事务律师。"

"既然我是办事的,"洛里先生说道,这位知识渊博的辩护律师像他刚才用肩膀把他挤出圈子那样,这时把他挤了回来——"既然我是办事的,我请求马内特医生中止这次谈话,吩咐我们都回自己的家。马内特小姐看来不舒服,达奈先生受了一天罪,我们也精疲力尽。"

"代表你自己说话吧,洛里先生,"斯特赖弗说道,"我晚上还要工作呢。代表你自己说话吧。"

"我代表我自己,"洛里先生答道,"也代表达奈先生,代表露西小姐,也——露西小姐,你不认为,我可以代表大家吗?"他直接向她提出这一问题,一边瞧了她父亲一眼。

老先生的脸非常好奇地瞧着达奈的神情,一时仿佛冻结了:一种专注的神情,渐渐皱起眉头,露出厌恶和不信任,甚至不无恐惧。他露出这种奇怪的神情时,已走神了。

"父亲。"露西把手轻轻放在他手上,说道。

他慢慢摆脱了这一阴影,转向她。

"我们回家吧,父亲?"

他长出一口气,答道:"好吧。"

这位被开释的罪犯的朋友们都有一个看法——他自己造成的——认为那天晚上他还不会获释,随即散去。过道的灯几乎都灭了,关铁门发出刺耳的吱嘎声,于是,这阴森的地方人去场空,直到喜欢在明天早上看绞架、颈手架、鞭人柱和烙铁行刑的兴趣,使人们重新挤在这里。露西·马内特走在她父亲和达奈先生中间,来到露天里。叫来一辆出租马车,父女俩便上车走了。

斯特赖弗先生在过道里离开他们,挤回更衣室。还有一个人,刚才没有跟他们在一起,也没有跟他们任何一个人说过一句话,但他一直靠在最阴暗处的墙上,又跟在他们后面悄悄踱出大门,一直看着那辆马车驶去。这时,他走到站在人行道上的洛里先生和达奈先生跟前。

"洛里先生!现在事务律师可以跟达奈先生说话了吧?"

谁也没有对卡顿先生在今天的诉讼程序中所起的作用表示任何感谢;谁也不知道这一作用。他已脱去长袍,但外貌并无任何改观。

"既然办事人心里要照顾善性的冲动,又要摆出办事的正经样子,你要是知道办事人的内心冲突多么激烈,你会觉得很有趣,达奈先生。"

洛里先生脸红了,激动地说道:"你又提这事,先生。我们办事的人,既然为公司效力,就由不得自己。我们必须为公司,而不是为自己着想。"

"我知道,我知道,"卡顿先生满不在乎地答道,"别生气,洛里先生。你出的力跟另一个人一样大,我毫不怀疑;我以为,更大。"

"老实说,先生,"洛里先生并不理会他,接着说道,"我的确不知道这事跟你有什么关系。我年纪比你大得多,才这么说,请原谅,我真不知道这是你的业务。"

"业务!哼!我没有业务。"卡顿先生说道。

"真遗憾,先生。"

"我想也是。"

"如果你有业务要办,"洛里先生接着说道,"也许你会尽心去办。"

"天哪,不!——我不会。"卡顿先生说道。

"好吧,先生!"他竟然对业务漠不关心,使洛里先生十分激动,叫道,"办理业务,是很好的事,也是很受尊敬的事。再说,先生,如果因为办事受到一些约束,需要保持沉默,而且有所掣肘,达奈先生,如此宽宏大量的年轻绅士,知道怎么体谅这一情况。达奈先生,晚安!上帝保佑你,先生!但愿你平安度过今天之后,过上美满幸福的生活。——喂,马车!"

洛里先生也许既生这位出庭律师的气,也有点生自己的气,匆匆上了马车,驶向特尔森银行。卡顿满嘴葡萄酒气,看样子还不太清醒,这时哈哈一笑,转向达奈:

"你我竟凑到一起,这真是不可思议的机遇。你单独跟一个长得和你一模一样的人站在这铺路的石头上,你一定觉得今晚不可思议吧?"

"我简直觉得,"查尔斯·达奈答道,"好像我还不属于这个世界。"

"这话我并不感到惊奇,因为不久前他们把你推向另一个世界,推了很远了。你说话没有劲。"

"我开始觉得,我的确没有劲了。"

"那么,你干吗不去吃晚饭?当那些笨蛋在商议你该属于哪个世界——这个,或另一个世界时,我已经吃过了。让我带你到最近一家酒店,好好吃一顿。"

卡顿便挽着他的胳膊,带他下了卢德盖特山坡,来到舰队街,于是,经一条廊道走进一家酒店。他们被领到一间小房间,查尔斯·达奈在这里用了简单的饭菜和酒,吃饱喝足之后,很快就恢复了体力;卡顿坐在他对面,面前摆一瓶他自个儿喝的葡萄酒,露出一副相当傲慢的样子。

"现在你觉得属于这个世道了吧,达奈先生?"

"我简直弄不清现在何时,身在何处;不过,我已经恢复到有这种感觉了。"

"一定满意极了!"

他痛苦地说了这句话,又把他的玻璃杯倒满;那是一个大杯子。

"至于我,我最大的愿望是,忘记我属于这个世道。这个世道对我也毫无好处——除了这样的葡萄酒——我对这个世道也毫无好处。在这方面,我们并不怎么像。真的,我开始觉得,无论哪一方面,我们,你和我,都不怎么像。"

查尔斯·达奈由于紧张了一天,惊魂未定,而且,觉得他在这儿跟这个模样相像然而举止粗鲁的人做伴,就像做梦似的,不知如何回答是好,终于没有回答。

"你既然吃完饭,"卡顿马上说道,"你干吗不举杯祝酒,达奈先生?干吗不为谁干杯?"

"为谁祝酒?为谁干杯?"

"咳,话都到你嘴边,快说出来了。这应该,必然,我敢发誓,已到了你嘴边。"

"那么,为马内特小姐!"

"那么,为马内特小姐!"

卡顿在干杯时直瞧着他的同伴的脸,喝完把酒杯从肩上往后一扔,在墙上砸得粉碎;于是按按铃,叫人又拿来一个酒杯。

"你在黑暗中扶上马车的那位,是个很美的小姐,达奈先生!"他边说,边斟满新高脚杯。

对方眉头轻轻一皱,简短说一声"是的",算是回答。

"怜悯你,为你哭泣的那位,是个很美的小姐!对此有何感受?能得到这样的怜悯和同情,哪怕被判死刑,也值得吧,达奈先生?"

达奈仍未回答。

"我把你的口信转告她时,她听了非常高兴。不是说她显出高兴的样子,而是我想当然。"

这一暗示及时提醒达奈,这位令人不快的同伴曾主动帮他度过白天的难关。他转到这一话题,并感谢他帮忙。

"我不需要感谢,也不值得感谢,"他满不在意地答道,"第一,那算不了什么,第二,我也不知道为什么要那样做。

97

达奈先生,请允许我提一个问题。"

"很乐意,也算你帮了我大忙的一点小小的回报。"

"你认为我特别喜欢你吗?"

"老实说,卡顿先生,"对方莫明其妙,不知所措,"这个问题,我还没问过自己。"

"现在问你自己吧。"

"你做得好像喜欢;但我并不认为你喜欢。"

"我并不认为我喜欢,"卡顿说道,"我现在才佩服你的判断力。"

"不过,"达奈接着说道,一边起身要按铃,"我希望这并不妨碍我付账,也不会使彼此怀恨在心,不欢而散。"

卡顿答道:"一点儿也不!"达奈按铃。"账全由你付吗?"卡顿说道。在得到肯定的回答之后,"招待,把这葡萄酒再来一品脱,十点钟来叫醒我。"

查尔斯·达奈付过账,站起来向他道了晚安。卡顿也站起来,并不答礼,那副样子有点威胁或挑战的意味,说道:"最后说一句,达奈先生,你认为我喝醉了吗?"

"我认为你一直在喝,卡顿先生。"

"认为?你知道我一直在喝。"

"既然我不得不这么说,我知道。"

"那么,你也应当知道原因。我是个不得志的为别人卖力的小伙计,先生。我不关心任何人,谁也不关心我。"

"太遗憾了。你本来可以更好地施展你的才能。"

"也许是这样,达奈先生;也许不是。不过,你别以为你有一张清醒的脸就扬扬得意;你并不知道它以后怎么样呢。晚安!"

在只剩下他一个人的时候,这个怪人拿起蜡烛,走到挂在墙上的一面镜子前面,照着镜子仔细地察看自己。

"你特别喜欢这个人吗?"他对着自己的映像喃喃道,"你为什么特别喜欢一个像你的人呢?你身上没有一点值得喜欢的;这你知道。啊,你这个混蛋!你把自己弄成什么样子啦!因为他让你看到你自暴自弃以前的样子,你本来可能是的样子,这就是喜欢这个人的充分理由!如果跟他对调一下地位,你会像他那样受到那双蓝眼睛眷顾吗,你会像他那样受到那张激动的脸的同情吗?说吧,直说了吧!你恨那个人。"

他借那一品脱葡萄酒浇愁,不过几分钟就把酒喝光,靠在胳膊上睡着了,头发散乱地搭在桌上,身上滴了一长条蜡烛油,像裹尸布似的。

第五章 豺 狗

那是纵酒的时代,男人多半酗酒。随着时间的推移,这种习惯有了极大的改善,当年一个人在一夜之间能喝下那么多葡萄酒和混合饮料,而又丝毫无损于他作为一个完美的绅士的声誉,即使轻描淡写地叙述一下这样的酒量,在今天看来,也是荒唐的夸张。从事律师专门职业的人,在作为酒神信徒的嗜好上,的确不落后于从事其他专门职业①的人;已经很快挤开别人把生意做大了,发财了的斯特赖弗先生,在这方面,如同在律师业竞争中那些较枯燥无味的方面一样,也不落后于他的同辈。

斯特赖弗先生,既然成了老贝利的,也是民事法庭的宠儿,已开始小心地把他爬上去的梯子的下面几级砍掉。现在,民事法庭和老贝利,都不得不特地把它们的宠儿召到它们那渴望的怀抱;在高等法院中,每天都可以看到斯特赖弗先生那红润的面孔,突然从假发的花圃中挤出来,向着审判长的尊容,就像一朵大向阳花从满园杂乱的向外展开的向阳花丛中挤出来,向着太阳似的。

---

① 专门职业(learned profession),或译作"学者的职业"。旧时指律师、牧师、医生等职业。

我们在法庭上已注意到,虽然斯特赖弗先生能说会道、无所顾忌、机敏、胆大,但他还没有那种能从大量陈述中抽出要点的能力,而这是律师所必备的最引人注目的才能之一。不过,这一点他已有了明显的改进。他的生意越兴隆,他把握要点的能力似乎越大;而且,夜里他跟西德尼·卡顿一起喝酒不管喝到多晚,到了早上,他对他要把握的要点总是非常熟悉了。

西德尼·卡顿虽说最懒,最没有希望,却是斯特赖弗最得力的伙伴。他们俩在希勒里节开庭期和米迦勒节开庭期①之间所喝的酒简直可以把一艘大船浮起来。斯特赖弗无论在哪里办案,卡顿总在场,总是两手插在口袋里,望着法庭的天花板;他们也一起参加巡回审判,即使在那种场合,他们仍像平常一样纵饮,一直喝到深夜,而且谣传有人看见卡顿在大白天,像放荡的猫似的,跟跟跄跄偷偷溜回他的住处。对这事感兴趣的人当中,终于传开了,说尽管西德尼·卡顿绝不会成为狮子,却是一只极好的豺狗,而且也以那样卑下的地位为斯特赖弗办案效力。

"十点啦,先生,"那个酒店招待说道,他吩咐过到时来叫醒他——"十点啦,先生。"

"什么事?"

"十点啦,先生。"

"什么意思?是晚上十点吗?"

"是的,先生。阁下吩咐我来叫醒你。"

~~~~~~~~~~~~~~~~~~~~~~~~~

① 英国高等法院每年有四次开庭期,这是其中的两次。希勒里节开庭期为一月十一日至复活节前的星期三;米迦勒节开庭期为十月十二日至十二月二十一日。

"啊,想起来了。很好,很好。"

他还想睡,懵懵懂懂试了几次,但那个招待熟练地把那炉火一连捅了五分钟,跟他作对,于是,他站起来,随手把帽子往头上一扣,走了出去。他拐进圣殿门,在高等法院和银行商号附近的人行道上走了两趟,头脑清醒之后,才转身走进斯特赖弗的办公室。

斯特赖弗的书记员,因为从不参加这种讨论,已经回家,斯特赖弗便亲自去开门。他趿着鞋,穿一件宽松的长睡衣,为了更舒适自在,喉咙裸露着。他的眼睛周围有那种相当放纵的过度劳累的烙印,从他这一类吃喝毫无节制的人脸上,从杰弗里斯[①]以后的画像上,都可以看到这种烙印,而且,通观以前各纵酒时代的画像,虽然有艺术上的种种掩饰,也可以发现这种烙印。

"你来晚了一点,资料库。"斯特赖弗说道。

"跟平常差不多;也许晚了一刻钟。"

他们进了一间邋遢的房间,里面摆着一排排的书,到处是文件,还生了一炉旺火。坐在水壶架上的水壶冒着气,在乱纸堆中,一张桌子上摆着大量葡萄酒,还有白兰地、朗姆酒、糖和柠檬,显得特别突出。

"我看,你已经喝过了吧,西德尼?"

"我想,今晚喝了两瓶。我跟白天的当事人一起吃晚饭,或者说看他吃晚饭;反正一样!"

"你提出要求辨认相貌这一点,太绝了,西德尼。你怎么想到的?什么时候想到的?"

---

① 杰弗里斯(George Jeffreys,1648—1689),英国法官。

"那时,我认为他是个漂亮的小伙子,而我认为,只要我有点运气,我也应当是那么一个小伙子,完全一样。"

斯特赖弗先生笑得他那过早腆出的大肚子直抖动。"西德尼!你带着你的运气,去干活吧,干活吧。"

这只豺狗满脸不高兴地解开衣服,走进隔壁房间,拿回一罐冷水,一个脸盆,一两块毛巾。他把毛巾在水里浸一浸,拧得半干,叠起来很难看地搭在头上,便在桌旁坐下来,说道:"准备好了!"

"今晚上要做摘要的东西不多,资料库。"斯特赖弗先生愉快地说道,边翻着文件。

"几件?"

"只有两件。"

"先把最难办的给我。"

"给你,西德尼。抓紧办!"

于是,这只狮子便靠在酒桌一边的沙发上定下心来,这只豺狗则在酒桌另一边他自己那张堆满文件的桌旁坐下,酒瓶酒杯摆在手边。两位都毫无节制地借助那酒桌上的酒,但姿态各异;狮子多半斜靠着,两手插在皮带里,瞧着炉火,或偶尔翻弄一下较轻松的文件;豺狗则皱紧眉头,全神贯注于工作,专心得他伸手去拿酒杯时,也不抬头看一看——往往要摸上一两分钟,才摸到酒杯,送到嘴边。有两三次碰上的问题竟非常棘手,他不得不站起来,把他的毛巾再浸浸冷水。这样几次三番对水罐和脸盆朝拜回来;头上搭着湿漉漉的毛巾,那副怪里怪气的样子,实在难以形容;而且一脸焦急严肃的神情又显得更可笑。

豺狗终于收集了一份供狮子享用的压缩餐,随即送给他。

狮子小心翼翼地接过去,从中作出选择,提出一些意见,豺狗均从旁协助。他们充分讨论了这份压缩餐之后,狮子又把手插在皮带里,躺下思考。接着,豺狗灌下一满杯酒提提神,把毛巾搭在头上,又开始收集第二份压缩餐;他以同样的方式为斯特赖弗提供这一餐,直到早上三点才处理完。

"现在完事了,西德尼,满上一大杯混合酒吧。"斯特赖弗先生说道。

豺狗从头上取下又在冒气的毛巾,抖动一下身子,打着呵欠,一阵寒战,随即照办。

"今天,就询问官方那几个证人来说,西德尼,你处理得非常正确,每个问题都问到点子上。"

"我始终是正确的;难道不是吗?"

"我不否认。干吗那么大的气?用混合酒浇一下,消消气。"

豺狗不以为然地哼了一声,又照办。

"还是当年在施鲁斯伯里学校里上学的那个西德尼·卡顿,"斯特赖弗回顾现在和过去的他时,向他点着头说道,"还是那个玩跷跷板的西德尼。一会儿跷上去,一会儿落下来;一会儿兴高采烈,一会儿垂头丧气!"

"唉!"另一个叹着气答道,"是的! 还是那个西德尼,还是那样倒霉。就连在那个时候,我也为别的男孩做功课,很少做自己的功课。"

"干吗不做呢?"

"天知道。我看,我就是这个德性。"

他两手插在口袋里,伸开脚坐着,瞧着火。

"卡顿,"他的朋友盛气凌人地向他摆开架势,说道,就好像那壁炉是能炼出持久的努力的熔炉,只有用肩膀把当年施鲁斯伯里学校那个西德尼·卡顿顶进这熔炉,才是对他关心,"你那个德性根本不行,过去也始终不行。你总不振作起来,也没进取心。瞧我。"

"啊,真讨厌!"西德尼更轻松,也更温和地笑着说道,"别教训人了!"

"我做过的事是怎么做的?"斯特赖弗说道,"我要做的事是怎么做的?"

"我想,部分是靠雇我帮忙吧。不过,这事不值得拿我,或者说拿空气,发感叹;你愿干什么,你就干吧。过去,你始终在前排,我始终在后面。"

"我必须挤到前排;我不是生在那儿的,是吗?"

"我虽然没有参加你的诞生仪式,可我认为你是生在那儿的。"卡顿说道。说到这里,他又笑了。他们俩都笑了。

"在进斯鲁斯伯里学校以前,上学期间,离校以后,"卡顿继续说道,"你已经排在你那个队列里,我已经排在我这个队列里了。即使我们在巴黎学生区同学的时候,虽然偶尔学一点法文,法国法律,以及我们得益不大的其他法国零碎,你也总是有出息,我总是——毫无出息。"

"那该怪谁呢?"

"要说不该怪你,我的确还拿不准。你总是一路撕扯着往前冲,一路顶撞排挤,闹得我除了苟且偷安而外,根本没有为自己谋出路的机会。不过,在天亮时谈个人的往事,真扫兴。在我离开以前,把我转到别的方向吧。"

"好吧!为那位美丽的证人跟我干一杯,"斯特赖弗举杯说道,"把你转到愉快的方向了吧?"

显然没有，他又闷闷不乐。

"美丽的证人，"他低着头瞧着酒杯喃喃道，"今天，今晚，都老谈证人，我听够了。你那个美丽的证人是谁？"

"那位引人注意的医生的女儿，马内特小姐。"

"她美吗？"

"难道不美？"

"不美。"

"什么，哎呀呀，她为整个法庭所倾慕！"

"胡扯，整个法庭所倾慕！老贝利怎么成了审美家了？她不过是个金发玩具娃娃罢了！"

"你知道吗，西德尼，"斯特赖弗先生用锐利的目光瞧着他说道，一边用手慢慢抹了一下他那红润的脸，"当时我倒认为你同情那个金发娃娃，而且一眼就看到那个金发娃娃出了事，你知道吗？"

"一眼就看到出了事！如果一个姑娘，不管她是否玩具娃娃，在一个人眼前一两码近的地方晕倒，他不用望远镜也能看到。我宁愿为你，而不愿为那个美人干杯，现在我可不喝了，我要去睡觉。"

他的主人拿着蜡烛送他到楼梯口，为他下楼照亮时，白天正从肮脏的楼道窗户透进来。他走出大门时，天气阴冷，天空昏暗，河流黑蒙蒙的，那景象就像一片没有生命的沙漠。强劲的晨风卷起一圈圈尘土旋转着，仿佛远处刮起了沙漠的黄沙，头一阵飞沙的前锋已开始覆盖这座城市。

这位有实力而白白荒废、又置身于一片沙漠之中的人，在走过房前的寂静的巷道时，停下来，有一会儿他看见面前这片荒野上出现了由可敬的雄心壮志、自我牺牲和坚忍的毅力构成的海市蜃楼。在这幻象的仙境中,有空中楼台,爱和仁慈从楼台上望着他;有花园,园中的生命之果已成熟,希望之泉在他眼前闪闪发光。这幻象一会儿就消失了。他从井筒似的楼道上去,爬到许多住家中一间高层的卧室,衣服也不脱,就一头倒在那未经整理的床上,那白流的眼泪打湿了床上的枕头。

太阳凄凄凉凉地升起,照着没有比这个人更凄凉的景象,他空有真才实学和美好的感情,却无法,也不能振作起来,为自己谋幸福,虽然明知自己萎靡、消沉,也听其消沉,自暴自弃。

第六章　好几百人

马内特医生的寓所，在离苏霍区不远的一条安静的街道的角落里。那次审判叛国案之后，又过了四个月，就公众的兴趣和记忆来说，那时间的浪潮已把这一案件卷到汪洋大海去了。一个晴朗的星期天下午，贾维斯·洛里先生从他的住处克莱肯威尔街出来，沿着阳光照耀的街道走着，正要去跟马内特医生共进晚餐。洛里先生又埋头办理了几次业务之后，已经跟这位医生交上了朋友，这安静的街道的角落，是他生活中充满阳光的部分。

洛里先生在这个晴朗的星期天，下午这么早就到苏霍区去，有三点习惯上的理由。第一，因为，每逢天气好的星期天，在晚饭前，他总要跟医生和露西到外边散步；第二，如果天气不好，作为全家的朋友，他习惯于跟他们谈谈天，读读书，望望窗外的景色，通常就这样度过一天；第三，偏偏他自己有些小小的精明的猜疑要解决，而且知道，按医生家里的生活方式，那个时间适于解决这些猜疑。

在伦敦，找不到比马内特医生居住的角落更古怪而舒适的角落了。那儿没有路通过，医生寓所正面的窗户俯瞰一条也那么幽静的景色宜人的林荫道的小小远景。当时，牛津路以北，房屋很少，在现在已经消失的田野上，林木葱茏，遍地野花、山楂花。因此农村的种种气息,在苏霍区强劲地随意流来流去,而不是像那些无一定住处的流浪的穷人那样有气无力地进入这一教区;不远处,有许多南墙,墙上一片应时成熟的桃子。

上午,夏天的阳光把这个角落照得明晃晃的;但是,大街上热起来的时候,这个角落就笼罩在阴影里了,这片阴影虽然偏远,我们还能看见阴影那边一片耀眼的亮光。这是一个凉爽、沉静而令人愉快的住处,一个能引起回声的奇妙的地方,也正是逃避闹市的港口。

在这样一个停泊处,应当有一艘平静的帆船,而这里就有。医生在一幢宁静的大房子里住了两层楼,据说,白天有几个行业在这楼房里干活,但是,无论哪一天都听不到什么声音,一到夜里,它们全都销声匿迹了。房子后面有一座楼房,有一个院子相通,院子里有一棵绿叶沙沙作响的法国梧桐,据说有人在这楼里做教堂风琴,雕镂银器,而且有一个从前厅墙上伸出一条金臂的神秘的巨人锤制金器——好像他已经把自己锤制成宝物,而且威胁着要把一切来访者照样改造一番。无论是从事这些行业的,或谣传住在楼上的一个孤单的房客,或据说在楼下有一间账房的迟钝的马车装饰工匠,人们都很少听到或看到他们。有时,一个穿着外衣的迷路的工人经过大厅,或一个陌生人在那儿四处张望,偶尔从院子那边传来隐约的叮当声,或金色巨人的锤击声。这些情况不过是证明这一规律需要的例外①:楼后法国梧桐树上的麻雀,楼前那个角

---

① 这一句套用"例外证明规律",或"凡规律都有例外"(Exception proves the rule)这一名言。

落的回声,从星期天早上到星期六晚上,总是我行我素,吵闹不休。

马内特医生就在这儿接待那些因他过去的名气,他的经历传开后得到恢复的名气而来就医的病人。由于他的科学知识,他在进行发明创造的实验方面谨慎小心,技术熟练,人们在别的方面也有求于他,因此,他挣的钱尽够他的用度。

当贾维斯·洛里先生在这个晴朗的星期天下午,按角落里这所安静的房子的门铃时,这些情况,是他已经了解并关注的。

"马内特医生在家吗?"

就要回来了。

"露西小姐在家吗?"

就要回来了。

"普罗斯小姐在家吗?"

可能在家吧,不过,要侍女预测普罗斯小姐是否愿意承认她在家,的确不可能。

"既然我跟到了自己家一样,"洛里先生说道,"我就上楼去。"

虽然医生的女儿对她出生的国家一无所知,她似乎生来就秉承了它最善于充分利用微薄财力的能力,这是它最实用,也最让人喜欢的特点之一。家具虽简单,但在许多无甚价值却富于情趣和想象的小装饰品的衬托下,显得赏心悦目。室内大小家具乃至小摆设的布置,颜色的搭配,由于在买小东西上精心打算,挑选,也靠了一双巧手,一双慧眼和明智获得的优雅的变化和对比,这一切不仅本身看着那么舒服,也充分表现了它们的设计者的特点,当洛里先生四处观赏时,就连桌椅似乎也带着他当时已经很熟悉的她那种独特的表情,问他是否满意?

每一层有三个房间,房间相通的门都开着,好让三个房间空气流通,洛里先生微笑着留心观察他在周围发现的那种奇妙的相似的表情,一边从这个房间走到另一个房间。第一间最好,里面摆着露西的几只小鸟、花、书籍、写字台、工作台和一盒水彩颜料;第二间是医生的诊室,兼作餐室;第三间,点缀着后院那株沙沙作响的法国梧桐的不断变化的点点树影,是医生的卧室,在一个角落里摆着那不再使用的鞋匠板凳和一箱工具,简直就像摆在巴黎圣安东郊区酒店旁边那幢死气沉沉的楼房第五层楼上那样。

"真奇怪,"洛里先生正观赏时停下来说道,"他竟把这些会使他想起过去痛苦的东西摆在身边!"

"这有什么可奇怪的?"有人突然问一句,使他吃了一惊。

原来是普罗斯小姐,那位手劲很大,粗鲁,一身红的女人,他在多佛皇家乔治旅店跟她初次相识,以后就熟了。

"我还以为——"洛里先生开始说道。

"啐!你还以为!"普罗斯小姐说道;洛里先生没说下去。

"你好吗?"那位女士接着问道——口气锐利,然而又好像表示对他毫无恶意。

"很好,谢谢你,"洛里先生温顺地答道,"你好吗?"

"没有什么可夸耀的。"普罗斯小姐说道。

"是吗?"

"唉!是的!"普罗斯小姐说道,"为我的瓢虫儿的事,闹得我心烦。"

"是吗?"

"发发慈悲,别'是吗'了,说点别的,要不然,你要把我烦死了。"普罗斯小姐说道;她的性格(与身材无关)是急性子。

"那么,真的?"洛里先生说道,作为修正。

"'真的'也不像话,"普罗斯小姐答道,"不过要好一点。是的,我心里很烦。"

"请问什么原因?"

"我可不愿意让好几十个根本配不上瓢虫的家伙,到这儿来照顾她。"普罗斯小姐说道。

"真有好几十个为她来的?"

"有好几百个呢。"普罗斯小姐说道。

只要有人对她最初的说法置疑,她就加以夸大,这是这位女士的(也是在她以前和以后出世的有些人的)特点。

"天啊!"洛里先生说道,这是他能想到的最稳妥的话。

"这个宝贝从十岁起,我就带着她过日子——或者说她跟我一起过日子,还付我养育费;你可以录下我做的宣誓保证,要是我不收钱能养活我自己,或养活她,肯定绝不会让她付钱的。这实在很难过。"普罗斯小姐说道。

由于拿不准什么很难过,洛里先生摇摇头,把他身上这一重要的部分当作一种对付什么都行的小仙子的斗篷。

"各种各样的人不断找上门来,虽然他们一丁点也配不上这个宝贝,"普罗斯小姐说道,"就因为你开了头——"

"我开了头,普罗斯小姐?"

"难道你没有?是谁把她父亲救活的?"

"啊!要是那算开头——"洛里先生说道。

"我看,那不是收场吧?我说,你开了头,这事就够难了;并不是说我认为马内特医生有什么不好,只是他不配有这样一个女儿,这也不能怪他,因为无论如何也不能指望有人配得上她。不过,一大群一大群人就跟着他(我本来可以原谅他)来了,从我这里夺走了瓢虫的感情,这实在是双倍,三倍的难过了。"

洛里先生知道普罗斯小姐很嫉妒,而且当时也了解到,她不过是外表怪僻,其实是那种无私的人——只有在女人当中才能找到——:她们为了单纯的爱和倾慕,能心甘情愿侍候青春,如果她们已失去青春;侍候她们生来就不具有的美,她们无缘获得的才艺,以及从未照耀过她们那阴暗生活的光明前途。他见多识广,知道其中发自内心的忠实的奉献最可贵;那样鞠躬尽瘁,又未沾染上丝毫铜臭,他把这一片赤忱看得那么高,按他心里就因果报应所作的排列——我们多少都做过这种排列——他把普罗斯小姐排在不少太太小姐前面,更靠近人间天使的地位,尽管她们靠了天生条件和打扮,外表好看得多,而且在特尔森银行有存款。

"除了一个人而外,过去、将来都没有人配得上瓢虫,"普罗斯小姐说道,"这个人就是我的弟弟所罗门,如果他生活上没有犯过错误的话。"

此外,洛里先生通过对普罗斯小姐身世的几次了解,证实了她的弟弟所罗门是个狠心的无赖,他夺走了她的一切,拿去做投机生意,在她穷困时,又抛弃了她,从此断绝往来,毫不感到内疚。普罗斯小姐对所罗门始终不渝的信心(因为这次小错误也不过略微减低了一点),洛里先生看得很重,他对她那么高的评价这也起了一定作用。

"既然这会儿咱们俩碰巧单独在一起,而且都是办事的人,"当他们回到客厅坐下,彼此很融洽时,他说道,"让我问你——医生在跟露西谈话的时候,从来没有提到过他做鞋那年头的事吗?"

"从来没有。"

"还把那张板凳和工具放在身边?"

"啊,"普罗斯小姐摇着头答道,"不过,我可不是说他没有在心里提到过。"

"你认为他常常想到这事吗?"

"我认为是这样。"普罗斯小姐说道。

"你想象——"洛里先生刚开口,普罗斯小姐就打断他:

"我从不想象什么。毫无想象力。"

"接受指正;有时,你推测——甚至也推测一下吗?"

"间或。"普罗斯小姐说道。

"你是否推测过,"洛里先生接着说道,一边温和地瞧着她,那明亮的眼睛闪着笑意,"这些年来马内特医生一直把他遭受迫害的原因,也许连迫害他的人的名字,都埋在心里,他自有道理吧?"

"这事,除了瓢虫告诉我的而外,我不作任何推测。"

"那是——?"

"她认为他自有道理。"

"请别为我问这些问题生气,因为我不过是个乏味的办事人,你也是个办事人。"

"乏味?"普罗斯小姐平静地问道。

洛里先生倒巴不得去掉这个谦词,答道:"不,不,不。的确不。还是谈正事吧:尽管我们深信马内特医生的确清白无辜,他却从不谈到这个问题;这不值得注意吗?我不是说不跟我谈,虽然多年前我就跟他有业务上的关系,现在又有了私交;我是说,怎么也不跟他那美丽的女儿谈,尽管他那么钟爱她,而她也那么敬爱他?真的,普罗斯小姐,我跟你探讨这个问题,并不是出于好奇,而是热诚的关心。"

"好吧!尽我所了解的说吧,你会说我不怎么了解,"普罗斯小姐被他道歉的声调说得心软了,说道,"他害怕有关这事的任何话题。"

"害怕?"

"我认为,他可能害怕的原因是明摆着的。那就是可怕的回忆;还有,由回忆引起的失常。因为不知道怎么失常,又怎么清醒过来,他可能永远也拿不准他不会再犯。我认为,单是因为这一点,一谈起来就会不愉快。"

这一看法比洛里先生所期望的更深刻。"不错。"他说道,"想起来是太可怕了。我心里还有一点怀疑,普罗斯小姐,马内特医生把那么大的痛苦闷在心里,不知对他是否有好处。真的,就因为有怀疑,有时为此感到不安,我才跟你谈谈心里话。"

"没办法,"普罗斯小姐摇摇头说道,"一触到那根弦,他马上就犯病,最好别触动它。总之,不管愿不愿意,不能触动它。有时,他在夜深人静时起床,我们在楼上听到他在卧室里走来走去,走来走去。当时瓢虫已经听懂了,知道他的思想还在他过去那间监狱里走来走去,走来走去,便连忙赶到他那儿,跟他一起走来走去,走来走去,直到他镇静下来。不过,他绝不向她提起使他坐卧不安的真正原因,她发觉最好别跟他提起。他们默默地一起走来走去;一起走来走去,直到她的爱和陪伴,使他清醒过来。"

尽管普罗斯小姐不承认她有想象力,但在她反复说"走来走去"一句时,流露出她觉察到老受一种忧思折磨的痛苦,这证明她有想象力。

上文提到,这是一个能引起回声的奇妙的角落;这时已响起来人的脚步的回声,响得那样巧,好像是刚才提到"走来走去"那句话引起来的。

"他们回来了!"普罗斯小姐站起来,停止了讨论,说道,"马上就有好几百人要来了!"

这是一个传声的特性如此奇妙的角落,如此独特的耳朵似的地方,当洛里先生站在打开的窗前,寻找已听到他们脚步声的父女俩时,还以为他们绝不会到家。不仅因为那回声消失,仿佛那脚步声已离去,而且,反而听到绝不会来的别的脚步的回声,当这些脚步声似乎走近时,却又消失,再也听不见了。然而,父女俩终于出现,普罗斯小姐已站在大门口接他们。

普罗斯小姐等她的宝贝上楼后,就给她脱下帽子,用手绢角掸一掸,又吹一吹帽子上的灰,随即把她的披风叠好,准备收起来,然后,那样得意地把她那丰盛的秀发抹抹顺,就跟一个最爱炫耀又最漂亮的女人为自己的头发感到自豪一样。普罗斯小姐虽说粗鲁,一身红,板着脸,这时却很动人。她的宝贝拥抱她,又道谢,又说她不该为她如此麻烦——这话她只能用开玩笑的口气说一说,要不然,普罗斯小姐会伤心,回到自己的房间大哭一场,她的宝贝看来也很动人。医生瞧着她们,跟普罗斯小姐说,她把露西宠坏了,但他说话的声调和眼神里,带有跟普罗斯小姐一样多的宠坏她的意味,如果可能,还会更多,医生看来也很动人。洛里先生戴着他那顶小假发,笑眯眯地瞧着这一切,一边感谢他那单身汉的命运之星在他晚年指引他找到一个"家",洛里先生看来也很动人。不过,并没有好几百人来看这些动人的情景,洛里先生徒劳地期待着普罗斯小姐的预言应验。

到晚餐时,仍没有好几百人来。在这个小家的家务料理上,普罗斯小姐主管地下室,恪尽职守,表现出色。她做的晚餐,虽是平常饭菜,但烹调极佳,上菜送酒得当,独出心裁的半英半法的菜式很精致,好得不能再好了。普罗斯小姐的交往完全讲实用,他踏遍苏霍区和邻近的乡下,搜罗破落的法国人,因为,只要答应给他们几个先令和半克朗硬币,他们就会将烹调秘方传授给她。她从这些高卢人的破落子女那里学到如此奇妙的本事,家里用人班里那个大娘和姑娘把她看作了不起的女魔法师,或灰姑娘的教母:她只要派她们到园子里弄来一只鸡,一只兔子,一两棵菜,她可以随意把它们变成任何佳肴。

每逢星期日,普罗斯小姐跟医生同桌吃饭,但在平常日子就坚持自己吃,不知道什么时候在地下室,或在三楼自己的房间里就吃了——那是一间蓝色的卧室,除了她的瓢虫,谁也不准进去。在这天晚餐席上,普罗斯小姐为了回答瓢虫儿动人的脸,尽力让她高兴的动人的殷勤,也特别随和;因此,席间也很动人。

这天,天气闷热,晚餐后,露西建议把葡萄酒拿到法国梧桐树下去喝,坐在那儿风凉。既然什么都依她的意思,都围着她转,他们便走到法国梧桐树下,她特为洛里先生端上酒。不久前,她已自命为洛里先生的司酒官;他们坐在树下谈天,她一边不断地把他的酒杯斟满。两幢楼房神秘的后身和两头,都瞧着他们谈天,法国梧桐也在他们头上沙沙地向他们悄声细语。

仍然没有好几百人来。他们正在法国梧桐树下谈着,达奈先生来了,不过只有他一个人。

马内特医生亲切地接待他,露西也是这样。但是,普罗斯小姐的头部和身子突然抽动起来,随即回到楼里。她并非不常犯这种毛病,在随便交谈时,她称之为"抽搐发作"。

医生身体很好,看来特别年轻。在这样的时候,他显得跟露西非常像,当他们挨着坐在一起,她靠在他的肩上,他一只胳膊扶着她的椅子靠背时,探索他们的相似处,是非常令人愉快的。

他海阔天空谈了一整天,劲头特别大。"请问,马内特医生,"他们坐在法国梧桐树下时,达奈先生说道——当时偏偏谈到伦敦的古老建筑,他就这话题顺便说说——"你常去伦敦塔①参观吗?"

"露西陪我去过;不过是随便看看。倒也看够了,知道那里有很多有趣的事;也就了解这些。"

"你们还记得吧,我去过那儿,"达奈微笑说道,但有一点气愤,脸红了,"以另外的身份,不准随便参观的身份去过。我在那儿的时候,他们告诉我一桩稀奇事。"

"什么事?"露西问道。

"工人在作某些改建时,偶然发现一个古代的地牢,那是多年前修的,早被遗忘了。地牢内壁的每一块石头上都布满了囚徒们刻的字——日期,姓名,申冤和祈祷。一个看来已经

---

① 伦敦塔,原为古堡,始建于威廉一世(1066—1087在位)时代;曾用作宫殿和囚禁政治要犯的监狱,后为博物馆。

就刑的囚徒,在墙角一块基石上刻下他的遗作,三个字母。那是一只发颤的手用粗劣的工具匆匆刻上的。最初看这三个字母,以为是 D.I.C.;但是,在仔细查看之后,才看出最后一个字母原来是 G。无论档案或传说,都没有哪一个囚徒的姓名用这几个缩写字母的记载。这姓名究竟是谁,引起不少猜测,但毫无结果。后来,有人认为那不是姓名的缩写字母,而是一个词,DIG①。于是,极仔细地检查了那刻字下面的地板,然后在一块石头,或一块砖,或什么铺地的碎片下面的土里,发现一张纸的灰烬,其中掺杂着一个小皮盒或小皮袋的灰烬。这个无名囚徒写过什么东西,永远无人看到,不过,他写过什么,把它藏起来,没让看守发现。"

"我的父亲!"露西惊叫道,"你病了!"

他突然站起来,用手摸着头。他的举止、神色把大家都吓坏了。

"不,亲爱的,没有病。下大雨点了,让我吃了一惊。我们还是进屋去吧。"

他几乎马上就恢复常态。真下大雨点子了,他把手背上的雨水给大家看。不过,他对刚才谈到的那一发现只字未提;他们走进楼里之后,他转向查尔斯·达奈时,洛里先生精明的眼睛在他脸上看出,或以为是看出了,过去他在法庭的过道里转向达奈时,脸上出现过的那种奇特的神色。

他恢复得那么快,洛里先生不免对他那精明的眼睛有些怀疑。他停下来,站在大厅里那金色巨人的手臂下面向他们解释说,他还经不起轻微的意外(如果他曾经经得起),那雨

---

① 英文,挖掘。

119

点让他吃了一惊,他说话时那么稳定,那巨臂也不过如此。

到了喝茶时间,普罗斯小姐在沏茶时,虽说抽搐又发作,仍然没有好几百人。就算卡顿先生已闲荡进来,加上他也不过两个。

那天晚上,天气很闷热,尽管门窗都开着,他们还是感到热得受不了。等收拾了茶桌之后,他们挪到一扇窗户前,眺望窗外阴沉的黄昏。露西坐在她父亲旁边,达奈坐在她旁边;卡顿靠着一扇窗子。窗帘又长又白,那旋卷着刮进这个角落的伴着雷雨的大风,把窗帘吹得飘到天花板上,像幽灵的翅膀似的飘动。

"还在掉雨点,又大、又沉、又少,"马内特医生说道,"下得很慢。"

"肯定要下的。"卡顿说道。

他们说话的声音很低,人们在注视,等待时多半如此;人们在黑暗的房间里注视,等待闪电时往往如此。

在暴风雨来临前,人们东奔西跑,寻找躲雨的地方,街上一片忙乱。这个能引起回声的奇妙的角落,回响着来来往往的脚步的回声,然而没有一个脚步声到那儿。

"人很多,却很冷清!"他们倾听一会儿之后,达奈说道。

"这事难道不会给人留下深刻印象吗,达奈先生?"露西问道,"有时,傍晚我坐在这儿,后来慢慢就幻想起来——不过,今晚即使一点愚蠢的幻想也会使我战栗,因为一切都那么黑暗、庄严——"

"也让我们战栗一下吧。什么幻想,能告诉我们吗?"

"在你们看来这似乎无所谓。我认为,像我们产生这些怪念头的人,这些怪念头才会留下深刻印象;不过,那是不可言传的。有时,傍晚我一个人坐在这儿,听着,终于听出那些回声,是那些不久就要走进我们生活的一切脚步的回声。"

"要真是那样,总有一天许许多多人会走进我们的生活。"西德尼·卡顿阴郁地插了一句。

脚步声不断响着,匆匆赶路的脚步声越来越快。这个角落反复回响着沉重的脚步声,有的好像就在窗下,有的好像在室内,或来,或去,或暂停,或完全停止;其实都远在大街上,无一在能看得见的地方。

"这些脚步是注定要进入我们全体的生活呢,马内特小姐,还是我们各人分担一份呢?"

"我不知道,达奈先生;我跟你说过,这是愚蠢的幻想,但你自讨苦吃。我沉浸于幻想时,我是一个人,而且我想象这些脚步,是要进入我的生活和我父亲的生活的那些人的脚步。"

"我接受它们进入我的生活!"卡顿说道,"我不提任何问题,也不附加任何条件。有一大群逼近我们,马内特小姐,我看见它们了!——凭这闪电。"他在一道明亮的闪电闪过之后补充了最后这句话,闪电照见他在窗户上那懒洋洋的身影。

"我听见它们的声音了!"在一阵隆隆雷声之后,他又补充一句,"它们来了,来势迅猛,狂暴!"

他用以象征的,是这哗哗地倾泻的暴雨,这阻止了他讲话,因为在暴雨中什么声音也听不见。这场难忘的雷暴雨,一下起来就像瓢泼似的,没有片刻间歇,直到半夜月亮升起之后,才打住。

圣保罗教堂的大钟,在晴朗的空中敲响了一点,这时,洛里先生,由穿着高筒靴,提着灯的杰里护送,上路回克莱肯威尔。从苏霍到克莱肯威尔之间的路上,有些背静处,洛里先生提防拦路打劫的强盗,总是让他护送:不过,这差事平常早在两小时前就完成了。

"这一夜,太可怕了!杰里,"洛里先生说道,"简直能把死人折腾得从坟墓里爬出来。"

"连我也没见过,老爷——不过,也不希望发生这种事——竟折腾到这个份上。"杰里答道。

"晚安,卡顿先生,"这位办事人说道,"晚安,达奈先生。我们还会在一起见到这样一个夜晚吗?"

也许。也许还会看到一大群人像急流似的怒吼着向他们压过来。

第七章 城里的爵爷

阁下,是朝廷掌权的显贵之一,他在巴黎他的豪华的府邸里举行两周一次的接待会。阁下在内室,他的至圣所,外厅那一大群参拜者视为最神圣的地方。阁下即将吃巧克力。阁下能轻易吞下大量东西,据几个心情阴郁的人估计,他很快就要把法国吞下;不过,要是没有四个壮汉(除厨子外)侍候,阁下早上这顿巧克力甚至也进不了他的喉咙。

是的,把那份荣幸的巧克力送到阁下的唇边,需要四个人,这四个人服饰华丽,闪闪发光,为首的一个,因竭力追求阁下倡导的高贵、素雅的时尚,要是衣袋里揣的金表少于两只,就活不下去。一个侍仆把巧克力罐端到圣驾前;第二个用他带的小小的专用搅拌工具,把巧克力搅起泡沫;第三个送上受优遇的餐巾;第四个(带两只金表的那位),倒出巧克力。要阁下在进巧克力时少一个人侍候,又要在令人羡慕的上天之下保持崇高地位,是不可能的。要是只有三个人寒寒碜碜侍候他吃巧克力,他的家徽就会蒙受奇耻大辱;只有两人侍候,他非死不可了。

昨晚阁下出去吃了夜宵,因为外边在上演喜剧和大歌剧,很迷人。晚上,阁下多半到外边跟迷人的伴侣一起吃夜宵。阁下那样温文尔雅,那样多情善感,按那些谈论国家大事和国家秘密的沉闷的文章的说法,喜剧和大歌剧比全法国的需求对他的影响要大得多。这是法国的一大幸事。正如这种情况始终是一切同样受惠的国家的幸事一样!——(例如)在出卖英国的那位寻欢作乐的斯图亚特①令人遗憾的统治时期,也始终是英国的幸事。

对一般公事,阁下自有真正高贵的主意,即一切听其自然,各自为政;对特殊公事,另有真正高贵的主意:一切必须按他的方式去办——争权夺利。至于他的享乐,无论一般的或特殊的,阁下也另有真正高贵的主意:这个世界就是为他享乐安排的。他的教会的经文(只改了原经文一个代名词,这算不了什么)如下:"地和其中所充满的,都属于我,阁下说道。"②

然而,阁下慢慢发觉,他的私事和公事都不知不觉陷入庸俗的经济困境;就这两类事务来说,他不得不跟一个税收承包人③结盟。就国家财政收入来说,因为阁下对国家财政一点也不懂,不得不放手,交给懂行的人去办理;就个人的经济收入来说,因为税收承包人富有,而阁下,由于经过几代人的穷奢极侈、大量挥霍,已渐渐坐吃山空。因此,阁下趁还来得及阻挡他妹妹即将戴上修女头巾,穿上她可能穿的最便宜的修女袍,把她从修道院接出来,作为奖品赏赐给一个出身贫寒但

---

① 指查理二世(1660—1685在位),英国革命时期被处决的英王查理一世之子,曾流亡法国;复辟后,仍投靠法国,倒行逆施,并将敦刻尔克出卖给法国。
② 原经文见《新约·哥林多前书》第10章第26节:"地和其中所充满的,都属于主。"
③ 指法国波旁王朝统治时期,以重金买下国家收税权的人,他可以凭这一特权任意搜刮,人民深受其苦。

很富有的税收承包人。这时,这位承包人手持一根恰如其分的头上装有金苹果的藤杖,也在外厅那一大群人当中,备受人们崇拜——像阁下那样出身高贵,高人一等的人,自然不在其中,因为阁下,连他的妻子,对他都极为傲慢、轻蔑。

税收承包人好挥霍。他的马厩里养着三十匹马,他的各间厅堂有二十四名男仆照应,他的妻子由六个贴身侍女侍候。像税收承包人那样,自称除了在能下手的地方掠夺、搜刮外,什么也不干的人——不管他的婚姻关系,对社会道德有多大的助益——在那天到阁下府邸参见的人物当中,他起码算得上是最伟大的实际存在。

这些房间,虽然外观华丽,室内一切装饰设计达到了当时审美和技术的最高水平,其实,并不美好,只要有人对别处(也并不远,几乎就在这两个极端中间的圣母院的望楼上,两端都可以看到)那些衣衫破烂、戴着睡帽的穷人的状况稍加考虑,这些房间就会令人感到极其不安——如果阁下府上的哪一位有责任考虑的话。那些缺乏军事知识的军官;对船舰一无所知的海军军官;不懂业务的文官;混迹于这最坏的世俗世界,眼睛色眯眯的,一张嘴放纵惯了,而且过着更放纵的生活的厚颜无耻的教士;这些人根本不称职,却胡编瞎吹,冒充内行,但或亲或疏都属于阁下那个教会,因此,才硬安排他们充任什么好处都能捞到的一切公职;这帮人迟早要一批一批挑出来惩治。这里,这种人也一样多,他们与阁下或国家,没有直接关系,也跟任何现实事物,或跟一辈子走正道、干点实事的生活无缘。有的人是医生,靠医治纯属想象的病的可口药物而发了大财,他们在前厅笑眯眯地望着他们的高贵的病人。有的,是谋士,曾经找到治疗国家染上的一些小弊病的种种方子,就是没有认真着手根除一种罪恶的方子,他们在阁下的接待会上,向他们能缠上的任何人喋喋不休,让人心烦。有的,是不信教的哲学家,正在用空话改造世界,用纸片盖登天的巴别塔①,他们在阁下聚集的这次奇妙的集会上,在跟那些关注炼金术的不信教的化学家们交谈。有的,是受过最良好教养的高雅绅士,在那卓越的时代——及以后——那种教养,以教养出对人类必然关注的一切问题都漠不关心的人物而著称,在阁下府邸,这种高雅绅士已处于最值得引以为戒的枯竭时期。这种聚会场所,把诸如此类各色显贵、名人遗留给巴黎的上流社会,即使在与会的阁下这帮信徒里——占这些彬彬有礼的客人的一多半——混入了暗探,他们也很难在这个圈子的天使当中,找到哪怕一位太太,在举止和外貌上承认自己是母亲。的确,时髦人物根本不知道这回事,除了生下那令人厌烦的孩子的行为而外——这对于获得母亲的名分并没有多大帮助。农家妇女则把不时髦的孩子藏在家里,抚养他们;迷人的六十岁的老奶奶还跟二十岁时一样打扮、吃喝。

虚幻的事物像麻风似的损害着侍候阁下的每一个人。在最外面的接待室里,有六个特殊人物,这几年来他们为世道不妙感到模糊的不安,其中三个人成了"痉挛者"②,一种狂热的教派的信徒,作为救世的一种有希望的法子,甚至当时就私下考虑他们是不是该口吐白沫、发狂、吼叫,当场直僵僵地晕倒——借以树立一个极清楚地指明前途的路标,为阁下指路。

---

① 这里借用《圣经》中未建成的通天塔,亦称巴别塔(见《旧约·创世记》第 11 章),比喻空谈。
② 流行于十八世纪三十年代法国上流社会的一种狂热教派,类似当时的"震教"(举行仪式时狂舞、颤抖)。

除了这几个苦行僧,另外三个则急匆匆参加了另一个教派,这一派用一句隐语"真理中心"救世:认为人已脱离真理中心——这一点无须多加论证——但是还没脱离中心的边缘;而且认为,用斋戒和降神可以阻止人逸出边缘,甚至把人推回中心。于是,这帮人大搞降神通灵活动——做了许许多多永远也看不出的好事。

不过,令人欣慰的是,阁下府邸里所有的宾客的穿着打扮都尽善尽美。只要能确定"末日审判"那天是服装节,这里的衮衮诸公就会永远是正确的。头发拳曲,扑了粉,竖着,那样俏,精心保养、修饰的容颜那样细腻,佩带的宝剑看起来那样威武,扑鼻的香气那样高雅,真能使任何事物长盛不衰。受过最好的教养的高雅绅士们,身上挂着小玩意儿,他们懒懒地动一动,就叮当作响;这些金质镣铐的响声像珍贵的小铃铛似的;由于这叮当声,以及绸缎、麻纱的沙沙声,引起空气一阵颤动,把圣安东区和该区会狼吞虎咽的饥饿吹到了九霄云外。

服饰是用以使万物恪守本分的唯一灵验的法宝和符咒。人人都为参加一场永不结束的"化装舞会"穿着打扮。这"化装舞会"已从推勒里宫传开,经阁下和满朝文武,经事务所、法庭,以及全社会(除了衣衫破烂的穷人),流传到一般刽子手:按那符咒,要求他"鬈发,扑粉,穿金边外衣、跳舞鞋和白色长丝袜"行刑。巴黎先生(这是外省同行的教师爷,如奥尔良先生等等之间,按主教派的叫法,对他的尊称),就是穿着这身华服操作绞架和磔刑车——用斧头已罕见。在纪元一千七百八十年,参加阁下接待会的宾客当中,有谁可能怀疑以鬈发,扑粉,穿金边外衣、跳舞鞋和白色长丝袜的刽子手为根基的制度,会看到本命星陨灭呢?

127

阁下在减轻了他的四个侍从的负担,吃完巧克力之后,叫人把至圣所的门都打开,便走了出去。人们何其恭顺,何其阿谀奉承,何其奴颜婢膝,何其自轻自贱!至于全身心的膜拜,已无余力敬奉上帝了——这可能是阁下的崇拜者从不麻烦上帝的原因之一吧。

阁下一路上在这里作一点许诺,在那里笑一笑,一会儿跟一个幸运的奴才说句悄悄话,一会儿又向另一个奴才挥挥手,和蔼可亲地穿过一间间厅室,直到真理边缘那一带边远地区。然后,又从那儿转身往回走,于是,到一定时候,由于巧克力作怪,又把自己关在圣殿里,不再露面。

这场戏收场之后,空气的颤动变成了不小的风暴,接着那些珍贵的小铃铛一路响下楼去。不久,这群人只剩下一个人,他胳膊下夹着帽子,手上拿着鼻烟壶,慢慢经过一面面镜子往外走。

"我要把你献给魔鬼!"这个人走到最后一道门时停下来,转身向着圣殿的方向说道。

说罢,他抖掉手指上的鼻烟,像抖掉脚上的灰①一样,然后,不声不响地下楼。

此人约六十岁,衣着讲究,态度高傲,一张脸像一副精致的面具。脸色透明地苍白;五官轮廓分明;脸上总是那副表情。鼻子长得漂亮,只是在两个鼻孔上好像给轻轻捏住,有点瘪。脸上出现的唯一的一点点变化,就表现在这两个瘪处,或捏痕。这两处,有时持续改变颜色,偶尔可能由于微弱的搏动一张一缩,于是露出一脸奸诈和残酷的凶相。只要留神察看,

---

① 按成语的意思,为"愤然离去"。

就可以发现,形成这副凶相还得力于那嘴形的线条,以及眼眶的线条,太平直,太细。然而,就这张脸造成的效果来说,那是一张漂亮而且引人注意的脸。

这张脸的主人下楼走进院子,登上他的马车离去。在接待会上,跟他谈话的人不多,他独自站在一边,阁下本来也可能按他那种方式对这个人更热情一点。在这种情况下,他似乎更乐意看到老百姓在他的马车前面东奔西逃,常常差点被撞倒。他的车夫好像向敌人冲锋似的赶着马车,车夫这样不顾一切的鲁莽,也未使他的主人的脸上或嘴上有任何要加以制止的表示。即使在这聋子城市,哑巴时代,有时也能听到这些怨言:在没有人行道的狭窄街道上驱车横冲直撞,这种贵族的野蛮遗风,危及平民生命,也有人惨遭残害。不过,关心这事,能认真加以考虑的人很少,而且,在这种事上,跟其他任何事一样,总是让倒霉的老百姓自己尽可能逃离苦难。

马车,在一阵急骤的嘎吱声和嘚嘚声中,以如今很难理解的非人性的不顾一切的莽撞,在街上疾驰、猛拐,马车前,一片女人的尖叫声,男人则互相抓住,也抓住小孩,往一边闪躲。马车终于冲到一个水泉旁边的拐弯处,有一个车轮令人讨厌地颠了一下,接着许多声音大叫起来,马跃起前蹄,又抬起后腿。

要不是马受惊,马车本来可能不会停下;人们常听说,马车压了人,照样急驰而去,不管别人死活,为什么不呢?但是,那个受惊的侍仆急忙下了车,因为有二十只手抓住马笼头。

"出了什么事?"这位老爷镇静地瞧瞧车外,说道。

一个戴睡帽的高个子从马腿当中抱起一包东西,放在水泉的台上,扑倒在烂泥里,俯在那包东西上像野兽似的嚎叫。

129

"请原谅,侯爵老爷!"一个穿得破破烂烂的恭顺的人说道,"那是个小孩。"

"为什么叫得那么讨厌?是他的小孩吗?"

"对不起,侯爵老爷——很遗憾——是的。"

水泉离得远一点;因为,在水泉那儿,街道较宽,有一块十码或十二码见方的空地。当那个高个子突然从地上爬起来,奔向马车时,侯爵老爷马上把手放在他的剑柄上。

"压死啦!"那个人不顾一切地狂叫道,两手高举在头上,瞪着他,"死啦!"

人们围拢来,瞧着侯爵老爷。瞧着他的许多眼睛,仅流露出警惕和急切的神情;看不出威胁和愤怒。大家也没有吭一声;在那个人尖叫之后,他们都沉默着,一直沉默着。刚才搭话的那个恭顺的人的声音,是那么低声下气,恭顺已极。侯爵老爷向他们扫了一眼,好像他们不过是出洞的老鼠。

他取出钱袋。

"你们这些人,"他说道,"照顾不了自己,也照顾不了你们的孩子,真让我惊奇。你们总有人挡路,不是这个就是那个。我怎么知道你们把我的马伤得多重?喂!把这给他。"

他扔出一个金币,让侍仆去捡,于是,所有的头都伸长了脖子,好让所有的眼睛看见落下的金币。那高个子发出最凄厉的喊声,又叫道:"死啦!"

大家都纷纷让路,只见另一个男人赶来拦住了他。这个可怜人一见到他就倒在他肩上,抽抽噎噎哭起来,一边指着水泉,那儿有几个女人弯下腰瞧着那一动不动的东西,在他周围慢慢走动着。然而,她们像男人一样沉默。

"我都知道,我都知道,"后来者说道,"要像个勇敢的男子汉,加斯帕德!这个可怜的小玩物这样死了,倒比活着强些。一下子就死了,没有痛苦。这孩子能这样幸运地活过一小时吗?"

"喂,你倒是个哲学家,"侯爵笑着说道,"你叫什么名字?"

"我叫德法日。"

"干什么的?"

"侯爵老爷,卖酒的。"

"把钱捡起来,哲学家兼卖酒的,"侯爵说着,扔给他另一块金币,"随便你拿去怎么花。那几匹马呢?没事吧?"

侯爵老爷不屑于再瞧一瞧人群,又往座位上一靠,摆出一副因为偶然打破了一件普通东西,赔了钱,而且赔得起的绅士派头,正要驱车离开,这时,一块金币飞进马车,落在车厢地板上叮当响,突然打扰了他轻松的心境。

"停住!"侯爵老爷说道,"勒住马!这是谁扔的?"

他往刚才那个卖酒的德法日站的地方一看,只见那个可怜的父亲趴在那儿,他旁边站着一个黑黝黝的粗壮的女人,在编织。

"你们这些狗!"侯爵说道,但不急不躁,除了鼻子上那两处而外,脸上毫无变化,"我倒非常愿意从你们任何一个人身上开过去,把你们从世上消灭光。要是我知道是哪个流氓扔的,要是我知道那个匪徒离马车很近,就要把他压碎。"

他们的处境受到这样的威胁,这样一个人会怎样合法地、非法地迫害他们,他们有多年惨痛的经验,因此没人吭一声,或举举手,连眼睛也没抬一下。在男人当中,没有一个人敢。不过,站在那儿编织的那个女人坚定地抬起头来,直视他的脸。注意这种事,不合他的身份;他只轻蔑地向她,向所有其他老鼠扫了一眼,又往座位上一靠,吩咐"开车!"

他的马车载着他驶去,其他马车紧接着飞驰而过;大臣、谋士、税收承包人、医生、律师、教士,大歌剧,喜剧,像一股明晃晃的水流似的整个化装舞会,疾驶而过。那些老鼠都爬出洞来观看,一直看几个小时;军警在他们和这一壮观景象之间来来往往,形成一道屏障,他们溜到这屏障后面,透过这屏障窥看。那个父亲早已抱起那包东西躲起来了,这时,在那包东西躺在水泉台上时照应过它的女人,在看流水和滚滚而过的化装舞会——这时,很显眼地站在那里编织的唯一的女人,仍然像命运之神那样坚定地编织着。水泉的水在流,湍急的河在流,白天进入黑夜,城里许许多多生命按照规律死亡,岁月不待人,老鼠们又在他们的洞里紧紧挤在一起睡觉,化装舞会到晚餐时灯火通明,万事万物都按各自的轨道运行。

第八章 乡下的爵爷

景色很美,粮食作物亮闪闪地点缀其间,但并不多。本该种粮食的地,种上一块块瘦弱的裸麦,代替小麦的,是一块块豌豆和大豆地,一块块最粗劣的蔬菜地。在这毫无生气的田野上,如同种地的男女,普遍显出一副不愿生长的样子——一种自暴自弃,任其枯萎的沮丧情绪。

侯爵老爷坐的旅行马车(本来可以用更轻便的车),由四匹驿马拉着,两个车夫驾驭,吃力地爬着一个陡坡。侯爵老爷脸上现出的红晕,决不是指责他枉受高等教养;不是出自内心的原因;而是由于他无法控制的外部环境——落日。

当马车爬上山顶时,夕阳照进车里,满座生辉,车里的人罩在一片深红色里。"太阳马上就会消失。"侯爵老爷瞧瞧他的手,说道。

实际上,那会儿太阳也是马上就要落山了。当车轮装上沉重的煞车,马车随着一股煤渣味,在一阵尘土中滑下山去时,那夕照很快逝去;太阳和侯爵一起下了山,在拆除煞车之后,已无余晖。

不过,还留下一片突兀而开阔的起伏的原野,山脚下的一个小村子,村子那边的一大片坡地,一个教堂的塔楼,一个风磨坊,一片供狩猎的森林,以及一个峭壁,上面有一个用作监狱的堡垒。天快黑时，侯爵像一个快到家的人那样，向四围这些渐渐变暗的景物看了看。

这个村子有一条穷街，街上有穷酿酒坊，穷鞣皮作坊，穷酒店，驿站圈备用马的穷场院，穷水泉，种种常见的穷设备。村子也有穷人。全村的人都穷，他们有很多人坐在门口，把很少一点洋葱之类的东西切碎做晚餐，有很多人在水泉旁洗树叶、野草，以及这类地上长的能吃的东西。他们之所以穷，不乏很能说明问题的迹象；按照这个小村子庄严的铭文，他们必须向国家、向教堂、向贵族老爷交纳租税，交纳种种苛捐杂税，如此盘剥，竟然还有村子未遭吞没，幸存下来，真是奇迹。

街上看不到几个小孩，根本没有狗。至于村里的男女，他们在世上对前途的选择已经注定——要么，住在磨坊下面的小村子里，靠仅能维持生命的最低条件生活；要么，做囚徒，死在高耸于峭壁上的牢房里。

先派人赶来报了信，又听到车夫的鞭子甩得吧吧响，在暮色中鞭子像蛇似的在他们头上盘绕，侯爵老爷仿佛在复仇女神①陪伴下驾到，接着他坐的旅行马车在驿站大门前停下来。大门靠近水泉，农民都停下手上的活看着他。他也看着他们，他不知不觉看出，他们那受穷困折磨的脸和身子，好像不断被人慢慢锉磨似的，渐渐消瘦，后来，法国人长得瘦成为英国人的迷信，原因即在此；竟一直迷信了将近一百年，不知道真相。

侯爵老爷向俯在他面前的那些恭顺的脸瞥了一眼，那些脸，就跟他俯在当朝爵爷阁下面前那张脸一样恭顺——不过，

---

① 希腊神话中的复仇三女神，她们的头发由许多毒蛇盘结而成，一手执由蝮蛇缠结的鞭子。

不同之处在于,这些人低下脸,仅仅是忍受,不是为了讨好——这时,一个头发发白的养路工走进人群。

"把那个人带过来!"侯爵向送信人说道。

把那个人带了过来,他手里拿着帽子,其他人,就像在巴黎街上那个水泉边的人那样围拢来观看,留神听着。

"刚才我经过你那儿吧?"

"老爷,没错。承蒙老爷赏光,经过的。"

"上山的时候,到了山顶上,都经过的吧?"

"老爷,没错。"

"你老盯着看什么东西?"

"老爷,我看那个人。"

他略微弯下腰,用他那顶破烂的蓝帽子指着马车下面。他那伙人都弯下腰向马车下张望。

"什么人?蠢猪?为什么往那儿看?"

"请原谅,老爷;他吊在那只鞋——煞车的链子上。"

"谁?"这位旅行者问道。

"老爷,那个人。"

"让魔鬼把这些白痴抓走!那个人叫什么?乡下这一带的人你都认识。他是什么人?"

"发发慈悲,老爷!他不是这一带的人。我这一辈子无论哪一天都没见过他。"

"吊在链子上?想憋死?"

"请老爷允许我说一句,这真叫人奇怪,老爷。他的头悬着——像这样!"

他转过去,侧身对着马车,身子往后倾,仰面朝天,吊着头;然后直起腰,摸着帽子,鞠了一躬。

"他什么样子？"

"老爷，他比磨坊老板还白。满身尘土，像鬼一样白，像鬼一样高！"

这副模样使这一小群人大为震惊；所有的眼睛，虽然未交换过眼色，都一起看着侯爵老爷。也许是看他的良心上是否有鬼吧。

"你倒真干得好，"幸而侯爵意识到这种害虫不可能打搅他，说道，"看到我的马车上有个小偷，你那张大嘴也不吭一声。哼，放开他，加贝尔先生！"

加贝尔先生是驿站站长，兼做一点收租税的工作；在盘问时，他已赶了出来，恭恭敬敬从旁协助，像办公事似的抓着被盘问者的衣袖。

"哼！滚开！"加贝尔先生说道。

"要是这个外地人今晚要在你们村里找住处，把他抓起来，务必查清他是否走正道的，加贝尔。"

"老爷，能执行你的命令，不胜荣幸。"

"那家伙跑了吗？——那个该死的在哪儿？"

那个该死的，正跟半打哥们在马车下面，他用那顶蓝帽子指着链子。另外半打哥们连忙把他拖出来，气喘吁吁地带到侯爵老爷跟前。

"那个人是不是在我们停下来装煞车时逃走的，蠢货？"

"老爷，他就像有的人往河里跳一样，头冲前，一头栽下山坡。"

"留神，加贝尔。走吧！"

正在看链子那半打人，还像羊似的待在车轮中间；车轮突然滚动，他们幸而保住了那皮包骨头的身子；此外，他们能保住的东西很少,要不然,他们不可能这样走运。

马车一路急驰而去,冲出村子,上了村外的山坡,不久遇上陡坡,才刹住这阵猛冲。马车,渐渐减慢到步行速度,在夏夜的多种香味中摇摇晃晃往山上爬去。许许多多小飞虫环绕着车夫们飞来飞去,而不是那复仇女神,他们一声不响地修整鞭梢;侍从跟在马旁走着;报信的骑着马在前面小跑,已跑得老远,看不清了,但还听得见马蹄声。

在山坡最陡的地方,有一小块墓地,竖着一个十字架,上面有一个救世主的新的大雕像。这个粗劣的木雕像是乡下没有经验的人雕刻的,但是他是根据实物构思——也许就是根据他本人吧——因为,这雕像瘦得可怕。那是早已深重,但还不到最深重的大苦难的象征,一个女人跪在这苦难的象征面前。马车驶到她跟前时,她转过头,一下站起来,赶到马车门前。

"是你哪,老爷!老爷,有事求你。"

老爷不耐烦地唉了一声,但神色不变,往车外看看。

"怎么啦!什么事?总是请求!"

"老爷!行行善吧!我那男人,那个看林人。"

"你那个男人,那个看林人,怎么啦?你们这些人总是这样。他交不出什么租税吗?"

"他算全交清了,老爷。他死了。"

"也好!他安静了。难道我能让他活过来,还给你吗?"

"啊,不,老爷!不过,他躺在那边,一小堆荒草下面。"

"怎么啦?"

"老爷,有很多小荒草堆哪。"

"那又怎么啦?"

她看起来像个老太婆,但还年轻。她的举动,都出自强烈的悲痛;她一会儿握着两只筋络突出,瘦骨嶙峋的手使劲绞扭着,一会儿把一只手放到车门上——动作是那样温柔、亲切,就好像那车门是人的胸膛,可望感到这恳求的触摸。

"老爷,请听我说!老爷,请听听我的要求!我的男人死于穷苦,许多人都死于穷苦;还有许多人会死于穷苦。"

"那又怎么啦?我能养活他们吗?"

"老爷,天晓得;我可不提这个要求。我请求的是,能不能在我男人的坟头上,立一小块刻上他的名字的石头或木块,让人知道这是他埋葬的地方。要不然,等到我也死于穷苦,埋在别的荒草堆下,别人会很快忘记这个坟地,再也找不到了。老爷,荒草堆太多,增加得太快,大家太穷了。老爷!老爷!"

那个仆从把她推开,马车突然小跑起来,车夫加快了速度,她被拉下很远了,老爷又在复仇女神的陪伴下飞驰,他与他的城堡之间的一两里格①距离,在迅速缩短。

夏夜的种种香味,在他周围散发着,像雨水会落到不远的水泉边那些肮脏、衣衫破烂、累得精疲力尽的人身上那样公平地散发着;那个养路工,借助那顶蓝帽子(没有这顶帽子他就毫无价值了),还在向他们详细描述那个像鬼的人,只要他们听得下去。后来,他们渐渐听不下去了,便一个个走开,于是一个个小窗户灯光闪烁;当小窗户暗下来,出现更多星星时,那些灯光仿佛不是被熄灭,而是射到了天空。

这时,一幢高屋顶大厦和许多枝叶纷披的树木的阴影,笼罩着侯爵老爷;当他的马车一停下来,一个火把的光亮取代了

---

① 里格,长度名,约等于三英里。

阴影,他的城堡的大门打开迎接他。

"我等的人,查尔斯先生呢,他从英国回来了吗?"

"老爷,还没有。"

第九章 戈冈的头*

侯爵老爷的城堡，是一座庞大沉重的建筑，前面是一个石头铺的大庭院，两边层层宽阔的石台阶会聚于正门前的平台。到处都是粗重的石栏杆、石瓮、石花、石人面、石狮子头，全是石头的，就好像两个世纪前这座城堡完工时，戈冈的头来看过似的。

侯爵老爷下了马车，由火把前导，登上那一段宽阔的低矮的台阶，这足以搅扰这儿的黑暗，招来栖息在树林中那座大马厩屋顶上的猫头鹰大声抗议。此外，一切都那么安静，有人拿着上台阶的那个火把，和大门前打着的另一个火把，就好像在大厅里，而不是在露天的夜里燃烧似的。除了猫头鹰的叫声，水泉落进石盆里的溅水声，毫无声息；因为，有些黑夜，到这时就一起屏住呼吸，然后长叹一声，又屏住呼吸，那就是这样一个黑夜。

大门在他身后当啷一声关上了，侯爵老爷穿过一个大厅，那里挂着一些猎野猪的古老的长矛、剑、猎刀，显得阴森可怕；还挂着一些藤马鞭、皮马鞭，显得更可怕，因为有很多已去见

---

* 戈冈，希腊神话中的蛇发女怪，三姊妹，其中墨杜莎最可怕，谁若见了她的脸，立即变为石头。

他们的恩人死神的农民,当年老爷发怒时,挨过这些鞭子的毒打。

侯爵老爷跟在执火把的人后面,避开那些黑漆漆的、晚上关上的、较大的厅室,上了楼,来到走廊上一个门前。这道门立即打开,他走进自己个人用的三间一套的房间;他的卧室和另外两间。高拱顶的房间内,没铺地毯的地板显得凉爽,几条大狗趴在冬天烧木柴的几个壁炉台上,陈设着在一个奢侈的时代和国家里适合于侯爵身份的一切奢侈品。这些房间的富丽堂皇的家具中,那永不断绝的路易王朝,倒数第二世——路易十四——时代的款式,引人注目;不过,有许多已成为法国古代史的例证的古董,点缀其间。

第三间房间里,餐桌上已摆好两份餐具;那是一个圆形的房间,在这座城堡的顶部像灭烛器似的四个塔楼中的一个塔楼上。一个高高在上的小房间,窗子大开,但木百叶窗关着,因此,黑夜透过百叶窗一条条石头色的宽道道的间隙,只露出一条条细黑道道。

"我侄儿,"侯爵向摆好的晚餐瞥了一眼,说道,"听说他还没有到。"

他没有到;但都以为他跟老爷一道回来。

"唉!今晚他可能不会来了。餐具还让它摆着。过一刻钟,我就准备好了。"

过一刻钟,老爷准备好了,一个人坐下来,吃他那顿豪奢、精美的晚餐。他的座位面对窗子,他喝了汤,刚把那杯波尔多葡萄酒端起来送到嘴边,就放下杯子。

"那是什么?"他专注地瞧着那黑色和石头色相间的平行的道道,平静地问道。

"老爷？什么？"

"百叶窗外。把它打开。"

百叶窗打开了。

"有什么？"

"老爷，什么也没有。只有原来的树和黑夜。"

说话的这个仆人刚才打开了百叶窗，往外边虚空的黑暗探望，又转过身，背对着那虚空，四处看看，等待吩咐。

"好的，"这位沉着的主人说道，"关上窗子。"

百叶窗关上了，侯爵继续吃晚餐。快吃完时，听见车轮的声音，他正端起杯子又放下来。车轮声轻快地临近，到了城堡前。

"去问一下谁来了。"

是老爷的侄儿。过中午时，他还在老爷后面几里格路。虽然他一路紧赶慢赶，还是没在路上赶上老爷。他在驿站才听说老爷在他前面。

老爷说，告诉他，正等他吃晚餐，去请他。不一会儿，他就去了。在英国，他叫查尔斯·达奈。

老爷彬彬有礼地接待他，但他们并没有握手。

"你昨天离开巴黎的吧，爵爷？"他入座时，向老爷说道。

"昨天。你呢？"

"我是直接来的。"

"从伦敦？"

"是的。"

"你可走了不少日子。"侯爵笑笑说道。

"正相反，我是直接来的。"

"请原谅！我不是说在路上走了不少日子；而是说，你早就打算来了。"

"我耽搁了——"他回答时停顿了一下,"因为种种事情。"

"毫无疑问。"这位文雅的叔父答道。

有仆人在场的那段时间,他们没谈别的话。当上过咖啡,他们单独在一起的时候,侄儿,瞧着叔父,与那张像精致的面具的脸上的眼睛相遇之后,开始了这次谈话。

"爵爷,如你预期,我回来了,为了追求我为之离家出走的目的。虽然,我因此遭到极大的意料不到的危险,但这个目的是神圣的,即使我会因此而死,我希望,它也会支持我追求下去。"

"别去死嘛,"叔父说道,"没有必要说,去死。"

"爵爷,"侄儿答道,"要是我为这个目的到了死亡的最边缘,你未必愿意阻止我。"

那鼻孔上的两处捏痕加深了,那残酷的脸上平直的细线条加长了,就这个问题而论,看来凶多吉少;叔父作了一个表示反对的优美的姿态,这分明是良好教养的一点表面形式,不能让人放心。

"真的,爵爷,"侄儿接着说道,"据我所知,你也许特意使了手段,使我那本来可疑的处境,显得更加可疑。"

"不,不,不。"叔父愉快地说道。

"但是,不管怎么样,"侄儿深为怀疑地瞧了他一眼,继续说道,"我知道,你很老练,会用任何手段阻止我,而且不择手段。"

"我的朋友,我告诉过你,我会这么办。"叔父说道,那两处捏痕微微搏动一下,"请想一想,我老早就告诉过你,我会

143

这么办。"

"我想起来了。"

"谢谢你。"侯爵说道——的确说得很动听。

余音袅袅,简直像器乐发出的声音一样。

"说实在的,爵爷。"侄儿接着说道,"我相信,我之所以在法国没进监狱,是因为你的运气不好,我的运气好。"

"我还不太明白,"叔父啜着咖啡答道,"能冒昧请你解释一下吗?"

"我相信,如果你没有在朝廷失宠,前几年没有蒙上那层阴影,只消一封'密札'①,就能把我送进哪个城堡,无期监禁。"

"那是可能的,"叔父极为平静地说道,"为了家族的荣誉,我甚至可能下决心让你受那样的委屈。请原谅!"

"看得出,前天的接待会,对我来说,幸好像过去一样接待冷淡。"侄儿说道。

"我不会说'幸好',我的朋友,"叔父彬彬有礼地答道,"我还拿不准。孤独的处境好处很多,这种考虑问题的良机对你的命运的影响,也许比你自己左右自己的命运,有利得多。不过,现在讨论这个问题,也没用。如你所说,我是处于不利地位。这些小小的惩罚工具,这些维护家族权力和荣誉的温和的辅助手段,这些可能让你受到那样委屈的小小的特权,如今,只有靠权势和强求才能获得。要求获得这些特权的人很多,获准的(比较而言)却很少!过去不是这样,不过,法国这方面的情况越来越糟。即使我们的前几代祖先,也掌握

---

① 参看本书第28页注。

对周围平民的生杀大权。有很多这种下贱东西，就是从这个房间拉出去绞死的。我们都知道，有个家伙就在隔壁房间（我的卧室）当场被刺死，因为他竟说出了关于他女儿受辱的不便说的事——他的女儿！我们已经失去很多特权；现在流行一种新的哲学；如今，要维护我们的地位，可能（我还不至于说'会'，而说'可能'）给我们招来真正的麻烦。全糟透了，糟透了！"

侯爵捏了一小撮鼻烟，轻轻闻了闻，随即摇摇头；既然这个国家还有他这重整世道人心的巨大力量存在，他对国家的灰心失望，就尽可能表现得恰如其分，不失文雅的风度。

"无论在古代，或现代，我们都竭力维护我们的地位，"侄儿忧郁地说道，"维护到了这种地步，我相信，我们的姓氏，比法国任何姓氏，都更遭人痛恨。"

"但愿如此，"叔父说道，"对上等人的痛恨，是下等人不自觉地表示的敬意。"

"我们周围一带乡下，"侄儿用刚才那种声调接着说道，"凡是我看见的脸，对我都没有表示丝毫敬意，只有出于畏惧和做奴隶那种阴沉沉的恭敬。"

"这是，"侯爵说道，"对这个家族声势显赫的赞美，是靠这个家族维持其显赫所用的方法获得的赞美。哈！"他又捏了一小撮鼻烟，轻轻闻了闻，轻松地架起腿。

但是，当他的侄儿把一只胳膊肘靠在桌上，沉思地、沮丧地用手蒙着眼睛时，这个精致的假面具斜着眼睛瞧着他的神情，是那么专注、尖刻和厌恶，与这假面人装出漠不关心的样子不相称。

"镇压，是唯一经久不衰的哲学。出于畏惧和做奴隶的阴沉沉的恭敬,我的朋友,"侯爵说道,"能使这些卑贱的人服从鞭子,只要这个屋顶,"抬头瞧瞧屋顶,"还遮住天空。"

这屋顶恐怕遮不了侯爵想象的那么久。那天晚上,如果能够把按照这座城堡几年后的样子画的画,按照五十座这样的城堡几年后的样子画的画,拿给他看,他可能无法从那一片片可怕的、烧焦的、被掠夺毁坏的废墟中认出自己的城堡。就他自夸的屋顶来说,他可能发现它以一种新的方式遮住天——即是说,屋顶的铅,从成千上万支火枪枪管射进许多人的身体,让他们永远看不到天。

"同时,"侯爵说道,"我要维护家族的荣誉和安宁,即使你不愿意。不过,你一定累了。今天晚上就谈到这儿吧?"

"再谈一会儿。"

"一个钟头也行,只要你愿意。"

"爵爷,"侄儿说道,"我们干了坏事,就要自食其果了。"

"我们干了坏事?"侯爵带着询问的微笑,重复道,一边文雅地指指侄儿,又指指自己。

"指我们的家族;我们体面的家族;家族的体面,对我们两个都极为重要,而看法却截然不同。甚至在我父亲年轻的时候,我们就干了不少坏事,无论我们怎么胡闹,谁妨碍我们寻欢作乐,就伤害谁。既然那也是你年轻的时候,我何必提到我父亲年轻的时候?难道我能把我父亲和他的孪生兄弟,共同继承人,第二继承人,分开吗?"

"死亡已经把我们分开了!"侯爵说道。

"却留下我,"侄儿答道,"束缚于我极厌恶的一种制度,为它承担责任,却对它无能为力;我亲爱的母亲临终时的嘱咐,她最后的眼神,要求我待人仁慈,弥补过失,我还得设法实现她的遗愿;而寻求帮助和权力,又得不到,我为此很痛苦。"

"想从我这儿寻求帮助和权力,贤侄,"侯爵用食指触一触他的胸部,说道——这时,他们站在炉台旁——"可以肯定,你永远也得不到。"

他手上拿着鼻烟盒,静静地瞧着侄儿,他那白净的脸上每一根平直的细线条都冷酷地、狡猾地缩得紧紧的。他又触了触侄儿的胸部,好像他的指头是一把小剑的尖端,他要用它灵巧地刺穿他的身子似的,接着说道:

"我的朋友,我在这种制度下过得很愉快,我愿为维护它永世长存而死。"

说罢,他闻了最后一撮鼻烟,把鼻烟盒放进衣袋。

"还是理智点为好,"他摇了摇桌上的小铃,随即补了一句,"接受本来的命运吧。不过,我看你迷失方向了,查尔斯先生。"

"我失去这份家业和法国了,"侄儿忧郁地说道,"我全放弃了。"

"这些都属于你,可以放弃的吗?也许可以放弃法国,可是,这份家业属于你吗?几乎不值一提;现在属于你吗?"

"在我用的词里,还没有要求这份家业的意思。如果明天你把它传给我——"

"这不大可能,我还有表示这点希望的自负。"

"——或者二十年以后——"

"不胜荣幸,"侯爵说道,"我倒更喜欢这一推测。"

"——我会放弃它,在别的地方过另一种生活。也谈不上放弃什么。除了一片悲惨景象和废墟,还有什么呢?"

"哈!"侯爵向这间豪华的房间四下看一看,哼了一声。

"表面上看来,这儿的确很漂亮;可是,在光天化日下全面看来,这是一座靠浪费、管理不善、敲诈勒索、债务、抵押、压迫、饥饿、赤贫和痛苦盖起来的,即将坍塌的塔楼。"

"哈!"侯爵露出很满意的样子,又哼了一声。

"如果这份家业交给我了,就交给较胜任的人管理,他能让它慢慢摆脱(如果这种事办得到)会把它拖垮的重负,那些无法离开这片土地而且早已不堪忍受的不幸的人,才能在另一代少受些痛苦;不过,现在不该由我来处置。这份家业和这片土地,大祸临头了。"

"你呢?"叔父说道,"原谅我的好奇心;按照你的新哲学,阁下打算怎样谋生呢?"

"有一天,为了谋生,别的同胞,即使是有贵族身份的,不得不干的事,我也得干——工作。"

"比方说,在英国?"

"是的。我在那个国家,爵爷,家族的荣誉不会受到损害,在别的国家,我们的姓不会因为我受玷污,因为我在别的国家不用这个姓。"

铃声响过之后,隔壁卧室点上了灯。这时那里灯火通明,从相通的门照过来。侯爵瞧着那边,倾听着他的仆人退下的脚步声。

"既然你在那里并不怎么得意,可见英国对你很有吸引力。"他接着说道,一边把他那平静的脸转向侄儿。

"我刚才说过,我在那儿得意,我心里明白,也许要感谢你呢,爵爷。此外,因为那里是避难所。"

"他们,那些自负的英国人说,那里是许多人的避难所。你认识一个在那儿避难的同胞吗?一个医生?"

"认识。"

"还有个女儿?"

"是的。"

"是的,"侯爵说道,"你累了,晚安!"

他极优雅地低低头时,他那微笑的脸上含有隐秘的神情,他那番话也说得神神秘秘,既触目,又扎耳,给他的侄儿留下深刻印象。同时,那眼眶的平直的细线条,那平直的薄嘴唇,那鼻子上的两个凹痕,都讽刺地弯了起来,看来像漂亮的恶魔似的。

"是的,"侯爵重复道,"有一个女儿的医生。是的。于是开始奉行新的哲学!你累了。晚安!"

要向他那张脸询问什么,如同向城堡外面的任何石面像询问一样。他的侄儿向门口走去时,徒劳地瞧着他。

"晚安!"叔父说道,"我预期明天早上跟你再见很愉快。好好休息!为侄少爷掌灯,送他到他的卧室!——要是你愿意,把侄少爷烧死在他的床上。"他自言自语补充了一句,才再次摇他的小铃,把仆人叫到他自己的卧室。

仆人来了又去了之后,侯爵穿着宽松的睡袍走来走去,一声不响地为那天闷热安静的晚上睡觉做准备。他像一只文雅的老虎,在室内来回走动,衣服沙沙作响,他那穿着轻软的拖鞋的脚在地板上没有发出一点响声:看起来,他就像故事里那种不知悔改的邪恶的被施了魔法的侯爵,他定时变为老虎,这时,不是刚变回来,就是刚要变过去。

他在豪华的卧室里,从这一头踱到另一头,瞧着擅自闯入他心头的白天旅途中的片断;在日落时慢慢吃力地上坡,落日,下坡,磨坊,峭壁上的监狱,山谷里的小村子,水泉旁的农民,用蓝帽子指着马车下面的链条的养路工。由那个水泉,又联想到巴黎的水泉,躺在台阶上那一包东西,俯在它身上的女人们,以及高举两手,大叫"死了!"的那个高个子男人。

"我现在平静了,"侯爵老爷说道,"可以上床了。"

于是,只留下火炉台上那个烛台照亮,放下薄纱帐幔,当他镇静下来睡觉时,黑夜长叹一声,打破沉寂。

外墙上的石面像茫然地凝视着黑夜,过了难熬的三个小时;这难熬的三个小时,马厩里的马把饲料架弄得嘎吱嘎吱响,狗汪汪叫,猫头鹰也吵吵闹闹,一点不像人类的诗人历来硬派给猫头鹰的那种叫声。不过,这种动物几乎从不说人们为它们规定的话,这是它们的顽固的习惯。

这难熬的三个小时,城堡的狮子和人的石面像,茫然地凝视着黑夜。死寂的黑暗笼罩着整个景色,死寂的黑暗使路上沉默的尘土更沉默。墓地上已黑得连那一丘丘小荒草堆都分辨不清;就看得见的来说,十字架上的雕像好像掉了。村里,收租税的,交租税的,都已睡熟。瘦削的村民睡得很沉,也许像挨饿的人常常梦见大吃大喝那样做美梦,像被役使的奴隶和拉犁的牛可能梦见轻松的休息那样做美梦,于是吃饱了,自由了。

这三个黑暗的小时里,村里的水泉不断流着,看不见,也听不见,城堡的水泉不断滴落着,看不见,也听不见——都像时间的泉水滴落下来的分分秒秒一样,消失了。接着在天亮时,两个水泉的发灰的水开始变得像幽灵一样,城堡的一个个石面像也睁开眼睛。

天越来越亮了,太阳终于触到安静的树梢,又把它的霞光洒满山上。在霞光中,城堡的水泉,似乎变成了血,石面像也变得血红。小鸟们的歌声高亢嘹亮,在侯爵老爷卧室的那个饱经风吹雨打的大窗台上,一只小鸟放声高唱它最动听的歌。离它最近的一个石面像看来听得两眼发直,大张着嘴,搭拉着下巴,露出惊恐的样子。

这时,一轮红日冉冉升起,村里活跃起来。双扇窗户打开了,破门下了门闩,人们走出来冷得直哆嗦——清新的空气还有点凉。村里的人开始干一天少不了的活儿。有的去水泉;有的下地;有的男男女女在这儿翻土刨地;有的男男女女在那儿照顾牲口,把瘦骨嶙峋的母牛带到路边能找到的草地。在教堂里,在十字架前,有一两个跪着的人影;跟随跪在十字架前的祈祷者来的牛,吃着脚边的野草当早餐。

城堡醒得较晚,这已成了它的特性,不过,确实渐渐醒来。先是那寂寞的猎野猪的长矛和猎刀,像古时候一样,染上血红色,接着在晨曦中闪着锐利的光芒;这时,门窗打开,马厩里的马扭过头瞧着门口倾泻进来的光亮和新鲜空气,树叶在铁栅栏窗前闪着光,沙沙响,狗使劲挣着拴住它们的铁链,跃起前脚,急于获得释放,不耐烦了。

这些都是日常生活中,一到早上就要发生的微不足道的小事。可是,城堡的大钟敲响了,确实非同寻常,人们在楼梯上跑上跑下,平台上人影幢幢,慌慌张张,到处都响着穿马靴走动的脚步声,有的匆匆鞴马,飞驰而去,也非同寻常,怎么回事?

那个头发灰白的养路工已在村外的山坡顶上开始干活了,他的午餐(可带的不多),包在包里放在一堆石头上,那点东西还不值得乌鸦啄一下;他怎么也这样慌张?是那些带着几粒"慌张"飞向远处的小鸟,像它们偶然播种那样,掉下一粒落到他身上？不管是不是，反正在那天闷热的早上，那个养路工像逃命似的跑下山坡，满腿尘土，一直跑到水泉那儿才站住。

全村的人都在水泉边，阴郁地站在那儿，窃窃私议，不过，除了冷酷的好奇的吃惊，没有其他表情。有人匆忙牵来几头牛，拴在能拴住它们的任何东西上，这些牛或呆头呆脑地旁观，或躺下反刍那并不特别值得一嚼的东西，那是在漫游中停下时随便吃的野草。有些城堡的人，有些驿站的人，以及全体征税人员，都或多或少带有武器，无目的地聚在这条小街的另一边，像煞有介事，却又没事。那个养路工已钻进一大群哥们中间，用他的蓝帽子拍打着胸部。这一切预兆着什么？有人把加贝尔先生托上马背，坐在一个仆人后面，载着上述的加贝尔（那匹马尽管驮了两个人）飞驰而去，像新版本的民歌《利奥诺拉》①一样，这又预兆着什么？

这预兆着城堡里又多了一个石面像。

戈冈在那天晚上又来察看了这座建筑，补上了缺少的这一个石面像；这座建筑等待了大约两百年的这个石面像。

这个石面像仰躺在侯爵老爷的枕头上。它像一具突然吃惊、发怒之后石化的精致的假面。一把刀深深刺进它的石身子的心窝。刀把上附了一张绉纸片，上面草草写了几个字：

"快送他进坟墓。雅克。"

※ ※ ※ ※ ※ ※ ※

---

① 《利奥诺拉》，德国诗人毕格尔（G. A. Bürger, 1747—1794）所作叙事诗。

第十章 两个许诺

一月一月来而复去,又过了一年,查尔斯·达奈先生已在英国定居下来,任高级法文教师,因为他精通法国文学。要是在现在这个年代,他能当上教授;在那个年代,他才当个导师。他辅导那些有余暇和兴趣学习一种全世界都使用的活的语言的年轻人。培养他们对法文的丰富知识和幻想的爱好。他能用正确的英文撰写论述它们的文章,也能将它们译成正确的英文。当时,这样的老师难得;王孙贵胄们,未来的国王们,还没有当教师的,破落贵族也没有从特尔森银行的账上销号,去当厨子和木匠。作为导师,由于他学识渊博,学生听他讲课特别感到有趣,也获益匪浅,作为优秀的译者,他的译文优美、传神,而不仅仅是搬用字典知识,不久,年轻的达奈先生便小有名气,并受到赞扬。此外,他对祖国的情况很熟悉,而这些情况越来越受到人们关注。于是,经过坚持不懈的努力,他获得了成功。

在伦敦,他既不期望走在黄金铺的路上,也不期望躺在玫瑰花圃上;如果他有过这种奢望,就不会获得成功。他期望工作,于是找到工作,既工作就尽最大努力把工作做好。他之获得成功即在于此。

他有相当一部分时间是在剑桥大学度过的,他在学校里辅导大学生,就像个被容忍的走私者,非法贩卖几种欧洲语言,而不是通过"海关"输入希腊文和拉丁文。其余的时间则在伦敦度过。

从伊甸园总是夏天那个时代,到堕落的地区多半是冬天这个时代,男人的星球总是向一个方向运行——查尔斯·达奈的方向——即爱上一个女人。

他在大难临头时,就爱上了露西·马内特。他从未听见过像她充满同情的声音那样甜美和亲切的声音;当他站在为他挖的坟墓的边上,他们面面相对时,他从未见过像她那样温柔美丽的脸。不过,他还没有向她谈过这个问题;远在波涛汹涌的大海和漫长、漫长的尘土道路那边,那座被遗弃的城堡里——那坚固的城堡本身也仅仅是朦胧的梦——发生暗杀事件已过去了一年,他还没有向她透露过他的心情,甚至只字未提。

他非常清楚,他不便说有种种理由。那又是夏季的一天,不久前,他在大学授完课回到伦敦之后,来到苏霍区那个安静的角落,一心想找个机会跟马内特医生谈谈他的心事。那是傍晚时分,他知道露西跟普罗斯小姐出去了。

他发现医生坐在窗前一把扶手椅上看书。那曾经支持他经受苦难又加剧他所受痛苦的活力已渐渐恢复。现在他的确是一个充满活力的人,意志坚强、果断、有干劲。如同他最初运用其他恢复的能力一样,他恢复活力有时有一点阵发性,但不常见到,而且越来越少。

他进行了大量研究,很少睡觉,工作很累,但并不感到吃力,而且平静而愉快。这时,查尔斯·达奈进了屋,他一看见达奈便把书放在一边,向他伸出手去。

"查尔斯·达奈！很高兴见到你。前三四天我们就盼着你回来。斯特赖弗先生和西德尼·卡顿昨天来过,都说你早该回来了。"

"谢谢他们对这事关心,"他答道,对他们有点冷淡,对医生则很热情,"马内特小姐——"

"她很好,"他突然停住时,医生说道,"你回来让我们大家都高兴。她办点家务事出去了,一会儿就回来。"

"马内特医生,我知道她不在家。我趁她不在家,请求跟你谈谈。"

一阵沉默。

"谈吧!"医生显然勉强地说道,"把你的椅子搬到这儿来,谈吧。"

椅子照搬了,不过,他似乎觉得要谈下去不那么容易。

"一年半来,马内特医生,我跟这儿的关系那么亲密,感到很愉快,"他终于这样开了头,"因此,我希望就要谈到的话题不会——"

医生伸出手阻止他说下去。

他把手那样举了一会儿才收回来,一边说道:

"是谈露西?"

"是谈她。"

"无论什么时候,要我谈她很难。要我听你那样的声调谈她,更难,查尔斯·达奈。"

"那是表示热烈的倾慕、真诚的敬意和深厚的爱的声调,马内特医生!"

又一阵沉默,她的父亲才接着说道:

"我相信是这样。说句公道话,我相信是这样。"

他的勉强是那样明显,同样明显的是,他的勉强是由于不愿谈这个问题,这使查尔斯·达奈犹豫起来。

"可以接着谈吗,先生?"

又一阵沉默。

"谈吧。"

"尽管你料到我会谈什么,但如果不知道我隐秘的内心,和它早已充满的希望、担心和忧虑,你不可能知道我谈这事是多么真诚,这种心情是多么真诚。亲爱的马内特医生,我深情地、真诚地、无私地、全心全意地爱着你的女儿。只要世间上还有爱情,我就爱她。你自己也爱过,让你过去的爱情为我说话吧。"

医生转过脸去,两眼瞧着地板。他听了最后一句话时,又急忙伸出手,叫道:

"不,先生!别提它!我求你,别让我想起它!"

他的叫声就像真的感到疼痛的叫声,他停住时,那叫声还久久地在他耳边回响。他伸出的那只手做了个手势,仿佛是请求达奈停一停。达奈是这样理解的,便默不作声。

"请原谅,"过了一阵,医生放低声音说道,"我不怀疑你爱露西,这你可以相信。"

他向他转过去,但并未看他,或抬起眼睛。他的下巴垂到他手上,他的白发遮住了他的脸。

"你跟露西谈过吗?"

"没有。"

"也没写过信?"

"从来没有。"

"如果假装不知道你的克制是出于对她父亲的体谅,未免不厚道。她的父亲谢谢你。"

他伸出手,但眼睛没有跟着抬起来。

"我知道,"达奈恭敬地说道——"马内特医生,我看见你们天天在一起,怎能不知道?——你和马内特小姐之间有一种非同一般、极令人感动、完全属于培育它的环境的感情,即使父亲和子女之间感情很深,也比不上这种感情。我知道,马内特医生——我怎能不知道呢?——在她的心里,既有一个成年的女儿对你的感情和孝心,又有幼年时对你全部的爱和信赖。我知道,她小时候没有父亲,因此,她以她现在的年纪和品格所具有的忠诚和热情,加上她失去你的童年时代那份信任和依恋,全心全意孝敬你。我完全知道,即使你是从来世回到她身边,在她眼里,你也不可能比现在跟她朝夕相处的你,显得更神圣。我知道,当她搂抱你时,那是一双婴儿、姑娘、女人融为一体的手搂着你的脖子。我知道,她爱你时,就看见而且爱年纪跟她自己一样大的母亲,就看见而且爱年纪跟我一样大的你,爱她伤心的母亲,爱受尽苦难折磨、幸而生还的你。我在你家里认识你以来,我无时无刻不知道这一点。"

她的父亲默不作声,低着头。他的呼吸稍稍加快了,但他抑制着,不露出其他激动的迹象。

"亲爱的马内特医生,我一直知道这一点,又总是看见她和你罩着圣洁的光辉,因此,我克制又克制,只要人的天性能克制。我已经感觉到,即使现在也感觉到,让我的爱情——即使是我的——介入你们之间,就是用有些不如它本身那么美好的事触及你的往事。但是我爱她,上天可以作证,我爱她!"

"我相信,"她的父亲悲伤地答道,"以前我也这样认为。这我相信。"

"不过,请别相信会有这样的事,"达奈说道,那悲伤的语气在他听来含有谴责的意思,"如果我命中注定,有一天竟有幸娶她为妻,我必然会随时带她离开你,我还说得出我刚才说的话,哪怕说一句。我应当知道,那是无望的,此外,我也应当知道,那是卑劣的行为。要是我老想着,心里隐藏着,哪怕是在多年以后才会实现的这种可能性——哪怕有过这个念头——哪怕可能有这个念头——现在我就不可能摸这只受尊敬的手。"

说着,把自己的手放在那只手上。

"不能,亲爱的马内特医生。跟你一样,我自愿离开法国,流亡国外;跟你一样,由于那里到处是疯狂、压迫和苦难,我被迫出走;跟你一样,在国外凭自己勤奋努力谋生,寄希望于较幸福的未来;我只是盼望能跟你共命运,同享家庭生活,对你永远忠诚,至死不渝。不是为了跟露西分享她作为你的孩子、伴侣、朋友的特权,而是为了助一臂之力,让这种关系更亲密,只要有可能。"

他触摸的感觉仍然留在她父亲的手上。她父亲把两手靠在椅子的扶手上,自开始谈话以来第一次抬起头,回报这一触摸,虽然只有一会儿,但并不冷淡。他的脸上显然在进行斗争,跟其中隐含怀疑和畏惧的倾向那种偶然出现的神色进行斗争。

"你这番话充满感情,像个男子汉,查尔斯·达奈,我衷心感谢你,也要跟你说说真心话——或者近于真心话。你有什么理由相信露西爱你吗?"

"没有,到现在还没有。"

"这次谈心的直接目的,是不是想根据我了解的情况,马上确定这一点呢?"

"也不是。就是几个星期也不可能有确定这一点的希望;而明天也许可能(不管我是否弄错)有那样的希望。"

"你是想得到我什么指点吗?"

"不,先生。不过,我认为你可能给我指教,只要你认为合适,这应该由你决定。"

"你要得到我的什么许诺吗?"

"是的。"

"许诺什么呢?"

"我很清楚,没有你,我不可能有希望,我很清楚,即使马内特小姐那天真无邪的心里此刻有我——别以为我敢那样痴心妄想——和她对父亲的爱相比,我在她心中根本没有地位。"

"就算是这样吧,你看出她还有别的心事吗?"

"我同样清楚,她父亲为任何求婚者说句好话,都比她本人和全世界的人说的话更有分量。因此,马内特医生,"达奈谦虚然而坚定地说道,"无论如何我也不会要求为我说句话。"

"这我相信。查尔斯·达奈,神秘既产生于疏远,也产生于亲密的爱。就后一种神秘来说,十分微妙,难以看透。在这方面,我女儿露西对我也是这样神秘,我真猜不透她的心态。"

"请问,你是不是认为她——"他迟疑间,她父亲补上了下句。

159

"有其他求婚者?"

"这正是我想说的话。"

她父亲考虑了一下才答道:

"你自己在这儿见过卡顿先生。斯特赖弗先生有时也到这儿来。如果确有求婚者,只能是他俩其中的一个。"

"或者都是。"达奈说道。

"我倒没想到都是;我看哪一个都不可能。你想得到我的许诺,请说吧,什么许诺。"

"如果哪一天马内特小姐像我刚才向你冒昧表白的那样,跟你透露她自己的这种心事,请为我刚才说的话,为你相信这些话作证。我希望,也许你还看得起我,不至于施加不利于我的影响。这对我多么重要,我就不多说了;这就是我的要求。我会立即遵守我提这一要求的条件,毫无疑问,你是有权要求的。"

"我答应你,"医生说道,"无条件。我相信你的目的,像你说的那么纯洁,真诚。我相信你的心意,是要永远维系,而不是削弱我和我的命根子的关系。如果有一天她告诉我,必须跟你在一起她才能得到美满的幸福,我就把她交给你。如果——查尔斯·达奈,如果——"

这位年轻人已经感激地抓住了他的手;他们握着手,医生说道:

"——有什么想象的事,有什么理由,有什么担心,无论什么近忧旧怨,不利于她真心爱的人——这些事不应由他负直接责任——为了她,都可以一笔勾销。对于我,她重于一切;重于受苦受难,重于蒙不白之冤,重于——得啦!这是无稽之谈。"

他渐渐陷入沉默的样子是那样奇怪,他停止谈话时发愣的样子是那样奇怪,达奈感到自己的手都凉了,那只握着它的手慢慢松开,垂下。

"你刚才跟我说过什么话,"马内特医生突然露出微笑,说道,"你刚才跟我说什么?"

他不知如何回答是好,后来想起谈到条件。他的心思一回到刚才的话题,便松了一口气,答道:

"既然你信任我,我也应当充分信任你才是。我现在的姓名,虽是按我母亲的姓名略作改动起的,不是真姓名,你可能还记得。我想把我的真姓名和我到英国的原因告诉你。"

"别说了!"这位来自博韦的医生说道。

"我希望,这样才更值得你信任,对你没有任何秘密了。"

"别说了。"

一会儿,医生甚至把手蒙住耳朵,一会儿甚至又把双手堵住达奈的嘴。

"我要求你说的时候再说,不是现在。如果你求婚顺利,如果露西爱你,就在你们结婚那天早上告诉我。你答应吗?"

"愿意。"

"把你的手给我。她马上就要回来了,今晚最好别让她看见我们在一起。走吧!上帝保佑你!"

查尔斯·达奈离开他时,天已黑了,过了一小时,天更黑了,露西才回来;她一个人匆匆走进那个房间——因为普罗斯小姐直接上了楼——发现他看书坐的那把扶手椅空着,吃了一惊。

"父亲!"她叫道,"亲爱的父亲!"

没有回答的声音,但她听到他的卧室里有低低的锤打声。她轻轻走过中间那个房间,在门口往里一看,吓得跑了回来,心惊胆战地暗自叫道:"我该怎么办?我该怎么办?"

她仅犹豫了一会儿,又匆匆赶回去,敲敲门,轻声叫他。听到她的声音,那锤打声就停止了,他马上出来,走到她跟前,他们一起来来回回走了很久。

那天晚上,他睡觉时,她起床下楼去看他。他睡得很熟,他那一箱做鞋工具,他那只原来未做好的鞋,都像平常那样摆着。

第十一章 一幅伙伴的画像

"西德尼,"在同一天晚上,或者说早上,斯特赖弗先生向他的豺狗说道,"再调一钵混合酒;我有点事跟你谈。"

那天晚上,前天晚上,大前天晚上,接连许多晚上,西德尼都日以继夜地工作,在暑期休庭前对斯特赖弗先生的文件进行大清理;清理工作终于完成;斯特赖弗的积案已漂亮地办完;摆脱了一切事务,等到十一月带着大气的雾和诉讼的雾到来,又能赚钱的时候,再干一番。

西德尼虽然冷敷了多次,精神并不见好,也并不清醒一点。那天晚上,他额外敷了不少次湿毛巾才熬过来;在冷敷前就额外喝了不少葡萄酒;他已大伤元气,这时,他把搭在头上的毛巾扯下来,扔进盆里,在最后这六小时,他不时把毛巾往那个盆里浸。

"你在调另一钵混合酒吗?"胖子斯特赖弗两手插在腰带里,躺在沙发上向周围看了一眼,说道。

"在调。"

"听我说!我告诉你一件事,你会感到相当吃惊,也许你会认为我不大像你平常想象的那么精明。我打算结婚。"

"是吗?"

"是的。而且不是为了钱。现在你怎么看?"

"我不想多说。她是谁?"

"猜猜。"

"我认识她吗?"

"猜猜。"

"现在早上五点钟了,我脑子油煎火燎似的,我不想猜。如果你要我猜,非得请我吃午饭不可了。"

"那么,我告诉你,"斯特赖弗慢慢把身子摆成坐的姿势,一边说道,"西德尼,我根本无法让你明白我的意思,因为你这家伙太不敏感。"

"而你,"西德尼一边忙于调酒,一边回嘴道,"又太敏感而富于诗意。"

"我说!"斯特赖弗自负地哈哈大笑,反驳道,"虽然我并不以那种多情骑士自居(因为,我希望我还是个明白人),我仍然比你温柔一些。"

"你运气好些,如果你是这个意思。"

"不是这个意思。我是说,我这人,更——更——"

"你大概要说殷勤,就说吧。"卡顿提示道。

"好! 就说殷勤。我的意思是,我这人,"斯特赖弗对着在调混合酒的朋友自我吹嘘道,"跟女人交际,比你更注意讨人喜欢,下更大的功夫讨人喜欢,更善于讨人喜欢。"

"说下去。"西德尼·卡顿说道。

"且慢;我先说点事,"斯特赖弗摆出他那副盛气凌人的样子摇摇头,说道,"我就跟你直说了吧。你跟我一样,都常去马内特医生家,或者去的次数更多。唉,你在那里老是愁眉苦脸,我替你感到害臊! 你那么一声不响、闷闷不乐、猥猥琐琐的样子,我的的确确为你感到害臊,西德尼!"

"干律师这一行的还能为什么事感到害臊,我这副样子对你这种人倒是大有好处,"西德尼回敬道,"你应当大大感谢我才是。"

"你想那样开溜,溜不掉,"斯特赖弗摆出义不容辞的样子反驳道,"溜不掉,西德尼,我有责任告诉你——为你好,我才当面告诉你——你这家伙在那种交际场合太可怕了,真让人讨厌。"

西德尼喝了一大杯他调的混合酒,哈哈大笑。

"瞧瞧我!"斯特赖弗端着架子说道,"按条件,我不那么依赖别人,本来,我不像你那样必须讨人喜欢。可我为什么要这样做呢?"

"我从来没有看见你讨人喜欢过。"卡顿嘀咕道。

"我之所以这样做,因为这是明智的,我这样做是按原则办事。瞧瞧我,我发展了。"

"你要讲的结婚打算,还没有进展呢,"卡顿露出满不在乎的神情答道,"我希望你就说这件事,别绕了。至于我——难道你还不明白,我这脾气改不了吗?"

他带点轻蔑的样子发问。

"你不该'改不了'。"他的朋友回答的口气,不很令人感到宽慰。

"我知道,我根本不该,"西德尼·卡顿说道,"那位小姐是谁?"

"那么,我说出名字,你听了可别不痛快,西德尼,"斯特赖弗先生故作友好地让他作好准备听他要透露的消息,"因为我知道,你向来不说正经话;即使说的是正经话,也无关紧要。我之所以先作这点交代,是因为你曾经用轻蔑的词提到这位小姐。"

"是吗?"

"没错;而且就在这些办公室里说的。"

西德尼·卡顿瞧瞧他的混合酒,又瞧瞧他洋洋得意的朋友;喝了酒,又瞧瞧他洋洋得意的朋友。

"你提到这位小姐,说她是金发娃娃。这位小姐就是马内特小姐。如果你是那种多少有点敏感,或者会体贴人的人,西德尼,我可能对你用这样的词有点气愤;但你不是那种人。你根本没有那种感官。因此,我一想到那个词,也不过跟听到一个不懂画的人评价我画的画,不懂音乐的人评价我作的曲那样不高兴罢了。"

西德尼喝得很快;一杯杯往下灌,一边瞧着他的朋友。

"这事你全知道了,西德,"斯特赖弗说道,"我不在乎财产:她是个迷人的姑娘,我也下定决心过舒心日子:总之,我认为过这种日子我还负担得起。她会得到我这样相当富裕的男人,地位迅速高升的男人,有点名气的男人;对她来说,这是好运气,不过,她也配享受这份好运气。你感到惊奇吗?"

卡顿仍在喝酒,答道:"我为什么要感到惊奇?"

"你赞成吗?"

卡顿仍在喝酒,答道:"我为什么不赞成?"

"好!"他的朋友斯特赖弗说道,"没想到,你听了这事倒沉得住气,不惊不诧;也没想到,你竟没有为我在钱财上计较;不过,这回你的确充分了解了你的老友是个意志很坚强的人。真的,西德尼,没有其他生活调剂的这种生活方式,我受够了;我觉得,一个男人想回家的时候(在不想的时候,他可以住在别处)有个家,是一件愉快的事,我也觉得,马内特小姐处于任何地位都会很出色,而且总能为我添光彩。因此,我已下定决心。西德尼,老伙计,现在我要跟你谈谈你的前途。你知道,你的情况很糟,实在很糟。你不懂得钱的价值,你过得很苦,你迟早会精疲力尽,贫病交加;你实在应该想到找个人照顾。"

他说话时那种以发迹的保护人自居的神气,使他看起来比他本人大两倍,比他原来那盛气凌人的气势盛四倍。

"现在,让我奉劝你一句,"斯特赖弗接着说道,"要正视这一问题。我按我的不同情况正视这一问题;你,按你的不同情况,正视这一问题。结婚。找个人照顾你。你不喜欢跟女人交际,不懂这一套,不会应酬,都没关系。找个人,找个财产不多的体面的女人——开酒店的女老板,或者出租寓所的女房东——跟她结婚,以防不测。这对你才合适。考虑考虑,西德尼。"

"我要考虑。"西德尼说。

第十二章 会体贴的人

斯特赖弗先生既然已经下定决心把好运气宽宏大度地赐给医生的女儿，便决定在离城度暑假前向她宣布她的大喜事。他在心里对这一点辩论一番之后，得出结论，不妨把事前的种种准备工作办完，他们就可以从容地对他应该在什么时候向她求婚做出安排，或者在米迦勒节开庭期之前一两个星期，或者在这个开庭期和希勒里节开庭期之间的圣诞节短休庭期。

至于他的论据的说服力，他毫不怀疑，而且显然认为能作出那一裁决。就重实利的世俗的理由——唯一值得考虑的理由——跟陪审团辩论——这是一件简明的案子，无懈可击。他让自己代表原告，谁也无法回避他提出的证据，被告律师放弃辩护状，陪审团连考虑都不考虑。大法官斯特赖弗在审了这一案之后，相信这是再简明不过的案子。

于是，斯特赖弗先生在开始度暑假时就正式邀请马内特小姐游沃尔克斯霍尔游乐园；不成，又约到兰尼拉游乐园；再不成，无法理解，他就应该亲自到苏霍区登门拜访，在那里宣布他那高尚的心愿。

因此，当暑假初期苏霍区正繁花盛开之际，斯特赖弗先生从圣殿一路横冲直撞往那儿走去。他还在圣殿门圣邓斯坦教堂[①]

[①] 圣邓斯坦教堂，后为盲人福利院。

一侧时，便显得像到了苏霍区，摆足了他那副架子，大摇大摆在街上走着，把较弱的人全排挤到一边，当时见到这情景的人，都可能看出他多么强大，万无一失。

斯特赖弗先生要经过特尔森银行，而且在特尔森银行里有存款，也知道洛里先生是马内特一家的密友，便想到进银行去跟洛里先生透露苏霍区要大增光彩的消息。于是，他推开门，门像哮喘似的发出微弱的咯咯声，随即跌下两级台阶，经过两个很老的出纳员，便闯进屋后那间发出霉味的小房间，洛里先生坐在一堆画了计数字的格子的大账册后面，他的窗子上安着铁栅栏，仿佛那些竖格子也是计数字的，仿佛天下万物都是数目。

"哈罗！"斯特赖弗先生说道，"你好吗？我希望你没事！"

斯特赖弗对任何地方，或空间，总是显得过于庞大，这是他的一大特点。对特尔森银行，他尤其显得过于庞大，以致坐在远处角落里的老办事员们都带着抗议的神色抬起头来，好像把他们挤到墙上似的。连老远看去像在很有气派地读报的"银行"本身，也皱起眉头，满脸不高兴，仿佛斯特赖弗把头伸进了它的责任重大的背心。

谨慎的洛里先生，用一种在这种情况下他总会推荐的标准声调说道："你好吗，斯特赖弗先生？你好吗，先生？"随即握手。他握手有个特点，只要"银行"无处不在，这在特尔森银行的任何职员跟顾客握手的态度上都可以看到。他像代表特尔森公司握手的人似的，以自我克制的态度握手。

"能为你效劳吗，斯特赖弗先生？"洛里先生以办事人的身份问道。

"没事，谢谢你；是专程拜访你的，洛里先生，跟你私下谈谈。"

"啊,是吗!"洛里先生说道,一边注意听着,而眼睛却瞟向远处的"银行"。

"我打算,"斯特赖弗先生说道,表示信任地把两只胳膊靠在写字台上,虽然那是一张双人用的大写字台,对他似乎还不够大,"我打算向你那位可爱的小朋友马内特小姐求婚,洛里先生。"

"啊,天哪!"洛里先生叫道,摸摸下巴,怀疑地瞧着来客。

"啊,天哪,先生?"斯特赖弗重复道,往后一退,"你天哪什么,先生? 什么意思,洛里先生?"

"我的意思,"这位办事人答道,"当然是友好的、赞赏的,而且这事为你大大增光,再说——简言之,我的意思是,你想得到任何东西都尽可以想。不过——你知道,斯特赖弗先生,这实在——"洛里先生顿住了,极古怪地向他摇摇头,好像他不得不违背本意在心里作了补充,"你知道,你实在太过分了!"

"得啦!"斯特赖弗说道,用他那好斗的手往桌上拍了一掌,眼睛睁得更大,吸了一口长气,"我要是明白你的意思,洛里先生,就把我绞死!"

洛里先生整了整他那仅盖及耳朵的小假发,作为达到那一目的的手段,又咬了咬一支笔的羽毛。

"真该死,先生!"斯特赖弗瞪眼瞧着他,说道,"难道我不够格?"

"天哪,对! 对。啊,对,你够格!"洛里先生说道,"你要认为够格,你就够格。"

"难道我没有发?"斯特赖弗问道。

"啊！如果你发了,你就发了。"洛里先生说道。

"没高升?"斯特赖弗问道。

"如果你高升了,你知道,"洛里先生说道,他能再次予以承认,感到高兴,"谁也不能怀疑。"

"那么,你究竟是什么意思呢,洛里先生?"斯特赖弗问道,可以看出有些丧气了。

"好吧！我——你现在就去那儿吗?"洛里先生问道。

"马上去！"斯特赖弗说道,嘭的一声,往桌上锤了一拳。

"那么,如果我是你,我认为我不会去。"

"为什么?"斯特赖弗说道,"我要让你无处躲闪,"他像在法庭上辩论似的竖起食指向他摇晃,"你是办事的人,一定有理由。陈述你的理由。你为什么不会去?"

"因为,"洛里先生说道,"如果无缘无故相信我会成功,我就不会去追求这样的目的。"

"该死！"斯特赖弗说道,"这真是咄咄怪事。"

洛里先生瞧瞧远处的"银行",又瞧瞧生气的斯特赖弗。

"一个在银行里办事的人——上年纪的人——有经验的人,"斯特赖弗说道,"总结了获得完满成功的三条主要理由,他居然还说毫无理由,亏他还有头有脑,竟说出这种话！"斯特赖弗先生这话,是就银行职员那一特点而发,仿佛如果洛里先生没头没脑说这种话,就远远没有那么引人注意了。

"我所说的成功,是说赢得那位小姐;我所说的可能获得成功的原因和理由,是说可能打动那位小姐的原因和理由。那位小姐,可敬的先生,"洛里先生说着,轻轻拍拍斯特赖弗的胳膊,"那位小姐。那位小姐才是首先要考虑的。"

"那么,你要告诉我,洛里先生,"斯特赖弗端着两只胳膊肘,摆开架势,说道,"你那深思熟虑的意见是,现在我们谈论的这位小姐是装腔作势的傻瓜?"

"不完全是这样。我要告诉你的是,斯特赖弗先生,"洛里先生脸都红了,说道,"我不能容忍任何人对这位小姐说出无礼的话;要是我知道任何人——但愿不知道——他的趣味是如此粗俗,性情如此傲慢,竟控制不住自己,在这张写字台前对这位小姐说出无礼的话,我就要教训教训他,即使是特尔森银行也不能阻止我。"

在轮到斯特赖弗先生生气的时候,由于气得必须用压抑的语调说话,他的血管已涨到危险的程度;现在轮到洛里先生生气了,虽然他的血液循环平常很有规律,但他的血管也同样不妙。

"这就是我要告诉你的,先生,"洛里先生说道,"请别弄错了。"

斯特赖弗先生拿着一把尺子的一头呷了一会儿,又用它有节奏地敲着牙齿,很可能把牙齿敲疼。他打破难堪的沉默,说道:"这对我来说,真是新鲜事,洛里先生。你是慎重地劝本人,高等法院的大律师斯特赖弗,别去苏霍区求婚吗?"

"你是征求我的意见的吧,斯特赖弗先生?"

"是的,征求你的意见。"

"很好。那么,我提供了意见,你也正确无误地复述了一遍。"

"对此,我只能说,"斯特赖弗发出气恼的笑声,"这——哈,哈!——真是古往今来最怪的事。"

"听我说,"洛里先生接着说道,"作为办事的人,我对这种事谈任何看法,都是不妥当的,因为,我是办事的人,对此一无所知。不过,我是作为曾经抱过马内特小姐,是马内特小姐,也是她父亲所信赖的朋友,对他们俩有深厚感情的老头子,谈我的看法。想一想,这次私下交谈不是我要求的吧。你认为我也许说得不对?"

"我才不呢!"斯特赖弗说道,嘘了一声,"我不能答应给第三方提供常识;我只能给自己提供。我推测某人有见识;你推测装腔作势的小姐会说的蠢话。这真是新鲜事,不过,我认为你也许说得对。"

"我作的推测,斯特赖弗先生,应该由我自己来说。听着,先生,"洛里先生说道,脸马上又红了,"我不让——即使在特尔森银行里——任何嘘了一口气的绅士代劳。"

"好啦!请原谅!"斯特赖弗说道。

"就算是吧。谢谢你。那么,斯特赖弗先生,我刚才要说的是:如果你发现自己错了,你可能会难受,要让马内特医生坦率地告诉你,他可能会难受,要让马内特小姐坦率地告诉你,她可能非常难受。你知道,我很荣幸、很愉快,跟这一家保持着友谊。如果你愿意,我答应专对这事重新作一次观察和判断,以修正我的意见,我决不请你代劳,也决不代表你。那时,如果你对我的意见还不满意,你可以自己去检验它是否正确;如果你满意了,而且还是这样的意见,各方都省了那些最好省去的麻烦。怎么样?"

"你让我在城里等多久呢?"

"啊!不过是几个钟头的事。晚上我可以去苏霍,随后就到你的办公室去。"

"那么,我同意,"斯特赖弗说道,"我现在不去那儿了,这事既然可能出现那样的结果,我也不那么急了;我同意,晚上等你来。早安。"

于是,斯特赖弗先生转身闯出银行,一路上掀起一股强风,那两个年老的办事员要竭尽余力才能顶住站稳,在柜台后面鞠躬。人们总看见这些可敬然而虚弱的老头在鞠躬,而且,大家相信,在他们鞠躬送走顾客之后,仍在那空办公室里低头哈腰,直到迎来另一个顾客。

这位出庭律师的机敏足以觉察出,这位银行家要是没有确实可靠的根据,他发表意见时不会说得那样绝。他必须吞下这颗大药丸,尽管毫无思想准备,他还是吞下了。"现在,"斯特赖弗先生在吞下之后,像在法庭上那样对着圣殿那边摇晃着指头,说道,"我脱身的办法是,把这一错误的责任推到你们身上。"

这是老贝利的策士的一点手法,对此他感到极大的安慰。"你不能把责任推给我,小姐,"斯特赖弗先生说道,"我倒要推给你。"

于是,当洛里先生那天晚上直到十点钟才去拜访时,斯特赖弗先生坐在为此摊出的一大堆账簿和文件当中,看来一心想着早上谈的问题,很担心。甚至当他看到洛里先生时也显得吃惊,一副恍恍惚惚、心事重重的样子。

"我说!"这位温和的使者试着让他回过神来谈正题,足足费了半小时工夫都没用,然后说道,"我去过苏霍了。"

"去苏霍了?"斯特赖弗先生冷淡地重复道,"啊,当然!我在想些什么啦?"

"我毫不怀疑,"洛里先生说道,"我们早上交谈时,我说对了。我的意见得到证实,我再次提出我的劝告。"

"老实告诉你,"斯特赖弗先生以极友好的态度答道,"为了你,我对此感到遗憾,为了那可怜的父亲,我对此感到遗憾。我知道,对于那一家,这必然始终是令人难受的话题;别再提它了。"

"我不明白你的意思。"洛里先生说道。

"我想不会,"斯特赖弗以安抚的又不可改变的态度点着头,答道,"没关系,没关系。"

"有关系吧。"洛里先生争辩道。

"不,没关系;的确没有关系。你以为有人有见识,却没见识,你以为有人有值得赞扬的志向,却没有这种志向,我已经从错误中摆脱出来,没有受到损害。以前年轻的女人常常干这样的蠢事,在受穷受苦时又常常为此悔恨。从不自私的一面来说,我为这事作罢感到遗憾,因为按世俗的观点,这事于我不利;从自私的一面来说,我为这事作罢感到高兴,因为按世俗的观点,这事于我不利——不消说,我从中捞不到一点好处。总之,毫无损害。我并没有向那位小姐求婚,咱俩私下说的,经过仔细考虑之后,我决不相信我还会做出那种事。洛里先生,你管不住那些装腔作势、虚骄、轻浮、没头脑的姑娘,你别想,要不然你总是失望。好啦,请别再提它了。老实说,我为了别人对此感到遗憾,但为我自己感到满意;承蒙容许我试探你的意见,并给予劝告,感谢之至;你比我更了解那位小姐,你说得对,这是绝对不行的。"

斯特赖弗先生摆出一副好像往洛里先生那误入歧途的头脑倾注宽宏、容忍、善意的样子,把他推向门口,洛里先生大吃一惊,昏头昏脑地瞧着他。"要善处逆境呀,亲爱的先生,"斯特赖弗说道,"别再提它了;承蒙容许我试探你的意见,再次感谢你;晚安!"

洛里先生到了外边暗夜里,才知道身在何处。斯特赖弗先生躺在沙发上,对天花板眨着眼睛。

第十三章　不会体贴的人

如果说西德尼·卡顿在什么地方露过光芒,他在马内特医生家里的确从未露过。一年来,他常去那儿,而且始终是那副愁眉不展的浪荡儿的样子。他愿意谈话时也很能谈;但是,他对什么都满不在乎的那片云雾,那样阴暗地笼罩着他,很难得被他内在的光所穿透。

然而,他对那所房子周围的街道,对那些街上铺路的无感觉的石头,仍然有几分喜爱。许多夜晚,每当买醉不能给他带来片刻的愉快时,他总在那一带茫然地忧郁地转悠;许多凄凉的黎明显现出他那孤独的身影在那一带流连;当曙光初照,把教堂的尖顶和高耸的楼房那消失的建筑美,鲜明地突现出来,如同寂静的时刻也许使他意识到,在别的时刻会忘记也意识不到的较美好的事物,这时,他仍在那一带流连。近来,他在圣殿法律协会里那张被忽视的床,对他比以往更生疏了。他常常一倒上床不过几分钟,就起来,又在那附近出没。

八月里的一天,当斯特赖弗先生(在通知他的豺狗,"关于那桩婚事,他已改变了主意"之后)把他那份体贴带到了德文郡,当城里街道上花的景色和香气,还有些送给最不幸者的无主的善意,送给体弱多病者的无主的健康,送给年纪最老的人无主的青春时,西德尼的脚仍然踏着那些街道上的石头游荡。他的脚犹豫不决,漫无目的,后来想去一个地方,便活跃起来,在实现那个意图时,把他带到医生的门前。

他被领到楼上,发现露西一个人在那里干活。在他跟前她总不大自在,他在她的桌边坐下时,她便有点局促不安地接待他,但是,她在相互问候时抬头看着他的脸,发现那脸上起了变化。

"我担心你不大舒服,卡顿先生。"

"是的,我过的日子,马内特小姐,于健康不利。能指望这种浪子过什么日子,他又有什么指望呢。"

"难道——请原谅;挂在我嘴边的问题已说开了头——不能好好过日子,不令人惋惜吗?"

"的确,这是可耻的!"

"那么,为什么不改变一下?"

她又温柔地瞧着他,发现他眼泪盈眶,吃了一惊,也很难过。他回答时,声音里也含着泪:

"要改也晚了。我改不好。我还会堕落,会更坏。"他把一只胳膊肘靠在桌上,用手蒙着眼睛。接着一阵沉默,桌子在颤动。

她从未见过他这样软弱,心里很难过。他虽没有看她,也知道她的心情,于是说道:

"请原谅,马内特小姐。我知道我想跟你说什么,就控制不住自己的感情了。你愿意听吗?"

"只要说了对你有好处。卡顿先生,只要能使你愉快些,就会让我感到非常高兴!"

"你的心真好,愿上帝保佑你!"

过了一会儿,他露出脸,平静地说道。

"听我说,别怕。无论我说什么,都不要畏避。我就像一个不幸夭折的人。我这一生可能就像那样。"

"不,卡顿先生。我相信,你还有大半辈子,来日方长呢;我相信你会大有出息,无愧于你自己。"

"不如说无愧于你,马内特小姐,尽管我还有自知之明——尽管我隐秘的可悲的心还有自知之明——但我绝不会忘记你的话!"

她脸色苍白,浑身发抖。他固执地表示对自己绝望,好让她放心,因而这次会见不同于其他可能进行的任何一次会见。

"马内特小姐,即使你有可能回报你眼前这个人的爱——你知道,他是个自暴自弃,荒废一生,纵饮无度,不务正业的可怜虫——尽管他得到幸福,他此时此刻也明白,他会使你陷入不幸,使你痛苦,悔恨,使你憔悴,蒙受耻辱,拖累你跟他一起穷愁潦倒。我很清楚,你不可能对我有情意;我无所求;甚至为此感到欣慰。"

"难道没有情意,我就无法挽救你,卡顿先生?我就无法使你振作起来——再次请原谅!——走上正道?我决不能报答你的信任吗?我知道这是信任,"她犹豫了一会儿,眼里含着真诚的泪,谦虚地说道,"我知道你不会向别人说这些话。难道我不能利用这种信任帮助你吗?卡顿先生?"

他摇摇头。

"没用。不,马内特小姐,没用。只要你愿意再听我说几句,让我把话说完,就做了你能为我做的好事了。我想让你知道,你是我的灵魂的最后一个梦。我虽然堕落,还不至于堕落到在看到你陪着你父亲,看到你建立的这样幸福的家的情景,竟没有唤起我过去的一些幻想,原以为它们已经从我心里消失了;自从认识你之后,我一直受悔恨的谴责,感到不安,原以为它决不再谴责我了,而且还听到过去促我上进的声音低声细语,原以为它们永远沉默了。我有过一些不成熟的念头,想再奋斗一番,从头干起,改掉懒惰和放荡的习气,把原已放弃的斗争进行到底。这是一个梦,不过是一个梦,到头来总成空,睡梦中的人还躺在原处,不过,我想让你知道,是你激发了这个梦。"

"这梦就无踪无影了?啊,卡顿先生,好好想想!再试试!"

"不,马内特小姐;我始终知道自己完全不配。但我有个弱点,现在仍然有这个弱点,情不自禁想让你知道,尽管我是一堆灰烬,你却有那么大的本事,突然把我点燃,烧了起来——不过,这火因为在本性上跟我分不开,什么也没有促进,什么也没有激发,毫无用处,白白烧完。"

"卡顿先生,既然我不幸造成你比你认识我以前更痛苦——"

"不能这样说,马内特小姐,因为,如果我真有救,你就能挽救我。你决不是我变得更坏的原因。"

"既然你所说的那种心情,不管怎么说,是由于我的一点影响所引起的——要是我能说得明白一点,就是这个意思——我能不能利用这种影响帮助你?我就没有一点帮你改好的力量吗?"

"我到这儿来才认识到,马内特小姐,现在我是好到不能再好了。让我在这误入歧途的余生中永远记住,我向你,世界上最后一个,表明了我的心事;记住此时我身上还有一点你能怜惜的东西。"

"我最热诚地全心全意地,再三恳求你相信,你能有所作为,卡顿先生!"

"别再求我相信这一点,马内特小姐。我已经证明自己是什么人,我心里明白。我让你感到痛苦了;我赶快把话说完。以后当我想起这一天时,你能不能让我相信,我一生中最后的心事,已安息在你那纯洁无邪的心里,它单独安息在那里,不让任何人知道?"

"行,只要这对你有所安慰。"

"甚至也不让你认识的最亲近的人知道?"

"卡顿先生,"她激动得停了一会儿,答道,"这是你的秘密,不是我的;我答应尊重它。"

"谢谢你,再说一次,上帝保佑你。"

他拿起她的手吻了吻,然后向房门走去。

"别担心,马内特小姐,这事我决不再谈了,哪怕随口说说。我决不再提。从此以后,就跟我死了不会说一样可靠。即使在我临终的时刻,我也会崇敬这一美好的回忆——也会为此感谢你,祝福你——因为我最后向你表白了心迹,我的名字、过失和不幸都温柔地藏在你的心里。愿它在其他方面轻松愉快!"

他完全不同于他一向的表现,想到他荒废一生,日益沉沦,堕落到不能自拔的地步,露西小姐在他回过头看她时,不禁为他失声痛哭。

"请宽心!"他说道,"我不配得到这样的感情,马内特小姐。一两小时以后,我所轻视却听其摆布的下流伙伴和下流习气,就会把我变得比街上爬行的任何可怜虫都不如,更不配得到这样的眼泪。请宽心!我的内心,始终是现在面对你的这样一个人,尽管在外貌上还是在此以前你见过的模样。最后,我要向你提出两个请求,第一个是,请相信我说的话。"

"我相信,卡顿先生。"

"我最后一个请求是这样;而且,提出之后,我就不让这个来访者再打扰你了,因为,我很清楚,你跟他毫不协调,而且你跟他之间隔着不可逾越的鸿沟。我知道,说也白说,不过,这是发自我心灵的请求。我愿为你,为你的任何亲人,做任何事。要是我一生中能遇上那样好的时候,有牺牲的机会,或可能,我会为你,为你的亲人,作任何牺牲。在宁静的时候,试着记住,我这一心意,是热切和真诚的。有一天,你身边会结成新的关系——这些关系会更温柔也更牢固地将你束缚于因你而大为增色的这个家——这些最亲的关系会使你更美,使你愉快,总有这一天的,不会久了。啊,马内特小姐,当那张长得跟某个幸运的父亲一模一样的小脸仰望着你的脸时,当你看见你自己那鲜艳的美再现于你膝下时,要常常想到,有个人愿意牺牲自己救你身边你所爱的人的命!"

他道过"再见!"说了"最后说一次,上帝保佑你!"便离开了她。

第十四章 诚实的生意人

杰里迈亚·克伦彻先生坐在舰队街他的凳子上,他那个可怕的淘气鬼待在他身边,每天,许许多多形形色色行动的东西呈现在他眼前。两支庞大的队伍,一行始终随着太阳往西去,一行始终背着太阳往东行,但这两支队伍最终都走向太阳下落处红光紫霞所达不到的原野;谁能在一天最繁忙的时刻,坐在舰队街什么东西上,不被这浩浩荡荡两支队伍弄得眼花耳聋?

克伦彻先生嘴里衔着干草,像那个值了几世纪班守望着一条溪流的异教的乡下佬似的,守望着这两条溪流——只是杰里并不期待它们枯竭。这种期待本来也没有多大的盼头,因为,他护送胆怯的女人(多半穿着整齐,年过半百)从特尔森银行这边渡到彼岸,所得有限,只占他的收入的一小部分。在每次单独护送时,这种交情虽然短暂,克伦彻先生总是显得对那位太太非常关心,甚至表示要为她非常健康干杯的强烈愿望。如刚才所说,他就是靠这样行善获得的赏赐补贴他的收入。

从前,有个诗人端一张凳子坐在大庭广众中,在众目睽睽下沉思默想。克伦彻先生,也坐在大庭广众中,但不是诗人,尽可能不沉思默想,还东张西望。

他只好这样守望着,原来这个季节行人少,晚归的女人也少,他平常干的买卖很不景气,甚至引起他强烈的疑心,认为克伦彻太太又"下跪祈祷"咒他;这时,一大帮人向舰队街西头涌去,异乎寻常,引起了他的注意。克伦彻先生向那边瞧着,发现有点像出丧的来了,而且遭到大家反对,引起一片吼叫。

"小杰里,"克伦彻先生转向他的孩子,说道,"送葬的。"

"好哇,父亲!"小杰里叫道。

这位年轻的绅士发出这声欢呼,含有神秘的意味。而这位年长的绅士对这叫声颇为生气,伺机扇了他一耳光。

"什么意思?为什么叫好?你想让你亲父亲知道什么意思,你这小坏蛋?这孩子越来越叫我受不了!"克伦彻先生打量着他,说道,"他,连他那叫好,真受不了!不许再叫了,要不,你就会再挨几下。听见没有?"

"我又没有使坏。"小杰里摸着脸抗议道。

"那就住嘴,"克伦彻先生说道,"什么你没有使坏,别跟我来这一套。站到座位上去,瞧瞧那帮人。"

他的儿子遵命照办,人群渐渐走近了;他们围着一辆暗黑色的灵车和一辆暗黑色的送殡车吼叫着、嘘着,送殡车里只有一个送葬的,穿戴一身据认为是保持这种场合的庄严所必需的暗黑色的服饰。然而,这一场合决不使他感到愉快,因为围着这辆车的乌合之众越来越多,他们嘲弄他,向他做鬼脸,而且不断哼哼,嚷嚷:"呀!暗探!啐!呀哈!暗探!"还有很多祝词,太多,太生动,无法复述。

出丧,无论什么时候对克伦彻先生都特别有吸引力;每当出丧队伍经过特尔森银行,他总是竖起五官,全神贯注,兴奋

起来。像这次异常热闹的出丧,不消说使他兴奋已极,于是,一碰上人就向他打听:

"什么事,老哥?怎么回事?"

"我不知道,"这人说道,"暗探!呀哈!啐!暗探!"

他向另一个人打听:"是什么人?"

"我不知道,"这人答道,然而他却配合他的嘴拍着手,以惊人的激情极热烈地叫喊着,"暗探!呀哈!啐,啐!暗—探!"

后来,一个对此事真相颇为知情的人撞上了他,他才从这人那里打听到,这是为一个叫罗杰·克莱的出丧。

"他是暗探吗?"克伦彻先生问道。

"老贝利的暗探,"告诉他消息的人答道,"呀哈!啐!老贝利的暗—探—们!"

"对,没错!"杰里想起他参加的那次审判,叫道,"我见过他,他死了吗?"

"死得硬邦邦的了,"另一个答道,"死得越硬越好。把他们从车里弄出来!那些暗探们!把他们从车里拖出来!那些暗探们!"

在大家都没有主意的时候,这个主意倒是大受欢迎,这帮人迫不及待马上采纳,高声重复着把他们弄出来,把他们拖出来,一边把这两辆车团团围住,于是,车停下来。这帮人把车门打开之后,那唯一的送葬人自己挣扎着下了车,有一会儿落入他们手中,但他很机警,善于利用时机,过一会儿,他在脱掉斗篷,帽子,长帽带,白手帕,以及其他志哀的东西之后,从一条小街跑了。

人们把这些东西扯得粉碎,撒得满地,开心已极,做买卖的连忙关上店铺;因为,在那年月群众肆无忌惮,无所不为,是非常可怕的怪物。他们甚至已经打开了灵车的门,要把棺材拖出来了,这时,有个更机灵的天才却建议大家高高兴兴把棺材送到目的地。由于非常需要可行的建议,这个建议也在欢呼声中被接受了,送殡车里马上塞进八个人,车外攀了十二个,也有人上了灵车顶,只要有那份灵巧能在上面待得稳,能上多少就上了多少。在第一批自愿护送的人当中,有杰里·克伦彻先生本人,他待在送殡车里边一个角落,谦虚地埋着他那刺猬似的头,不让特尔森银行的人看见。

承办殡葬的人对仪式上作这些更改提出抗议;但是,已临近河流,令人心惊,而且有几个声音在议论冷水浸泡对帮助这个队伍当中不听话的人恢复理智的功效;因此,这抗议很软弱,也只说了几句。由扫烟囱的驾灵车——为此,让正式车夫坐在他旁边,在严密监视下为他出主意——卖馅饼的,也在他的大臣侍候下,驾送殡车,这支经过改编的队伍出发了。当这支游行队伍还在斯特兰德大街上没走多远,硬把一个当年受欢迎的街头人物,耍熊的,拉来当增添光彩的幌子。他的那只熊,因为是黑色的,而且满身癞疮,倒使它参加的那部分队伍很像办丧事的样子。

这支无法无天的队伍一路上喝着啤酒,抽着烟斗,嚎叫似的唱着歌,没完没了的滑稽地学悲痛状,沿途招募新兵,所到之处,家家店铺都关上门。他们的目的地远在郊外的圣潘克拉斯教堂。他们终于到了,坚持要涌进墓地;最后,还是按他们的做法埋葬了已故罗杰·克莱,皆大欢喜。

处理了死人之后,他们不得不为自己找点别的乐趣,另一个更机灵的天才(也许还是那一位)忽发奇想,出了一个指控偶然过路的一些人是老贝利的暗探,对他们进行报复的主意。在实行这一奇想时,向二十来个一辈子从未靠近过老贝利的老实人进行追击,对他们粗暴地推搡、折磨。事情闹到以砸窗子取乐,进而抢劫酒店,是轻易而自然的。过了几小时,各式各样的凉亭被推倒,有的地区的围栏被拔掉,供更好斗的人当武器,终于传出谣言,说警卫来了。听到这个谣言,人群渐渐四散,也许警卫来了,也许根本没来,而这就是乌合之众闹事的通常的过程。

克伦彻先生没有参加收场的娱乐活动,而是留在墓地,跟丧事承办人商谈。墓地对他有一种安抚作用。他从附近一家酒店弄来一个烟斗,一边抽着烟斗,一边站在围栏边往里看,对那块地思考着,已成竹在胸。

"杰里,"克伦彻先生像往常一样呼唤着自己说道,"那天你见过那个克莱,你亲眼看见他还是个年轻轻的小伙子,好端端的一条汉子。"

他抽完烟,又稍稍琢磨了一会儿,就转身往回走,以便在下班前赶回去在特尔森银行的岗位上露面。与其说他因为思考人生无常的问题伤了肝,还是他的身体以前有什么毛病,还是他想对一位名人略表敬意,不如说他在回去的路上去看了他的医疗顾问——一位杰出的外科医生,更贴切。

小杰里那份忠于职守的兴趣让他父亲放了心,并报告他不在时没有差事。银行关上门,老办事员走了出来,平常值班的人上了岗,克伦彻先生和他的儿子也回家喝茶。

"喂,你好好听着!"克伦彻先生一进门就对他的妻子说,"我是个诚实的生意人,要是今天晚上我冒这趟风险出了岔子,我相信一定是你老在咒我,就跟我看见的一样,我还是要狠狠揍你一顿。"

忧心忡忡的克伦彻太太摇摇头。

"怎么,你当我的面咒我!"克伦彻先生露出既生气又不安的神色说道。

"我什么也没说呀。"

"那好,你就什么也不要想。你一想,就跟跪下咒我一样。你可以这样,也可以那样跟我作对。别再干了。"

"是,杰里。"

"是,杰里,"克伦彻先生一边坐下喝茶,一边重复道,"唉!就是,杰里,这就对了。这还差不多。你可以说,是,杰里。"

克伦彻先生这样憋着火的认可,没有特别的含义,无非是说反话,借以表达他一肚子不满罢了,人们往往如此。

"你,连你那'是,杰里',"克伦彻先生说着,咬了一口黄油面包,好像是就着碟子里的一个看不见的大牡蛎咽了下去,"唉!我想也是。我相信你。"

"今晚你要出去吗?"当他又咬一口时,他那正派的妻子问道。

"对,要出去。"

"我跟你去行吗,父亲?"他儿子连忙问道。

"不,不行。我要去——你母亲知道——钓鱼。我就去那儿。钓鱼。"

"你的钓鱼竿都长锈了,是不是,父亲?"

"你别管。"

"你要带鱼回来吧,父亲?"

"我要不带回来,明天早上你就吃不饱,"那位绅士摇摇头答道，"够了，别再问了，我要等你睡了很久才出门。"

那天晚上他们上床以前，他一直非常警惕地监视着克伦彻太太，一边绷着脸跟她谈话把她控制住，防止她在心里暗暗咒他。为此，他又唆使他的儿子跟她谈话；他搬出他能指责她的任何理由，数落一番，不容这位不幸的女人有片刻思考的工夫，弄得她的日子很难过。就他对他的妻子不信任到这种地步来说，即使最虔诚的人对真诚的祈祷的效力再尊敬，也不如他。这就好像一个自称不信鬼的人，听了谈鬼的故事倒给吓坏了一样。

"听着！"克伦彻先生说道，"明天早上不许耍花招！我是个诚实的生意人，要是我能弄到一两块肉，你可别碰都不碰一下，尽吃面包。我是个诚实的生意人，要是我能弄来一点啤酒，你可别只喝水。你到了罗马，就得像罗马人那样行事①。要不然，你就会认为罗马是个丑八怪。你要知道，我就是你的罗马。"

接着又数落起来：

"你连自己的吃喝都不顾了！都怪你跪下捣鬼，干些无情无义的事，这儿的吃喝也不知道少了多少。瞧瞧你的孩子：他是你亲生的，是不是？他瘦得跟柴棍似的。你还管你自己叫母亲，不知道做母亲的首要责任就是把她的孩子吹肥？"

这话触到小杰里的伤心处：他要求他的母亲尽她首要的责任，不管她还干了什么，疏忽了什么，首先要特别着重履行他父亲那么动人而体贴地指出的做母亲的职责。

克伦彻一家就这样度过那一夜，直到吩咐小杰里上床，他

---

① 英国谚语：入乡随俗。

的母亲也服从了要她遵行的相类似的一些训示。克伦彻先生独自抽了几袋烟,打发了上半夜,到快一点时才动身去郊游。他在后半夜将近鬼魂活动的时刻,从椅子上站起来,从衣袋里掏出一把钥匙,打开一个锁着的柜子,取出一条口袋,一根大小合适的铁撬棍,一根绳子,铁链,以及其他这类钓具。他熟练地把这些工具放在身上之后,向克伦彻太太投了一瞥告别的蔑视,灭了灯,便走了。

小杰里上床时不过是假装脱衣服,不久就追他父亲去了。他在黑暗的掩护下跟着出了房间,跟着下了楼,跟着走过院子,跟着到了街上。他根本不为再溜回这幢房子担心,因为这里住满了房客,大门通宵半开着。

小杰里很想对他父亲的诚实职业的技术和秘密研究一番,受这一雄心大志的驱使,他像自己那双眼睛互相靠得很近一样,紧靠着房前、垣墙、门口走着,眼睛一直盯着,不放过他可敬的父亲。他可敬的父亲一路往北;没走多远,另一个艾萨克·沃尔顿①的门徒跟他会合,他们一道吃力地走着。动身后不到半小时,他们已经过了那霎着眼的路灯,和眼霎得快睁不开的守夜人,走上一条荒凉的路。这里,又有一个钓鱼人搭上伴——而且悄无声息,如果小杰里信迷信,他很可能认为那第二个掌握这门高雅技术的门徒,突然分身化作两人。

那三位继续往前走,小杰里也继续往前走,直到那三位走到耸立于路边的坡下停下来,坡顶上有一溜矮砖墙,墙上安着铁围栏。那三位在坡和墙的阴影下转身离开了那条路,进了

---

① 艾萨克·沃尔顿(Izaak Walton, 1593—1683),英国作家,写过《钓鱼老手》,论述钓鱼的乐趣。

一条死胡同。胡同的一边有一堵墙——高达八至十英尺。小杰里蹲在一个角落里,偷偷往那条胡同张望,接着看到他可敬的父亲敏捷地爬上一道铁门,在苍白、朦胧的月亮衬托下,他的身影显得很清晰。他一会儿就爬了过去,第二个,第三个渔翁也跟着爬了过去。他们轻轻落到门内的地上,在那儿躺了一会儿——也许是在倾听动静。随后,他们爬走了。

现在轮到小杰里走近铁门:他屏住气走到门前。他又在那儿一个角落蹲着往里瞧,看出那三个渔翁爬过一片茂密的野草;墓地里——他们去的是一个大墓地——一块块墓碑都像穿白衣的鬼似的在一旁观望,连教堂的塔也像一个巨大的鬼似的在一旁观望。他们没爬多远,就停下来,站直了身子。于是开始钓鱼。

他们先用一把铲子钓,不久,可敬的父亲似乎在调整一把好像大螺丝刀似的工具。他们不论用什么工具干,都很吃力,后来教堂敲钟的可怕的声音吓得小杰里像他父亲一样毛发悚然,拔腿就跑。

不过,对这种事他早就想多了解一些情况,这一宿愿不仅阻止了他逃走,而且又把他吸引回去。当他第二次在门前往里偷看时,他们仍在坚持钓鱼;但这次似乎咬钩了。地下发出拧螺丝和抱怨的声音,他们那弯着腰的身影,好像在拉什么重物显得很吃力。那重物渐渐破土而出,到了地面。小杰里很清楚那是什么东西,但一见到它,又看见他可敬的父亲就要把它拧开时,由于没见过这景象,吓得他又逃跑了,跑了一两英里才停下来。

如果不是必须喘口气,他无论如何不会停下来,因为他是跟鬼赛跑,而且很想跑到终点。他真认为他看到的那口棺材

191

在后面追他；想象着那口棺材在他后面，窄的一头着地，直挺挺竖着跳跳蹦蹦，总是差一点就要赶上他，跳到他身边——也许还拉住他的胳膊——那是必须躲避的追逐者。那也是反复无常、无处不在的恶鬼，因为，它使得他身后的整个黑夜变得很可怕，他冲上大道，避开黑胡同，怕它像个无尾无翅的肿胀的儿童风筝似的从黑胡同跳出来。它也藏在门口，把它那可怕的肩膀在门上蹭着，把双肩耸到耳朵上，仿佛在大笑。它跳进路上的阴影，狡猾地仰躺着，要绊倒他。它一直不停地蹦跳着追他，就要赶上他，因此，当他跑到自家的门口时，他应该累得半死。即使在这时，它也不离开他，而是跟着他砰砰地一级级往楼上跳，跟他一起爬上床，他睡着时，又跳到他的胸口上，死沉沉地压着他。

天亮后，日出前，他的父亲一进家里这间屋，就把小杰里在他的小屋里从受压抑的睡梦中惊醒。他有点不对劲；至少小杰里如此推断，因为他揪着克伦彻太太的耳朵，把她的后脑勺往床头木板上撞。

"我告诉过你我会揍你，"克伦彻先生说道，"我就揍你。"

"杰里，杰里，杰里！"他的妻子哀求道。

"你竟反对这生意挣的钱，"杰里说道，"我和我的搭档都吃了亏。你应该尊敬和服从；你究竟为什么不照办呢？"

"我尽力做个好妻子，杰里。"这个可怜的女人流着泪抗议道。

"反对你丈夫的生意，是做个好妻子吗？不尊敬你丈夫的生意，是尊敬你丈夫吗？在关系他生意的重大问题上不服从他，是服从你丈夫吗？"

"那么，你没有干那可怕的生意，杰里。"

"做一个诚实生意人的妻子，"克伦彻先生反驳道，"这对你就够了，你那娘们的脑瓜别尽算计他什么时候做他的生意，什么时候不做。一个尊敬和服从丈夫的妻子根本不管他的生意。你自认为是个虔诚的女人吗？如果你是个虔诚的女人，我可要个不虔诚的女人！你就跟这儿的泰晤士河的河床对打桩没有感觉一样，没有天生的责任感，同样，也必须把责任感给你打进去。"

这场争吵，声音很低，后来这位诚实的生意人踢掉泥污的靴子，在地板上直挺挺躺下，才告结束。他仰躺着，把那双沾上铁锈的手垫在头下当枕头，他的儿子胆怯地看了他一眼也躺下，又睡着了。

早餐没有鱼，别的食物也不多。克伦彻先生满脸不高兴，还发脾气，手边放着一个铁壶盖，要是他发现克伦彻太太露出一点做祷告的苗头，就向她扔过去以示惩戒。他还是在平常的时间，刷一刷，洗一洗，然后带上儿子出门，从事他公开的职业。

小杰里胳膊下夹着凳子，跟在他父亲身边，沿着阳光照耀，十分拥挤的舰队街走着，这时，与昨夜摸黑穿过荒凉的道路往家跑，逃避那可怕的追逐者的他，判若两人。他的狡猾随着白天而复萌，他的恐惧随着黑夜而消失。那天晴朗的早上，在舰队街，在伦敦市内，未必没有在这方面跟他不相上下的人。

"父亲，"他们一边走，小杰里一边说道，小心翼翼与他父亲保持一定距离，并把凳子挡在他们当中，"什么是盗尸人？"

克伦彻先生在路上站住，答道："我怎么知道。"

"我还认为你什么都知道，父亲。"这个单纯的孩子说道。

"哼!"克伦彻先生答道,又继续往前走,一边脱下帽子,让他那一头倒刺自由伸展,"他是生意人。"

"他卖什么货呢,父亲?"敏捷的小杰里问道。

"他卖的,"克伦彻先生反复考虑了一下,说道,"是一门科学上的货①。"

"是人的尸体,是不是,父亲?"这个活泼的孩子问道。

"我认为是那一类东西吧。"克伦彻先生说道。

"啊,父亲,我长大以后,倒很想当个盗尸人!"

克伦彻先生感到宽慰,但怀疑地教训地摇摇头。"那要看你的才能发展如何。注意发展你的才能,不该说的,决不向任何人说,眼下还无法知道你干什么不合适。"小杰里受到这样的鼓励之后,赶前了几码远,把凳子安在圣殿门的阴影下,这时,克伦彻先生自言自语补充道:"杰里,你这个诚实的生意人,那孩子以后会成为赐给你的恩典,为他娘给你的补偿,大有希望啦!"

---

① 意思是供医学上的研究之用的东西。

第十五章 编 织

在德法日先生的酒店里喝早酒的,比往常早。早上六点钟,那些透过安了铁栅栏的窗户往里瞧的蜡黄的面孔就已发现里面有别的面孔在喝酒了。德法日先生在最好的年头卖的葡萄酒就很淡薄,如今卖的酒似乎淡薄得异乎寻常。再说,那是一种酸的,或者说,使人变酸的葡萄酒,因为,这酒对于喝下它的人的心情所起的作用,是使他们发愁。没有欢实的酒神的火焰从德法日先生的葡萄汁里跳出来;但那酒渣里却藏着暗中燃烧的闷火。

连日来都有人在德法日先生的酒店里喝早酒,这是第三天早上。喝早酒开始于星期一,那天是星期三。与其说人们喝早酒,不如说一早就忧心忡忡;很多人,从酒店一开门,就在那儿留神听着,交头接耳,溜来溜去,因为他们绝对拿不出一文钱付账。然而,这些人对那儿极感兴趣,仿佛那儿的整桶整桶葡萄酒,他们都可以随便喝;他们从一个座位溜到另一个座位,从一个角落溜到另一个角落,露出贪婪的神色,吞咽着别人的谈话,而不是酒。

尽管人来人往不断,异乎寻常,却不见老板。没有人觉得少了他;因为,进来的人谁也不找他,谁也不打听他,谁看见只有德法日太太坐在她的位子上,也不感到惊异;她管倒酒,面前放一碗破损的小钱币,就跟把它们从破烂的衣兜里掏出来那些人的像小铸币似的脸一样,破损得看不出它们原来的印记。

暗探们既然无孔不入,无论上流社会,下流社会,从皇宫到监牢,到处都要窥探一下,那些往这家酒店里窥探的暗探,也许注意到大家一时没精打采,都心不在焉。玩纸牌的提不起精神,玩多米诺骨牌的若有所思地用骨牌垒着塔,喝酒的蘸着酒出的酒在桌上画着什么,连德法日太太也用牙签剔着袖子,分辨上面的花纹,一边瞧着,听着远处听不见也看不见的什么东西。

直到中午,圣安东就是这样一副好酒贪杯的模样。正午时分,两个满身尘土的人经过他的街道,经过他那些摇晃的路灯下:一个是德法日先生,另一个是戴蓝帽子的养路工。这两位一身尘土,口干舌燥地走进酒店。他们的到来,在圣安东的胸怀里点燃了一种火,他们所过之处迅速蔓延,在大多数门口和窗户上的火焰似的脸上闪动着。然而,当他们走进酒店时,谁也没有跟着他们,谁也没有说话,虽然酒店里的人都把眼睛转向他们。

"日安,先生们!"德法日先生说道。

这也许是让大家开口的信号,引起了异口同声的回答:"日安!"

"天气不好,先生们。"德法日摇摇头说道。

听了这话,人人都瞧瞧自己身边的人,于是都垂下眼睛,一声不响地坐着。只有一个人站起来,走了出去。

"太太,"德法日向德法日太太大声说道,"我跟这个叫雅克的好养路工走了不少路。我离开巴黎走了一天半之后——

偶然——遇上他。这个叫雅克的养路工,是个好伙伴。给他倒杯酒,太太!"

第二个人站起来,走了出去。德法日太太把酒摆在那个叫雅克的养路工面前,他向大家脱帽致意之后,就喝起来。他外衣怀里揣着一点粗劣的黑面包;不时吃一口,随即在德法日太太的柜台旁坐下,边嚼,边喝。第三个人站起来,走了出去。

德法日先生喝了一口酒提神——不过,酒对他并不稀罕,他喝的酒比给那个陌生人喝的少——站着等到那个乡下人吃完早饭。他并不看在座的人,这时别人也不看他,连德法日太太也不,她已拿起她的活计,编织起来。

"吃完了吗,朋友?"过了一阵,他问道。

"完了,谢谢你。"

"那么,走吧,去看看我跟你说过你可以住的那个房间。它对你再合适不过。"

出了酒店,来到大街上,过了街,走进一个院子,走过院子,登上很陡的楼梯,上了楼,走进一间阁楼——从前有个白发苍苍的老头坐在那儿一张板凳上哈着腰忙着做鞋的那个阁楼。

现在,那儿没有白发老头了,只有各自离开酒店的那三个人在那儿。他们和那个在远方的白发老头之间,有一点小小的关系,因为他们曾透过墙上的裂缝看过他。

德法日小心地关上门,用压低的声音说道:

"雅克一号,雅克二号,雅克三号!这就是我雅克四号,按约定遇上的见证人。他会把全部情况告诉你们。说吧,雅克五号!"

养路工手里拿着蓝帽子,用它擦了擦他那晒黑的额头,说道:"从哪儿说起呢,先生?"

"就从头说起吧。"这是德法日先生的不无道理的回答。

"先生们,一年前的这个夏天,"养路工开始说道,"我看见他在侯爵的马车下,吊在链子上。瞧那副样子。我正下工,太阳正落山,侯爵的马车正慢慢下坡,他吊在链子上——像这样。"养路工再从头至尾表演一遍,那时,他这番表演应该很熟练了,因为,整整一年来,它成为村里准能得到的消遣,不可缺少的娱乐。

雅克一号插了一句,问他以前是否见过他。

"从来没有。"养路工答道,又直起身子。

接着雅克三号问他,后来怎么认出他的呢?

"凭他的高个子,"养路工轻声说道,一边用手指指着他的鼻子,"那天晚上侯爵老爷问我:'说,他像什么样子?'我答道:'像鬼一样高。'"

"你应该说,像侏儒一样矮。"雅克二号回应道。

"我知道什么呢?当时那件功德还没有完成,他也不信任我,听着!就是在那种情况下,我也没有作证。那时我站在小水泉附近,侯爵老爷用手指指着我,说:'把那个无赖带过来!'先生们,我确实什么也没有说。"

"他说得对,雅克,"德法日向插嘴的人咕哝道,"接着说吧!"

"好!"养路工带着神秘的样子说道,"那高个子失踪了,后来到处找他——找了几个月?九、十、十一个月吧?"

"几个月无关紧要,"德法日说道,"他躲起来了,不幸,还是被他们抓到。接着说吧!"

"我又在山坡上干活,太阳又要落山的时候,我正收拾家伙准备下山回家,我的茅屋在下面村里,那儿已经黑了,这时,我抬眼一看,只见从山上过来六个士兵。他们中间,有个高个子,两手反绑着——绑在腰间——像这样!"

他借助他那顶不可缺少的帽子,把一个人的两只胳膊肘如何牢牢绑在屁股上,绳结打在身后,表演了一番。

"先生们,我让开道,站在我那堆石头旁边,瞧着那些士兵押着犯人经过(因为那条路很偏僻,出现任何不寻常的情况,都值得一看),他们走过来时,最初我只看见六个士兵押着一个被绑着的高个子,看起来都黑乎乎的——先生们,他们身上,只是在太阳落下去那一边,有一道红边。还看见他们那长长的身影投在路对面凹地的脊背上,投在路上面的山上,简直像巨人的身影。我还看见他们满身尘土,他们一路噔噔地走过来,那尘土也跟着他们移动。不过,他们走到我跟前时,我还是认出了那高个子,他也认出了我。啊,他一定很想再次从山坡上跳下去,就跟那天傍晚,我们俩在同一个地点附近初次相遇时一样!"

他叙述这一情节时,仿佛就在现场,他显然清清楚楚看见这一情节;也许他这一辈子见的世面不多吧。

"我并没有向那些士兵露出我认得那个高个子的样子,他也没有向那些士兵露出他认得我的样子;我们用眼睛示意,心里都明白。'快走!'那支队伍的头儿指着村子,说道,'快点打发他进坟墓!'他们押着他走得更快了。我跟在后面。他的胳膊由于绑得太紧,都肿了,他的木鞋又大又笨重,而且脚也瘸。既然脚瘸了,就走得慢,他们就用枪赶他——像这样!"

他学着一个人被枪托赶着往前走的样子。

"他们像疯子赛跑似的下山时,他摔倒了。他们大笑着把他拽起来。他脸上流着血,满是尘土,不过他没法擦。于是,他们又大笑起来。他们把他押进村里;全村的人都跑出来瞧;他们押着他经过磨坊,又往上走到监牢;全村的人都看见牢门在那天黑夜里打开,把他吞进去——像这样!"

他把嘴尽量张大,又一下闭上,牙齿发出很响的磕碰声。德法日注意到他不愿再张开嘴破坏这一效果,便说道:"接着讲吧,雅克。"

"全村的人,"养路工踮着脚,放低声音说下去,"都撤回来;全村的人都在水泉边悄悄议论;全村的人都睡了;全村的人都梦见那个不幸的人,锁在悬岩上的监牢里,再也出不来,除非死了。早上,我扛着工具去上工,边走边吃我那点黑面包,路上我绕道经过监牢。我看见他在岩上,关在一个很高的铁笼里,还是像昨晚一样,一脸血迹、尘土,透过铁栅栏瞧着。他的手绑着,不能跟我招手;我也不敢叫他;他像死人似的望着我。"

德法日和那三个人阴郁地互相瞧了一眼。他们听这个乡下人讲他的经历时,都露出阴郁、压抑、要报仇的脸色;他们的态度既神秘,又威严。他们有那种匆匆组成的法庭的神态;雅克一号和二号坐在原来那个地铺上,一只手托着下巴,目不转睛地注视着养路工;同样专注的雅克三号,单腿跪在他们后面,他那只激动的手总在他的嘴和鼻子周围那网状的细微的筋脉上滑动;德法日原来让讲述人站在窗前当亮的地方,自己站在他们和他之间,一会儿瞧瞧他,一会儿又瞧瞧他们,来回瞧着。

"接着说吧,雅克。"德法日说道。

"他在上面铁笼里关了些日子。村里的人偷偷瞧他,因为他们害怕。不过,他们总是远远地瞧着悬岩上那个监牢;到晚上,他们干完一天的活之后,就聚在水泉边议论,他们的脸都转向监牢。以前,他们都转向驿站,现在都转向监牢。他们在水泉边悄悄议论,说他虽然判了死刑,还不会执行;又说有人在巴黎上了请愿书,证明他是因为他的孩子被压死气疯了;又说,还有人向国王本人上了请愿书。我知道什么?这有可能。也许说得对,也许不对。"

"那么,听着,雅克!"雅克一号严厉地插嘴道,"既然知道有人向国王和王后上了请愿书。这儿的人,除了你,都看见国王,就在街上他的马车里坐在王后身边接了请愿书。就是你在这儿瞧见的德法日,他拿着请愿书冒着生命危险冲到那些马前面。"

"再听我说一句,雅克!"跪着的三号说道,他的指头老在那些细微的筋脉上摸来摸去,露出一副很显眼的贪婪的样子,仿佛急于想得到什么东西——那既不是食物也不是酒;"马上马下的警卫,围住请愿人,打了他一顿,你听见吗?"

"听见了,先生们。"

"那就接着讲吧。"德法日说道。

"但是,他们又在水泉边悄悄说,"这个乡下人继续说道,"要把他押下来在我们乡下就地处死,他肯定会被处死。他们甚至还说,因为他杀了老爷,因为老爷是佃户——农奴——随你怎么说——的父亲,要按弑亲罪处死。有个老头在水泉边说,要把他拿那把刀的右手,当他的面烧掉;还要砍伤他的胳膊,胸口,腿,再往伤口灌烧沸的油,烧化的铅,烧热的松脂,蜡和硫黄;最后把他四马分尸。老头说,那个想刺杀先王路易十五的犯人,的确受了这些刑。① 我怎么知道他是不是撒谎? 我又不是读书人。"

"那就再听我说一句,雅克!"手老闲不住,露出急切神色的那位说道,"那个犯人叫达密安,而且是在光天化日下,在这个巴黎市内的大街上被那样处死的;在那一大片看行刑的人当中,最受人注意的,莫过于那群贵妇人,她们很起劲地一直看完——一直拖到天黑才完,那时他已经少了两条腿和一只胳膊,但还在喘气!行刑那时候——喂,你有多大岁数?"

"三十五。"养路工说道,看起来他有六十多岁。

"行刑那时候,你也有十多岁了;你可能看见了。"

"够啦!"德法日狠狠地不耐烦地说道,"魔鬼万岁! 接着谈吧。"

"好吧! 有人这样说,有人那样说,大伙就不谈别的;连水泉溅落的声音似乎也是那个调调。后来,在星期天晚上,全村都睡了之后,士兵们离开监牢弯来拐去下了山,他们的枪碰在那条小街的石头上当当响。有些工人挖着地,有些工人用锤子敲敲打打,士兵们一边大笑一边唱歌;到了早上,水泉边竖起了一个四十英尺高的绞架,污染了那儿的水。"

养路工透过而不是向着低矮的天花板望着,一边指着,仿佛他在空中某处看到绞架。

"大伙都不干活了,都聚在那儿,没人放牛,牛也跟大伙待在那儿。中午,响起一阵鼓声。士兵在夜里就开进了监牢,后来许多士兵押着他来了,他还是那样绑着,他嘴里塞了一个

---

① 一七五七年一月,一个叫达密安的男仆,出于义愤,在路易十五上马车时行刺,路易十五受轻伤;后来他受到如狄更斯所描述的酷刑。

东西——用绳子勒得紧紧的,让他看起来好像在笑。"他用两个拇指绷着嘴角往两边扯,把脸都扯皱了,比画那样子,"绞架顶上安着那把刀,刀身朝上,刀尖对着空中。他吊在四十英尺高的绞架上——一直让他吊着,污染那儿的水。"

他回忆那情景时脸上又冒出了汗,他用那顶蓝帽子擦擦脸,这时,他们互相看了看。

"很可怕,先生们。女人,孩子,哪能打水呀?晚上谁能在那个影子下聊天啊?我说过,在那个影子下吧?星期一傍晚太阳快落山的时候,我离开村子,我在山上回头一瞧,只见那影子越过了教堂,越过了磨坊,越过了监牢——似乎越过了大地,先生们,伸到托住天的地方了!"

那个如饥似渴的人一边咬着指头,一边瞧着那三位,他的手指由于他那急切的劲头而发抖。

"我讲完了,先生们。我在太阳落山时离开(遵照吩咐),那天晚上我走了一夜,第二天又走了半天,直到我(又遵照吩咐)跟这位同志碰头。我就跟他来了,一会儿骑马,一会儿走路,昨天走了一下午,一个通宵。这样我才到了这里!"

大家阴郁地沉默了一会儿,雅克一号说道:"很好!你办事忠实,讲的也可靠。请你在门外等我们一会儿,好吗?"

"很乐意。"养路工说道。德法日把他带到楼梯口,让他坐在那儿,就回去了。

他回到阁楼时,那三位已经站起来,聚在一起商量。

"你有什么意见,雅克?"一号问道,"记下来?"

"罪该万死,记下来。"德法日答道。

"好极了!"面带急切神情的那位嘶哑地说道。

"城堡和他全家?"一号问道。

"城堡和他全家,"德法日答道,"全部消灭。"

如饥似渴的那位用狂喜的嘶哑声重复道:"好极了!"开始咬另一个指头。

"这种记法,"雅克二号向德法日问道,"你能保证不出问题吗?这很安全,毫无疑问,因为,除了我们,谁也看不懂;不过,我们是不是总能看懂呢——或者我应当说,她能不能呢?"

"雅克,"德法日挺直身子答道,"如果那位太太,我妻子,负责单凭她的脑子记事,她也会记得一字不差——一个音节也不差。既然她用自己的针法,自己的符号,编织记事,在她看来就再明白不过了。要相信德法日太太。世上最懦弱的懦夫要把自己从人世上除掉,容易,要把他的名字,或罪行从德法日太太用编织作的记录上除掉,难。"

一阵表示信任和赞同的叽咕声,随后,如饥似渴的那位问道:"把这个乡下佬马上打发回去吧?我希望这样办。他头脑太简单;他不是有点危险吗?"

"他什么也不知道,"德法日说道,"他知道那点情况,只能轻而易举地把他自己送上同样高的绞架。我负责照管他;就让他留在我这儿;我会对付他,把他打发走。他很想瞧瞧上流社会——国王、王后、朝臣;星期天让他去瞧瞧。"

"什么?"如饥似渴的那位瞪着眼叫道,"他想瞧王室和贵族,这是好苗头吗?"

"雅克,"德法日说道,"要是你想让猫馋牛奶,明智一点,你就让它瞧瞧牛奶。要是你想让狗日后捕杀它天生捕杀的动物,明智一点,你就让它瞧瞧那动物。"

他们就谈到这里,随后发现养路工坐在楼梯口上打盹,就劝他到那个地铺上躺下歇一歇。无须别人劝,他马上就睡着了。

在巴黎,要安顿那样卑微的奴隶,本来很容易找到一个比德法日酒店更坏的住处。他住在这里感到很新鲜、惬意,只是对那位太太怀有一种难以理解的畏惧,老让他惴惴不安。不过,那位太太整天坐在柜台后面,对他偏偏视而不见,对他待在这儿暗中跟什么事有关,就是偏不察觉,以致他一看见她就发抖。因为他认定,无法预知她接下去要装什么样;他确信,如果她那打扮得亮闪闪的脑袋打什么主意,硬说她看见他杀了人,还把受害人抢光,她会装到底,把这出戏演完。

因此,到了星期天,养路工发现那位太太要陪先生和他去凡尔赛,并不十分高兴(虽然他说他十分高兴)。还有,那位太太坐在公共马车上一路都在编织,使他感到不安;还有,下午,她在人群里等着瞧国王和王后的马车的时候,她仍拿着活计编织,这也使他感到不安。

"你真忙啊,太太。"她身边一个男人说道。

"对,"德法日太太答道,"我要干的活多着呢。"

"你织什么,太太?"

"很多东西。"

"例如——"

"例如,"德法日太太镇静地答道,"裹尸布。"

那个男人赶快躲开,离她远一点,养路工则用他那顶蓝帽子扇着,他感到极憋闷。如果他需要一位国王和王后治这份难受,很幸运,他马上就可以得到治他的药了;不久,那位脸很大的国王和脸很美的王后,在朝廷的光彩照人的中心,那珠光宝气的一大群欢笑的贵妇和文雅的王公大臣的陪同下,坐着他们的金色马车来了;养路工沉浸在珠宝、丝绸、脂粉,豪华的排场,以及那些优雅的身段透着鄙弃,漂亮的脸透着蔑视的男男女女之中,一时心醉神迷,竟高呼国王万岁,王后万岁,一切人,一切事物万岁!仿佛他一辈子都没有听说过无处不在的雅克。接着,还有那些花园、庭院、平台、喷泉、绿岸,又是国王和王后,又是朝廷的中心,又是王公大臣和贵妇,又向他们全体高呼万岁!后来他真感动得哭起来。在这持续约三小时的一幕中,有不少人跟他一起叫喊、哭泣,大动感情,而德法日则始终抓着他的衣领,仿佛阻止他扑向那些他一时崇拜的对象,把他们撕碎似的。

"好哇!"当这一幕结束后,德法日像个保护人似的拍拍他的背,说道,"你的表现不错!"

这时,养路工清醒过来,怀疑他在不久前的表演中犯了错误;但没有。

"你正是我们需要的人,"德法日凑近他的耳边说道,"你让这些傻瓜相信这好景会永远继续下去,那么,他们越骄横,这好景就越接近完结。"

"嗨!"养路工反省地叫道,"没错。"

"这些傻瓜什么也不知道。在他们轻视你们哭哭嚷嚷的时候,他们会让你或像你那样的一百个人,而不会让他们自己的一匹马或狗,永远不出声,他们只知道你们哭哭嚷嚷向他们表达的什么。那么,就让他们再受一会儿骗吧;不过骗他们也不能太过分。"

德法日太太高傲地瞧着这位被保护人,肯定地点点头。

"至于你,"她说道,"只要好看,热闹,无论为什么事,你都会叫嚷掉泪。说!会不会?"

"我的确认为是这样,太太。暂时是这样。"

"如果把一大堆玩具娃娃给你看,唆使你扑过去,为了自己的利益把它们扯碎,抢光,那么,你会挑选那最华丽的玩具娃娃吧。说!你会不会?"

"的确会,太太。"

"会的。如果把一群不能飞的鸟给你看,唆使你扑过去,为了自己的利益拔掉它们的羽毛,你会向那些羽毛最美的鸟下手吧;你会不会?"

"没错,太太。"

"今天你看到玩具娃娃和鸟了,"德法日太太向最后看见他们的地方一挥手,说道,"现在回家去!"

第十六章　仍在编织

德法日太太和他的先生和和睦睦地返回圣安东的怀抱时,一个戴蓝帽子的斑点也摸着黑蹚着尘土赶路,又踏上那累人的好几英里长的林荫道,靠路边,慢慢向着现在躺在坟墓里倾听树木低语的侯爵老爷那座城堡所在的方向走去。现在,那些石面像有太多的闲暇倾听树木和泉水低语,有几个稻草人似的村民,为了寻充饥的草根野菜,拾生火的枯枝,转悠到能看见那个大石头庭院和层层台阶的地方,竟让他们那饥饿的想象觉得,那些石面像的表情变了样。有一个谣传刚进村——就跟村里的人一样,勉强维持生存——说是当那一刀刺中要害时,那些脸,原来一脸傲气,变为一脸怒气和痛苦,还说,当那个悬吊的人影升到水泉上面四十英尺高时,它们又变了样,露出一副已报仇雪恨的凶相,以后可能永远是那副样子了。有人在行刺的那间卧室的大窗户上面那个石面像上,指出那雕刻的鼻子上有两个小窝,这谁都认得,但从前谁也没有见过;有几次,两三个穿得很破烂的农民从人群中挤出来,向已经化为石头的侯爵老爷匆匆看了一眼,用瘦骨嶙峋的指头指着它,没指上一分钟,就像那些能在那儿谋生的更幸运的野兔一样,窜到长满苔藓的草木丛中。

在夜空下,城堡和茅屋,石面像和悬吊的人影,石头地板上的红迹,村里水井里的洁净的水——几千亩土地——法国的一个省份——甚至整个法国,都缩成微弱的头发丝那么细的线。在一个闪烁的星星上的整个世界及其一切伟大和卑微的事物,也是如此。正如人类的知识能分离一束光线,分析其组合的方式,较杰出的才智也能在我们这个地球的微弱闪光下,看出地球上每个对之负责的人的每一思想和行为,每一罪恶和美德。

德法日夫妇坐着公共马车,在星光下,一路轰隆隆地来到他们自然要去的巴黎的那个关卡,照例在关卡警卫室前停下来,照例是手提灯闪着光晃过来,照例检查,盘问一番。德法日先生下了车,因为认识他们当中一两个士兵和一个警察。他跟后者关系密切,于是亲热地拥抱。

圣安东又把德法日夫妇搂在他那暗黑的翅膀里,他们终于在这位圣人的边界附近下车之后,小心翼翼躲着他的街道上的黑乎乎的烂泥和垃圾走着,这时,德法日太太向她丈夫说道:

"说吧,我的朋友,那位警察中的雅克给你说些什么?"

"今晚上说得很少,不过他就知道这些。又有一个暗探派到我们这儿来了。他只能说,可能还有很多暗探,但他知道有一个。"

"好吧!"德法日太太摆出冷静的办事的样子,扬起眉头,说道,"必须把他记下来。那个人叫什么?"

"他是英国人。"

"那更好。他的姓名?"

"巴萨。"德法日说道,他念成法国人的名字。但他很注意把名字念准确,便丝毫不差地拼了出来。

"巴萨,"太太重复道,"好的。教名?"

"约翰。"

"约翰·巴萨,"太太自个儿嘟嘟哝哝念了一遍之后,重复道,"好的。他的外貌,有人知道吗?"

"年龄,大约四十岁;身高,大约五英尺九;黑头发;黑肤色;一般来说,脸还相当漂亮;黑眼睛,瘦长脸,发黄,鹰钩鼻子,但不直,很特别,偏向左脸;因此,一副阴险相。"

"没错,这倒是一幅肖像画!"太太笑着说道,"明天把他记下来。"

他们进了酒店,店已打烊(已是半夜),德法日太太马上到她的桌旁就座,清点她外出时收入的零钱,检查存货,查阅账目,自己记了几笔账,想方设法查问那个跑堂的,最后才打发他去睡觉。接着,她把那一碗钱第二次倒出来,用手帕包好,为保管一夜,一连打几个结扎结实。这一阵子,德法日一直叼着烟斗走来走去,感到得意而佩服,但决不干预;就生意和家务事而言,他的确是那样走来走去踱过一生的。

那天晚上很热,由于店门紧闭,附近一带又是那么肮脏,店里有一股难闻的气味,德法日先生的嗅觉决不灵敏,不过存放的葡萄酒的气味比品尝时的口味冲得多,存放的朗姆酒,白兰地和茴香酒,也是如此。他取下抽完的烟斗,吹了一口气,要把那股混合气味吹散。

"你累了吧,"太太边捆扎那包钱边抬起眼睛说道,"这不过是平常的气味。"

"我有点累了。"她的丈夫承认道。

"你也有点心情不好,"太太敏锐的眼睛从未如此专注于账目,但也还有少许眼光瞄着他,"啊,男人哪,男人!"

"不过,亲爱的——"德法日开始说道。

"不过,亲爱的!"太太坚定地点点头,重复道,"不过,亲爱的!今晚上你有点泄气了,亲爱的!"

"好吧,"德法日说道,仿佛硬从他心里逼出这个想法,"那要很长时间哪。"

"那要很长时间,"他妻子重复道,"什么时候不要很长时间?报仇、报应,都需要很长时间,从来如此。"

"雷电击人不要很长时间。"德法日说道。

"雷电的形成和蓄积,"太太镇静地问道,"要多长时间?告诉我!"

德法日若有所思地抬起头,仿佛这话也有点道理。

"地震毁掉一个城镇,"太太说道,"不要很长时间。嗯!告诉我,准备地震,要多长时间?"

"我想,要很长时间吧。"德法日说道。

"不过,一旦做好准备,发生地震,那就会把它前面的一切震得粉碎。同时,它不断做准备,虽然谁也看不到,听不见。这就是对你的安慰。记住。"

她打了一个结,两眼闪亮,仿佛勒死一个敌人似的。

"我告诉你,"太太说道,一边伸出右手加强语气,"尽管它在路上要走很长时间,毕竟上了路,来了。我告诉你,它决不后退,决不止步。我告诉你,它始终在前进。看看周围,想想我们所了解的大伙的生活,想想我们所了解的大伙的面孔,想想'农民起义'越来越肯定地要干的那种愤怒和不满的行动。这种情况还能持续下去吗?我学你,呸!"

"我勇敢的妻子,"德法日答道,他的头略微俯着,两手扣在背后站在她面前,就像个听话和专心的学生站在跟他进行

211

教义问答的导师面前一样,"这些我都不怀疑,但是,已经持续很久了,再说,这是可能的——你很清楚,我的妻子,这是可能的——在我们有生之年,它可能不会来。"

"嗯!那又怎么样?"太太问道,一边打另一个结,仿佛又有一个敌人被勒死。

"喏!"德法日半抱怨、半辩解地耸耸肩,说道,"我们见不到胜利。"

"我们要促成胜利。"太太伸出手有力地挥动着。

"我们所干的一切,都不会白干。我全心全意相信,我们会见到胜利。即使见不到,即使明知见不到,只要让我看到一个贵族和暴君的脖子,我还是会——"

太太咬紧牙关,的确打了一个很可怕的结。

"别说了!"德法日叫道,脸有点红,仿佛感到指责他胆怯,"亲爱的,我也什么都干得出来。"

"对!不过,有时候你需要看见你的受害者和机会来支持你,这是你的弱点。别靠这些,自己支持自己吧。到了那一天,才把老虎和魔鬼放出去;但要把那只老虎和那个魔鬼用链子拴住——不让人看见——但随时做好准备,等待那一天。"

太太为了强调结束这一忠告,她拿起那链子似的钱包往她的小柜台上一摔,仿佛要摔出它的脑浆似的,然后平静地把沉甸甸的手帕包夹在胳膊下,说声该睡觉了。

第二天中午,那位令人钦佩的女人坐在酒店她平常坐的座位上,不停地编织着。她身边放了一朵玫瑰花,如果她对那朵花不时看上一眼,也不违背她那副专心一意的样子。客人不多,或喝酒,或不喝,或站着,或坐着。那天很热,一群群苍蝇,竟好奇地冒着危险飞进太太附近那些黏糊糊的小酒杯里彻底探查一番,结果都死在杯底里。它们的死,对那些在杯外飞来飞去的苍蝇毫无影响,那些苍蝇无动于衷地瞧着它们(仿佛它们自己是大象,或是这类跟它们天差地别的什么东西),直到自己也遭到同样的命运。苍蝇多么疏忽大意!想来真是奇怪。——那个暑热天,或许他们在宫廷里也是这样想的吧。

一个进门的人影,把影子投到德法日太太身上,她感到这是个生人,便放下手上的活,把那朵玫瑰花别在头巾上,这才看那个人影。

这情形很奇怪。当德法日太太一别上那朵玫瑰花,客人都停止谈话,随后一个个慢慢离开了酒店。

"日安,太太。"刚进来的人说道。

"日安,先生。"

她大声说罢,又编织起来,一边暗自补充道:"哈!日安,年龄大约四十岁,身高大约五英尺九,黑头发,一般来说,脸还相当漂亮,黑肤色,黑眼睛,瘦长脸,发黄,鹰钩鼻子,但不直,很特别,偏向左脸,露出一副阴险相!日安,诸位!"

"请给我一小杯陈年白兰地和一点凉水,太太。"

太太客气地照办。

"这白兰地太好了,太太!"

这酒受到如此恭维,还是头一回,德法日太太很清楚它的来历,不致信以为真。然而,她说了声过奖了,就拿起她的活计编织起来。这位客人瞧了瞧她的手指,又趁机观察了一下店堂。

"你的手真巧。"

"习惯了。"

"花样也好！"

"你这样认为？"太太面带微笑瞧着他说道。

"当然。敢问织这东西干什么？"

"消遣。"太太的指头灵活地移动着，仍然面带微笑瞧着他，说道。

"不为了用？"

"那得看情况。总有一天我可能拿它派上用场。要是我派上用场——那么，"太太吸了一口气，以那种透着刚强的媚态点点头，说道，"我会用上它！"

这情形很引人注意；但圣安东的爱好似乎坚决反对德法日太太头上戴的那朵玫瑰花。有两个人各自走进来，正要叫酒，一见那新鲜玩意，迟疑一下，假装向四周看看，好像找一个朋友，却不在，便走了。这位客人进来时还在这儿的那些人，这时也一个不剩。他们都走了。这个暗探虽注意观察，也查不出一点迹象。他们一副受穷受苦的样子，漫无目的，偶然溜溜达达离开，非常自然，无可挑剔。

"约翰，"太太想道，一边编织，一边在她的活上做记号，两眼瞧着这个陌生人，"只要你待得够久，在你走以前我就会把'巴萨'织上。"

"你有丈夫吗，太太？"

"有。"

"有孩子吗？"

"没有。"

"看来生意不好？"

"生意很不好；大家都很穷。"

"啊！不幸的，可怜的人！深受压迫——按你们的说法。"

"按你的说法。"太太反驳道,一边纠正他,一边熟练地在他的名字上再织了点什么,这对他是不祥之兆。

"请原谅;的确是我说的,不过你自然是这样想的。当然。"

"我想?"太太大声答道,"就是不思不想,我和丈夫开这家酒店也够忙的了。我们在这儿所想的是怎么活下去。这就是我们想的问题,即使不为别人的事伤脑筋,这问题已经够我们从早到晚操心的了。我为别人操心?不,不。"

这个暗探,因为要在那儿打听或套点情况,不能让他那阴险的脸上露出窘态;而是做出一副闲聊的殷勤的样子站着,一只胳膊肘靠在德法日太太的小柜台上,偶尔抿一口白兰地。

"处死加斯帕德,真够狠的,太太。唉!可怜的加斯帕德!"深表同情地叹了口气。

"说真的!"太太冷淡而轻松地答道,"要是有人为这种目的动刀子,他们必须为此付出代价。他事前明知这样放肆一下要付什么代价;他已经付了。"

"我相信,"暗探把他柔和的声音降到让人信任的口气,说道,他那邪恶的脸上的每一处肌肉都露出一种受到伤害的革命感情,"我相信,那个可怜人的事,在这一带引起很多人同情和愤怒吧?这是我们俩私下谈的,不会跟别人讲。"

"是吗?"太太茫然地答道。

"不是吗?"

"——我丈夫来了!"德法日太太说道。

酒店老板进门之后,暗探碰碰帽子,向他致意,挂着迷人的微笑说道:"日安,雅克!"德法日一下站住,瞪眼瞧着他。

"日安,雅克!"暗探重复道;在他的注视下,说得不那么自信,或者说挂着不那么自在的微笑。

"你看错了,先生,"酒店老板答道,"你把我当成另外的人了。那不是我的名字。我叫欧内斯特·德法日。"

"都一样,"暗探轻快地说道,但也尴尬,"日安!"

"日安!"德法日冷冷地答道。

"你进门的时候,我跟太太正闲聊,我说,有人告诉我,可怜的加斯帕德的不幸遭遇,在圣安东引起——这也难怪——很多人同情和愤怒。"

"可没有人告诉我,"德法日摇摇头说道,"这事我什么也不知道。"

说罢,他走到小柜台后面,用一只手扶着他妻子的椅背,隔着那一重障碍瞧着与他们俩敌对的,都恨不得一枪把他打死才称心的那个人。

暗探是干他这一行的老手,并未改变他那未觉察的态度,只是干了他那一小杯白兰地,呷了一口白水,又要了一杯白兰地。德法日太太给他倒了酒,又开始编织,边织边哼小曲。

"你好像很了解这一地区;就是说,比我还了解吧?"德法日说道。

"一点也不,不过希望对这里多了解一些。我对这里处境悲惨的居民极为关心。"

"哈!"德法日轻轻哼了一声。

"跟你交谈,德法日先生,让我想起,"暗探接着说道,"跟你的名字有关的一些有趣的事,很荣幸,我还铭记不忘。"

"是吗!"德法日很冷淡地说道。

"是的,没错。马内特医生被释放之后,由你,他的老仆人,照管他,我知道。有人把他交给了你。这些情况我听说了,你明白了吧?"

"这的确是事实。"德法日说道,他已经明白了他妻子在边织边哼时偶然碰他一下给他的暗示:他最好是回答,但要简短。

"他女儿,"暗探说道,"是到你这儿来;他女儿也是从你这儿把他接走,由一个穿一身整洁的棕色衣服的先生陪伴;他叫什么名字?——还戴一顶小假发——洛里——特尔森银行的——送到英国。"

"这是事实。"德法日重复说道。

"想起这些事也很有趣!"暗探说道,"我在英国认识了马内特医生和他的女儿。"

"是吗?"德法日说道。

"现在你不常听到他们的消息了吧?"暗探说道。

"是的。"德法日说道。

"其实,"太太正边织边哼,这时抬起头来插了一句,"我们根本没听到他们的消息。我们倒是接到过说他们平安到达的信,也许还接到一封,也许是两封;不过,从此以后,他们渐渐走上他们的生活道路——我们走我们的道路——没有通过信。"

"一点不错,太太,"暗探答道,"她快结婚了。"

"快?"太太回应道,"她那么美,早该结婚了。我看,你们英国人都冷冰冰的。"

"啊!你知道我是英国人。"

"我听你的口音是,"太太答道,"说什么话,我认为就是什么人。"

他并不把这一鉴定当成恭维;但他善于应付,哈哈一笑就

岔开了。他慢慢喝完酒之后,补充道:

"是的,马内特小姐快结婚了。不过,不是嫁给英国人;而是嫁给一个跟她自己一样出生法国的人。说起加斯帕德(啊,可怜的加斯帕德!这太残酷,残酷!),这倒也是怪事,她要嫁给侯爵先生的侄儿,为了侯爵,加斯帕德被吊到几十英尺高;换句话说,嫁给现在的侯爵。但是,他在英国过着默默无闻的生活,他在那儿不是侯爵,他叫查尔斯·达奈。他母亲娘家姓多尔内。"

德法日太太镇定地编织着,但这消息对她丈夫有明显的影响。他在那小柜台后面无论干什么,就说打火,点烟斗吧,因为心里烦乱,手就不听使唤。如果暗探没有把这情形看在眼里,记在心上,这暗探就根本算不上暗探。

巴萨先生使了招,至少是这一招得手,无论是否有价值,又没有顾客进门,让他再喝一杯,便付了酒钱,告辞;临走时,还彬彬有礼地顺便附上一句,他期望再见到德法日先生和太太。他出现在圣安东的街上之后,这对夫妇还是像他离开时那样一动不动,待了几分钟,怕他回来。

"他提到马内特小姐那些话,"德法日低声说道,他手扶着他妻子的椅背抽着烟,一边低头瞧着她,"会是真的?"

"他说的话,"太太稍稍扬起眉头答道,"可能是假话。但也许是真的。"

"如果真有这回事——"德法日刚开头,又打住。

"如果真有这回事?"他妻子重复道。

"——如果那一天终于到来,而我们还能活着见到胜利——我希望,命运会安排她的丈夫待在国外。"

"她的丈夫的命运,"德法日太太像平常一样镇静地说道,"会打发他到他该去的地方,会送他到该了结他的终点。我就知道这些。"

"不过,这事很奇怪——至少是在现在来说,这事难道不是很奇怪吗?"——为了诱使他妻子承认这一点,德法日说道,不如说求她更确切,"尽管我们都很同情先生、她父亲和她本人,这时你竟在这本生死账上,把她丈夫的名字记在刚才离开的那个恶狗的名字旁边,不是很奇怪吗?"

"等那一天到来之后,还会发生比这更奇怪的事呢,"太太答道,"我的确把他们两个都记下来了;他们罪有应得;这就够了。"

说罢,她卷起她的活计,随即从缠在头上的头巾上取下玫瑰花。或者因为圣安东有一种直觉,感到那引起反感的装饰已经不在,或者圣安东一直守望着等它消失,反正这位圣人不一会儿就鼓起勇气,溜溜达达进了门,酒店又恢复了平常的样子。

圣安东,一年四季就是在这个季节的傍晚,把自己全翻倒出来,有的坐在门口台阶上,有的坐在窗沿上,有的到那些肮脏的街道和庭院的角落,去透透气,德法日太太总是拿着她的活计,从这儿到那儿,从一群人走向另一群人:简直是个传教士——像她那样的人很多——这个世界最好再也不要培养那种传教士。妇女全在编织。她们织的东西虽不足道,但这种机械的工作,代替了吃喝的机械动作;她们的手代替牙关和消化器官活动;要是她们那瘦骨嶙峋的指头不动,她们的胃会饿得更难受。

但是,她们的指头在活动的时候,眼睛也在活动,思想也在活动。当德法日太太从一群人走向另一群人时,她跟她们谈过话又离去的每一小群妇女,那三样活动更快、更急了。

她丈夫在门口抽着烟斗,钦佩地盯着她。"伟大的女人,"他说道,"一个坚强的女人,一个了不起的女人,一个非常了不起的女人!"

黑暗四合,接着传来教堂的钟声和远处王宫庭院的军鼓声,妇女们仍坐着不停地编织。黑暗笼罩着她们。另一种黑暗也的确临近,到那时,教堂的那些大钟,虽然这时在法国许多高耸的尖塔上悠扬地鸣响,将会化作轰鸣的大炮;到那时,军鼓会敲得淹没那悲惨的声音,然而,在那天晚上作为代表"权力"和"富裕","自由"和"生活"的声音,无比强大。黑暗渐渐向那些不停地编织的妇女围拢,已经逼近了,逼得她们自身也渐渐向一个尚未建造的台架围拢,她们将要坐在它周围,一边不停地编织,一边数着掉下的人头。

第十七章 一天晚上

一个难忘的傍晚,医生和她的女儿一起坐在梧桐树下,落日的霞光照耀苏霍区这个宁静的角落,从未如此灿烂。那天夜里,初升的月亮发现他们仍坐在树下,便透过枝叶照着他们的脸,月光普照伟大的伦敦,从未如此柔和。

明天,露西就要结婚了。最后这一夜,她要陪她父亲,只有他们俩坐在梧桐树下。

"你感到幸福吗,亲爱的父亲?"

"非常幸福,孩子。"

他们虽然在那儿坐了很久,却很少谈话。那时天色尚亮,可以干活和念书,但她既没有干她平常干的活,也没有为他念书。她曾经多次,多次,在树下坐在他身边做这两件事;不过,这一次跟过去任何一次都有所不同,否则,绝不可能出现这种情况。

"今晚上我感到很幸福,亲爱的父亲。我为上天如此祝福的爱——我对查尔斯的爱,查尔斯对我的爱,感到深深的幸福。不过,要是我不把这一生仍然奉献于你,要是我的婚姻作了这样安排,竟把我们分开,哪怕只隔几条街,那么,这会儿我说不出我会感到多么不幸,多么内疚。即使像现在这样——"

即使像当时这样,她也控制不住她的声音。

在惨淡的月光下,她搂着他的脖子,脸依偎在他的怀里。月光总是惨淡的,连阳光,在黎明和日落时也是这样——那称之为生命的光也是这样。

"最亲爱的!你能不能最后一次告诉我,你完全,完全相信,我的新感情,我的新责任,绝不会妨碍我们的关系?这一点,我很明白,你明白吗?你心里确实相信吗?"

他父亲以不可能装出来的确信,愉快而坚定地答道:"完全相信,宝贝!不仅如此,"他一边温柔地亲她,一边补充道,"露西,我通过你的婚姻看到,我的未来比本来——不,比过去——没有这桩婚姻的时候——美好得多。"

"但愿如此,父亲!——"

"相信我,宝贝;的确是这样。应该是这样,想一想,这是多么自然而又明白的事。你很孝顺,又年轻,还不能充分理解我担心的事,就是不能耽误你一辈子——"

她把手伸向他的嘴,但他把它握住,重复这个词。

"——不能耽误,孩子——不能为了我,耽误了,不能脱离自然的常规。你那么无私,不能完全理解我考虑这事想得多么远;不过,你只要问问自己,如果你的幸福不美满,我的幸福怎么能美满呢?"

"要是我没有遇上查尔斯,我跟你在一起会非常幸福。"

听到她无意中承认,既然遇上查尔斯,如果没有他,她就不会幸福,他笑一笑,答道:

"孩子,你的确遇上了他,就是查尔斯。如果不是查尔斯,也会是别人。再说,如果没有遇上别人,就是为了我的缘故,那么,我那段黑暗的生活会把它的阴影投到我身外,投到你身上。"

除了那次审判,这是她头一次听到他提起那段苦难的时期。她听到这话时,使她感到新奇;而且久久不忘。

"瞧!"这位博韦的医生向月亮抬起手,说道,"我曾经从牢房的窗户瞧着它,那时我不能忍受它的光。我瞧着它时,想到它正照着我失去的一切,就让我痛苦得把头往墙上撞。我是在那样麻木和昏昏沉沉的状态下瞧着它,只想到逢满月时我能画上的横道道有多少和我在这些道道上能加上的竖道道有多少。"他一边瞧着月亮,一边低沉地,沉思地补充道,"横竖都是二十道,我记得,而且,画第二十道,好不容易才把它挤进去。"

她听他回忆那一时期,感到异样的激动,听他详述时,更为激动;不过,他叙述的态度,却一点也不使她感到惊吓。他似乎只是把他目前的愉快和幸福,和那已成过去的可怕的苦难作个对比。

"我瞧着月亮,对我被拉走时还未出生的孩子,作过许多,许多猜测:这孩子是不是还活着;是平安出生,还是由于他那可怜的母亲受到震惊而夭折;是不是个儿子,有一天能为他的父亲报仇;(我坐牢时,有一个时期我想复仇的愿望简直无法忍受。)他会不会永远不知道他父亲的遭遇,他甚至会活到对他父亲的失踪是自己出走的可能性加以考虑吧;是不是个女儿,会长大成人。"

她更紧地依偎着他,亲他的脸和手。

"我曾经想象,我的女儿完全忘记了我——不如说,对我一无所知,也根本不知道我这个人。我一年年计算着她的年龄。我看到她嫁给一个对我的遭遇毫不了解的男人。我从活人的记忆里完全消失了,我的地位在下一代是个空白。"

"父亲!即使听了你对一个不存在的女儿那么关心这番话,也使我很感动,好像我就是那个孩子。"

"是你吗,露西?正是你给我安慰,使我恢复健康,才在这最后一夜勾起这些回忆,在我们和月亮之间掠过。——我刚才说什么啦?"

"她对你一无所知。一点也不关心你。"

"对!不过,在其他月夜,那样的惨淡和寂静以不同的方式触动我——引起一种凄凉的宁静感,很像有很深的痛苦的人那种感情——那时,我想象她来到我的牢房,把我带到那座城堡外的自由天地。我常常在月光下看到她的形象,跟我现在看到你一样;只是从来没有把她搂在怀里;它站在那个有铁栅栏的小窗户和那道门之间。不过,那不是我提到的那个孩子,你明白吗?"

"那体形不是;那—那—形象呢;那幻想呢?"

"不。那是另外一回事。它站在我失常的视觉前,但站着不动。我心里追求的那个幻影,是另一个更真实的孩子。她的外貌,我只知道她像她的母亲。那一个也像——跟你一样像——但不是同一个人。你能听懂我的意思吗,露西?我看,听不懂吧?恐怕你非得当过孤独的囚犯才能理解这些复杂的区别。"

他那样分析他当年的情况时,虽然态度镇定、平静,她还是感到不寒而栗。

"在那样更安宁的情况下,我想象着她在月光下来到我这里,把我带出去,让我看到她过结婚生活的家里,充满了对她失去的父亲的怀念之情。她的房间里挂着我的画像,她为我祈祷。她的生活,是积极的、愉快的、有益于人的,但处处渗透着我的不幸经历。"

"我就是那个孩子,父亲。虽然我远没有那么好,凭我的爱,那就是我。"

"她又让我见她的孩子,"博韦的医生说道,"他们都听说过我的事,还知道要可怜我。他们只要经过政府的监狱,总是离那让人望而生畏的围墙远远的,望着墙上的铁栅栏,悄悄说几句。她根本无法救我;我想象,她让我看了这些以后,总是把我带回去。但是,我幸福得流下宽慰的泪,跪下来祝福她。"

"但愿我就是那个孩子,父亲。啊,亲爱的,亲爱的,明天你也会那样热情地祝福我吗?"

"露西,我回忆当年那些伤心事,是因为今晚我用言语表达不出我多么爱你,也要感谢上帝,我非常幸福。那时我再想入非非,也决想不到你在我身边有多幸福,我们将来有多幸福。"

他拥抱她,庄严地将她托付上天保佑,谦恭地感谢上天把她赐给他。不一会儿,他们回到屋里。

这次婚礼,除了洛里先生,没有邀请其他人参加,除了那位令人生畏的普罗斯小姐,连女傧相也没有。也不打算为结婚换住处;他们只要把原来属于那个虚构的看不见的房客楼上那几个房间租下来,就能扩大住处;此外别无所求。

马内特医生在吃晚餐时非常愉快。只有三个人进餐,普罗斯小姐是第三个。查尔斯不在座,他感到遗憾,很想对那个让查尔斯回避的爱情的小花招表示反对;又亲切地为他祝酒。

于是,到了他该跟露西道晚安的时候,各自回房。不过,在早上三点夜深人静的时候,露西又下楼来,悄悄走进他的房间,因为事先有些担心怕出什么事,还放心不下。

然而,所有的东西都在原处;一切都很安静;他睡着了,他的白发搭在那平整的枕头上显得像画似的,他的双手放在被单上一动不动。她把那不必要的蜡烛放在远处的阴影里,悄悄走到他的床前,吻吻他的嘴,又俯在他身上,瞧着他。

虽然,他被囚禁时痛苦的泪水销蚀了他那英俊的脸,但是,他那么坚决地把销蚀的痕迹掩饰起来,即使在他睡觉时,也能予以控制。这张脸在与一个看不见的袭击者进行静静的、坚决的、谨慎的斗争时,在睡觉统治的广大领域中,你看不到比这更杰出的脸。

她怯生生地把手放到他的胸口上,做祷告,她要像她的爱所渴望的那样,永远孝顺他,这也是他所受的痛苦应得的报偿。她抽回手,又亲一下他的嘴才走。于是,太阳升起,梧桐树叶的影子,像她做祷告时动嘴那样轻地在他脸上移动。

第十八章 九　天

结婚那天,阳光灿烂,他们都穿戴好了,在医生关着门的房间外面等着,他在里面跟查尔斯·达奈谈话。他们准备上教堂;他们就是美丽的新娘,洛里先生,普罗斯小姐——这桩婚事对于她来说,如果不是她老认为她弟弟所罗门应该是新郎,念念不忘,本来是大喜事;但这是不可避免的,经过一个过程,她渐渐认了。

"原来,"洛里先生说道,他对新娘总赞美不够,还围着她转,把她那一身素雅的衣服看个遍,"原来,可爱的露西,我把你那么小个娃娃从海峡那边抱过来,就为了这一天呀!愿上帝保佑我!当初我办这件事,我还拿它不当回事呢。后来,我送给我朋友查尔斯先生的这份人情,我又看得多轻呀!"

"你本来不是为了这一天,"讲实际的普罗斯小姐说道,"又怎么会知道有这一天?胡说八道!"

"真的吗?好吧;不过,别哭呀。"有礼貌的洛里先生说道。

"我没哭,"普罗斯小姐说道,"你才哭了。"

"我吗?普罗斯小姐?"(到这时,洛里先生才敢偶尔跟她逗逗乐。)

"你刚才哭了;我看见的,我并不感到奇怪。你送餐具这种礼物能使任何人掉泪。昨天这个盒子送来之后,里面没有一把叉子或是一把匙子我没有为它哭过,哭得我都看不见它了。"普罗斯小姐说道。

"高兴之至,"洛里先生说道,"不过,我敢保证,我并不想让任何人都看不见这些微薄的纪念品。天哪!这种喜庆日子,总让男人想一想他所失去的一切。哎呀呀!想想看,这五十年来,本来随时都可能有一位洛里太太!"

"绝不可能!"普罗斯小姐说道。

"你认为绝不可能有一位洛里太太吗?"叫这个名字的绅士问道。

"啐!"普罗斯小姐答道,"你躺在摇篮里时就是单身汉。"

"唔!"洛里先生微笑着整整假发,说道,"那似乎也有可能。"

"把你放进摇篮以前,"普罗斯小姐接着说道,"你就是做单身汉的料。"

"那么,我认为,"洛里先生说道,"这对我太不宽厚了,我选择我的生活方式,也应该有发言权。够了!啊,亲爱的露西,"他把胳膊安慰地搂着她的腰,"我听到他们在隔壁房间走动了,普罗斯小姐和我,作为正规的办事人,真不想错过最后这个机会,跟你谈谈你愿意听的事。亲爱的,你把你的慈父交给了跟你一样真诚,一样爱他的人,他会受到无微不至照顾;下两周,你在沃里克郡一带旅行时,即使把特尔森银行丢开不管(比较而言),我们也要照顾好他。这两周的旅行结束后,他到你和你亲爱的丈夫那儿去,准备一起到威尔士作另一次旅行时,你会认为,我们交给你的人,最健康,心情最愉快。我听到脚步声往门口来了。在有人来把你据为己有之前,让我吻一下我亲爱的姑娘,表示一个老派单身汉的祝福。"

他捧着那美丽的脸,挪开一点,瞧那额头上他记得很清楚的表情,瞧了一会儿之后,把那头光泽的金发靠在他的棕色假发上,这出自真情的温存,如果也算作老派,也很古老了。

医生的房门打开了,他跟查尔斯·达奈走出来。他脸色惨白——他们一起进房间时并不是这样——他脸上看不到一点颜色。不过,他的态度镇定,这一点没变,只是向洛里先生那精明的眼光透露了一点模糊的迹象,显示出当年那种回避和畏惧的神色不久前像一股寒流从他身上掠过。

他挽着他的女儿,带她下楼上马车,这是洛里先生为这个大喜日子雇的。其他人也跟着上了另一辆马车,不久就到了附近的教堂,查尔斯·达奈和露西·马内特,在这没有陌生人看热闹的教堂里,喜结良缘。

婚礼结束时,这一小群人面带微笑,又闪着泪光,新娘手上的几颗钻石,也闪闪发光,耀眼夺目,它们新近才从洛里先生那些袋子之一的阴暗处释放出来,重见天日。他们回家吃早餐,一切都很顺利,不久,在晨光照耀下,在大门口分别时,那曾经在巴黎的阁楼上跟那可怜的鞋匠的白鬈发混在一起的金发,又跟那白发混在一起了。

这是难舍难分的离别,虽然只有短短几天。但是她的父亲要让她高兴起来,终于说道,一边轻轻地解脱她的拥抱:"交给你吧,查尔斯!她属于你了!"她那激动的手从马车的一个窗口向他们挥动着,她走了。

既然这个角落不是闲散好奇的人来的地方,为结婚做的准备既简单又很少,现在只剩下医生、洛里先生和普罗斯小姐,显得很冷清。他们走进那凉快的旧大厅的阴影下时,洛里先生才注意到医生神色大变,仿佛那里举起的那只金色巨臂,砸了他一下,让他中了毒。

他自然竭力克制过,当过了需要克制的场合,他的心情还会发生突变,本来也可以料到。但是,使洛里先生不安的,是当年那种受惊的迷惘的神色;他们上楼之后,他抱着头凄惨地晃进他的卧室那副茫然的样子,使洛里先生想起了酒店老板德法日,和那次在星光下乘车出来的情景。

"我看,"他焦急地考虑一下之后,跟普罗斯小姐悄悄说道,"我看,现在我们最好别跟他说话,要不肯定会打搅他。我必须到特尔森银行去看看;我马上就去,一会儿就回来。然后,我们带他坐车到乡下去走一走,在那里吃顿饭,一切都会好的。"

洛里先生到特尔森银行去看看,倒比他出银行看看容易些。他耽搁了两小时。他回去之后,也没问仆人,一个人上了楼,走进医生那套房间,他听到轻轻的敲打声才站住。

"天哪!"他吃了一惊,说道,"那是什么响声?"

普罗斯小姐一脸吓坏了的样子,凑近他耳边。"天哪,天哪!全完了!"她绞扭着手,叫道,"跟小瓢虫怎么交代呀?他认不得我了,又在做鞋!"

他尽可能说了几句安抚她的话之后,自己走进医生的卧室。那张板凳已挪到当亮的地方,还是像他以前见到这个鞋匠干活时的位置,他低着头,忙个不停。

"马内特医生。亲爱的朋友,马内特医生!"

医生瞧了他一会儿——半似好奇,半似因为有人跟他说话而生气——又埋头干活。

他把外衣,背心,都扔到一边;他还是像原先干活时那样敞开衬衫衣领,甚至他的脸的外表也显得像原先那样憔悴、苍白。他忙于干活——很不耐烦——好像感到有人打搅他。

洛里先生瞧瞧他手上的活儿,发现那只鞋还是原先那个尺寸,那个样式。他拿起放在他身边的另一只鞋,问是什么鞋?

"小姐穿的便鞋,"他喃喃道,没有抬起头来,"早就该做完了。别动它。"

"不过,马内特医生,瞧着我!"

他像过去那样机械地驯服地听从了,但未放下工作。

"你认识我吗,亲爱的朋友?好好想想。这不是你的本行。想一想,亲爱的朋友!"

无论怎么说,也无法诱使他再说一句话。叫他抬起头来,他才抬头,每次只瞧一眼;但是,无论怎么劝,也无法让他吭一声。他默默地干呀,干呀,干呀,跟他说话,好像对着没有回声的墙,或是对着空气说话一样。洛里先生发现唯一的一线希望是,有时没有要求他,他却偷偷抬起头来瞧一眼。其间,似乎隐约有一点好奇或困惑的样子——好像他在竭力平息心里的一些怀疑。

洛里先生马上感到有两件事比任何事都重要;第一,这事一定不能让露西知道;第二,一定不能让认识他的任何人知道。他和普罗斯小姐同心协力,马上采取后一预防措施,对外人说,医生身体不适,需要绝对静养几天。为了有助于对他女儿进行出于好心的欺骗,普罗斯小姐要写封信,说他因业务工作应邀外出,还提到一封虚构的信,说他亲笔匆匆写了一封短简,已交由同一邮局寄给她。

洛里先生抱着他会清醒过来的希望,采取这些措施,无论如何是可取的。如果他不久清醒过来,他还有一个备用的办法:就是,请教治疗医生这一病情的他认为最高明的意见。

他一旦清醒过来,就能用第三个办法,洛里先生抱着这一希望,决心密切观察他,但尽可能不露出观察的样子。因此,他作好这一辈子头一次不去上班的安排,便在同一房间的窗前坐下。

不久,他发现,跟他说话不仅无益反而更坏,因为,一逼迫,他就心烦意乱。头一天,他就放弃了这一尝试,于是决定仅仅待在他跟前,以沉默抗议他陷入,或正在陷入的幻觉。因此,他坐在窗子附近的椅子上,或看书,或写东西,还以他能想到的许多方式,愉快而自然地表示那里是自由的地方。

头一天,马内特医生吃过给他吃喝的东西,又干活,干到天黑看不见了——干到洛里先生怎么也看不见,无法再看再写之后半小时,等他放下明天早上才用得上的工具之后,洛里先生站起来跟他说道:

"出去走走?"

他像当年那样低下头瞧他两边的地板,像当年那样低声重复道:

"出去?"

"对,跟我去散散步。为什么不呢?"

他并不勉强说为什么不,也不再吭一声。不过,当他在黑暗中坐在板凳上,俯着身子,把胳膊肘靠在膝上,两手抱着头时,洛里先生以为他看到他在迷迷糊糊地问自己:"为什么不?"这个办事人的精明在这儿看出了一点有利情况,决定抓住不放。

普罗斯小姐和他分两班守夜,不时从隔壁房间观察他。他走来走去,走了很久才躺下;但是,他一躺下就睡着了。早上,他按时起床,随即直奔板凳,开始干活。

第二天,洛里先生愉快地叫他的名字,跟他招呼,又就他们最近都熟悉的话题,跟他谈。他不回答,但显然听到他的话,也在思考,尽管思想混乱。这一迹象鼓舞了洛里先生,那天他叫普罗斯小姐带上她的活儿进来几次;进来之后,他们完全像平时谈家常那样,谈到露西,谈到当时在场的她的父亲,好像什么事也没发生过。谈话时,不带任何流露感情的表示,话也不太长,也不老谈这些事,让他心烦;洛里先生相信他抬头的次数更多了,而且他似乎因为有些感到周围处处跟他不协调而激动,这使洛里先生那颗友爱之心轻松一些。

当天又黑下来以后,洛里先生像前次那样问他:

"亲爱的医生,出去走走?"

他还那样重复道:"出去?"

"对;跟我散散步。为什么不呢?"

洛里先生在无法从他那里得到回答之后,这一次,假装出去,过了一小时才回来。洛里先生一离开,他就到窗前的座位上坐下,看下面那棵梧桐树;但是,洛里先生回来时,他已溜回去坐到他的板凳上。

时间过得很慢,洛里先生的希望暗淡了,他的心情又沉重起来,一天天更沉重、更沉重。第三天,第四天,第五天,来而复去。这样过了五天,六天,七天,八天,九天。

希望越来越暗淡,心情越来越沉重,洛里先生这样度过了这段焦急不安的时期。这个秘密倒保守住了,露西不知道,过得很愉快;但是他不可能注意不到这个鞋匠的手艺渐渐熟练,简直熟练极了,虽然开头有些生疏,而且,从未像第九天傍黑时分那样,专心一意干他的活,他的双手从未干得那样麻利、熟练。

第十九章 求　教

洛里先生由于守在那里焦急地观察，弄得精疲力尽，坐在他的位子上就睡着了。到了他担心的第十天早上，太阳照到昨夜天黑时，他一下倒头大睡的那个房间，耀眼的阳光把他惊醒。

他揉揉眼睛醒来；但是，他醒来之后，竟怀疑他是否还在睡觉。因为，他走到医生卧室的门口，往里瞧，发现鞋匠的板凳和工具又放到一边，医生本人则坐在窗前看书。他穿着平常穿的晨装，他的脸（洛里先生看得清楚）神情安静，很专心，虽说仍然苍白。

即使洛里先生相信自己醒着，有一会儿他也感到晕头转向，拿不准之前一向做鞋的事会不会是他做的一个噩梦；因为，难道他的眼睛没有让他看见他面前的朋友，穿着他平常穿的服装，还是平常那副样子，照常干他的事；能不能见到任何迹象，说明那曾经给他留下很深印象的失常真发生过？

这不过是出于他最初昏乱和吃惊而发的质问，回答是明明白白的。如果那个印象不是由真正相应的充分的原因造成的，那么，他，贾维斯·洛里，怎么会在那儿？怎么会和衣躺在马内特医生诊室里的沙发上睡觉，又怎么会在那天清晨在医生卧室门外争论这些问题呢？

不一会儿，普罗斯小姐在他身边悄悄议论着，如果他还有丝毫怀疑，她的话必然也帮他消除了；不过，到这时他的头脑已清醒，没有任何怀疑，他建议，等到平常吃早饭的时候再去见医生，就当什么事也没有发生过似的。如果他的精神状态看来正常，洛里先生焦急不安时急于想获得的治疗意见，这时就可以谨慎地征询，求教了。

普罗斯小姐对他言听计从，计划已精心拟订。洛里先生有充裕的时间像平常那样有条不紊地梳洗打扮，到吃早餐时才露面，穿着平常穿的白亚麻布衬衣，腿像平常那样整洁。还是像平常那样请医生出来吃早餐。

如果不越出洛里先生认为唯一稳妥和周到的渐进步骤，对他只能了解到这种程度，他最初认为他的女儿昨天才结婚。他们有意给他暗示，随便提到当天是星期几，几号，这使他边想边算，也显然使他感到不安。其他方面，他倒是很镇静，洛里先生便决定求助。那就是对他自己的帮助。

因此，吃罢早餐，撤去杯盘，留下他和医生坐在一起时，洛里先生恳切地说道：

"亲爱的马内特，有一个我极关心的很奇特的病例，很想私下向你请教；就是说，对我来说很奇特；你见多识广，对你也许不那么奇特。"

医生瞧瞧他那双因最近干活污染的手，显得不安，然而专心听着。他已不止一次瞧他的手了。

"马内特医生，"洛里先生亲切地碰了碰他的胳膊，说道，"这个病例，是我的一个特别亲密的朋友的病例。求你多多关心，为了他——尤其是为了他的女儿，为了他的女儿，把你的意见详细告诉我，亲爱的马内特。"

"要是我了解,"医生压低了声音说道,"这是不是精神受打击——?"

"是的!"

"请说清楚,"医生说道,"详详细细告诉我。"

洛里先生看出他们彼此心照不宣,接着说下去。

"亲爱的马内特,这个病例,起因于过去受到持续很久的折磨,爱情上、感情上,嗯—嗯—按你的说法——精神上,精神上受到极为尖锐和剧烈的打击。患者在这样的打击下,崩溃了,谁也不知道这病持续了多久,因为我相信他本人不能计算时间,也没有其他办法了解。后来经过一个过程病好了,是怎么一个过程他自己也说不上来——我曾经听到他当众令人吃惊地这样说过。他完全好了,甚至恢复了一个智力很高的人的能力,能专心做脑力工作,能做大量体力工作,也能不断补充他那已经很广博的学识。但是,很不幸,又——"他停顿一下,深深吸了口气——"犯了一次,倒不重。"

医生低声问道:"持续了多久?"

"九天九夜。"

"有哪些症状?我猜想,"又看了看他的手,"又开始干跟那次打击有关的活吧?"

"的确是这样。"

"那么,你曾经见过他,"医生清楚而镇定地问道,虽然声音还是那么低,"过去干那种活吗?"

"见过一次。"

"他又犯病时,是在很多方面——还是在一切方面,跟当时一样?"

"我认为在一切方面。"

"你提到他的女儿。他的女儿知道他这次犯病吗?"

"不。没让她知道,我希望永远不让她知道。这事只有我自己,还有一个我们信得过的人知道。"

医生抓住他的手,喃喃道:"你太好了,想得真周到!"洛里先生也抓住他的手,有一会儿都没说话。

"亲爱的马内特,"洛里先生终于极为体贴,深情地说道,"我不过是个办事的人,不适于处理如此复杂的难题。我不具备这种必要的学识。我也没有这种才智;我需要指教。世界上,我只有指靠你,才能获得正确的指教。告诉我,这次复发有什么原因?还有复发的危险吗?能不能预防?万一复发,如何处理?这究竟有什么原因?我能为我的朋友帮什么忙呢?如果我知道怎么办,没有人比我更想帮朋友的忙了。但是,我不知道这种病犯病的原因。如果借助你的明智、学识和经验,能给我正确的引导,我可以帮许多忙;如果糊里糊涂,又没有人指点,我就帮不上忙了。请你跟我谈谈;请帮我把这些问题了解得更清楚一点,教我该怎么办才能多帮上一点忙。"

马内特医生在听了这番情真意切的话之后,沉思着,洛里先生也没有催他。

"我认为,"医生勉为其难地打破沉默,说道,"你谈到的这次旧病复发,亲爱的朋友,患者并非完全未预见到。"

"他担心复发吗?"洛里先生大胆问道。

"非常担心,"他不由自主地打了个冷战,说道,"你不知道,这种担心对患者思想造成多大的负担,要他迫使自己就这个使他难受的话题,哪怕说一句,有多困难——几乎不可能。"

"他犯病的时候,"洛里先生问道,"要是他能把那秘密的心事告诉任何人,他会不会感到轻松呢?"

"我认为是这样。不过,我刚才跟你说过,这几乎不可能。我甚至相信——有时候——这完全不可能。"

"那么,"双方都沉默一会儿之后,洛里先生又把手轻轻放在医生的胳膊上,说道,"你认为这次犯病由什么原因引起的呢?"

"我相信,"马内特医生答道,"那是又强烈地异乎寻常地引起了最初使他致病的一连串忧虑和回忆。我认为,又清楚地引起了一些令人痛苦的紧张的联想。很可能他心里早潜伏着一种恐惧——比方说,在某种情况下——比方说,在某一特殊场合,就会引起那些联想。他尽力做了思想准备,但没用;也许费这份心倒使他更受不了那一恐惧。"

"他还记得犯病时发生的事吗?"洛里先生自然迟疑了一下,问道。

医生凄凉地向房间四周看看,摇摇头,低声答道:"一点也记不得了。"

"那么,将来呢。"洛里先生暗示一下。

"谈到将来,"医生恢复了坚定的态度,说道,"我应当抱很大的希望。因为,蒙上天垂怜,保佑他很快康复,我应当抱很大希望。因为,他被早就担心、早就隐约预见到并与之斗争的很复杂的事所压垮,在那片乌云突然出现又消散之后康复,我应当希望,大灾大难已经过去。"

"好,好! 深感欣慰。谢谢!"洛里先生说道。

"谢谢!"医生尊敬地低下头,重复道。

"还有两点,"洛里先生说道,"我也很想请教。可以接着

239

说吗?"

"这真是帮你朋友的大忙啊。"医生把手递给他。

"那么,谈第一点吧。他勤奋好学,精力异常充沛;他埋头钻研专业知识,进行试验,干这干那,热情很高。唉,他干得太多了吧?"

"我认为不。他的头脑总是特别需要工作,这也许是它的特点吧。部分原因,是它生就这样;部分原因,是痛苦的结果。他的头脑用于有益健康治病救人的事越少,转向有害健康的忧虑的危险就越大。他也许观察过自己,发现了这一点。"

"你相信他不会太劳累吗?"

"我认为我完全相信。"

"亲爱的马内特,要是他现在已经劳累过度——"

"亲爱的洛里先生,恐怕不那么容易。因为一边受到了强烈的压力,就需要保持平衡的力量。"

"我是个固执的办事人,请原谅。暂且假定他已经劳累过度;这种病复发,起初会有劳累过度的症状吗?"

"我认为不是这样。我认为,"马内特医生自信而坚定地说道,"除了那些联想,任何事都不会使这种病复发。我认为,此后只有某种非常的情况震动了那根心弦,才会复发。在发生了那种事之后,他康复之后,我觉得,要再那样猛烈震响那根弦,是难以想象的。我希望,简直相信,可能使其复发的那些情况已经消失了。"

他说这番话时,既像一个知道只要一点点小事就能搅翻那微妙的大脑机构的人那样缺乏自信,又像一个久经苦难折磨从而渐渐获得自信的人那样满怀信心。他的朋友可不能使他降低信心。他说他感到很放心,很受鼓舞,其实并不那么放心,于是,谈到第二也是最后一点。他感到这是最难的问题;但是,他想起多年前那个星期天上午跟普罗斯小姐的谈话,想起他在最近这九天里所看到的情况,他知道,他必须面对这一问题。

"幸而他很快从这次痛苦中恢复过来,当时,由于痛苦,他又开始干的活,"洛里先生清清嗓子,说道,"就算是——铁匠活,铁匠活吧。为了说明问题,姑且假定,他在痛苦的时候,总在那小煅炉旁干活,假定有人又意外发现他在煅炉旁干活。他竟把那个煅炉留在身边,岂不令人遗憾?"

医生用手遮住额头,脚神经质地拍着地板。

"他一直把它留在身边,"洛里先生担心地瞧着他的朋友,"把它搬走,不更好吗?"

医生仍然用手遮住额头,脚神经质地拍着地板。

"你认为这事不好说吧?"洛里先生说道,"我完全理解,这是难以说清的问题。我还是认为——"说到这里他摇摇头,顿住了。

"你知道,"马内特医生不安地停了一会儿之后,向他说道,"要把这个可怜人大脑最深处的活动,不自相矛盾地说清楚,很难。他曾经渴望干活,想得要命,有活干之后,高兴已极。最初干活感到困惑,就顾不上大脑的困惑,在他更熟练之后,能灵巧地干活,就不受灵巧的精神折磨了,毫无疑问,这大大减轻了他的痛苦。因此,只要想到把那家伙搬走,再也摸不着了,他绝对受不了。即使现在,他对自己抱着比过去更大的希望,他甚至谈到自己也有些信心时,想到他可能需要干老行当,却找不到工具,他会突然感到惊恐,想想看,一个迷路的小孩,心里会感到多么惊恐,他的心情就像那样。"

他抬眼瞧着洛里先生的脸时,他的神色就像他举例说明的那副样子。

"不过,这会不会——请注意!我是作为一个向来只跟几尼、先令、钞票之类物质东西打交道的踏踏实实的办事人,向你求教——把那件东西保留下来,会不会把那个想法也连带保留下来呢?要是那件东西消失了,那种恐惧感会不会随之消失?简言之,保留那个煅炉,是不是对那种担心让步?"

又一阵沉默。

"你也知道,"医生声音发颤地说道,"它可是个老伙伴呀。"

"我是不会保留它的,"洛里先生摇摇头说道;因为他看到医生心情不平静,就更为坚定,"我会建议他放弃它。我只要你授权。我相信它不会起好作用。好吧!像个大丈夫那样,授权给我吧,为了他的女儿,亲爱的马内特!"

看到他内心进行多么激烈的斗争,真是不可思议。

"那么,看在她的分上,就这么办吧;我授权。不过,我不会当着他的面把它搬走。在他不在的时候再搬走吧。让他在离开一段时间之后想念他的老伙伴吧。"

洛里先生马上保证照办不误,谈话到此结束。当天,他们到乡下玩了一天,医生已完全康复。随后三天,他的身体仍然非常好,第十四天,他就到露西和她丈夫那里去了。为了说明他没写信的原因所采取的措施,洛里先生已跟他作了解释,他也照办,已经写了封信给露西,她也毫不怀疑。

在他出门那天晚上,洛里先生带上斧头、锯子、凿子、锤子,普罗斯小姐拿了支蜡烛,一起走进他的房间。关上房门之后,洛里先生神秘地,又像犯罪似地把那张鞋匠板凳砍碎,普罗斯小姐在一旁掌着蜡烛,也好像谋杀的帮凶——说真的,凭她那副冷面孔,她并非不适于充当这种角色。随即就在厨房的火上焚烧尸体(先已砍成便于焚烧的碎块);然后,把工具、鞋子、皮革,埋在花园里。在老实人看来,搞了破坏又掩盖起来,是罪恶,因而,洛里先生和普罗斯小姐在进行破坏时,在消除破坏的痕迹时,他们的感受,他们的神色,简直都像一桩凶杀案的同谋犯。

第二十章　请　求

这对新婚夫妇回家之后,第一个来道喜的,是西德尼·卡顿。他们到家不久,他就来了。他的习气、外貌或是态度,都未见改进;只是有一点看不顺眼的忠诚的神情,查尔斯·达奈还是初次发现这一点。

他伺机把达奈拉到一边,到一个靠窗子的角落,在无人听到的时候跟他谈话。

"达奈先生,"卡顿说道,"但愿我们能成为朋友。"

"我希望我们已经是朋友了。"

"你说的是客气话,很感谢;不过,我不想说客气话。我说,但愿我们能成为朋友,也的确不完全是说客气话。"

查尔斯·达奈——不消说——态度温和而亲切地问他,他究竟是什么意思?

"千真万确,"卡顿笑着说道,"我觉得,我的头脑理解这意思,比把它传达给你的头脑容易些。不过,让我试试。你记得有一次大醉吧,当时我喝得比——比平常都醉。"

"我记得有一次大醉,当时你硬要我承认你一直在喝酒。"

"我也记得。因为我始终忘不了那一次次大醉,那祸根把我害苦了。但愿在我的日子结束那天,能考虑到它的危害！——别吃惊；我不打算说教。"

"我毫不吃惊。你那么真心诚意,绝不会使我吃惊。"

"啊!"卡顿说道,满不在乎地挥挥手,仿佛要挥掉他那番诚意,"在那次大醉时(你知道,这是许多次中的一次),我老考虑是不是喜欢你,搞得我无法忍受,希望你忘了它。"

"我早忘了。"

"又说客气话了。你说你容易忘,我可不像你那样。我绝不会把这事忘了,不能听到一句随便的回答就忘了。"

"如果这是随便的回答,"达奈答道,"请原谅。我只是想把这件小事撇开,没有别的意思;让我感到意外的是,区区小事似乎使你非常不安。我向你郑重声明,我心里早已把这事排除了。天哪,该排除什么呢！那天你帮我大忙,我就没有更重要的事要记住吗?"

"说到帮大忙,"卡顿说道,"既然你那样说,我应当向你坦白承认,那不过是职业上玩弄的哗众取宠的花招。我还不知道,我当时那样做,是关心你的遭遇。——请注意！我说我当时那样做,说的是过去的事。"

"你太小看这一恩德了,"达奈答道,"不过,我不会跟你的随便回答争论。"

"决无虚言,达奈先生,请相信我！我已经离题了;我刚说的是我们成为朋友的事。现在你了解我了。你知道,我混不上较高、较好的地位。你要是不信,可以问斯特赖弗,他会这样告诉你。"

"我宁可自己判断,不用借助他的意见。"

"好吧！你反正知道,我是个自甘堕落的废物,从来没有干过好事,以后也绝不会。"

"我可不知道你'以后也绝不会'。"

"但我知道,相信我的话。好吧!要是我这样一个微不足道的人,名声不大好的人,有空来走走,你能容忍的话,我就要求允许我作为一个有特权的人来这里走走;可以把我当作一件无用的(如果不是我发现我俩外貌相似的话,我还要加一句,非装饰的)家具,念其效劳多年,予以容忍,也可以不理会他。恐怕我不会滥用这一准许。十之八九我会一年利用它四次,如果我能利用的话。如蒙准许,我想,我就满足了。"

"你愿意利用一下吗?"

"换个说法就是,你把我排在我刚才说的那种地位上了。谢谢你,达奈。我可以这样随便的称呼你吗?"

"我认为,现在可以了,卡顿。"

于是,他们握握手,西德尼转身走开。几分钟之后,他显然还是像过去那样飘忽。

他走了之后,夜间,查尔斯·达奈跟普罗斯小姐、医生和洛里先生闲聊时,泛泛提到这次谈话,对西德尼·卡顿,只是当作一个对什么都满不在乎而且不顾后果的问题来谈。简言之,谈到他的那些话,既不刻薄,也没有嫌恶他的意思,只要见过他那种行为的人都免不了这样说上几句。

他哪里知道他那位年轻美貌的妻子竟把这些话放在心上;后来,等他回到他们自己的房间,见到她时,却发现她露出过去那副可爱的扬起紧蹙的额头的样子,在等他。

"今晚上,我们都有心事吧!"达奈伸出胳膊搂着她,说道。

"是的,最亲爱的达奈,"她把双手放在他的胸上,露出询问和专注的神情盯着他,"今晚我们的确有心事,因为今晚我们心里有事嘛。"

"什么事,露西?"

"要是我求你别问,你能不能答应不追问我?"

"我能不能答应? 还有什么事我不能答应我的爱呢?"

他一只手撩开那脸上的金黄头发,另一只手靠在为他而跳动的心上,的确,还有什么事呢!

"我认为,查尔斯,虽然你今晚为可怜的卡顿先生说了些话,但他应当得到更多的体谅和尊重。"

"是吗,心肝? 为什么?"

"这就是你不该问的。但我认为——我了解——他应该得到。"

"只要你了解,就够了。你要我干什么呢,我的生命?"

"我求你,最亲爱的,对他始终要非常宽宏大量,他不在跟前时,对他的缺点,也要非常宽容。我求你,相信他有一颗非常、非常难得向人泄露的心,而且有很深的创伤。亲爱的,我见过他悲痛已极的情形。"

"想到我竟委屈了他,"查尔斯·达奈大吃一惊,说道,"让我很难受。我从未想到他有这种苦衷。"

"我的丈夫,情况就是这样。恐怕他改不了了。现在,他的性格和命运,几乎没有可以挽救的希望。但是,我相信他能做好事,宽厚的事,甚至很高尚的事。"

她对这个无可救药的人仍怀有信心的那片纯真,显得太美了,她的丈夫真能把她那副样子瞧上几个小时。

"啊,最亲爱的!"她更紧地依偎着他,把头靠在他的胸上,抬起眼睛看着他的眼睛,恳求道,"还要记住,我们因为很幸福,才那么坚强,他因为很不幸,才那么脆弱!"

这一请求深深打动了他。"我会永远记住这番话,心肝!只要我活着,我就会记住。"

他低下头俯在那金黄色的头上,吻着那红润的嘴唇,随即把她搂在怀里。这时有一个正在黑漆漆的街道上游荡的孤凄的人,如果能听到她那天真无邪的倾诉,能见到她丈夫把她怜悯的眼泪从那双对她丈夫含情脉脉的温柔的蓝眼睛上吻掉,他会向着黑夜大叫——这些话不会是第一次从他的嘴上说出来——

"愿上帝为了她温柔的同情保佑她!"

第二十一章 脚步回声

上文已交代过,医生住的那个角落,是能引起回声的奇妙的角落。露西在那平静地发出回响的角落里那座宁静的房子里坐着,一边不停地绕着那金线,把她丈夫、她父亲、她自己和那位老女导师兼陪伴绕在一起,过着宁静的天堂般生活,一边听着听了多年的脚步回声。

最初,尽管她是个极为幸福的年轻妻子,有时候,她的活计也会慢慢从她的手里掉下来,两眼朦朦胧胧。因为,在这些回声中听得出有什么在来临,那声音虽然很轻、很远,几乎听不见,却使她非常不安。她心里怀着令人不安的希望和疑虑——那是对她还未体验过的一种爱的希望,是对她是否还能留在世上享受这种新的欢乐的疑虑。当时,在这些回声中,还会夹杂着踏在年轻轻的她的坟头上的脚步声;又想到撇下他孤零零的,为她伤心已极的丈夫,不禁眼泪盈眶,滚滚涌出。

那个时候已经过去,而且她的小露西躺在她的怀里。这时,在这些走动的回声中,还夹杂着她那双小脚走动的脚步声和她咿咿呀呀的说话声。那些回声不管多么响,守在摇篮旁的年轻妈妈,总能听到这些声音,这些声音来了,孩子的欢笑使这座阴暗的房子满屋生辉,她苦恼时向他吐露过心事的那位"孩子的神圣的朋友",仿佛像他从前抱孩子那样,抱起她的孩子,使她感到神圣的喜悦。

露西不停地绕着那把他们绕在一起的金线,一边把她那份使人快乐的影响编织进他们整个生活组织,但又不让这影响在任何一处起主要作用;她在听了多年的回声中,只听到友好的令人安慰的声音。其中,她丈夫的脚步声显得有力,有朝气;她父亲的则坚定而平稳。瞧,在干活的普罗斯小姐,引起的回声,就像一匹用鞭子管教的难以驾驭的战马,在花园里梧桐树下喷着鼻子,用蹄刨地!

即使那时,其中还伴有伤心的声音,并不刺耳,也不使人十分难受。即使那时,一个小男孩躺在枕头上,像她那样的金黄头发披散在他那憔悴的脸周围,罩着一圈光环,他含着喜悦的微笑说道:"亲爱的爸爸,妈妈,我要离开你们俩,离开可爱的妹妹,很难过;但上天在召唤我,我不得不去!"当他的灵魂从托付给她的怀抱离开时,他年轻的妈妈泪流满面,但那不全是极为痛苦的眼泪。让孩子到我这里来,不要禁止他们①。他们看见了上帝的脸。啊,上帝,福音啊!

于是,在其他的回声中,伴和着天使振翅的沙沙声,那些回声并非全是人间的,但都含有上天的气息,还伴和着吹过花园里的小坟墓的风的叹息;这两种声音,露西都能听见,虽然是静悄悄的——像躺在沙滩上睡觉的夏天的海的呼吸——小露西或用功做早上的作业,那副专心的样子很好笑,或在她妈妈的脚凳旁给布娃娃穿衣打扮,一边用已经融合在她生活中的那"两个城市"的语言喋喋不休。

真正由西德尼·卡顿的脚步引起的回声很少。他虽有不

---

① 这两句引用耶稣的话,见《新约·路加福音》第18章第16节。

经邀请登门拜访的特权,但他一年至多使用六次,而且总是跟他们坐在一起度过一夜,过去他有一度常常这样。他去的时候从不醉醺醺的。那些回声还悄悄说着他的另一件事,那是一切真实的回声悄悄说了许多年、许多年的事。

没有一个男人曾经那样真心爱一个女人,在失去她,在她已做了妻子,当了妈妈之后,还怀着无可指责的虽然痴情未改的心,跟她保持亲密关系,但她的孩子们却对他怀着不可思议的同情——一种本能的对他的怜悯之情。在这种情况下触动了什么微妙的隐秘的感情,回声没有说;但在这里,现在是这样,过去也是这样。卡顿是小露西把她那胖乎乎的手伸给他的第一个陌生人。她长大之后,还是那样同情他。那个小男孩甚至在临终时还提到他。"可怜的卡顿,为我吻他!"

斯特赖弗先生在法律界排挤着别人,闯自己的路,就像一只大汽船在污浊的水里排浪前进一样,后面还拖着一个能帮他忙的朋友,像拖的一只小船。正如被拖着走的小船,总是大吃苦头,而且多半埋在水里,西德尼也为此过着被埋没的生活。不过,习惯容易养成而且很顽强,不幸的是,他养成习惯比唤起任何激励人的荣辱感容易得多,顽强得多,因此注定了他以后要过那种被埋没的生活;他从未想过改变他当狮子的豺狗的处境,出出头,正如真正的豺狗不会想到高升为狮子一样。斯特赖弗很富,娶了一个有财产和三个男孩的脸色红润的寡妇,那些孩子,除了他们那汤团似的脑袋上的直头发而外,没有特别出众的地方。

斯特赖弗先生浑身都流露出一副令人十分恶心的保护人的姿态,像赶羊似的在后面赶着这三个年轻绅士到苏霍区那个安静的角落,要把他们送给露西的丈夫当学生:他很得体地说道："喂！为你们结婚野餐送上三份夹干酪面包，达奈！"这三份夹干酪面包被婉言谢绝，使斯特赖弗先生大为生气，后来，他利用这一点在教导这几个年轻绅士时，要他们对那个家庭教师那种乞丐的自尊心加以提防。他还常常一边喝美酒，一边振振有词地向斯特赖弗太太谈到达奈太太曾经想"钩住"他所使的种种花招，谈到他对付的高招，太太，多亏这高招，他才"没有上钩"。他在高等法院的几个熟人，偶尔跟他一起共享美酒，也一再听过这些谎话，认为他说的次数太多，连他自己也信以为真，就原谅了他——这本来是恶意中伤，又怙恶不悛，的确加重了这一罪行，就是把任何这样的中伤者押到合适的偏僻处，把他吊死，也是应该的。

露西在响着回声的角落里，听着回声中的这些回声，有时沉思，有时开心得大笑起来，这样一直听到她的小女儿满六岁。不消说，她小女儿的脚步的回声，她亲爱的父亲那总是积极而镇定的脚步的回声，她亲爱的丈夫的脚步的回声，对于她是多么亲切。不消说，由于她勤俭持家，既精打细算，又安排得很雅致，一家过得富富裕裕，毫不浪费，他们这个和美的家的哪怕最轻微的回声，对她都像音乐一样美。不消说，她的父亲多次告诉她，他觉得她婚后比未婚时更孝顺他（如果可能更孝顺的话），她丈夫多次跟她说，尽管她有种种操心事，要尽种种义务，似乎并未分心，影响她对他的爱，对他的帮助，便问她："我们都把你看得重于一切，好像我们就一个人，而你似乎从不手忙脚乱，也不太劳累，你这戏法有什么秘诀呀，亲爱的？"她周围这些回声，她听来多么甜蜜。

但是，这一时期，还有远处传来的其他回声，一直在这个角落里威胁地隆隆作响。这时，大约在小露西过第六个生日的时候,这些回声才开始发出可怕的响声,好像法国遭到狂风暴雨,大浪滔天。

在一千七百八十九年七月中旬的一天晚上,洛里先生从特尔森银行赶来,他在黑暗的窗户前挨着露西和她的丈夫坐下。那天晚上很热,刮大风,让他们三个人都想起了多年前那个星期天晚上,他们当时坐在同一个地方看闪电。

"我还以为,"洛里先生把他那棕色假发往后推了推,说道,"我不得不在特尔森银行过夜呢。我们忙了一整天,要办的事多得很,简直不知道先办哪一件,该怎么办。巴黎竟那样人心惶惶,到我们行里来办委托的,接连不断。那边的客户似乎争先恐后地把他们的财产委托给我们。他们当中有些人肯定染上了把财产转移英国的狂热。"

"看样子情况不妙。"达奈说道。

"你是说情况不妙吗,亲爱的达奈?是的,但我不明白其中有什么原因。人们都没有理性了!特尔森银行有些人都上了年纪,无缘无故忙得不按常规办事,我们实在受不了这份折腾。"

"不过,"达奈说道,"你知道,天那样阴沉沉的,好像暴风雨就要来了。"

"我知道,没错,"洛里先生同意道,他试图要自己相信他的好脾气变坏了,在发牢骚,"但是,在折腾了一整天之后,我的脾气肯定有些烦躁。马内特在哪儿?"

"他在这儿。"医生这时走进这间黑屋子,说道。

"你在家,太高兴了。因为一整天我周围人来人往,一片忙乱,不祥之兆,闹得我无缘无故紧张不安。我想,你不是要出去吧?"

"不,我要跟你下一盘十五子棋,要是你愿意。"医生说道。

"不瞒你说,我不想下。今晚,我没有情绪跟你对阵。茶盘还在那儿吗,露西?我看不见。"

"当然,为你留着呢。"

"谢谢你,亲爱的。小宝贝平平安安地睡在床上吗?"

"而且睡得很熟。"

"很好;一切平安无事!我不知道,这儿为什么不该一切平安无事,谢天谢地。但是这一天把我搞得昏头昏脑,我也不像过去那样年轻了!我的茶呢,亲爱的?谢谢你。来,到我们这儿坐下,我们还是安安静静坐着听回声吧,你对这些回声还有一套理论呢。"

"不是理论;是幻想。"

"那就是幻想,聪明的宝贝,"洛里先生拍拍她的手说道,"但是这些回声太多、太响,不是吗?就听听吧!"

当这个小圈的人坐在伦敦的黑暗的窗前时,遥远的圣安东响起了一片急骤的脚步声,要闯进任何人的生活的肆无忌惮、疯狂、危险的脚步声,一旦染上血迹不易洗净的脚步声。

那天早上,圣安东是黑压压一大片衣衫褴褛的人,像浪涛似的涌来涌去,那些浪头上面,有钢刀和刺刀在太阳下闪耀的地方,时时闪着光。圣安东的喉咙里发出巨大的怒吼,一片森林似的赤裸裸的胳膊,像顶着冬风的树林里的枯枝,在空中挣扎着;所有的指头都痉挛地去抓从下面深处,不管多远的地方,扔来的每一件武器,或类似武器的东西。

人群中没有人看得清,这些武器,是谁分发的,刚才来自何处,从哪儿开始的,是靠什么力量,一次足有几十件,在群众头上像一种闪电似的扭来扭去,颤动着一下一下移动;不过,正在分发火枪,——也正在分发弹壳、弹药、弹丸、铁棍、木棍、刀子、斧头、长矛,以及发了狂的聪明脑瓜所能发现或设计出来的各色各样的武器。抓不到家伙的人,便用他们流着血的手从墙上抠下石头、砖头。圣安东的每一脉搏、每颗心,都极度紧张,极度兴奋。每个人都把生死置之度外,被随时准备牺牲的热情激得发狂了。

正如沸腾的水的漩涡有一个中心,这些汹涌的浪涛也围着德法日酒店旋转,这个大锅里每一人类的水滴势必被吸到德法日所在的漩涡,他已经一身火药和汗水,在那最嘈杂的地方竭力坚持工作,发命令,发武器,时而把这个人推到后面,把另一个人拉到前面,时而缴了这一个人的武器,给另一个人。

"别走远了,雅克三号,"德法日叫道,"你们俩,雅克一号、二号,分头去带领这些爱国者,能带多少就带多少。我的妻子在哪儿?"

"怎么啦!我在这儿!"太太说道,她像平常那样镇定,但今天没有编织。太太那只坚决的右手握着一把斧头,而不是平常那较温和的工具,腰带上别一把手枪和一把杀气腾腾的刀。

"你到哪儿去,太太?"

"现在,"太太说道,"我跟你走。过一会儿你会看到我带领妇女队。"

"那么,行动吧!"德法日用洪亮的声音叫道,"爱国者们、朋友们,我们准备好啦!到巴士底狱!"

人海,发出一声怒吼,听起来好像用了法国所有人的气息喊出人们痛恨的这个词,便一浪接一浪,一个深渊接一个深渊地汹涌起来,漫过这个城市,涌到那个地方。警钟敲响了,战鼓敲响了,人海在它新的海滩上翻腾着发出轰鸣,进攻开始了。

深壕、双座吊桥、巨大的石墙、八座大塔楼、大炮、火枪、炮火和硝烟。穿过炮火,穿过硝烟——在炮火中,在硝烟中,人海把他抛过去碰上一尊大炮,他马上成为炮手——开酒店的德法日像英勇的士兵那样干着,激战了两个小时。

深壕、单座吊桥、巨大的石头墙、八座大塔楼、大炮、火枪、炮火和硝烟。一座吊桥放下来了!"干哪,同志们,干哪!雅克一号,雅克二号,雅克一千号,雅克两千号,雅克两万五千号;以一切天使和魔鬼的名义——你们爱用什么就用什么——干哪!"开酒店的德法日这样喊道,一边仍开着那早已发烫的大炮。

"到我这儿来,妇女们!"他的太太叫道,"怎么!等占领了那儿,我们也跟男人一样能杀人!"一群妇女发出渴望的尖叫到她那儿去了,她们虽然拿着各式各样的武器,但都装备着同样的武器:饥饿和复仇。

大炮、火枪、炮火和硝烟;但是,深壕、单座吊桥、巨大的石头墙、八座大塔楼,仍在。由于受伤者倒下,这人海才稍稍移动了一下。武器闪着火光,火把熊熊燃烧,一大车一大车湿草冒着气,附近各处的掩体里在奋战,尖叫、齐射、咒骂,无限的勇气,轰隆声、碎裂声和嘎吱声,对这人海的深度进行着猛烈的试探。但是,深壕、单座吊桥、巨大的石头墙、八座大塔楼,仍在,而开酒店的德法日仍在开炮,经过四个小时激战,大炮加倍烫了。

要塞上树起了白旗,接着谈判——透过这激烈的风暴,谈判隐约可见,却听不见——人海突然掀起了滔天狂涛,把开酒店的德法日冲过放下的吊桥,冲过巨大的石头外墙,冲到已投降的八座大塔楼当中!

把他席卷而去的人海的力量无法抗拒,他即使透口气,转一下头,都办不到,好像在南太平洋那冲击海岸的大浪中挣扎似的,后来终于把他冲到巴士底狱的外院上了岸。他靠在一个墙角上挣扎着向四周看看。雅克三号在他身边;可以看见德法日太太在院内远处,仍带着一帮妇女,她的刀已拿在手上。到处是骚动、狂喜、震耳欲聋的疯狂的混乱,惊心动魄的喧嚣,还有激烈的比比画画。

"囚犯!"

"档案!"

"秘密牢房!"

"刑具!"

"囚犯!"

人们浪潮似的不断冲进来,好像人也和时间、空间一样,无尽无休,他们发出这些叫喊,发出成千上万声不连贯的叫喊,接着叫喊"囚犯!"的最多。浪潮的前锋,带着监狱的官员涌过去,一边威胁他们说,要是不把隐秘的地方全部交代出来,立即处死,这时,德法日用他那壮实的手抓住其中一个官员的胸口——这人头发灰白,手里拿着一个点着的火把——单独把他拉到一边,让他背靠墙。

"带我到北塔楼!"德法日说道,"快!"

"一定照办,"那人答道,"只要你愿意跟我去。不过,那里已经没有人了。"

"北塔楼,一百零五号,是什么意思?"德法日问道,"快说!"

"意思,先生?"

"是指囚犯,还是关人的地方? 要不然你就是想要我打死你?"

"宰了他!"已经走过来的雅克三号沙哑地说道。

"是牢房,先生。"

"带我去!"

"那么,这边走。"

雅克三号,还是像平常那样一副渴望的样子,因为话头转了,看来没有杀人的希望,显然感到失望;他像德法日抓住看守的胳膊那样,抓住他的胳膊。在刚才简短的谈话中,他们三个头靠得很近,即使在当时,也要尽可能靠近,才能听见彼此谈话;人海在突然涌进要塞,漫过大院、过道和台阶时,那喧嚣声大极了。它也在要塞外面发出深沉、嘶哑的吼声冲击着四面的围墙,有时其中一部分喧嚣的尖叫声像溅起的浪花跃向空中。

德法日、看守和雅克三号,一个抓住一个的胳膊,尽快地走过那永不见天日的阴森森的地牢,经过一个个像兽窝、兽笼似的可怕的牢门,走下坑坑洼洼的层层台阶,又爬上一层层用石头和砖砌的高低不平的陡坡,那与其说是台阶,不如说是一片干瀑布。那泛滥的潮水,特别是在最初,四面向他们涌来又涌去;但是,当他们下完台阶,又绕着圈爬上塔楼之后,只有他们三个了。被四堵巨大厚实的围墙和圆拱顶关闭在这儿,要塞内外的风暴,他们只能听到低沉的声音,好像他们刚才脱离的喧嚣声几乎破坏了他们的听觉。

看守在一个低矮的门前停下来,用钥匙哐当一声开了锁,慢慢打开门,他们低下头进去时,他说道:

"北塔楼,一百零五号!"

墙上高处有一个安了密实的铁栅栏、没有玻璃的小窗户,还用一块石头挡着,因此,只能弯下腰往上瞧,才能看见天空。附近几英尺处,有一个小烟囱,也安着铁栅栏。炉边地面上,有一堆多年前的像羽毛似的木柴灰。有一条凳子、一张桌子和一个草铺。还有四堵发黑的墙壁,其中一堵墙上有一个生锈的铁环。

"把火把顺着墙慢慢照过去,我才看得见。"德法日向看守说道。

那人照办,德法日的眼睛紧跟着亮光移动。

"停!——瞧这儿,雅克!"

"A.M.!"雅克三号急切地看着,沙哑地叫道。

"亚历山大·马内特,"德法日对着他耳朵说道,一边用他那渗透着火药的黑黝黝的指头跟着指点那两个字母,"他还在这儿写上'一个可怜的医生'。他还在这块石头上画了道道记日子,准是他,毫无疑问。你手上拿的什么?撬棍?给我!"

他手上还拿着他那尊大炮的点火绳杆。他立即交换了这两件工具,转向被虫蛀的凳子、桌子,几棍子就把它们砸得粉碎。

"把亮举高一点!"他向看守愤怒地说道,"把这些碎片仔细检查一下,雅克。喂,给你刀,"把刀扔给他,"把那张床劈开,在草里找一找。把亮举高点,你!"

他用威胁的目光向看守瞪了一眼,便爬在炉子上,抬头仔细查看烟囱,用撬棍砸着,撬着烟囱的两边,又撬弄横拦着它的铁栅栏。一会儿,灰泥、尘土掉了下来,他转脸躲开;他在灰泥里,在柴灰堆里,在他的撬棍捅过或撬过的烟囱上那个裂缝里,小心翼翼地探摸着。

"木头里没有东西吗,草里也没有东西吗,雅克?"

"什么也没有。"

"把这些木头、草弄到牢房当中归成一堆。好!把它们点上,你!"

看守把这一小堆点燃了,冒出高高的火苗,很热。

他们走到那低矮的圆拱门,又低下头出去,让它烧,随即循原路回大院;当他们下来、再次走进那汹涌的潮水中时,似乎才恢复了听觉。

他们发现那潮水翻翻滚滚,在寻找德法日本人。圣安东吵吵嚷嚷,要它的酒店老板率领警卫看押防守巴士底狱并射杀人民的要塞司令。要不然,就无法把要塞司令押送到市政厅受审。要不然,要塞司令就会逃跑,不能为人民流的血(多年一文不值之后,突然贵重起来)报仇。

这个严峻的老军官,身穿有红饰带的灰制服,特别显眼,在这似乎把他包围起来的充满愤怒和争吵、嚎叫的天地里,有一个身影一动不动,那是一个女人的身影。"瞧,我的丈夫在那儿!"她指出他,叫道,"看见德法日了吧!"她寸步不离地站在那个严峻的老军官身边,一直寸步不离地跟在他身边;德法日等人押着他经过街道时,仍寸步不离地跟在他身边;当他快到目的地,有人从背后砍他时,仍寸步不离地跟在他身边;当种种家伙像郁结了很久的雨似的重重刺下来、砸下来时,仍寸步不离地跟在他身边;当他因此倒下死去时,她离他很近,突然来了精神,一脚踩着他的脖子,用她那把杀气腾腾的刀——早准备好的——割下他的头。

圣安东曾经有个可怕的念头,想把人代替路灯吊上去,以显示他能成为什么样的人,能干出什么事,他要把这一念头付诸实施的时刻到了。圣安东的血往上涌,用高压手段维持的暴政统治的血流了下来——流到市政厅的台阶上,要塞司令的尸体躺下的地方——流到德法日太太的鞋底上,因为她刚才为了稳住尸体便于下手踩过它。"把那边的路灯放下来!"圣安东恶狠狠地向四周看了看,想找一个杀人的新法子,叫道,"他还有一个士兵在这儿,让他留下站岗的!"于是,那哨兵摇摇晃晃地上了岗,人海又往前涌。

那是由阴沉沉的凶险的海水,由能摧毁一切的滚滚波涛,组成的海,它有多深,还没有探测过,它有多大的威力,也不知道。那是由一个个猛烈摇摆的形体,由一片复仇的声音,由一张张因受尽苦难已磨炼得怜悯之情无法留下任何痕迹的铁面,组成的无情的海。

但是,在那每一凶狠狂暴的表情都极为生动的脸的海洋中,有两组脸——每组七张——与其他脸形成那么固定不变的对比,大海飘浮过的最令人难忘的残骸也莫过于此。有七张是囚犯的脸,被高高举在头上,因为被那扫荡了他们的坟墓的风暴突然释放出来,满脸惶恐、迷惘、诧异、惊奇,仿佛末日审判来临,在他们周围那些欢欢喜喜的脸,仿佛是亡魂。另外七张脸,被举得更高,是七张死人的脸,它们那垂下的眼睑,半闭的眼睛在等待着末日审判。这些没有知觉的脸上,仍然有一种暂时中止的——并非完全消除——表情。确切地说,是可怕的停顿,因为这些脸还得在上帝面前抬起垂下的眼睑,用毫无血色的嘴唇作证:"这是你们干的!"

七个获释的囚犯,挑在长矛上的七颗血淋淋的头,有八座坚固塔楼的那该诅咒的要塞的钥匙,一些被发现的信件和早已因忧伤而死的从前的囚犯的其他纪念物,——一千七百八十九年七月中旬,圣安东发出响亮回声的脚步护送着诸如此类的东西经过巴黎街道。既然如此,愿上天打破露西·达奈的幻想,让这些脚远离她的生活吧!因为,这些脚不顾一切、疯狂、危险;那个酒桶在德法日酒店门前摔破很久之后这些年里,那些脚一旦沾染上红色,可不易洗净。

第二十二章 一波又起

形容枯槁的圣安东仅狂欢了一周,虽然他在这一周里,用兄弟般的拥抱和祝贺来调味,也只能让他那一点又硬又苦的面包松软到这个程度;这时,德法日太太又像平常一样坐在柜台后面,接待顾客。德法日太太头上没有戴玫瑰花,因为那一大帮干暗探的哥们儿,即使在短短一周里,也极为小心,怕落到这位圣人手里。沿街的路灯颤悠悠的摇晃,对他们是不祥之兆。

德法日太太在晨光和炎热中,抱着双手坐着,注视着酒店和街道。这两处,都有几伙闲人,虽然邋遢,一副可怜相,但现在,因为登上不幸的宝座,都有了明显的权力感。歪戴在处境最不幸的人头上那顶最破烂的睡帽,含有这样歪扭的意思:"我知道,我,戴这顶帽子的人,要养活我这条命多么难;但你知道吗,我,戴这顶帽子的人,要你的命,有多容易!"每一只过去一直没有活干的精瘦的胳膊,现在随时为它准备了这份它能下手砍的活儿。那些编织的妇女的指头,因为有了能撕抓的经验,变得邪恶了。圣安东的外貌发生了变化;那是经过几百年的捶打,才打成这副样子,最后修饰的几棰,对那副神情起了极大的作用。

德法日太太以圣安东妇女领袖所应有的不动声色的赞许

态度,注意到这一点。妇女队的一个姐妹,在她身边编织着。这位挨饿的杂货店老板的矮胖的妻子,而且是两个孩子的母亲,这位副官,已经赢得了"复仇女神"的美名。

"听!""复仇女神"说道,"注意听!谁来啦?"

仿佛从圣安东区最远的边界到酒店门口,一路上撒的一溜火药被突然点上似的,一阵低低的嘈杂声一路飞快传来。

"是德法日,"太太说道,"安静,爱国者们!"

德法日气喘吁吁地走进来,脱下他戴的红帽子,向四周看看。"大家注意听!"太太又说道,"听他讲话!"德法日在门外一双双急切的眼睛、一个个张开的嘴巴构成的背景衬托下,站着喘气;在酒店的人都一下站起来。

"讲吧,我的丈夫。什么事?"

"阴间来的消息!"

"怎么回事?"太太轻蔑地叫道,"阴间?"

"大家还记得富隆①吗,就是曾经向挨饿的人说,他们可以吃草,后来死了,下了地狱那个老东西?"

"谁都记得!"众口叫道。

"就是关于他的消息。他还在人间!"

"在人间!"大伙又说道,"不是死了吗?"

"没死!他怕我们怕得要死——有理由——便叫人放出风声说他死了,而且还装模作样大办丧事。但是,有人发现他还活着,藏在乡下,就把他押来了,我刚才看见他时,已成了囚犯,被押往市政厅。我说过,他有理由怕我们。大伙说说,他有理由吗?"

---

① 富隆,投机商,革命爆发前夕被任命为财政大臣。

264

如果这个七十多岁的不幸的罪孽深重的人,还不明白这个理由,只要他能听见这回答的喊声,就会打心眼里明白过来。

有一会儿一片沉寂。德法日和他的妻子彼此坚定地瞧着。"复仇女神"弯下腰,搬动柜台后面她脚边那个鼓时,人们听到刺耳的鼓声。

"爱国者们!"德法日以坚决的声音说道,"准备好了吗?"

德法日太太的刀马上别在她的腰带上;街上响起了敲鼓声,好像施了魔法,鼓和鼓手一起飞出去了似的。"复仇女神",仿佛集四十个复仇女神于一身,发出令人恐怖的尖叫,高举两手挥动着,从东家冲到西家,鼓动妇女们。男人们怒气冲冲,恨不得要宰人,从窗口上望一下,便操起他所有的武器,冲上街道,很可怕。妇女们那股狂劲,最大胆的人见了也会胆寒。她们扔下最穷困的人家才做的那一类家务活,扔下孩子,扔下缩在光秃秃的地上挨饿的,光着身子的老人,病人,披着飘动的头发奔出去,发出最粗野的叫喊,做出最粗野的举动,相互激励,也激励自己,达到发狂的地步。富隆那个坏蛋给抓住了,妹妹。富隆那个老东西给抓住了,妈妈。富隆那个恶棍给抓住了,女儿。接着,又有二十来个妇女跑到她们当中,捶着胸膛,撕扯着头发,尖叫着,富隆还活着。这个富隆向挨饿的人说,他们可以吃草。在我没有面包供养我的老父亲的时候,这个富隆向他说,他可以吃草。因为没吃的,我的乳房干了的时候,这个富隆向我的婴儿说,他可以咂草,啊,圣母,就是这个富隆。啊,天哪,我们受多大的苦啊。听我说啊,我死去的婴儿,瘦得一把骨头的父亲:我跪在这石头路上发誓,我要为你们向富隆报仇!丈夫们,兄弟们,年轻人,把富隆的血给我们,把富隆的头给我们,把富隆的心给我们,把富隆的尸体和灵魂给我们,把富隆撕碎,埋在地下,好让他身上长出草来。有不少妇女,叫骂得陷入狂乱,旋来转去,抓住自己的朋友又撕又打,直到激动得晕倒,她们的男人刚好救了她们,才没被人踩着。

然而,并没有耽误一点时间;没有!这个富隆已到了市政厅,可能被释放。那可不行,只要圣安东还能感觉到自己的痛苦、受的侮辱和冤屈。拿起武器的男男女女成群涌出本区,跑得那么快,而且产生那么大的吸力,甚至把最后剩下的那些老弱者也吸走了,不到一刻钟工夫,圣安东的怀里除了几个干巴老太婆和哭哭嚷嚷的小孩而外,就没有人了。

没有了。这时,他们都拥塞在那个丑恶的老家伙所在的审问厅,或溢流到附近的空地和街道上。德法日夫妇,"复仇女神"和雅克三号,在厅里最前面的人群里,离他不太远。

"瞧!"太太用刀指着说道,"瞧那个用绳子绑着的老恶棍。他背上还系了一捆草,干得真好。哈,哈!干得真好。现在让他吃草吧!"太太把刀夹在胳膊下,像在看戏似的鼓起掌来。

紧挨着德法日太太后面的人,向他们后面的人解释了让她称心的原因,这些人又向后面的人解释,后面的又向后面的人解释,于是附近的街道上回响着鼓掌声。同样,在慢吞吞的审讯,像筛糠似的审查大量陈述的两三个小时中,德法日太太时时露出不耐烦的样子,也以不可思议的速度传到远处:因为有些人施展极灵巧的身手从这幢楼外面爬上去,往窗里瞧,他们对德法日太太的情形很清楚,并充当她和在楼外的人群之间传递信息的电报,就传得更快。

太阳终于高高升起,将一线好像希望或保护的仁慈的光,直射到那老囚犯头上。这恩惠过分得难以忍受;那久久不散的糠灰形成的障碍,一会儿就随风散去了,圣安东马上抓住他!

即使离得最远的人群也马上知道了这一消息。德法日刚跳过围栏和一张桌子,一把紧紧抱住那个不幸的家伙——德法日太太刚跟上去,抓住绑他的一根绳子——"复仇女神"和雅克三号还没跟上,爬在窗子上的人还没有像猛禽一样从高高的栖歇处扑进厅去——这时似乎全城喊声四起:"把他拖出来!把他拖到路灯那儿!"

他在那幢大楼的台阶上被拖下,拖上,又一头栽倒;时而跪下;时而站起来;时而仰翻在地;拖的拖,打的打,还有几百只手把一把把青草、干草往他脸上塞,憋得气都出不来;身上青一块,紫一块,伤痕累累,流着血,喘着气,还不住苦苦哀求饶命;一会儿,人们互相往后拉,为了都能看一看,他周围才有了一小块空地,于是打得他死去活来;一会儿,把他像一根枯木似的从森林似的腿当中拖过去;拖到街上最近的角落,那儿有一盏致命的路灯在摇晃,拖到那儿之后,德法日太太把他放了——像猫对待老鼠那样——人们做好准备时,他哀求德法日太太,她静静地镇定地瞧着他;妇女们一直激动地对他尖声大叫,男人们则厉声嚷着要往他嘴里塞上草处死他。他升了上去,但绳子断了,他尖叫时,人们抓住他;他再次升了上去,绳子又断了,他尖叫时,人们抓住他;接着,绳子发了慈悲,吊住了他,一会儿他的头就挑在长矛上,嘴里塞满草,看到那副样子,足以让全圣安东的人手舞足蹈。

这一天的暴行并未到此结束,因为圣安东边叫喊边舞蹈,那愤怒的血已经激得往上冒,在天快黑时,听到被处死那个人的女婿,又一个人民的敌人和侮辱者,由五百多名清一色的骑兵押送到巴黎来了,那血液又沸腾起来。圣安东把他的种种罪行大书在一张张闪光的纸上,抓住了他——即使他在千军万马当中,也会把他揪出来,让他与富隆做伴——他的头和心挑在长矛上,于是他们带着当天的三件战利品成群结队穿过街道。

天黑时,这些男男女女才回到他们哭哭嚷嚷、没有面包吃的孩子身边。接着,那可怜的面包铺遭到排成长队耐心等待买粗劣面包的人们的围攻;他们空着虚弱的肚子等的时候,互相拥抱,庆祝白天的胜利,又在闲谈中再次获得了胜利的喜悦,这样打发着时间。这些穿得破破烂烂的人们排的长队,渐渐缩短、消失;于是,高处的窗户上开始出现微弱的灯光,街上升起了一堆堆小火,左邻右舍共同在这些火上做饭,随后,便在门前吃起来。

那是极微薄,填不饱肚子的晚餐。没有肉,也没有调味的这种汁,那种酱下那点粗劣的面包。然而,人的友情往那燧石似的食物里注进了一点营养,从那食物上也打出一点愉快的火花。即使那些白天干得最狠的父母,也温柔地跟他们瘦弱的孩子玩。情人们,虽然他们处于这样一个世界,前途也是如此,仍相爱着,怀着希望。

德法日酒店最后一伙客人离开时,差不多已经是早上了,德法日先生一边闩门,一边嘶声哑气地向太太说道:

"这一天终于到了,亲爱的!"

"嗯!"太太答道,"差不多。"

圣安东睡了,德法日夫妇睡了:连"复仇女神"也跟她那挨饿的杂货店老板睡了,那个鼓也在休息。在圣安东,只有那鼓的声音,没有被血气和动乱弄嘶哑。看管那个鼓的"复仇女神",可以叫醒它,让它像攻陷巴士底狱或者抓住富隆老头以前那样讲话;睡在圣安东怀里的男男女女的哑嗓子可不行。

第二十三章　四处起火

村里的水泉流着，那个养路工仍天天从那儿出发到公路上砸石头，挣上那么一点面包，可以像补丁似的勉强把他那可怜的无知的灵魂和他那可怜的消瘦的肉体连缀起来，不致升天；这个村子也发生了变化。悬岩上那座监狱，不像从前那样主宰一切了；那儿有士兵看管，但不多；那儿有军官看管士兵，但他们谁也不知道他手下的人会干出什么事——只知道这一点：那很可能不是他奉命干的事。

乡下满眼破败的景象，除了荒凉什么也不长。每一片绿叶，每一片草叶，庄稼叶，都跟那些可怜人一样干枯。万物都垂头丧气，心情沉重，心灰意冷。住宅，篱笆，家畜，男人，女人，小孩，以及背负着他们的土地——都已精疲力竭。

爵爷（作为个人，往往是最值得尊敬的绅士），是国家一大幸事，多亏他们，社会上才形成了骑士风尚，他们在奢侈和豪华的生活中树立了文雅的典范，在其他许许多多事情上，也堪称文雅的表率。然而，作为一个阶级的爵爷，不知怎么回事，却把事情弄到这个地步。特为爵爷天造地设的万物，竟这么快就被绞榨净尽，真是怪事！在永恒的安排上一定有缺乏远见之处，没错！反正情况就是这样；连燧石的最后一滴血也被榨了出来，那拉扯四肢的拷问刑具的最后一颗螺丝，转动的次数太多,把它固定四肢的装置都绷裂了,现在没有东西卡住,它还是不停地转动,于是,爵爷开始离开这一如此不景气也无法解释的现象。

但是,这并不是这个村子,以及许多这样的村子,发生的变化。爵爷把农村压榨了许多年,却很少驾临农村,只有为了打猎作乐才肯赏光——时而发现他们在追捕人民,时而发现他们猎取野兽;为了保护野兽供其狩猎,爵爷不惜把大片大片土地变为蛮荒,这是颇有教益的。不。村里的变化在于出现了下等人的陌生面孔,而不在于爵爷那些高等人的、像雕凿成的、已经或正在以另一种方式为其行宣福礼①的尊容消失。

因为,在这一时期,那个养路工孤独地在尘土中干活时,多半老在想,晚餐吃的东西太少,要是有足够吃的,他还会吃好多,也就没有工夫经常去思考他本是尘土,仍要归于尘土②,而自寻烦恼——在这一时期,他放下活抬头远望时,总看见一个粗笨的形影走过来,这类形影,过去在这一地区实在罕见,现在却常常出现。当它走过来时,养路工并不感到惊奇地看出,那是一个满头粗密的头发的男人,样子很像野蛮人,高个子,穿一双即使在养路工看来也很粗笨的木头鞋,神色严峻、粗鲁,肤色黝黑,身上沾满多条公路上的烂泥和尘土,浸透多处低地沼泽的潮湿,挂着穿过树林里多条小道时沾上的荆棘,树叶和苔藓。

七月天气的正午,他坐在土坡下他那堆石头上,凑合避一避那阵冰雹时,有这样一个人像幽灵似的向他走来。

---

① 宣福礼,为罗马天主教为死者举行的隆重仪式,正式宣布死者有福,升天;这里指被处死。
② 这一句见《旧约·创世记》第3章第19节。

那人瞧瞧他,瞧瞧山坳里的村子,磨坊,和悬崖上的监狱,他那多少有些懵懂的心里把这些目标认清之后,用一口勉强能听懂的土话,说道:

"怎么样,雅克?"

"一切顺利,雅克。"

"拉拉手吧!"

他们拉手,那人便在那堆石头上坐下。

"没午饭吃?"

"现在只有晚饭了。"养路工满脸饥色,说道。

"现在时兴这样,"那人咆哮道,"我到哪儿都没有遇上吃午饭的。"

他取出一支发黑的烟斗,装上烟,用火镰打出火点上,使劲抽了几口,抽出红火;这时,他突然把烟斗拿开,用食指和拇指往烟斗里撒了点什么东西,随即冒出火焰和一股烟。

"拉拉手吧。"看了这一行动之后,这回轮到养路工说这话了。他们又拉拉手。

"今儿晚上?"养路工说道。

"今儿晚上。"那人说着,把烟斗塞进嘴里。

"在哪儿?"

"这儿。"

他和养路工坐在那堆石头上默默地互相瞧着,冰雹像矮人拼刺刀似的在他们之间冲下来,直到村子上空开始晴朗。

"给我指指路!"过路人说着,走向山头。

"喏!"养路工伸着指头说道,"从这儿下去,过了那条街,经过水泉——"

"都跟我见鬼去吧!"那人把眼睛向那儿辁辘一转,打断他的话,"我可不走大街,也不过水泉。行吗?"

"行!在村子上面那个山头那边,大约两里格路。"

"好。你什么时候下工?"

"太阳下山的时候。"

"你走以前,叫醒我好吗?我走了两夜,还没歇过。等我抽完这袋烟,我要像小孩似的好好睡上一觉。叫醒我好吗?"

"行。"

过路人抽完烟,把烟斗塞进怀里,脱下大木头鞋,仰躺在那堆石头上。他马上就睡熟了。

当养路工费劲地干他那尘土飞扬的活时,冰雹云翻翻滚滚地飘去。天上露出一道道亮光,这片景色也银光闪闪作出反应;这个小人物(现在他戴的不是蓝帽子,而是红帽子)似乎被躺在石堆上那个身形所吸引。他老是转过眼去看他,使起工具来不免机械,可以说,不出活。古铜色的脸,粗密的头发和胡子,粗劣的红色羊毛帽子,用土布和兽皮拼拼凑凑缝制的衣服,由于过穷日子而消瘦的强有力的身板,睡觉时紧闭着嘴那副阴沉沉的不顾死活的样子,使养路工产生了敬畏。这个过路人走了很远的路,他的脚走痛了,他的脚脖子擦伤了,流着血;拖着他那双塞了叶子和草的大木头鞋走长路,很吃力,他的衣服擦破了,有些窟窿,他身上也擦破了,有些伤口。养路工在他身边俯下身子,想偷看一下他怀里什么地方藏的秘密武器;但是,白费心思,因为他两手紧紧抱在胸前睡觉,像他紧紧闭上嘴那样坚决。在养路工看来,那些用栅栏、关卡、城门、壕沟和吊桥,重重设防的城市,那副架势也不过是要防御这种人物。当他抬眼向天边,向四下里看着,凭他那渺小的幻想,他看到同样的人物,纷纷向法国各地的中心走去,什么

273

也挡不住他们。

那个人对一阵阵冰雹和时时出现的光亮,对照到他脸上的阳光和阴影,对劈劈啪啪落到他身上的暗淡无光的小冰块,太阳又把它们变成一粒粒的钻石,全都木然无感,一直睡到太阳西下,天空烧起红霞。养路工收拾好工具和一切东西,准备下山回村时,叫醒了他。

"好!"睡觉的人用胳膊肘撑起身子,说道,"山头那边两里格路?"

"差不多。"

"差不多。好!"

养路工动身回家,一路上尘土随着风向在他的前面扬起,不久,就到了水泉边,他挤进牵到那儿饮水的几条瘦牛当中,跟全村的人说悄悄话时,也好像在跟那几条牛说似的。村里的人吃过那顿可怜的晚饭之后,没有像平常那样爬上床,却出门在外边待着。一种说悄悄话的好奇的传染病在村里传染开来,当全村的人都聚在黑漆漆的水泉边时,又染上一种好奇的传染病,大家都期待地只往一个方向瞧着天空。当地的主要管事加贝尔先生感到不安;一个人爬到房顶上,也往那个方向瞧着;又从烟囱后面往下面水泉边那些模糊的脸瞧了瞧,就派人给保管教堂钥匙的教堂司事送信,说过一会儿可能需要敲警钟。

夜深了。包围着那座城堡使其与世隔绝的那一片树林,在大风中摇动,仿佛威胁着在阴暗中显得高大阴森的楼房。大雨猛冲上两边上平台的台阶,敲击着大门,像飞快赶来送信的人要把里面的人叫醒似的;那不安的一阵阵急风,刮进大厅,穿过那些古老的长矛和刀剑,呜咽着上了楼梯,掀动着已故侯爵睡过的那张床的帐幔。四个迈着沉重的脚步,邋邋遢遢的人影,从东方、南方、西方、北方,一路踏倒高高的草,撞得树枝嘎巴直响,小心地来到大院会合。那儿出现了四道火光,随即向不同的方向散开,一切又黑暗下来。

但是,为时不久。不一会儿,城堡不可思议地由自己的火光照得明显可见,仿佛它变得会发亮似的。接着,正楼后面一道火光闪动,衬托出那些透明处,显现出那些栏杆、圆拱顶和窗户所在的地方。那火光越冒越高,越来越大,越来越亮。不久,几十个大窗子都冒出火焰,那些石面像也醒了,在火里瞪着眼往外瞧。

留守宅邸的少数人在房屋周围发出微弱的嘈杂声,有人鞴上马,急驰而去。一阵驱马声、溅水声穿过黑暗,到了水泉旁那块空地,才勒住马,一匹马浑身是汗,站在加贝尔先生门前。"救火啊,加贝尔,救火啊,大家伙儿,帮帮忙!"警钟急促地响起来,但是,在别的方面可没有人帮忙(即使有人帮忙)。养路工和二百五十个要好的朋友站在水泉边抱着手观看那冲天大火。"那准有四十英尺高。"他们冷酷地说道;都不动窝。

城堡的人骑着浑身是汗的马嘚嘚地穿过村子,飞奔上石头陡坡,来到悬崖上那座监狱。一群军官在门前观看大火;一群士兵在远离他们的地方观看。"救火啊,长官先生!城堡起火了;救得及时,还可能救出那些贵重东西!救火啊!救火啊!"军官们向那些观火的士兵们瞧了瞧;没有下命令;耸耸肩,咬咬嘴唇,答道:"该烧。"

骑马人又嘚嘚地下山,穿过街道时,村子已照得通明了。养路工和二百五十个要好的朋友,男男女女都像一个人似的灵机一动,想到点亮的主意,都跑回自己屋里,把蜡烛放在每一个昏暗的小玻璃窗前。由于大家什么都缺,便强行向加贝尔先生借了蜡烛;当时这位管事的还不情愿,正犹豫时,过去对有权有势的人物极为恭顺的养路工说过这样的话,那些马车适于烧篝火,驿马就拿来烧烤。

城堡只好任火焰吞没,燃烧。大火在咆哮,肆虐时,一股直接从地狱刮来的火热的风,似乎要把这座大厦刮走。那些石面像,随着火焰的起落,显得好像在受难似的。当大量石头、木头塌下时,那鼻子上有两个捏痕的石面像,变得模糊不清了;一会儿又从烟雾里挣扎着露出来,仿佛那是绑在火刑柱上烧,在火里挣扎的那个残酷的侯爵的脸。

城堡烧毁了;离城堡最近的树木,也着了火,烧焦了;离得远的树木,被那四个可怕的人影放了火,形成新的烟雾的树林把这座冒着火焰的大厦团团围住。熔化的铅和铁,在喷泉的大理石水池中沸腾;泉水干了;四个塔楼的灭烛器似的塔顶像冰遇上热似的化了,滴进那四个残破的火井里。那坚实的墙上的大裂口,裂缝,像结晶体似的支裂出条条小缝;吓昏了头的小鸟盘旋着,随即掉进这个熔炉;四个可怕的人影,在他们点上的灯塔指引下,拖着沉重的脚步,沿着夜幕笼罩的路,分头向东,南,西,北方向,向他们下一个目的地走去。被照得通明的村子里的人,掌握了警钟,在废除了那个合法的敲钟人之后,便敲钟作乐。

不仅如此;由于饥饿,大火,敲钟,又想起加贝尔先生收租收税的事——虽然加贝尔先生在后来那些日子收的税很少,根本没收租——全村的人都昏了头,急于要见他,便包围了他的房子,叫他出来当面商谈。于是,加贝尔先生把门闩上,顶牢,关在家里想主意。考虑的结果,加贝尔又撤到他的房顶上那排烟囱后面;这次下定决心,要是他们破门而入(他是好报复的小个子南方人),他就从胸墙上一头扎下去,砸死下面一两个人。

加贝尔先生,可能把远处的城堡当作炉火和蜡烛,把打门声和作乐的钟声,当作音乐,在屋顶上度过漫长的一夜;还不用说,街那边他的驿站门前吊着一盏不祥的路灯,村里的人都跃跃欲试,很想照顾他,取代那路灯。加贝尔先生站在那黑色的海洋边缘,下定决心准备随时跳下去,熬了一个通宵,那样提心吊胆,实在难以忍受。但是,天终于友好地破晓,村里那些灯心草蜡烛渐渐熄灭,人们高高兴兴散去,加贝尔先生也暂时活着下楼来。

当天晚上和其他晚上,在一百英里之内,在别处火光的照耀下,别处的管事却没有这么幸运,第二天太阳一出即照见他们吊在曾经生养他们的地方,过去很太平的街道上;别处也有些村民和市民没有养路工和他的伙伴这么幸运;管事和士兵袭击他们得手,又轮到他们被吊死。尽管如此,那些可怕的人影仍坚定地向东方,南方,西方,北方走去;不论谁被吊死,火仍在燃烧。要竖多高的绞架,才能化为水,将火扑灭,官员们无论怎么算,也算不出那高度。

第二十四章 吸向磁礁

在这样连连起火,波涛汹涌中——那愤怒的海洋现在没有落潮,却总在涨潮,涨得越来越高,它的冲击震撼了坚实的大地,使得在岸边观潮的人也感到恐怖,惊奇——度过了狂风暴雨的三年。小露西又过的三个生日,已经被那金线织进了她家庭生活的和平的结缔中。

许多日日夜夜,这一家子在那个角落里听回声,他们一听到纷乱杂沓的脚步声,就感到心寒。因为,在他们听来,这些脚步声已变为那个民族的脚步声,他们,由于长期受那可怕魔法的迷惑,已变成了野兽,在红旗下,在宣布了他们的国家处于危急之中①之后,动乱不已。

爵爷,作为一个阶级,已脱离了他们不受赏识的现象:即法国已不需要他们,很可能遭到赶出法国,撵出尘世的危险。如同寓言中那个乡下人,好不容易召来了魔鬼,一见之下,却吓得连问也不敢问一声,就逃走了;爵爷也是这样,他们大胆地倒念主祷文②,念了许多年,又使了其他许多驱遣魔鬼的灵验的符咒之后,一见到他那么令人恐怖,马上抬起他那高贵的

---

① 一七九二年七月,法国革命面临欧洲多国联军的武装干涉,议会宣布:"祖国在危急中。"群情激奋,达于极点。
② 英国迷信,认为"倒念主祷文"可以召来魔鬼。

腿就跑了。

朝廷的闪闪发光的"牛眼"①不见了,否则它就会成为全民暴风雨般的子弹的靶子。它从来就不是能看东西的好眼睛——眼里早就有了明亮之星的骄傲,沙达那帕鲁斯的奢华,②和鼹鼠的目盲等小毛病——但它掉了,不见了。朝廷,从孤高的内圈到搞阴谋诡计、贪污腐化、假冒伪善的腐败的外围,全都出走了。在最近的消息传来时,国王和王后也出走了;又被围困在宫中,"暂时停止行使权力"。

一千七百九十二年八月来临,这时,爵爷已远走高飞,四散各处。

爵爷在伦敦的大本营和大聚集地,在特尔森银行,这是很自然的。有人认为,人们的灵魂常到他们的肉体生前常去的地方,没有金币的爵爷,也常到他过去存放金币的地方。而且,有关法国的最可靠的消息,那里到得最快。再说,特尔森银行很慷慨,对那些老客户,如今已沦落的达官贵人,非常大方。再说,有些贵族因为及时发觉这场即将来临的风暴,预料会遭到抢劫或没收财产,已将银钱汇往特尔森银行,颇有先见之明;他们的穷难友总能在那里听到他们的情况。此外,每一个刚从法国来的人都要到特尔森银行报到,讲他所知道的消息,这几乎是理所当然的事。由于诸如此类的原因,在当时,特尔森银行成了关于法国情报的一种"高等交换所";这是众

---

① "牛眼"(Bull's Eye),常用意义为"靶心",这里一语双关,又指最显赫的朝臣、贵妇。
② 明亮之星,因骄傲、狂妄被逐出天堂,堕入地狱,见《旧约·以赛亚书》第14章第12—15节。以后称明亮之星为撒旦。沙达那帕鲁斯,据传说,是公元前七世纪亚述王,以豪奢著名。

所周知的,因此,到那儿打听消息的人,多得很,特尔森银行不得不常常把最新消息写上一两行,张贴在银行窗户上,供经过圣殿的人看。

在一个热气熏蒸、雾蒙蒙的下午,洛里先生坐在办公桌旁,查尔斯·达奈靠桌子站着,低声跟他谈话。那间原来留作接待客户像忏悔室似的陋室,现在成了新闻交换所,挤得满满当当,都要漫出来了。离下班大约还有半小时。

"不过,即使你是最年轻的人,"查尔斯·达奈犹犹豫豫说道,"我也得奉劝你——"

"我明白。说我太老了吧?"洛里先生说道。

"因为天气多变,长途跋涉,交通工具没把握,又是去那样混乱一个国家,一个即使对你也未必安全的城市。"

"亲爱的查尔斯,"洛里先生愉快又自信地说道,"你倒是提到我该去,而不是躲开的理由了。我去很安全;既然那里有那么多远比我值得打扰的人,谁愿意打扰一个将近八十岁的老头。说到那个城市很混乱,如果不混乱,就没有理由从我们这边,派一个熟悉那个城市从前的情况和从前的业务,又受到特尔森银行信任的人,到那边分行去了。至于交通工具没有把握,长途跋涉,大冬天,等等,我在特尔森银行干了这么多年,如果我不去为它忍受一点不便,谁该去呢?"

"要是我去多好。"查尔斯·达奈有点不安地说道,又像自言自语。

"那当然!你表示反对,又出主意,再合适不过了!"洛里先生叫道,"要是你去多好?你原籍是法国人吧?你这主意真高明。"

"亲爱的洛里先生,正因为我原籍是法国人,我心里才常常闪过这个念头(不过,我本不想在这儿说出来)。一个对那些悲惨的人民有些同情,曾经放弃了一些权利给他们的人,不能不认为,"他像刚才那样若有所思地说道,"他们也许听他的话,也许能劝他们有所克制。昨天晚上,你走之后,我才跟露西说——"

"你才跟露西说,"洛里先生重复道,"对,你提到露西的名字竟不害臊,我感到奇怪!在这个时候,你还想到法国去!"

"不过,我并没有去呀,"查尔斯·达奈笑着说道,"要说你要去才更切题。"

"明明白白本来是我要去。亲爱的查尔斯,实际上,"洛里先生向远处的"银行"瞧了一眼,放低声音说道,"你想象不到,我们办事有多困难,我们那边的账本、文件有多大的危险。要是有一部分文件被抢了或被毁了,对很多人会造成多大危害,只有天知道。这种情况随时都可能发生,因为,巴黎今天会不会被烧,明天会不会被抢,难以预料!要赶紧对这些文件进行明智的挑选,然后把文件埋了,或转移到安全地方,现在,即使有人,也只有我能(不失时机地)办到。既然特尔森银行知道这一点,也提出要我去办——我吃特尔森银行的面包吃了六十年啦——难道我能因为我的关节有点发僵,就不愿去?嗨,比起这儿那半打怪老头来,我还算个小伙子呢,先生!"

"我很钦佩你富于青年朝气的勇敢精神。"

"啐!胡说,先生——亲爱的查尔斯,"洛里先生又向"银行"看了一眼,"你要记住,如今要从巴黎把东西,不管什么东西运出来,简直不可能。今天虽然有人把文件和贵重东西带到我们这儿来(这事是绝密的,即使跟你透露,也不够审慎),

281

带东西来的那些最稀奇古怪的人,过一道道关卡时,就跟用一根头发提着脑袋那样玩命。过去,我们的包裹送来送去,像在慎重的古老英国那样容易;如今,什么东西都给扣住。"

"你真要今晚走吗?"

"我真要今晚走,情况很紧急,不容许耽搁。"

"也不带个人陪你去?"

"他们给我推荐过各种各样的人,我可不愿跟他们任何一个打交道。我就要杰里。多年来,杰里每个星期天晚上都跟我当保镖,我对他也习惯了。谁也不会不相信杰里是一头英国猛犬,谁要是碰一碰他的主人他就会向他扑过去。"

"我还得说,我衷心钦佩你的勇敢和年轻人的精神。"

"我还得说,胡说,胡说!等我办完这件小差事,也许我要接受特尔森银行要我退休安度余年的建议。那就有足够的时间考虑年老的事了。"

这次谈话,是在洛里先生平常办公的桌子旁边,爵爷们聚集在离桌子不过一两码远的地方,夸口说,不久他们要用什么手段向那帮恶棍报仇。他们谈到这次可怕的革命,就好像那是天下尽人皆知的唯一没有播种的收获——好像他们根本没干过,不如说没少干,引起革命的事——好像那些观察过法国千百万人民的悲惨处境,观察过那些本来可以使他们富裕的资源被滥用、被糟践殆尽的有识之士,没有在若干年前预见到爆发革命不可避免,没有把他们目睹的事实用明白易懂的语言记载下来;这是作为流亡者的落难爵爷一贯的说法,这尤其是地道的英国正统派一贯的说法。任何一个了解真相头脑清醒的人,对于诸如此类的胡言乱语,以及爵爷妄想恢复那已经搞得民穷财尽、天怒人怨的昔日风光所吹嘘的种种图谋,如果不规劝几句,是难以忍受的。查尔斯·达奈尽听到这些喧嚣,就像脑子里血乱翻腾那样心烦,加以心里还有隐忧,早已使他心神不宁,而且一直如此。

英国高等法院律师斯特赖弗,也在那伙人当中,因为他已飞黄腾达,也就此大发议论:他向爵爷提出把人民炸死,彻底消灭,以及没有他们如何过日子的种种法子:提出达到诸如此类目的的种种法子,其实就是用盐撒在鹰的尾巴上①消灭鹰那一类骗术。他这些话,达奈听了特别反感,想走开就听不见了,又想留下来反驳几句,正犹豫时,事态即发展下去。

老板走到洛里先生跟前,把一封脏污的未启封的信放在他前面,问他发现收信人的线索没有?信放在离达奈很近的地方,他一下就看见了收信人的姓名——尤其因为那是他的真实姓名。地址、收信人,译成英文就是:"特急。英国,伦敦,特尔森银行,烦请贵行执事先生转呈,法国前圣·艾弗勒蒙德侯爵先生台启。"

在结婚那天早上,马内特医生曾经向查尔斯·达奈提出紧迫的要求,他们俩务必保守这个姓名的秘密——除非他,医生,解除这一约束。别人谁也不知道这是他的姓名;他自己的妻子对此毫不怀疑;洛里先生也不可能怀疑。

"没有,"洛里先生回答老板道,"我认为,这儿的人我都打听过,谁也不知道这位绅士的下落。"

时钟的针快指到银行关门的时候,谈话那帮人不断涌过洛里先生的桌前。他询问地举着那封信;一会儿是图谋报复满腔气愤的逃亡者的这个爵爷瞧瞧信,一会儿是图谋

---

① 英国有一种哄小孩的说法,说是把盐撒在鸟的尾巴上,就能捉住鸟。

报复满腔气愤的逃亡者的那个爵爷瞧瞧信；不论这个，那个，或其他爵爷，都用法语或英语对这个下落不明的侯爵指责几句。

"我相信，这是那位遭暗杀的文雅的侯爵的侄儿——但不管怎么说，他都是个堕落的继承人，"一个说道，"幸而我跟他素不相识。"

"好几年前就放弃他的地位的一个懦夫。"另一个说道，这位爵爷是藏在一车干草里，脚冲上，憋得半死，逃出巴黎的。

"他受了新学说的影响，"第三个路过时透过眼镜看了看那个收信人姓名，说道，"反对去世的侯爵，他继承时，放弃了财产，给了那帮暴徒。我希望，他们会给他应得的报答。"

"啊？"吵吵嚷嚷的斯特赖弗叫道，"他竟干出这种事？是那种人？咱们倒要瞧瞧他这可耻的姓名。该死的家伙！"

达奈忍无可忍，碰碰斯特赖弗先生的肩膀，说道：

"我认识这个家伙。"

"天哪，你认识？"斯特赖弗说道，"我为此感到遗憾。"

"为什么？"

"为什么，达奈先生？你听到他的所作所为了吧？这年头，别问为什么。"

"但我要问。"

"那么，我再说一遍，达奈先生，我为此感到遗憾。我听到你提出任何这样离奇的问题都感到遗憾。有这么一个人，因为受到迄今所知最有害和最亵渎神明的魔鬼行为准则的害，放弃自己的财产，竟交给干过大屠杀的世上最坏的渣滓，而你还要问我为什么要为一个身为青年导师的人认识他感到遗憾。因为我相信在这样一个无赖身上有污染。这就是为什么。"

因为想到要保密,达奈好不容易才克制住自己,说道:"你也许不了解这位绅士。"

"我了解如何让你处于困境,达奈先生,"盛气凌人的斯特赖弗说道,"我会的,如果这个家伙是绅士,我不了解。你可以把这话告诉他,还有我的致意。你也可以告诉他,我说的,既然他把财产和地位给了这帮残忍的暴徒,说不定他当了他们的头头了。但是,不会,先生们,"斯特赖弗向周围扫了一眼,打了个响指,说道,"我对人性还有所了解,我敢说,你们根本找不到像这个家伙那样的人,竟任凭这样可爱的被保护人处置。不,先生们;只要一开始扭打,他准会尽快离开他们,偷偷逃走。"

斯特赖弗先生说过这番话,打了最后一个响指,便在听众的一片赞许声中大摇大摆闯到舰队街上。大家都离开了银行,只有洛里先生和查尔斯·达奈还留在原处。

"请你转交这封信好吗?"洛里先生说道,"信交到什么地方,你知道?"

"知道。"

"我们以为,信上写了这儿的地址,是希望我们知道转交的地方,信在这儿放了些日子了。请代为解释一下行吗?"

"一定照办。你从这儿动身到巴黎吧?"

"八点从这儿动身。"

"我要回来送你。"

由于忧虑,由于斯特赖弗和那帮人的胡言乱语,达奈深感不安,尽快赶到圣殿里的安静地方,打开信看起来。信的内容如下:

285

前侯爵先生:

很久以来,我一直处于危险中,随时可能遭到村里的人杀害,后来,被他们抓获,遭到毒打和凌辱,又押着我走到巴黎。一路上受尽折磨。不仅如此,他们还毁了我的房子——夷为平地。

据他们说,关押我,还要把我送上法庭受审,处死(如果没有你慷慨的帮助)的罪名,是反对人民最高权威的叛逆罪,因为我为一个移民反对他们。我分辩说,我按你的吩咐,为他们办事,而不是反对他们,但说也无用。我分辩说,在查封移民财产以前,我就免除了他们已停交的税;根本没有收租;我也没有诉诸法办,说也无用。唯一的回答是,我为一个移民工作,那个移民在哪里?

啊!最仁慈的前侯爵先生,那个移民在哪里?我在睡梦中也在呼喊,他在哪里呀?我问上天,他会不会来救我?没有回应。啊,前侯爵先生,我把我这凄凉的呼声送过大海,希望通过闻名巴黎的特尔森大银行也许能送达你处!

看在上天,正义,慷慨,你高贵姓氏的荣誉的分上,我请求你,前侯爵先生,来搭救我。我的过错是,一直忠于你。啊,前侯爵先生,求求你,但愿你也忠于我!

我由此每时每刻越来越接近死亡的阴森恐怖的监狱,谨向你,前侯爵先生,致以我痛苦和不幸的敬意。

受难人加贝尔,于阿贝义监狱
1792年6月21日

达奈看了这封信,潜伏在心里的忧虑强烈地活跃起来。一个老仆人而且是好仆人,唯一的罪行是忠于他和他的家族,眼看着要被杀害,对他无疑是极大的谴责,他在圣殿里走来走去考虑该怎么办时,简直无颜面对过路的人。

他很清楚,由于他对使这个古老家族的罪行和恶名达于极点的罪孽深恶痛绝,由于他对叔父的种种令他气愤的猜疑,由于他的良心对那理应由他支撑的正在崩溃的结构很厌恶,他才作出不尽妥善的处置。他很清楚,由于他爱露西,他放弃了社会地位,虽然这决不是他刚起的念头,但办得很仓促,也没办完。他也清楚,这事他应该有步骤地完成,并予以监督,他本来打算这样办,但根本没有办成。

他自己选择的英国家庭的幸福;他必须积极工作;时局动荡不安,瞬息万变,本周发生的事件就使上周订的还不成熟的计划作废,下周发生的事件又出现完全不同的情况;他很清楚,他屈服于这些情况的压力——虽说不是没有感到不安,但没有坚持不懈地进行抵抗。曾经有一个时候,他等待采取行动的时机,但时移势易,时机已过,贵族成群结队从大道小路离开法国,他们的产业正在被没收或遭到毁坏,连他们的姓名也被勾销;这些他都很清楚,和可能为此指控他的法国任何新当权者一样清楚。

不过,他没有压迫过任何人,也没有关押过任何人;他绝没有横征暴敛,甚至自愿放弃他应得的收益,而投身于这个对他没有任何照顾的世界,自谋立身之地,自食其力。加贝尔先生按书面指示,维持这个贫困的庄园,怜悯人民,给他们一点所能给的微薄的周济——冬天,苛刻的债主们容许他们得到的那点燃料,夏天,能从同样苛刻的手里救下的一点农产品——为了自己的安全,他在答辩并提供证明时,无疑陈述了这一事实,现在必然已摆明了。

这一想法对于查尔斯·达奈开始下的决心,不顾一切去巴黎,也起了促进作用。

是的。如同那个古老传说中的水手一样,风和潮流把他飘到那个磁礁的吸力范围之内,他不得不去。他心里涌现的每一件事都驱使他越来越快、越来越稳定地飘向那可怕的吸力。潜伏在他心里的忧虑是,他的不幸的祖国,人们正在用邪恶的工具达到邪恶的目的,他必然明白他比他们善良,而他却不在祖国尽力做些制止流血的工作,伸张仁慈和人道。由于这一忧虑半窒息、半谴责着他,使他跟那位责任心很强的老绅士形成鲜明的对比;紧接着这一对比(本来已使他感到伤害),响起刺得他很难受的爵爷的讥笑声,和由于旧怨显得尤其粗鄙、刺耳的斯特赖弗的讥笑声。接着,又是加贝尔的信:一个眼看要被处死的无辜的囚犯,诉诸他的正义、荣誉和美名的恳求。

他已下定决心。他必须去巴黎。

是的。那个磁礁在吸引他,他必须继续航行,直至触礁。他不知道有礁石;也简直见不到有危险。他做过的那些事,即使没完成,但那份用心却把这一状况呈现在他眼前:只要他亲自去说明实情,法国就会承认,并对此表示衷心的感谢。于是,他眼前涌现出做好事的光荣的幻象,这是很多好心人的头脑里常常出现的乐观的海市蜃楼,他甚至在幻觉中看到自己对引导那已极为狂暴的革命能起一定作用。

他走来走去,在下定决心之后,又考虑到,在他离开以前,这事不能让露西也不能让她父亲知道。不能让露西感到离别的痛苦;她的父亲始终不愿去想从前那个危险的地方,让他事后知道,才不至于悬疑不安。因为急于要避免引起她父亲对法国那些往事的联想,他那件事没办好这一情况,在多大程度上要归因于她的父亲,他没有考虑过。不过,这对他的做法有一定影响。

他不停地思考着,走来走去,直到该回特尔森银行向洛里先生告别的时候。他一到巴黎就去见这位老朋友,但现在他不能透露这一意图。

银行门前停着一辆驿马车,杰里已穿上靴子,行装。

"信已经交了,"查尔斯·达奈向洛里先生说道,"我不同意让你带任何书面回信,不过,也许你能带个口信吧?"

"行,很乐意,"洛里先生说道,"只要不是危险的口信。"

"毫无危险。虽然是给阿贝义监狱一个囚犯带信。"

"他叫什么名字?"洛里先生手里拿着打开的笔记本,说道。

"加贝尔。"

"加贝尔。给监狱里那个不幸的加贝尔带什么信呢?"

"就说'信已收到,就来。'"

"提不提时间?"

"他明天晚上动身。"

"提不提哪一位?"

"不。"

他帮洛里先生穿上好几件外衣和斗篷,陪着他从这个古老银行的温暖的气氛中走到雾蒙蒙的舰队街上。"代我向露西和小露西致意,"洛里先生临别时说道,"在我回来以前,千万把他们照顾好。"马车离开后,查尔斯·达奈摇摇头,含糊地笑笑。

那天晚上——八月十四日——他睡得很晚,写了两封热情的信;一封给露西,解释他义不容辞,必须去巴黎的原因,最后说明他深信在那儿决无危险的种种理由;另一封给医生,托他照顾露西和他们的宝贝孩子,极自信地详述了同样的原因和理由。对他们俩,都写了这样的话:他到达后立即来信报平安。

那天很难熬,因为那天他跟他们待在一起,他们共同生活以来,他第一次隐瞒了心事。虽然他们对这无害的欺骗毫不怀疑,但要瞒下去,却非易事。他向高高兴兴、忙忙碌碌的妻子深情地看了一眼,便决心不把即将发生的事告诉她(他本来感动得想告诉她的,他无论干什么事,没有她默默的帮助,实在不可思议),那天过得很快。傍晚,他拥抱了她和跟她同名的同样心爱的宝贝之后,伪称不久就回家(出去赴一个莫须有的约会,而他已藏了一提包衣服),便出现在阴沉沉的街道上浓重的雾中;心情更为沉重。

这时,那看不见的力量很快把他吸过去,一切潮流和风向,都笔直而强劲地转向那吸力。他把那两封信托付一个可靠的门房,在半夜前半小时送交,不能提早;便雇了到多佛的马;于是,他上路了。当他抛下世上他心爱的一切离开时,他以一个可怜的囚犯的呼声"看在上天,正义,慷慨,你高贵姓氏的荣誉的分上!"坚定自己沉重的心,随即向磁礁飘去。

第三部 一场风暴的历程

第一章　秘密处置

凡是在一千七百九十二年秋天从英国前往巴黎的旅行者,在路上都走得很慢。即使在那位被推翻的不幸的法国国王在位的全盛时期,旅行者也会遇上太多恶劣的道路,恶劣的马车,恶劣的马,足以耽搁他赶路;但是在风云变幻的年头,除了这些而外,还充满了其他障碍。每个城镇的关卡,村里的税务所,都有一帮爱国公民,拿着国民自卫军的火枪,随时准备开火。他们拦住一切来往行人,进行盘问,检查证件,在他们自己的一份份名单里查找行人的名字,或把行人挡回去,或放行,或扣下抓起来,这要看他们那变化无常的判断或想象,认为怎么处置最有利于自由、平等、博爱或死亡的、统一不可分割的初生的共和国。①

查尔斯·达奈在法国才走了几里路,就看出,如果巴黎没有宣布他是好公民,他就没有希望从乡下这些道路回去。现在不管发生什么事,他都必须走到头。对他关闭的每个荒村,在他身后放下的每一个拦路的横档,他知道那就是隔离他和英国的重重铁门中的又一道铁门。到处警戒森严,使他感到

---

① 当时法国国民公会颁布的宪法,规定法兰西是中央集权制的统一不可分割的共和国。"自由、平等、博爱或死亡",是当时著名的口号。

完全失去自由,即使他陷入罗网,或者被关在笼子里押往他的目的地,也不过如此。

到处警戒森严,不仅每一站路的途中要拦住他二十次,而且一天要耽误他二十次,他们或者骑马从后面追上他,把他带回去,或者先骑到他前面去堵他,或者骑马跟他同行,把他置于监管之下。当他在离巴黎还很远的路上一个小镇里,精疲力尽地躺下睡觉时,他孤身一人在法国走了好几天了。

全靠交出受难的加贝尔从阿贝义监狱寄来那封信,他才能走这么远。他在这个小镇的警卫室前过关之难,使他感到他的旅行已经到了危急关头。因此,他在把他押到那里过夜的小客店里半夜被人叫醒时,并不感到意外。

叫醒他的,是一个胆怯的地方上办公差的和三个戴着粗糙的红帽子,叼着烟斗的武装爱国者,他们在床上坐下。

"移民,"办公差的说道,"我要请人护送你去巴黎。"

"公民,我就是想去巴黎,不过,没有人护送也行。"

"住口!"一个红帽子用枪托往床单上一杵,咆哮道,"安静点,贵族!"

"这位好爱国者的话没错,"胆怯的办公差的说道,"你是贵族,必须护送——也必须付护送费。"

"我没有选择的余地。"查尔斯·达奈说道。

"选择!听他说的!"还是那个咆哮的红帽子叫道,"好像受保护免得吊上灯柱不算是照顾似的!"

"这位好爱国者的话总没错,"办公差的说道,"起来,穿上衣服,移民。"

达奈照办,随即被带回警卫室,那里还有些戴粗呢红帽子的爱国者在一堆篝火边抽烟、喝酒,或睡觉,他在这里付了一大笔护送费,早上三点随护送队出发,踏上那湿漉漉的道路。

护送队,就两个戴红帽子和三色帽徽,挎着国民自卫军的火枪和马刀的爱国者,他们骑着马在他两旁,一边一个。这位被护送者自己驾驭马,不过,有一条绳子系住他的马笼头,绳头缠在一个爱国者的手腕上,松松地牵着。他们就这样押着他冒着扑面的急雨上路了:以重骑兵的快步嘚嘚地跑过镇上高低不平的铺石路,来到镇外烂泥坑似的路上。除了换马,调整步子快慢,他们一直这样押着他毫无变化地走过他们和首都之间若干里长一段烂泥路。

他们在夜里赶路,天亮后歇一两个小时,然后一直睡到傍晚。护送人的衣服太破烂,便把干草缠在腿上裹在肩上挡雨。查尔斯·达奈对这样的护送只是感到人身不舒适,对护送他的一个爱国者常常喝得醉醺醺的,漫不经心地拿着枪,也只是考虑到由此引起的眼前的危险,此外,他不让这种受监管的处境在心里引起严重的担心;因为,他是这样考虑的,这一案子既然还没有陈述案情,还没有提出可以由阿贝义监狱里的那个囚犯证实的陈述,他受监管就不可能与这一案子和陈述的是非曲直有关。

但是,当他们到达博韦镇时——在傍晚时分,那时街上满是人——他不可能看不见情况十分危急。一群来势不善的人聚在驿站院子门前等着他下马,许多人大喊大叫:"打倒移民!"

他停下来,正翻身要下马时,又坐回他最安全的马鞍上,说道:"什么移民,朋友们!你们还不知道我到法国来,是出于自愿的吧?"

"你就是该死的移民,"一个钉马掌的,手里拿着锤子,挤出人群,气势汹汹地向他扑过来,一边叫道,"你就是该死的贵族!"

驿站长连忙插上来挡在这个人和马笼头(他显然要向那儿砸去)中间,劝道:"随他去;随他去! 他会在巴黎受审。"

"受审!"钉马掌的挥动着锤子重复道,"对! 判他个卖国罪。"人群一片附和的吼叫。

达奈止住驿站长,那人正要把马牵到院子里(那个醉醺醺的爱国者若无其事地坐在马鞍上观望,那根绳子还缠在他的手腕上),等人们能听到他的声音时,他马上说道:

"朋友们,你们不是骗自己,就是受骗。我不是卖国贼。"

"撒谎!"那个铁匠叫道,"那条法令颁布之后,他就是卖国贼。他要向人民偿命。他那该死的命已不属于他了!"

达奈刚看到这群人眼里露出一股马上就要向他冲过来的神色,驿站长立即把马拉进院子,那两个护送的人也紧跟在他的马两边骑了进去,驿站长随即关上那两扇摇摇晃晃的门,上了闩。那个钉马掌的铁匠,用锤子往门上砸了一下,人群哼了哼;不过,没有再闹事。

"那个铁匠刚才提到的法令,是什么法令?"达奈谢过驿站长,在院子里站在他身边之后,向他问道。

"的确有一条发卖移民财产的法令。"

"什么时候通过的?"

"十四号。"

"正是我离开英国那天!"

"大家都说,这不过是几条法令中的一条,而且还要颁布一些法令——即使现在还没有——驱逐一切移民出境,回国者一律处死。他刚才说你的命已经不属于你,就是这个意思。"

"不过,现在还没有这些法令吧?"

"我怎么知道!"驿站长耸耸肩,说道,"也许有,没有也会有。反正都一样。你要吃点什么?"

他们躺在阁楼里一堆干草上,一直睡到半夜,在全镇的人都睡了以后,又骑马上路。沿途熟悉的景物已大变样。只见一片荒凉,使这次荒野旅行仿佛是在幻游,尤为明显的变化是,人们似乎很少睡觉。他们在那凄凉的道路上驱马趱行,冷冷清清走了很久之后,总会走到一簇破陋的茅舍。村里并非一片漆黑,而是灯火通明,总发现人们在深夜里,像幽灵似的,手拉着手围着一棵枯萎的自由之树①转圈子,或聚在一起唱自由之歌。幸而那天晚上博韦镇的人都睡觉了,他们才得以脱身,再次来到凄凉的荒野:冒着不合时令的寒冷和雨,在那年没长庄稼的贫瘠的田野上,叮叮当当赶路,途中也偶尔有些变化,或遇上烧毁的宅邸的黑乎乎的断垣残墙,或遇上那些在所有的道路上守夜的爱国者巡逻队,他们常常突然从埋伏处冲出来,一下勒住马,拦住他们的去路。

他们终于在天亮时到了巴黎城墙前面。他们骑到关卡时,关卡关闭着,警卫森严。

"犯人的证件在哪儿?"一个警卫叫来一个外貌果断的当权的人,他问道。

查尔斯·达奈自然听到那个刺耳的词,便提请说话人注意,他是自由的旅行者,法国公民,由于地方上不平静,不得不

---

① 树立"自由之树",始于美国独立战争时期,或立柱或植树,加以装饰,象征政治上获得自由。法国和意大利革命时期均植此树。

让人护送,他还付了护送费。

"犯人的证件,"那个人根本不理睬他,重复道,"在哪儿?"

原来那个醉醺醺的爱国者把证件放在他帽子里,便拿出证件递过去。那个当权的看了看加贝尔的那封信,显得有些失常和吃惊,又仔细打量着达奈。

然而,他一声不响地离开了护送队和被护送的人,走进警卫室;这时,他们仍在关卡外面,坐在马上。在这悬而未决的时候,查尔斯·达奈向四周看看,注意到把守关卡的警卫,是由士兵和爱国者混合组成的,后者的人数大大超过前者;还注意到,农民往城里运送供应品的大车,以及这一类行人和商贩要进城都很容易,而即使是最普通的老百姓要出城,却很难。许多形形色色的男男女女,不用说,还有各种牲口和车辆,在等着出去;但是预先检查身份很严,一个个经过关卡过滤放行,就很慢了。有些人知道还要等很久才轮到自己受检查,便躺在地上睡觉,或抽烟,有的人则凑在一起聊天,或逛来逛去。不论男女普遍戴红帽子和三色帽徽。

达奈在马上大约坐了半个钟头,一边观察这些情况,这时,又见到那个当权的,他吩咐警卫打开栅栏门。然后,他把一张收到被护送人的收条,交给半醉半醒的护送队,便要他下马。达奈下马后,那两个爱国者牵着那匹走累了的马,各自掉转马头骑走了,没有进城。

他跟着他的领路人走进充满廉价酒气和烟味的警卫室,里面到处躺着或站着一些士兵和爱国者,有睡觉的,没睡的,有喝醉的,清醒的,有程度不同的半睡半醒的,似醉非醉的。警卫室里的光,因为一半来自夜里点的已渐渐微弱的油灯,一半来自多云的天空,相应地处于不稳定状态。一张办公桌上放着几本打开的登记本,一个外貌粗鲁、黝黑的军官坐在桌后。

"德法日公民,"他拿起一张纸,准备记录,向达奈的领路人说道,"这就是艾弗勒蒙德移民吗?"

"就是这个人。"

"年龄,艾弗勒蒙德?"

"三十七岁。"

"已婚,艾弗勒蒙德?"

"是的。"

"在哪儿结的婚?"

"在英国。"

"毫无疑问。你的妻子在哪儿,艾弗勒蒙德?"

"在英国。"

"毫无疑问。我们要把你,艾弗勒蒙德,移交给福斯监狱。"

"天哪!"达奈叫道,"根据哪一条法律,犯了什么罪?"

那个军官从他写的那张纸条上抬起头来,看了一会儿。

"你到了这儿之后,艾弗勒蒙德,我们有了新的法律,新的罪名。"他勉强笑着说过之后,又写起来。

"请你注意,我是接到摆在你面前那份一个同胞写的请求信,自愿到这儿来的。我不过要求得到一个能立即去救他的机会。这难道不是我的权利吗?"

"移民没有权利,艾弗勒蒙德,"这是不动声色的回答,那个军官写完,默念了一遍,撒上沙子,便交给德法日,并嘱咐一句,"秘密。"

299

德法日用那张纸条向这个犯人示意,他必须跟他走。这个犯人听从了。两个武装的爱国者作警卫,跟着他们。

"你是不是,"他们走下警卫室的台阶,转身进巴黎时,德法日低声说道,"娶了马内特医生的女儿?医生曾经是巴士底狱的囚犯,如今那个监狱已没有了。"

"是的。"达奈吃惊地瞧着他答道。

"我叫德法日,我在圣安东区开了一家酒店。你可能听说过我。"

"我妻子曾经到你那里领回她的父亲吧?是的!"

"妻子"这个词似乎是使德法日感到沮丧的提示,提醒他突然焦急地说道:"凭那个新诞生的锋利女人的名义,叫吉洛廷的,你干吗到法国来?"①

"我来的原因,你刚才听我说过了。难道你不相信那是事实?"

"对你可是坏事。"德法日皱着眉头,直视前方,说道。

"我的确不知如何是好。这里的一切,真是前所未见,变化太大,变得太突然、太不公正,我完全不知如何是好了。你能不能帮我一点小忙?"

"不行。"德法日说道,始终直视前方。

"你能回答我一个问题吗?"

"也许。那要看问题的性质。什么问题,你说吧。"

"在我去的这个监狱,真是冤枉,我可以与外界自由通信吗?"

---

① "新诞生的锋利女人"指由法国医生吉洛廷(J. I. Guillotin, 1738—1814)倡导并以他的名字命名的断头台。

"你等着瞧吧。"

"我不会不经审理判决,也无法提出申辩,把我关在那里与世隔绝吧?"

"你等着瞧吧。不过,那又怎么样?以前,不是也那样把别人关在更恶劣的监狱里与世隔绝嘛。"

"但那决不是我干的啊,德法日公民。"

德法日阴沉沉地瞧了他一眼,作为回答,一声不响地走着,坚决保持沉默。他越沉默,他的心肠略微变软的希望就越微弱——这或者是达奈的想法。因此,他连忙说道:

"我总该可以把我被关进福斯监狱这一简单的实情,不加评论,通知特尔森银行的洛里先生,现在在巴黎的一个英国绅士,这对我是极为重要的(有多重要,公民,你甚至比我更清楚)。你能派人为我办这件事吗?"

"我不为你做任何事,"德法日固执地答道,"我的职责是忠于我的国家和人民。我已宣誓做国家和人民的仆人,反对你们。我不为你做任何事。"

查尔斯·达奈感到再求他也没有希望,也伤了自尊心。他们默默往前走时,他不能不发现,人们看犯人过街已习以为常了。连小孩也不注意他。有几个过路人转过头来,有几个向他这个贵族指指点点。情况不同了,衣着讲究的人就该进监狱,跟穿工作服的工人应该上工一样不引人注目。他们经过的一条狭窄、阴暗、肮脏的街上,有一个激动的讲演人站在凳子上向激动的听众讲国王和王室反人民的罪行。查尔斯·达奈听到这个人讲的几句话,才知道国王已关进监狱,外国大使全离开了巴黎。他在旅途中(除了博韦)一点消息也听不到。由于有人护送,而且到处戒备森严,把他和外界完全隔绝了。

现在,他当然知道,他陷入的危险,比他离开英国时就已经严重的危险,大得多。现在,他当然知道,他的危险处境很快严重起来,而且可能越来越快。他不能不暗自承认,如果他能预见到几天内发生的事件,他可能不会到这里来。然而,他的担心并不像它看起来那么阴暗,不妨认为这是由于这一时期后期的光明吧。未来尽管动乱,但那是未知的未来,由于隐晦不明,无知者还抱着希望。时钟再转几圈之后,连续进行几天几夜的那场可怕的大屠杀,即将把那可喜的贮藏收获的季节染上一大片血迹,这对他仿佛是十万年那么遥远的事,他哪会知道。那位"刚出生的厉害女人,叫吉洛廷的",他连名字都不知道,一般人也不知道。即将进行的这场恐怖行动,即使在那些执行者的脑子里那时可能还没有想到吧。一个温文尔雅的人心里虽然有些忧虑,怎能担心这种事?

他料到,他有可能或肯定会受到非法对待,让他坐牢受罪,残酷地把他和妻女拆散;不过,除此而外,他并不明确地害怕什么。他怀着这种忧虑,一直到达福斯监狱门前,进入了那阴森的监狱的院子。

一个面孔肿胀的男人打开牢固的便门,德法日便把"艾弗勒蒙德移民"交给他。

"究竟是怎么回事!他们还有多少!"面孔肿胀的男人叫道。

德法日没有理会他的叫喊,接过收条,便和那两个爱国者一起走了。

"我再说一次,究竟是怎么回事!"剩下他和他的妻子时,看守长叫道,"还有多少?"

看守长的妻子,对这一问题无话可答,仅仅说:"必须忍耐,亲爱的!"听到她摇铃进来的三个看守,也随声附和,其中一个补充道,"为了自由";①这话在那个地方听起来,就像下了不适当的结论。

福斯监狱是一个阴森森的监狱,阴暗、肮脏,散发出一股污浊的睡觉气味的恶臭。在所有这种无人关心的地方,这种囚犯睡觉气味的恶臭,很快变得刺鼻,真是快得惊人!

"又是'秘密',"看守长瞧着那张纸条抱怨道,"好像我还没有胀得要撑破肚子似的!"

他没好气地把那张纸条贴在一份案卷上,查尔斯·达奈在一边听候他发落,等了有半个钟头:有时,他在那牢固的圆拱顶房间里走来走去;有时,坐在一个石头凳子上歇一歇:让他这样等候,看守长和他的下属才能留下印象,记住他。

"走吧,"看守长终于拿起他那串钥匙,说道,"跟我走,移民。"

他的新看管人带着他,在阴暗的监狱的黄昏中,经过走廊和楼梯,穿过一道道门,他们一进门就哐当一声锁上,一直走到一间低矮的圆拱顶大厅,里面挤满了男女囚犯。女人们坐在一张长桌边,看书、写字、编织、缝衣、绣花;男人们则大部分站在她们的椅子后面,或在屋里慢慢来回踱着。

由于一种直觉,认为囚犯必然犯了罪,干了可耻的勾当,这位新来者便躲开他们。但是,他长期的幻游中出现了达于极点的幻境:他们马上全体起立,以当时时髦的种种文雅姿态,世间一切优美动人的礼节,迎接他。

---

① 当时,法国有一句流行的话是:"忍耐些。我们是在革命时期。"(参看雨果《九三年》)本书最后反复用"忍耐"一词描写一个受害的穷苦的女缝工,含有不同的讽刺意味。

这些文雅的举止，都不可思议地蒙上监狱的规矩和愁惨的阴影，他们在那种不相宜的肮脏和悲惨的环境中看起来，真像幽灵，以致查尔斯·达奈仿佛觉得是站在一群死人当中。全是幽灵！美丽的幽灵，华贵的幽灵，优雅的幽灵，傲慢的幽灵，轻浮的幽灵，机智的幽灵，青年的幽灵，老年的幽灵，都等待着打发他们脱离这凄凉的岸边，都转眼瞧着他，由于他们一到这儿就死了，那一双双眼睛也因死亡变了样。

这情景使他呆住了。站在他身边的看守长，走来走去的其他看守，如果是在往常执行任务，他们那副样子，倒是再合适不过，但和当时那里的悲伤的母亲，花容月貌的女儿——和那些卖弄风情的幽灵，年轻貌美的幽灵，以及养尊处优的成年妇女的幽灵——对比起来，就显得太粗鄙，以致把这充满幽灵的场面所呈现的颠倒一切经验和可能性的现象，推到极点。的确，全是幽灵。的确，把他带到这些幽灵当中来的这次长期幻游，是病态的发展！

"我谨代表全体难友，"一位仪表堂堂，谈吐优雅的绅士迎上前来，说道，"欢迎你来到福斯，并为你蒙难来到我们这里，表示慰问。祝愿早日脱离苦海！请问你的姓名和身份？要是在别处，这是失礼的，但在这儿就不拘礼了。"

查尔斯·达奈回过神来，用他能找到的最恰当的词，提供了对方想知道的情况。

"不过，我希望，"那位绅士一边盯着走过去的看守长，一边说道，"你不是'秘密'吧？"

"我不明白这个词的意思，但我听他们说过。"

"唉！真可悲！我们为此深感遗憾！勇敢些；我们这儿有几位最初也是'秘密'，只关了很短的时间。"接着，他提高了声音补充了一句,"我悲痛地告诉诸位——'秘密'。"

查尔斯·达奈经过房间向一个铁栅栏门走去,看守长在那儿等他,这时响起一片同情的低语声,许多声音——其中,女人的温柔的同情的声音尤为明显——向他表示良好的祝愿,给以鼓励。他走到铁栅栏门前转过身来,向他们致以衷心的感谢。看守长把门关了;他再也看不到那些幽灵了。

那道门通一溜上行的台阶。他们登上第四十级台阶(这位关了不过半小时的囚犯,就已经数过了)之后,看守长打开一道低矮的黑门,他们走进一间孤立的牢房。这里使人感到阴冷,潮湿,但并不阴暗。

"你的牢房。"看守长说道。

"为什么要单独监禁我?"

"我怎么知道!"

"我能买笔,墨水和纸吗?"

"我这里没有这个规矩。会有人来看你,你可以提出要求。目前,你可以买食物,买别的不行。"

牢房里,有一把椅子,一张桌子,一个草垫。看守长临走前对这些东西,对四面墙壁,作全面检查时,靠在他对面墙上的这个囚犯,脑子里胡思乱想起来,恍惚觉得,这个看守,脸上身上如此不正常的肿胀,看起来就像一个灌满了水的淹死的人似的。看守长走了之后,他仍然那样胡思乱想,"现在我就像个死人似的被扔在这里。"又低头看看草垫,厌恶地转过身去,想道,"死后,尸体最初就躺在这里的爬虫堆里。"

"五步长四步半宽,五步长四步半宽,五步长四步半宽。"这个囚犯在他的牢房里走来走去量它的大小,城市的喧嚣像闷声闷气的擂鼓声似的隆隆响起来,夹杂着狂涛似的人声。

"他做过鞋,他做过鞋,他做过鞋。"这个囚犯为了转移他的思想,避免重复后面这些话,又量牢房的大小,步子迈得更快了。"门一关就消失的那些幽灵,其中一个,仿佛是穿黑衣服的夫人,靠着一个像射击孔似的窗口,让灯光照耀着她的金发,她看起来像……看在上帝分上,让我们再上路吧,经过灯火通明的村子,人们都没有睡觉!……他做过鞋,他做过鞋,他做过鞋。……五步长,四步半宽。"这个囚犯,随着这些片言只语从心里翻腾起来,走得越来越快,一边顽强地数着,数着;这时,城市的喧嚣发生了这样的变化——虽然它仍然像闷声闷气的擂鼓声似的涌进来,但在高于鼓声的狂涛似的人声中,有他熟悉的痛哭声。

第二章 磨 刀 石

特尔森银行设在巴黎圣日耳曼区一幢大楼的侧楼里,楼前有一个院子,一堵高墙和坚固的大门把街道隔开。这座大楼原来属于一个大贵族,他穿着自己厨师的衣服逃难,越过边境之前,一直住在那里。一个逃脱猎人追捕的十足的野兽,它的灵魂仍然附在那位爵爷的躯体上,就是吃巧克力还要由上述厨师再加三个壮汉侍候送到嘴边那一个。

爵爷逃走了,那三个壮汉,则恨不得在自由、平等、博爱,或死亡的,不可分割的整体的初生的共和国的祭坛上,割断他的喉咙,以开脱自己在他那里领取高薪的罪恶;爵爷的府邸先被查封,又被没收。因为,形势发展那样快,法令一个接一个颁布,那样狂热而仓促,在当年秋天九月三号的晚上,执行秘密使命的司法的爱国者,即占有了这座爵爷府邸,挂上了三色旗,在府邸的豪华房间里喝着白兰地。

要是伦敦办公的地方,也像巴黎特尔森银行办公的地方那样,会马上把银行老板气疯,银行也会登上《公报》①。因为,对银行院子里摆着的种在箱子里的橘树,甚至对柜台上面

---

① 《公报》,伦敦出版的一份官方公报,每周出版两次,登载种种政府公告,也登载"宣告破产"之类的商业公告,这里指后者而言。

的丘比特小爱神,人们出于老成持重的英国人的责任感和可尊敬的品德,会怎么议论呢?然而情况就是这样。特尔森银行已经把丘比特粉刷了,但在天花板上仍然看得见他,穿着极薄的麻纱衫,从早到晚瞄准着(他总是这样)银钱。要是在伦敦隆巴德街①的商号,必然会因为这个年轻的异端,也会因为在这个不朽的男孩后面一间用帐幔遮住的暗室,也会因为嵌在墙上的一面穿衣镜,也会因为那些动不动就当众跳舞的一点也不老的办事员而破产。然而,法国特尔森银行虽然有这些情况,生意却做得特别顺利,只要不发生动乱,谁也不会对此感到惊恐,把钱取走。

今后会从特尔森银行取走多少存款,有多少遗失和遗忘的存款;存放者在狱中奄奄待毙,一旦惨遭杀害之后,有多少金银餐具和珠宝在存放处黯然变色;特尔森银行有多少今生今世无法算清,必须带到来世结算的账目;那天晚上,虽然贾维斯·洛里先生对这些问题苦思苦想,但仍跟别人一样,说不清。他坐在刚生的柴火旁(那个遭灾的荒年也冷得早),他那诚实和勇敢的脸上罩着一层深深的阴影,比那盏吊灯所能投下的,或房间里任何东西曲折反射的阴影更深——是恐怖的阴影。

他在银行里占用了几个房间,为银行效忠,他像结实的根藤似的,成了这家银行的一部分。由于爱国者占据了主楼,这些房间也沾光得到一点安全,但对这一点,这位忠诚的老绅士却从未考虑过。为了尽他的职责,这些情况他全不放在心上。在院子对面的柱廊下,有一个很宽敞的停放马车的地方——

---

① 英国银行和商业贸易中心。

那儿当然还停着那位爵爷的几辆马车。两支熊熊燃烧的大火炬绑在两根柱子上,照见露天里放着一个大磨刀石:看来那是从附近的铁匠铺或其他工场匆匆忙忙拉来,很草率地安装上的。洛里先生站起来,望见窗外这些无害的东西,不禁哆嗦一下,又回到火边的座位上。原先他不仅打开了玻璃窗,也打开了外面那层格子百叶窗,此时关上这两层窗子之后,浑身还直哆嗦。

从高墙和大门外面的街道上,传来夜间常听到的城市的嗡嗡声,不时还听见其中夹杂着一种非人间的难以形容的怪声,仿佛一些不同寻常的令人恐怖的声音在升天。

"感谢上帝,"洛里先生扣紧两手说道,"幸好今晚上我亲密的朋友们都不在这个可怕的城市。愿上帝对所有遇险的人发发慈悲吧!"

不久,大门的门铃响了,他想道:"他们回来了!"便坐着倾听。但是,没有他预期的闹闹嚷嚷涌进院子的声音,他听到大门哐当响了一声,又静下来。

由于紧张、恐惧,引起他为银行莫名的担心,在大转变中这是很自然的。银行有人严加把守,他站起来,正要到那些可靠的守卫人那里去时,他的房门突然打开,两个人影冲了进来,一见他们,他吃惊得往后一退。

露西和她的父亲!露西向他伸出双臂,脸上露出过去那副真诚的样子,如此凝聚而强烈,仿佛印在她的脸上,特为在她一生的这一过程给这一表情以力量和权力。

"怎么啦?"洛里先生透不过气来,心慌意乱地叫道,"怎么回事?露西!马内特!出了什么事?为什么到这儿来?怎么啦?"

她脸色苍白而狂乱,那样直勾勾地瞧着他,扑在他怀里气喘喘地恳求道:

"啊,亲爱的朋友!我的丈夫!"

"你的丈夫,露西?"

"查尔斯。"

"查尔斯怎么啦?"

"在这儿。"

"在这儿,巴黎?"

"到这儿几天了——三四天吧——我不知道有几天——我无法集中思想。为了一件义不容辞的事,他没让我们知道,就到这儿来了;他被关卡扣留,又送进了监狱。"

老人忍不住叫了一声。几乎同时,大门的门铃又响了,一阵嘈杂的脚步声,人声涌进了院子。

"这是什么响声?"医生转向窗子,说道。

"别瞧!"洛里先生叫道,"别往外瞧!马内特,千万别碰百叶窗!"

医生转过身来,他的手放在窗闩上,带着冷静而大胆的微笑,说道:

"亲爱的朋友,我在这个城里有护身符。我蹲过巴士底狱。在巴黎——岂止巴黎?在法国——只要爱国者知道我蹲过巴士底狱,谁都不会碰我一下,只会涌上来拥抱我,或像凯旋似的把我抬走。凭我过去所受的痛苦给我的权力,我们才能通过那道关卡,在关卡得到查尔斯的消息,也才能到达这里。我知道,情况就会这样;我知道,我能救查尔斯脱险;我跟露西这样说过。——这是什么响声?"他的手又放到窗子上。

"别瞧!"洛里先生不顾一切地叫道,"不,露西,亲爱的,也别瞧!"他伸出胳膊搂着她。"别惊慌,宝贝。我郑重向你保证,我知道,查尔斯没有受到伤害;甚至对他在这个要命的地方,我也不怀疑。他在哪个监狱?"

"福斯!"

"福斯!露西,孩子,如果你这一辈子都很勇敢,乐于帮忙——你向来如此——现在你就要镇定下来,绝对听我的吩咐;千万,千万相信我的话。今天晚上你什么事也干不了,没办法;你无论如何不能出去,我这样说,是因为,为了查尔斯,一定要你听我的话,你很难做到。你得马上听我的话,安安静静待着。你得让我带你到后面的房间去。你得让你父亲和我单独待两分钟,既然已经到了生死关头,你得马上照办。"

"我听你的就是。我在你的脸上看出,你知道我只能这样做。我知道你是真诚的。"

老人吻了她,连忙把她带到他的房间,随手锁上房门;然后匆匆回到医生那儿,打开窗子,又打开部分百叶窗,把手放在医生胳膊上,和他一起望着院子。

只见一群男男女女,人数上还不足以,或者说接近,塞满院子;总共不过四五十人。占据这幢大楼的人从大门放他们进来,他们一拥进来就到磨刀石那儿磨刀;因为那儿既方便又隐蔽,那显然是为了他们磨刀安装的。

不过,干这种活的人多可怕,这种活多可怕!

磨刀石有两个摇柄,两个男人疯狂地转动着,转得仰起脸,长发往后飘动时,那脸比化了最野蛮的装的最狂的野人的脸还要可怕,残酷。脸上贴了假眉毛、假胡子,那副可憎的样子,满是血污和汗水,都由于嚎叫扭歪了,都由于兽性大发和缺觉而直眉瞪眼。这两个暴徒转动着,转动着,他们的纠结的

311

鬈发一会儿甩到前面搭在眼睛上,一会儿甩到后面搭在脖子上,有几个女人把葡萄酒送到他们的嘴边,让他们喝。由于一边滴着血,一边滴着酒,一边是磨刀石上蹭出的一股火花,看来整个邪恶的气氛像一片血和火。在那群人当中找不到一个身上没有血迹的人。光着上身,浑身血迹的男人们,挤挤撞撞都想靠近磨刀石,以便下一个磨刀;这些人穿着形形色色的破衣烂衫,衣上都有血迹;这些人像魔鬼似的装饰着女人的花边、绸子、缎带等战利品,这些小东西都浸透了血。带来磨的短斧、刀、刺刀、剑,也满是血。有些用旧的剑,用亚麻布衫的布条和衣服碎片绑在持剑人的手腕上:这些绑带的料子虽然各种各样,但都染上那一种深色。使用这些武器的狂人从飞溅的火花中操起这些武器转身飞奔到街上时,他们那发狂的眼睛红了,也是那种红色;——任何还没有变得像野兽那样残忍的人,要是看见了这样的眼睛,宁肯少活二十年,也会用瞄准的枪,打得它发呆。

他们一会儿就把这一切看在眼里,如同一个快淹死的人,或处于任何危急关头的任何人的视力一样,即使全世界在那儿,也能看清。他们离开了窗子,医生瞧着他的朋友那死灰色的脸寻求解释。

"他们,"洛里先生担心地回头瞧瞧那锁着的房间,悄悄说道,"在屠杀囚犯。如果你对你刚才说的话有把握;如果你的确有你认为你有的那种权力——我相信你有——就向这些魔鬼自我介绍一下,要他们带你去福斯监狱。也许太晚了,我不知道,不过一分钟也不能耽误了!"

马内特医生紧紧握了一下他的手,连忙走出房间,帽子也没有戴,当洛里先生又走到百叶窗前时,他已经到了院子里。

凭他那头飘飘白发,他那张引人注目的脸,他像拨水似的满不在乎地拨开那些武器时那种鲁莽的自信,他一会儿就到了在磨刀石旁那群人的中心。全场停顿了一下,接着一阵忙乱,一阵低语,以及他那听不清的声音;洛里先生随即看到他被全场人围住,一会儿又在有二十个人那么长一列队伍当中,他们肩并肩,手搭着肩地匆匆往外走,一边喊着——"巴士底狱囚犯万岁!去援助巴士底狱囚犯在福斯监狱的亲属!为前面的巴士底狱囚犯让路!去援救福斯监狱的囚犯艾弗勒蒙德!"许许多多人发出回答的叫喊。

洛里先生心头怦怦直跳,又关上百叶窗、玻璃窗,拉上窗帘之后,连忙到露西那儿,告诉她,她父亲在那些人协助下找她丈夫去了。他发现她的孩子和普罗斯小姐也在她那儿;不过,当他在夜深人静时坐在那里守护着她们,过了很久,他才为他们的到来感到吃惊。

那时,露西已陷入昏迷,倒在他脚下,还紧紧拉着他的手。普罗斯小姐已经把孩子放在他的床上,她的头也渐渐落到枕头上,挨着她照管的漂亮孩子。可怜的妻子呜呜咽咽,这夜好长,好长啊!父亲未回,也没有消息,这夜好长,好长啊!

在黑暗中,大门的门铃又响了两次,重复着一拥而进的嘈杂声,磨刀石又转动起来,发出吱吱声。"什么声音?"露西惊恐地叫道。"别作声,士兵们在那儿磨剑,"洛里先生说道,"这儿现在是国家的财产了,用作军械库,亲爱的。"

总共又来了两次;但是,最后这一班干得有气无力,时干时停。不久,天开始发白,他轻轻把那只紧紧抓着他的手解开,小心地再次看看窗外。一个男人浑身血污,就像一个受重伤的士兵在杀场上缓缓苏醒过来似的,从磨刀石旁边的地上

313

站起来,茫然地向四周看看。一会儿,这个精疲力竭的凶手就在那暗淡的天光下发现爵爷的一辆马车,便摇摇晃晃走到那辆豪华的马车跟前,从车门爬上去,关在里面躺在那考究的坐垫上睡觉了。

当洛里先生又往窗外看时,那巨大的磨刀石,地球,已经转动了,太阳照红了院子。但是,那较小的磨刀石孤独地待在那儿,上面染上了不是太阳照的,永远也除不掉的红色。

第三章 阴 影

到了营业时间,洛里先生那办事人的头脑首先作了这样的考虑,其一是:他无权为在银行里庇护一个移民囚犯的妻子,危及特尔森银行的安全。本来,为了露西和她的孩子,他会毫不迟疑地豁出他的财产、安全,乃至生命;但是,他受托照管的偌大一份产业,非他所有,就这一业务上的职责来说,他是个一丝不苟的办事人。最初,他想起德法日,想再找到那家酒店,跟酒店老板商量,在这个发狂的城市里在哪儿找个最安全的住处。但是,引起他这一想法的考虑,又否定了这一想法;因为德法日住在最激烈的一区,毫无疑问,他在那儿有影响,也深深卷入那儿的危险活动。

到了中午,医生仍未回来,每一分钟的拖延都会危及特尔森银行的安全,洛里先生便跟露西商量。她说,她父亲提起过,要在银行附近租一个寓所住几天。既然在业务上对此没有反对的理由,而且他预见到,即使查尔斯没事,获得释放,他也没有希望离开这个城市,洛里先生便出去找这样的寓所,终于在一条背静的小街的高楼上找到一套合适的房间,那是一座令人伤感的方形高楼,其他窗子的百叶窗全关着,表明已人去楼空。

他马上把露西、她的孩子和普罗斯小姐带到这个寓所:他尽可能给她们安排了舒适的条件,远胜于他自己的享用。还留下杰里把门,这个角色头上要挨不少打,然后,他便回去工作了。心里总是挂念着他们,感到不安和发愁,他那一天过得又慢又难熬。

那天熬过去了,也把他熬得精疲力竭,终于到了银行关门的时候,他又一个人待在昨天晚上他待的房间里,考虑下一步怎么办时,他听到上楼的脚步声。不一会儿,一个男人站在他面前,目光敏锐机警,用名字称呼他。

"愿为你效劳,"洛里先生说道,"你认识我吗?"

这人体格很壮,一头黑鬈发,年龄在四十至五十岁之间。他重复这句话作为回答,连加重的语气也没有改变:

"你认识我吗?"

"我在哪儿见过你。"

"也许是在我的酒店吧?"

洛里先生极为关注和不安,说道:"你从马内特医生那儿来的吧?"

"是的。我从马内特医生那儿来的。"

"他怎么说?给我带来什么信?"

德法日把一张打开的纸条递到他焦急的手上。便条是医生亲笔写的:

> 查尔斯平安无事,不过,我还不能平安无事地离开此地。我获准托人带上查尔斯给他妻子的便条。让持信人见他的妻子。

便条写于福斯,不出一小时。

"你要跟我到他妻子住的地方去吗?"洛里先生大声念完

这张便条之后,放了心,高兴地说道。

"是的。"德法日答道。

洛里先生还没有注意到德法日说话的态度有所保留而且机械,有点奇怪,各自戴上帽子,他们便下楼到了院子里。院子里有两个女人;一个在编织。

"是德法日太太,没错!"洛里先生说道,十七年前他临走时看见她就是这副样子,一点不差。

"就是她。"她丈夫说道。

"太太也跟我们去吗?"洛里先生看到她跟着他们走时,问道。

"是的。她才好认认她们的样子,熟悉一下。这是为了她们的安全。"

洛里先生对德法日的态度开始有所察觉,疑惑地看了他一眼,便走在前面带路。那两个女人也跟着;另一个是"复仇女神"。

他们经过两地之间的街道,登上新居的楼梯,杰里放他们进去,看见露西一个人在屋里哭泣。她听了洛里先生告诉她丈夫的消息,十分激动,又握住递给她便条的那只手——没有想到,那只手那天晚上就在她丈夫附近行凶,要不是侥幸,也可能对她丈夫下手。

> 最亲爱的——勇敢些。我没事,你父亲对我周围的人有影响。你不能复信。代我吻我们的孩子。

便条上只写了这几句。然而,对收信的她来说,则大喜过望,她从德法日转向他的妻子,吻她在编织的一只手。这是表示热情、爱意、感谢的女性的举动,但那只手却毫无反应——

冷冰冰的、重重地落下，又编织起来。

在接触她的手时，有什么感觉使露西一下愣住了。她正要把便条放进怀里，中途停下来，手还放在脖子上，惊恐地瞧着德法日太太。德法日太太以冷冰冰的、无动于衷的凝视与那扬起的眉毛和前额相遇。

"亲爱的，"洛里先生插嘴解释道，"街上不断发生动乱，尽管他们不可能找你的麻烦，但德法日太太还是想见一见在这种时候她有权保护的人——为的是认识一下，——她才能认出她们。我相信，"洛里先生说道，更确切地说，不再说令人放心的话，因为他越来越感到那三位的态度冷漠无情，"我说的是实情吧，德法日公民？"

德法日阴沉地瞧着他的妻子，只生硬地哼了一声，表示同意。

"露西，"洛里先生尽可能在语气和态度上安抚她说道，"最好把小宝贝带到这儿来，还有我们的好普罗斯。德法日，我们的好普罗斯是英国小姐，不懂法语。"

刚提到的这位小姐，由于她认为任何外国人都不是她的对手这一根深蒂固的信心，即使遇上凶险也不会动摇，她抱着手走了出来，她的眼睛先碰上"复仇女神"，便用英语向她说道："嗨，准是厚脸皮！但愿你没事！"她对德法日太太也赏了一声英国人的咳嗽；但她们两个都不大注意她。

"这是他的小孩吗？"德法日太太第一次停止编织，边说边用她的毛线针指着小露西，仿佛那是命运之神的指头。

"是的，太太，"洛里先生答道，"这是我们那可怜的囚犯的宝贝女儿，唯一的孩子。"

德法日太太和她的随从的影子，落到那孩子身上，显得那么险恶和阴暗,她妈妈本能地跪倒在她身边,把她搂在怀里。这时,德法日太太和她随从的影子,落到母女俩身上,显得险恶、阴暗。

"够了,我的丈夫,"德法日太太说道,"我见过她们了。走吧。"

但是,那压抑的态度所含的威胁——并不是可见和外露的,而是含糊和抑制的——足以吓得露西用她那恳求的手抓住德法日太太的衣服,一边说道:

"对我丈夫行行好吧。别害他吧。要是你办得到,能帮我见到他吗?"

"你丈夫不是我在这儿要管的事。你父亲的女儿才是我在这儿要管的事。"

"那就为了我,对我丈夫发发慈悲吧。为了我的孩子吧!她会合手求你发慈悲。你们几位,我们最怕你。"

德法日太太把这话当作恭维话来听,随即瞧着她的丈夫。德法日一直不安地咬着大拇指甲瞧着她,这时,把他的脸摆出更严厉的样子。

"你丈夫在那张便条上说什么来着?"德法日太太带着阴笑问道,"影响;他提到影响吧?"

"说我父亲,"露西连忙从怀里取出那张便条,惊恐的眼睛瞧着问话人,而不是便条,"对他周围的人很有影响。"

"那准会把他救出来了,"德法日太太说道,"就让影响去救他吧。"

"作为妻子和母亲,"露西真诚地叫道,"我恳求你可怜我,别用你的任何权力对付我无辜的丈夫,而是帮帮他吧。啊,嫂子,咱们都是女人,请考虑一下我的处境。作为妻子和母亲求你啦！"

德法日太太一如往常，冷冷地瞧瞧求情人，即转向她的朋友"复仇女神"，说道：

"我们从这个孩子那么小，甚至还要小得多的时候起，就见惯的那些妻子们、母亲们，从来没有人为她们想想吧？我们常常听到她们的丈夫、父亲被关进监狱，还不让她们知道下落吧？我们这一辈子都看到我们的嫂子们，她们自己，还有她们的孩子，受穷受苦，挨饿受冻，害病遭灾，还受迫害，竟没有人管，什么罪没有受过呀？"

"我们没有看到别的。""复仇女神"答道。

"这种苦难我们忍受了很久了，"德法日太太又转眼瞧着露西，说道，"你评评看！现在我们可不可能把一个妻子和母亲的痛苦看得很重？"

她又编织起来，一边往外走，"复仇女神"跟着。德法日最后离开，关上门。

"勇敢些，亲爱的露西，"洛里先生边说边扶她起来，"勇敢些，勇敢些！到现在我们还一切顺利——比起不久前许多可怜人的情况来，好多了，好多了。要高高兴兴，感恩才是。"

"但愿我不至于不知感恩，但是，那个可怕的女人好像向我，和我的全部希望，投下了阴影。"

"啐，啐！你那勇敢的小小的心胸里这样沮丧，是因为什么呀？就是阴影嘛！那是虚幻的，露西。"

尽管如此，德法日夫妇那种态度也在他自己身上投下了很暗的阴影，他内心为此感到极为不安。

第四章　岿然不动

马内特医生在离开之后第四天早上才回来,在那段可怕的时期里发生的事,他们能不让露西知道的,就瞒住她,因此,过了很久,她远离法国之后才知道,有一千一百个无法为自己申辩的男女老幼囚犯,被杀害;那四天四夜被这一恐怖行动闹得天昏地暗;她周围的空气被这次屠杀所污染。当时她只知道,他们对囚犯下过手;所有政治犯都有生命危险;有的被群众拖到街上杀害。

马内特医生,由于受到他无须多说的保密令的约束,仅跟洛里先生谈了如下情况:那帮人带他经过屠杀现场,来到福斯监狱。到了监狱,一个自己任命的法庭正在开庭,囚犯被一个个单独带来过堂,法庭很快对他们作出决定,或拉出去处死,或释放,或押回自己的牢房(这种情况很少)。他的带路人把他送到这个法庭上之后,他报了姓名,宣布自己是在巴士底狱未经起诉秘密监禁了十八年的囚犯,审判席上一个人站起来,验明了他的身份,这个人就是德法日。

于是,他查看桌上的名册,查明他的女婿还活着,便竭力请求法庭——审判员们有的打瞌睡,有的没睡,有的因为杀过人满身血污,有的干净,有的醉醺醺,有的没醉——为他争取赦免,获释。因为他是在被推翻的制度下著名的受害者,最初大家狂热地欢迎他时,法庭给予照顾,吩咐把查尔斯带上这无法的法庭受审。看来,他马上就要获释的时候,那股于他有利的势头受阻,没有解释(医生也不明白),于是庭上秘密商谈了几句。作庭长那个人便告诉马内特医生,这个囚犯必须继续监禁,不过,看在医生的分上,妥为照管,不受侵犯。在打了手势之后,马上又把这个囚犯带回牢房;但是,医生当时强烈要求准许他留下来,因为,大门外面群众那杀气腾腾的喊声,常常淹没审讯,不能让人出于恶意或不幸,把他的女婿交给外面那帮人,他获得准许,在那血腥的大厅里,一直待到危险过去。

他在那儿间或吃点东西,间或打个盹,其间所见所闻,他不会透露。他们对被砍碎的囚犯那样狂暴,而为获得赦免的囚犯又那样狂喜,同样使他震惊。他说,有一个囚犯获释出狱,他出大门时,一个野蛮人弄错了,扎了他一长矛。医生应他们的请求去给他裹伤,也从那个大门出去,发现一帮撒玛利亚人①抱着他,坐在死在他们手下的人们的尸体上。他们在这场可怕的梦魇中那样穷凶极恶,却前后矛盾地帮助医生,对这个受伤的人关怀备至——给他做了担架,小心地护送他离开现场——接着又拿起武器,投入极恐怖的屠杀,医生身临其境,用双手蒙住眼睛,昏了过去。

洛里先生听他讲这些秘密,瞧着现在已满六十二岁的朋友的脸时,不由感到担心,生怕这样恐怖的经历会引起旧病复发。但是,他从未见过他的朋友现在这样的精神面貌:他一点也不了解他现在的性格。现在,医生头一次感到,他所受的苦

---

① 撒玛利亚人,原指行善的人,见《新约·路加福音》第10章第33节以下。

难就是力量和权力。他头一次感到,他在那烈火中已慢慢炼成了钢铁的意志,能打破他女儿丈夫的牢门,把他救出来。于是,医生说道:"这一切都有助于达到好的结果,我的朋友;这不仅仅是荒废和毁灭。我的爱女帮我恢复了神智,现在我也要帮她,把她最亲的人还给她;老天在上,我一定要办到!"当年贾维斯·洛里先生一直觉得,这个人的生命就像钟一样已经停了多年了,接着,由于停止使用而处于休眠状态的力量复苏,它又走动起来,现在洛里先生看到他那闪闪发光的眼睛,坚决的脸和镇静而刚强的神态之后,相信了他的话。

即使当时医生要与之斗争的困难再大,也会屈服于他那百折不挠的意志。医生的工作就是治病救人,为奴的自由的,富的穷的,坏的好的,无论高低贵贱,都一视同仁,既然他仍做医生,他极明智地运用个人的影响,不久,他就成为三个监狱的巡回医生,其中包括福斯监狱。现在他可以向露西保证,她的丈夫不再单独监禁,而是跟普通囚犯关在一起;他每周见她丈夫一次,把他亲口说的甜蜜的口信带给她;有时她丈夫托人带给她一封信(不过从未经医生的手),但不允许她给他写信:因为有很多胡乱猜疑,认为有人在监狱里搞阴谋,尤其猜疑那些大家知道在国外有朋友或亲属的移民。

毫无疑问,医生这种新生活是焦虑不安的生活;不过,精明的洛里先生仍然看出,其中有一种新的持久的骄傲。这骄傲没有沾上半点与他的为人不相称的气息,那是自然流露的、可敬的骄傲;他却把它看作珍宝。医生知道,直到那时,在他女儿和他的朋友的心里,一想到他被监禁就联想到他个人的痛苦、损失和衰弱。现在这种情况改变了,而且他知道,当年遭受的苦难,给了自己力量,他们俩都指望它帮查尔斯最终获得安全和释放,他因这一变化意气扬扬,他要带领他们,要作为弱者的他们,信赖作为强者的他。他和露西原先的相对地位颠倒过来,然而这只有最强烈的感激之情和爱心才能使之颠倒,因为,她那么尽心地照顾他,只有为她做些事,他才会感到骄傲。"这一切看起来真奇怪,"洛里先生亲切而精明地想道,"但又自然而然,合情合理;那么,亲爱的朋友,你就带领我们吧,就带下去;没有比你更合适的带路人了。"

不过,虽然医生为查尔斯·达奈争取获释,至少也要为他争取受审,尽心竭力,而且坚持不懈,但对他来说,时代的潮流来势太猛、太快。新的时代开始了;国王受审,判处死刑,被砍了头;自由、平等、博爱,或死亡的共和国,宣布抗击武装的世界,争取胜利,或死亡;巴黎圣母院的几个巨大塔楼上日日夜夜飘扬着黑旗;有三十万人响应号召,从法国各种各样的土地上纷纷起来反抗世上的暴君,仿佛撒播了龙牙①,无论在山丘、平原、岩石、沙砾、淤泥上,在南方明朗的天空下,在北方的阴云下,在沼泽地,在森林里,在葡萄园,在橄榄林里,在割了草、割了庄稼的地里,在大江大河丰饶的沿岸,在海岸的沙滩上,都同样结了果。谁的个人忧虑能抵挡自由元年的洪水——这洪水,发自地下,而非天降,天堂的窗户都关着,没有打开!②

没有停顿,没有怜悯,没有和平,没有宽容的间歇,没有计算时间的长短。虽然像创世之初一样,日日夜夜有规律地循

---

① 据希腊神话,卡德摩斯杀了守卫井的龙,将龙齿种下,便长出武士,互相厮杀。"种下龙齿"有种下不和或毁灭的含义。

② 参看《旧约·创世记》第6—7章:耶和华见人罪恶很大,要发洪水"毁了天下","那天大渊的泉源都裂开了,天上的窗户,也敞开了"。

环,像创世第一日一样,有晚上有早晨,①但没有别的计时。一个国家陷入狂热,就跟病人发高烧时一样,不顾时间了。时而,刽子手提着国王的头示众,打破了那时全城不自然的沉默——时而,似乎就在同时,提着他美貌的妻子的头示众,那头,由于她在监狱里守寡,悲惨地苦熬了八个月,金发已经灰白了。②

然而,遵循那运用于所有这类案件的奇怪的"矛盾法",时间虽然冒着火焰过得很快,却也很长。首都有一个革命法庭,全国各地有四五万个革命委员会;一条惩治嫌疑犯的法令③,把对自由或生命安全的保障,一笔勾销,把任何好人、无辜的人,交给任何坏人、罪犯处置;监狱里塞满了没有犯罪又得不到申诉的人;这些做法,成了一定之规,情理之常,而且不到几个星期似乎成了古代的习惯法。尤其是一个可怕的形象,那时大家已经见惯了,仿佛它一直受到举世瞩目似的——就是那个叫吉洛廷的锋利的女人的形象。

它成了大家开玩笑的话题;说它是治头痛的灵丹妙药,它防止头发变白有特效,它能给脸色增添一种独特的妙味,它是国家的剃头刀,一刀剃得精光:谁跟吉洛廷接吻,就透过那个小窗户看一看,打个喷嚏就掉进袋子里。它是人类再生的象征。它代替了十字架。人们的胸前不戴十字架,

---

① 见《旧约·创世记》第1章。
② 法王路易十六和王后,先后于一七九三年一月二十一日、十月十八日被送上断头台。
③ 法国国民议会于一七九三年九月通过一项惩治嫌疑犯的法令,准予逮捕一切贵族、一切涉嫌保王党或吉伦特派的同情者、一切不履行公民义务者,于是镇压活动进一步扩大。

而带上它的模型。凡拒不接受十字架的地方,都膜拜和信奉它。

它砍掉那么多头,它身上,以及它污染最严重的地上,满是令人厌恶的红色。它像给小淘气鬼玩的智力玩具一样,有时把它拆散,需要时又把它装起来。它使雄辩家不敢作声,打倒了权势者,毁了美好的人。它在一个早上,用二十二分钟,就砍下二十二个声誉卓著的朋友(二十一个活的,一个死的)的脑袋,①圣经《旧约》上那位大力士的名字,传给了操作它的头头;但是,他有了这样的武器,他比跟他同名的大力士更有力,更盲目,而且每天都在拆毁上帝的神庙的大门。②

尽管置身于这样恐怖的暴行,以及那帮可怕的人之中,医生仍坚定不移:深信自己的力量,为达到他的目的仍谨慎地坚持不懈地努力,从不怀疑他最终会救出露西的丈夫。然而,时代的潮流既强大又深广,卷着时代猛进,查尔斯已经在监狱里关了一年零三个月了,而医生还是那样坚定、自信。那年十二月,革命发展得越发邪恶和疯狂,南方的河流都被夜里溺毙的尸体所堵塞,在南方冬天的太阳照耀下,囚犯排成一行行,一个个方阵被枪决。尽管置身于这样恐怖的暴行中,医生仍坚定不移。当时,他在巴黎最有名;他的处境最奇特。他沉默寡言、仁慈,医院、监狱都少不了他,无论对凶手或受害者,同样治疗,他是另一种人。他在进行治疗时,他的外貌和在巴士底

---

① 据米涅《法国革命史》,在处死王后之后,紧接着处死吉伦特派的代表二十一人,另一个代表已先于他们处死,参看该书第233页。
② 大力士,即参孙(Samson);头头,即处死路易十六的刽子手桑松(Sanson),名字近似。参孙力大无穷,独力杀死无数非利士人,后遭暗算,被剜去双目,最后扳倒神庙,与敌人同归于尽。见《旧约·士师记》第15、16章。

狱作过囚犯的经历,使他显得与众不同。仿佛他的确是在大约十八年前复活,或是在活人中游荡的鬼魂,没有人怀疑或传讯他。

第五章　锯　木　工

一年零三个月了。在这些日子里,露西时时刻刻都悬着心,总拿不准吉洛廷会不会在第二天砍掉她丈夫的头。每天,装满死囚送往刑场的囚车沉重地颠簸着经过铺了石头的街道。有可爱的姑娘;有棕发的,黑发的,灰发的漂亮女人;有年轻人;有壮汉,老头;有出身高贵的,有出身农民的;他们都是送给吉洛廷喝的红葡萄酒,每天把他们从那令人厌恶的监狱的黑牢房里带到光天化日之下,经过大街送给它,以满足它贪得无厌的渴求。自由、平等、博爱,或死亡——你最最轻易赐给人的,就是死亡,啊,吉洛廷!

这种灾难会突然临头,时代的车轮转得飞快,如果把医生的女儿吓呆了,只好无能为力地绝望地等待那一结局,那么,她的情况不过跟许多人的情况一样罢了。不过,自从她在圣安东区那个阁楼上把那白发苍苍的头搂在她年轻的怀里时起,她一直忠于她的义务,在这受磨难的期间,尤其忠于她的义务,一切不声不响的忠实而善良的人总是这样。

他们在新居一安顿下来,她父亲去干他本行的例行工作之后,她仍精心料理这份小小的家务,就跟她丈夫在家一样,一丝不苟。东西的安放,都有一定的地方、一定的时间。她按时教小露西功课,好像他们都聚在英国的家里一样正规。她想了一点欺骗自己,作出相信他们不久会团聚的样子的办法——为他马上就要回来做一点准备,把他的椅子、他的书,放在一边备用——这些办法,以及她在夜里为在监狱里受到死亡威胁的许多不幸的人,尤其为其中一个亲爱的囚犯所作的庄严的祈祷——几乎是她唯一坦率表白的对她那沉重的心情的安慰。

她的外貌变化不大。她和她女儿穿的近似丧服的朴素的黑衣服,像节日盛装一样整洁,收拾得一样好。她的脸色苍白,过去那种专注的表情,常常,而不是偶然,挂在脸上;要不然,她还是很美。有时,她在晚上吻过她父亲之后,突然把她整天压抑着的忧伤爆发出来,总是说,她在世上只有依靠他了。他总是坚决地回答:"他要出事,绝不会不通知我,我知道,我能救他,露西。"

他们已发生变化的生活,没过几个星期,一天晚上,她父亲一回家就跟她说:

"亲爱的,监狱顶上有一个窗户,查尔斯有时候在下午三点能接近那儿。如果他能到窗前——那要看许多不能确定的、偶然的机遇——只要你站在我能带你去的一个地方,他认为,他可能在街上看见你。不过,可怜的孩子,你看不见他,即使你能看见,要表示出认出他的样子,那对你也不安全。"

"啊,带我去那儿吧,父亲,我天天都要去。"

从那时起,不论天气好坏,她总要在那儿等两小时。钟一敲两点,她就到了那儿了,到了四点,她才顺从地转身离开。只要雨不太大,天气不太坏,可以带上孩子,她们就一起去,天气太坏时,她就一个人待在那儿;她没有一天不去。

那地方在一条弯弯曲曲的小街上一个阴暗和肮脏的拐角

处。在那一头,唯一的房子就是一个锯木柴的工人的简陋小屋,别处全是墙。她到那儿第三天,他才注意到她。

"你好,女公民。"

"你好,公民。"

如今由法令规定这种称呼的方式。这本来是不久前在彻头彻尾的爱国者之间自行建立的方式,但现在是人人遵守的法规。

"又到这儿来啦,女公民。"

"你瞧见我了,公民!"

锯木工是个老爱比比画画的小个子(他曾经当过养路工),向监狱看了一眼,又指指监狱,把十个手指放在眼前当铁栅栏,滑稽地透过手指瞧一瞧。

"这可不关我的事。"他说道。接着又继续锯他的木头。

第二天,他正张望着找她,她一露面,就迎上去搭话。

"怎么,又到这儿来了,女公民?"

"是的,公民。"

"啊,还带个小孩!这是不是你的母亲,小女公民?"

"我可以说是的吗,妈妈?"小露西靠近她,悄声说道。

"可以,最亲爱的。"

"是的,公民。"

"啊,这可不关我的事。我的工作才关我的事。瞧我的锯子!我管它叫我的小吉洛廷。拉,拉,拉;拉,拉,拉!他的头掉了!"

木柴应声掉下,他把它扔进筐子里。

"我管自己叫锯木柴的吉洛廷的参孙①。再瞧这儿!卢,

---

① 参见本书 326 页注②。

卢,卢;卢,卢,卢!她的头掉了!现在,轮到小孩。蒂克,蒂克;皮克,皮克!小孩的头掉了。锯了全家的头!"

他又往那筐里扔了两根木柴时,露西打了个冷战。但是,在锯木工干活时到那儿去,他不可能看不见。从此以后,为了赢得他的好感,她总是先跟他打招呼,常常给他几个酒钱,他欣然接受。

他很好奇,有时,当她注视监狱的房顶和那些铁栅栏,她的心飞到她丈夫那儿去之后,回过神来时,总发现他单腿跪在工作台上,锯子停在正在锯的木头里,瞧着她。"这可不关我的事!"在这种时候,他总是这样说,接着又麻利地锯起来。

露西冒着冬天的冰雪,春天刺骨的寒风,夏天的烈日,秋天的大雨,又冒着冬天的冰雪,反正无论遇上什么天气,每天总要在这个地方待两小时;每天临走时,总要吻吻监狱的墙。她丈夫看见她了(她听她父亲说的),她去五六次,他可能见到一次;也可能一连见到两三次,也可能一个星期或两个星期见不着。只要他有机会能见到她,的确见到她,这就够了,如果有那样的可能性,她会等上一天,一个星期等上七天。

她这样来来去去,又到了十二月,她父亲在这个月里,置身恐怖暴行中,仍坚定不移。一个下着小雪的下午,她来到平常去的拐角。那是一个狂欢的日子,一个节日。她沿途见到房屋都装饰着小长矛,矛尖上顶着小红帽子,还装饰着三色缎带;房屋上写着标准的标语(大家都喜欢用三色字母):统一不可分割的共和国。自由、平等、博爱,或死亡!

锯木工的可怜的铺子太小,整个铺面才提供很不像样的一块地方写这段标语。他找人帮他胡乱写上,然而,死亡一词还是极不适当地硬挤进去的。他在房顶上也插了一支顶着帽子的长矛,好公民都得这样做,他还把他的锯子,题上"小圣吉洛廷",摆在窗子上——因为,当时那个伟大锋利的女人已被大家奉为圣徒。他的铺子关了门,他也不在屋里,让露西松了口气,就她一个人了。

不过,他并没有走远,因为,不久她就听见一阵骚动和叫喊声过来了,使她感到非常害怕。不一会儿,一群人拥到监狱围墙附近那个拐角,锯木工和"复仇女神"手拉手,在那群人中间。他们不少于五百人,但跳起舞来就像五千个魔鬼。他们没有音乐伴舞,只有自己唱歌。他们合着流行的革命歌曲,踩着像一齐咬牙似的猛烈的节奏跳起舞来。或男的跟女的跳,或女的跟女的跳,或男的跟男的跳,碰上谁,就跟谁跳。最初,他们不过是刮来的一阵粗呢红帽子、粗呢破衣服的暴风雨;但当他们充满那个地方,停下来在露西附近跳舞时,他们当中出现了一个跳得发了狂的人影,像可怕的幽灵似的。他们时而前进,时而后退,或彼此打手、抓头,或各自转圈子,又彼此抓住,成对地转圈子,直转到很多人倒下。那些人倒下时,其余的人手拉手一起转圈子;接着这个圆圈断开,分别组成两个人的或四个人的圈子转着,转着,转到突然一起站住,又开始打呀,抓呀,扯呀,随即往相反的方向转圈子,又一起往另一个方向转圈子。他们又突然站住,停顿一下,重新打着拍子,排成街面那么宽的一排排,都垂下头,两手高举,老鹰扑食似的尖叫着冲走了。任何战斗都远不如这种舞蹈那么可怕。这真是触目惊心的堕落的娱乐活动——一种本来无害的活动,却为行凶作恶所利用——把一种有益于健康的消遣变成使人愤怒,使人精神错乱,使心肠变硬的手段。其中虽然也能看到一点优美处,反而使其更丑恶,说明一切本来美好的事物被扭曲,糟踏成什么样子。少女的胸怀那样裸露,那美丽的,简直还是孩子的头又这样狂乱,那双优美的脚却在血污的泥潭中翩翩起舞,这些就是那个动乱时代的典型。

这就是卡曼纽歌舞①。歌舞过后,剩下露西一个人站在锯木工小屋的门口,惊慌失措。羽毛般的雪纷纷下着,仿佛从来没有这样静悄悄地下过,也没有这样白而柔软。

"啊,父亲!"她抬起那双因为用手捂着而暂时模糊的眼睛时,他已站在她面前,"多残酷、丑恶啊。"

"我知道,亲爱的,我知道。我见过好多次了。别害怕!他们谁也不会伤害你。"

"我并不为自己害怕,父亲。我想到我丈夫,任凭这些人处置——"

"不久他们就处置不了他了。我让他爬上那个窗子,就来告诉你。这儿没有人看见。你可以吻吻手,向那最高的斜屋顶上飞吻。"

"好的,父亲,我还要把我的灵魂和吻一起送上去!"

"你看不见他吗,我可怜的宝贝?"

"看不见,父亲,"露西怀着一腔思念,哭泣着吻她的手时,说道,"看不见。"

响起了踏雪的脚步声。是德法日太太。"敬礼,女公民。"医生说道。"敬礼,公民。"对方顺口答道,没有多说一句。德法日太太走了,像投到那一片白的路上的一个影子。

"把胳膊递给我。为了他,要露出高兴、勇敢的样子离开

---

① 法国大革命时期流行的一种歌舞,一七九二、一七九三年执行死刑时必用的歌舞。

这儿。这就对了。"他们离开了那个地方;"不会让你白高兴。明天要传查尔斯出庭了。"

"明天!"

"要马上行动。我已经做好充分准备,但是,还得采取一些预防措施,要在的确传他出庭时才能采取。他还没有接到通知,但我知道,不久就会传他明天出庭,把他转移到法庭监狱;我及时得到消息。你不害怕吧?"

她简直无法回答:"我信赖你。"

"绝对信赖我。很快你就不再提心吊胆了,亲爱的;过几小时就把他还给你;我已采取一切措施把他保护起来了。我必须见洛里。"

他一下站住。传来沉重的车轮滚动的隆隆声。他们俩都很明白那意味着什么。一辆。两辆。三辆。三辆死囚车载着可怕的东西压着发出嘘嘘声的雪驶去。

"我必须见洛里。"医生重复道,带她转向另一条路。

这位忠诚的老绅士仍忙于办理他受托的业务,从不擅离职守。经常有人为没收的、收归国有的财产的事来找他,并查账。他能为财产所有人保留下多少就保留多少。保管委托特尔森银行保管的财产,保密,没人比他更牢靠。

天空呈暗红色,塞纳河上升起了雾,表明天快黑了。他们到达银行时,差不多就黑了。爵爷那幢豪华的府邸已完全毁坏、废弃。院子里一大堆灰烬上方,写着:国家财产。统一不可分割的共和国。自由、平等、博爱,或死亡。

刚才跟洛里先生在一起——那搭在椅子上的骑马装的主人——不让他们看见的,是谁呢?他从那个人那里又兴奋又感到意外地走出来,把他的宝贝搂在怀里,那个刚到的人是谁呢？他提高声音,回头向他刚经过的那道门,重复她结结巴巴说的话:"转移到法庭监狱,传他明天出庭。"他好像在向谁说话呢?

第六章　胜　利

这个由五名审判员、检察官和坚决的陪审团组成的可怕的法庭,天天开庭。每天傍晚发布他们列出的名单,由各监狱的看守长向囚犯们宣布。看守长常说的笑话是:"里面的人,出来听念晚报!"

"查尔斯·艾弗勒蒙德,又名达奈!"

于是福斯监狱终于开始念晚报了。

叫过一个名字,叫那个名字的人就走到一边,站到留给那些被宣布为上了死亡名单的人的地方。查尔斯·艾弗勒蒙德,又名达奈的,当然知道这一惯例:他见过好几百人这样离开人世。

那位肿胀的看守长,戴上阅读用的眼镜,向他们看了一眼,拿准了自己已就位,便念起名单来,每念一个名字,就稍停顿一下。一共二十三个名字,却只有二十个人回应;原来其中一个被传唤的囚犯已死在狱中,被遗忘了,那两个也早已上了断头台,也被遗忘了。名单是在那圆拱顶的厅里宣布的,达奈刚到那天晚上曾在这里见过那些难友。他们全在那次大屠杀中丧生,无一幸存;此后他为之担着心告别的每一个人,都死在断头台上。

大家匆匆说了几句告别的亲切的话,但告别很快结束。

这是每天都发生的事,而且福斯监狱这个社会,又忙于准备那天晚上玩的输者受罚的游戏和小音乐会。他们涌向栅栏门,流下眼泪。但在筹备的娱乐活动中有二十个空缺必须找人补上,而且离上锁的时间本来就不多,到时候公用的房间和过道就要交给几条大狗通宵看守。囚犯们并非草木,无知无觉;他们的行为方式,是由当时的条件造成的。同样(尽管有细微的区别),有一种热情或激情,无疑大家都知道,导致一些人毫无必要地去冒上断头台的危险,而且死于断头台,这不仅仅是自负,也是受到狂热震撼的群众情绪的狂热感染所致。在鼠疫流行的季节,有些人往往有一种受这种病吸引的隐秘倾向——一种想死于这种病的可怕的一时的倾向。我们心里都隐藏着这种不可思议的念头,只需要唤起这些念头的环境。

通往法庭监狱的过道又短又黑;住在那个监狱的闹寄生虫的牢房,那天晚上又长又冷。第二天,在传唤查尔斯·达奈之前已经审了十五个囚犯。十五个都判死刑。只用了一个半小时就全部审理完毕。

"查尔斯·艾弗勒蒙德,又名达奈。"终于传唤他出庭。

审判员戴着装饰了羽毛的帽子坐在审判席上;此外,就是戴有三色帽徽粗呢红帽子的占优势。他瞧着陪审团和骚乱的观众,可能认为世道常规颠倒了,重罪犯在审判诚实的人。总少不了那份卑下、残酷和恶劣的城市里最卑下、最残酷和最恶劣的人,却是左右现场的人物:吵吵闹闹地对判决说长道短,或鼓掌叫好,或表示不赞成,或作预测,或起哄催促,肆无忌惮。男人们,大部分都带着各式各样的武器;女人们,有的带着刀,有的带着匕首,有的一边看一边吃吃喝喝,不少人在编织。在编织的女人当中,有一个胳膊下还夹着一块备用的编织的东西。她在前排,她旁边那个男人,从他过那个关卡以后就没有见过,但他马上想起来,是德法日。他注意到,她凑在他耳边悄悄说了一两次,她好像是他妻子;不过,这两个人他最注意的是,尽管他们被安置在尽可能靠近他的地方,他们却不向他看一眼。他们似乎已下定决心在等待什么,只看着陪审团,别的什么也不看。马内特医生穿着平常穿的朴素的衣服,坐在审判长下首。这个囚犯也看出,他和洛里先生是那里与法庭无关的仅有的两个人,他们都穿着平常穿的衣服,并没有穿革命派那种粗糙服装。

检察长指控查尔斯·艾弗勒蒙德,又名达奈,是移民,根据驱逐一切移民,违者处死的法令,应由共和国剥夺其生命。尽管法令上载明的日期是在他回法国之后颁布的,那算不了什么。反正他回国了,颁布了这条法令;他在法国被捕,那就要他的脑袋。

"砍下他的脑袋!"观众叫道,"他是共和国的敌人!"

审判长摇摇铃要叫喊的人安静下来,接着问这个囚犯,他在英国住了许多年一事是否属实?

毫无疑问,属实。

那么,他不是移民?他认为自己是什么人呢?

就法律的意义和精神来看,他希望不是移民。

为什么不是?审判长要求说明。

因为,他自愿放弃那使他厌恶的称号,使他厌恶的地位,离开了他的国家——他提出,那是在法庭目前使用移民一词的意义还没有通行以前——在英国靠自己的辛勤劳动生活,而不是靠负担过重的法国人民的辛勤劳动过剥削生活。

他这一陈述有什么证明?

他提出两个提到名字的证人:西奥菲尔·加贝尔,和亚历山大·马内特。

但是,他已经在英国结婚了吧?审判长提醒他。

不错,但不是跟英国女人。

法国女公民?

按原籍,是的。

她的名字,她的娘家?

"露西·马内特,马内特医生,坐在这儿的那位好医生的独生女。"

这一回答对观众产生了有利的影响。为这位著名的好医生欢呼的喊声响彻大厅。群众受感动如此反复无常,这时几张凶恶的面孔上马上淌下眼泪,刚才还狠狠地盯着这个囚犯,仿佛急不可耐地要把他拖到街上宰了。

查尔斯·达奈遵照马内特医生的一再叮嘱,在他的危险的道路上走了这几步。这同一位谨慎的顾问对他要走的每一步都给予指导,处处都为他作了安排。

审判长问道,为什么他偏偏在那个时候回国,而不早一点?

他回答说,他没有早一点回国,仅仅因为,他在法国除了他放弃的财产,别无谋生的办法;而在英国,他靠教授法国语言和文学谋生。他在那个时候回国,是因为一位法国公民来信提出紧急请求,这位公民讲了由于他不在法国他有生命危险的遭遇。他为了救一位公民,不论冒什么危险,都要为他作证,说明事实的真相,才赶回国。在共和国看来,这有罪吗?

群众热情地叫道:"没罪!"审判长摇铃让他们安静下来。但不起作用,他们不断喊着"没罪!"一直喊到他们自行停止。

审判长问那个公民叫什么名字？被告解释说，那个公民是他的第一个证人。他还很有信心地提到那个公民的信，说信在关卡上被收缴了，但他毫不怀疑当时就放在审判长面前那堆文件里。

医生设法让人把信放在那里——也向他说过，信准放在那里——审讯进行到这个阶段，便拿出那封信宣读。传唤加贝尔公民证实，证实不误。加贝尔公民极为谨慎、委婉地暗示，由于庭上要处置大量共和国的敌人，工作繁重，百忙中不免有所忽略——其实，不如说法庭一心想着爱国，已把他全忘了——三天前才想起他还在阿贝义监狱；当即提审，经陪审团宣布，由于公民艾弗勒蒙德，又名达奈，自行投案，指控加贝尔本人一案查明之后，已将其释放。

接着询问马内特医生。他很高的个人声望，他清楚的回答，给人极深的印象；但是，当他继续陈述，说明被告是他经过长期监禁出狱后结识的第一个朋友；被告一直在英国，对流亡异国的他的女儿和他本人，始终忠诚不渝、关怀备至；他不但没有得到那儿的贵族政府的好感，反而被控为英国的敌人和美国的朋友，确确实实要判他死罪——他极慎重地，以事实和真诚的直接说服力，摆出这些情况之后，陪审团和观众完全一致了。最后，他提到洛里先生，当时也在场的一个英国绅士，请他作证，跟他本人一样，他也是英国那次审判的证人，可以证实他对此案的陈述，这时，陪审团宣布，他们听够了，只要审判长同意，他们准备表决。

观众对每一票（陪审员各自大声表示意见），都报以高声叫好。所有的叫声都支持这个囚犯，于是审判长宣布他获释。

接着，出现了那些奇特的场面之一，群众有时用以满足他们反复无常的心情,或满足他们想表示宽大仁慈的行善的冲动,或把这些善举看作他们大量残酷暴行的一点陪衬。这时,谁也无法断定如此奇特的场面是出于上述哪一种动机。很可能三者兼而有之,而以第二种动机占优势。法庭刚刚判他无罪,观众的眼泪就像在另一个时候流血一样畅快地喷涌而出,能冲到他跟前的许多男男女女一拥而上,给他兄弟般的拥抱,经过长期有害健康的监禁之后,他因为精疲力尽有晕倒的危险,还因为,他很清楚,正是这些人,如果卷入另一股潮流,会以同样的狂热向他扑来,把他砍碎,撒到街上。

他给等待受审的其他被告让路,暂时才得以从他们的拥抱中脱身出来。接着,有五个人一起受审,因为他们没有以言行帮助过共和国,被指控为共和国的敌人。法庭很快就为自己和国家补偿了失去的一个机会,他还没有离开那儿,这五个人就来到他跟前,被判在二十四小时内处死。走在前头的一个这样告诉他,一边打着监狱里惯用的表示死亡的手势——竖起一个指头——他们又一起补充了一句:"共和国万岁!"

这五个人没有拖延审理程序的旁听人,这是真的,因为,他和马内特医生一出大门,只见门外围着一大群人,人群中每一张脸,他似乎都在法庭上见过——只有两张脸,他没有找着。他一出大门,群众又向他扑过去,大家一起一会儿哭泣,一会儿拥抱,一会儿叫喊,在河岸上演出这疯狂的一场,一直演到仿佛河流也跟岸上的人一样发狂了。

他们让他坐在他们弄来的一把大椅子上,那椅子不是从法庭上,就是从法庭哪个房间或过道里弄来的。他们在椅子上搭了一面红旗,在椅背上绑了一支长矛,矛尖上顶着一顶红帽子。即使医生一再请求,也无法阻止他们把他抬到他的家,他坐在这辆凯旋车里,周围一片红帽子的汹涌的海洋起伏着,一面从它那狂暴的深处泛起这样一片脸的残骸,以致他不止一次怀疑他心慌意乱了,怀疑他正坐在囚车里驶向断头台。

他们乱哄哄的像梦游似的抬着他走着,遇上谁就跟谁拥抱,还指指他。他们弯弯曲曲地经过一条条街道时,用共和国流行的颜色把积雪的街道染红了,如同他们曾用更深的颜色染红积雪下面的街道一样,他们这样抬着他进了他居住的楼房的院子。她父亲为了让她思想上有所准备,已先走一步,在她丈夫下地之后,她倒在他的怀抱里人事不省。

他正搂着她,把她那美丽的头转过去,背对着吵吵嚷嚷的人群,他的眼泪和她的嘴唇会合时才不致被人看见,这时少数人开始跳舞。其他人马上全部跳了起来,院子里到处都在跳卡曼纽舞。接着,他们从人丛中举起一个少女放到那张空椅子上,把她当作"自由女神"抬走,这时人如涨潮,四处泛滥,漫到附近街上,漫到河岸上,又过了桥,卡曼纽舞吸引着他们每一个人,让他们旋转着离开。

医生怀着满腔胜利的喜悦和自豪站在他面前时,他紧紧握住他的手;洛里先生由于和卡曼纽舞的龙卷风卷起的水柱搏斗,上气不接下气地赶来时,他紧紧握住他的手;小露西让人抱起来搂着他的脖子,他亲了她,又拥抱了始终热情而忠实的抱起小露西的普罗斯,然后,他一把搂住他的妻子,随即把她抱上楼进了他们的房间。

"露西!我爱!我平安无事了。"

"啊,最亲爱的查尔斯,让我跪下感谢上帝吧,我一直向他祈祷。"

他们俩虔诚地低首下心。当她再投入他的怀抱时,他对她说道：

"现在告诉你父亲,最亲爱的。他为我所做的一切,全法国没有一个人办得到。"

她把头靠在她父亲的胸上,如同很久很久以前,她把他那可怜的头靠在她自己的胸上一样。他报答了她的恩情,非常高兴,他所受的罪得到补偿,也为他的力量感到自豪。"你可不能软弱,宝贝,"他告诫道,"别这样发抖。我已经把他救出来了。"

第七章 敲　门

"我已经把他救出来了。"他常常做梦回家,但这不是又在做梦。他的确在这儿。然而,他的妻子仍在发抖,仍然怀着模糊然而沉重的恐惧。

周围的气氛太昏暗,人们的报复心太盛,而且一阵阵发作,无辜的人常常因为遭到不明不白的怀疑、恶毒的怨恨,被处死,许多像她丈夫一样清清白白的人,像他之于她那样也是其他人的亲人,每天都在遭受把他从中抢救出来的那一厄运,这是不可能忘记的,因此,虽然她觉得心里应该释去重负,却办不到。冬天下午天色开始变暗,即使这时,那可怕的囚车仍隆隆地经过街道。她的心思追随着它们,在那些判处死刑的人当中寻找他;接着她更紧地抱住面前真实的他,抖得更厉害。

她父亲为使她高兴,摆出对这种女人的软弱的富于同情的优越感,看起来真是妙极了。现在没有阁楼,没有做鞋,没有北塔楼一百零五号!他已完成了他给自己定的任务,履行了他的诺言,他救出了查尔斯。让他们都依靠他吧。

他们持家很节俭。不仅因为这是最安全、最不惹人反感的生活方式,也因为他们并不富裕,而且,查尔斯坐牢期间,要为他吃的粗劣食物付伙食费,给看守钱,补助较穷的囚犯的生活费,得花好大一笔钱。他们没雇用人,部分原因即在此,也免得在家里养个坐探;看院子大门的男女公民,偶尔帮他们一点忙;杰里(洛里先生几乎完全把他派给他们)天天在他们那里当差,每天晚上也睡在那里。

按自由、平等、博爱或死亡的、统一不可分割的共和国的法令,每个居民的姓名,必须用一定大小的字母,距地面一定的方便的高度,清楚地写在门上或门柱上。因此,杰里·克伦彻先生的姓名也照书不误,为楼下的门柱添了一点色彩;那天下午,天色更阴暗时,叫这个名字的主儿露面了,他刚才监督马内特医生雇的一个漆匠把查尔斯·艾弗勒蒙德,又名达奈这一姓名添在那一列姓名后面。

由于使那个时代天昏地暗的普遍恐惧和不信任,一切平常无害的生活方式都变了。医生那个小家,如同许许多多家庭一样,都在每天傍晚,到各种小店铺购买少量日常需要的消费品。大家都想避免引起注意,尽可能少惹人议论、忌妒。

过去几个月,普罗斯小姐和克伦彻先生都在干食物采购员的差事。前者带着钱,后者提着篮子。每天傍晚,大约在上灯的时候,他们便出门尽其职责,买回需要的食物。普罗斯小姐,由于长期和一个法国家庭生活在一起,只要她有心学,本来可能像懂她自己的语言一样懂他们的语言,但她根本不想学;因此,她跟克伦彻先生一样,不懂那种"莫名其妙的话"(这是她对法语的习惯叫法)。于是,她买东西的方式,就是劈头劈脑向店主提出一个实物名词,不说明要什么样的东西,如果那个名词碰巧不是她要的东西的名称,她就到处找,找到就抓住它,一直抓到成交。她总要讲价,不管那个商人竖起几个指头,她总要比他少竖一个指头,表明这个价钱才公道。

"克伦彻先生,"普罗斯小姐说道,她因为感到极为幸福两眼发红,"要是你准备好了,就可以走了。"

杰里沙声沙气表示听普罗斯小姐吩咐。他早就把他手上的铁锈弄干净了,但无法把他那一头倒刺挫平。

"我们要买各种各样的东西,"普罗斯小姐说道,"还要瞧瞧热闹。尤其是还要买葡萄酒。我们不管到哪里买酒,都会遇上那些戴红帽子的在祝酒干杯。"

"就你听懂的来说,小姐,"杰里反驳道,"不论他们为你,还是为那个老家伙干杯,我认为,在你听来都差不多。"

"那是谁?"普罗斯小姐说道。

克伦彻先生缺乏自信地解释说,那是指"老尼克"①。

"哈!"普罗斯小姐说道,"这些家伙的意思,用不着翻译来解释。他们只有一个意思,那就是半夜杀人,为非作歹。"

"嘘,亲爱的!求求你,小心点!"露西叫道。

"是的,是的,是的,我会小心,"普罗斯小姐说道,"不过,我们私下可以说说,我真希望他们别在大街上到处拥抱,那股洋葱味、烟草味呛得人气都透不过来。小瓢虫,在我回来以前,你可别离开炉火边!好好照顾你失而复得的亲爱的丈夫,在我再见到你以前,可别把你那可爱的头,挪开他的肩膀,就像现在这样!临走前,我可以问个问题吗,马内特医生?"

"我认为你可以行使这一自由。"医生笑着答道。

"千万别提自由;我们已经受够了。"普罗斯小姐说道。

"嘘,亲爱的!又来了?"露西告诫道。

"得,宝贝,"普罗斯小姐说道,强调地点点头,"总而言

---

① 上文"老家伙"和"老尼克"是魔鬼的不同俗称。

346

之,我是最仁慈的乔治三世国王陛下的臣民。"普罗斯小姐提到这个名字时行了个屈膝礼,"既是他的臣民,我的准则是,破坏他们的阴谋,挫败他们的诡计,我们寄希望于他,上帝保佑吾王!①"

克伦彻先生动了忠心,也跟着普罗斯小姐咕咕哝哝重复念这些词,像上教堂的人似的。

"我很高兴你还有这点英国人的样子,但愿你那嗓子没着过凉就好了,"普罗斯小姐赞许地说道,"还是提问吧,马内特医生。我们还有没有,"——这个好心人就是这样,总是装着把他们都非常担心的什么事不当回事,只是像这样偶然地提到它——"我们还有没有希望离开这个地方?"

"恐怕还没有。这对查尔斯还有危险。"

"嗨—嘀—哼!"普罗斯小姐说道,她一看见炉火光映照着她宝贝那头金发时,就愉快地憋住了一声叹息,"那么我们就得耐心等待,也不过如此。我们就得抬起头,放低身子打斗,我弟弟所罗门常常这样说。走吧,克伦彻先生!——你可别动啊,瓢虫!"

他们走了,把露西、她的丈夫、她的父亲和孩子,留在明亮的炉火旁。洛里先生马上就要从银行回来了。普罗斯小姐已经点上灯,不过把它放到一边的角落里,好让他们不受干扰地享受一下炉火的光亮。小露西坐在外公身边,两手搂着他一只胳膊;他用稍高于说悄悄话的声调,开始跟她讲一个了不起的本事很大的仙女的故事,她打开监狱的墙,放出一个曾经帮

---

① 这一段出自英国国歌第二节(与现行的中译文略有出入)。有人认为,一六〇五年增添的"挫败他们的诡计"等歌词,与当年英国天主教徒企图炸死英王詹姆士一世和国会议员一案有关。这里是借题发挥。

过她忙的囚犯。一切都平静下来,露西也比先前安心一些。

"什么响声?"她突然叫起来。

"亲爱的!"她父亲停止讲故事,说道,一边把手放到她的手上,"要控制自己。你很不正常!一点点小事——根本没事——也会吓你一跳!你呀,你父亲的女儿呀!"

"我认为,父亲,"露西脸色苍白,用发颤的声音为自己辩解道,"我听到有生人上楼的脚步声。"

"宝贝,楼梯一点声也没有。"

他正说着,有人捶打门。

"父亲,父亲。这究竟是怎么回事?把查尔斯藏起来。救救他!"

"孩子!"医生说道,一边站起来,把手放到她肩上,"我已经救了他。干吗这么软弱,亲爱的!我去开门。"

他拿起灯来,经过靠外边的两个房间,打开门。一阵踏着地板咚咚响的鲁莽的脚步声,四个带着军刀和手枪的戴红帽子的粗汉走进屋来。

"艾弗勒蒙德公民,又名达奈。"为首那个说道。

"谁找他?"达奈答道。

"我找他。我们找他。我认识你,艾弗勒蒙德;今天你在法庭上受审时,我见过你。你又是共和国的囚犯了。"

这四个人包围了他,他站在当中,他的妻子把他紧紧抱着。

"告诉我,我怎么又是囚犯了,犯了什么法?"

"你马上回法庭监狱就是了,明天会明白的。明天传你受审。"

这帮人一来,简直把马内特医生变成石头了,他拿着灯站在那里,就好像雕成那副模样的一座雕像,等那人说完这些话,他走过去,放下灯,面对说话人,并非无礼地抓住他那红色毛织衬衣的前胸,说道:

"你刚才说,你认识他。你认识我吗?"

"是的,我认识你,医生公民。"

"我们都认识你,医生公民。"那三个人说道。

他茫然地瞧瞧这个,又瞧瞧那个,停顿一下,才放低声音说道:

"那么,他提出的问题能不能答复我呢?这是怎么回事?"

"医生公民,"为首那个勉强说道,"有人向圣安东区告发了他。这个公民,"指着第二个进来的人,"就是圣安东区的。"

这个公民点点头,补充道:

"圣安东区控告他。"

"什么罪?"医生问道。

"医生公民,"为首那个还是那样勉强地说道,"别再问了。如果共和国要求你作出牺牲,毫无疑问,作为一个好爱国者,你会乐于作出牺牲。共和国先于一切。人民是至高无上的。艾弗勒蒙德,上头催得很紧。"

"再说一句,"医生请求道,"能不能告诉我谁告他?"

"这是犯规的,"为首那个答道,"不过你可以问这儿的这位圣安东来的人。"

医生转眼看着那个人。他不安地动动脚,摸摸胡子,终于说道:

"好吧!这的确犯规。告他的人——事情还很严重——

349

是德法日公民夫妇。还有一个。"

"那一个是谁?"

"你要问吗,医生公民?"

"是的。"

"那么,"圣安东那位露出奇怪的样子,说道,"明天你会得到答复。现在,我不能说话了!"

第八章 打　牌

　　幸而普罗斯小姐不知道家里又遭了大难,她穿过一条条狭窄的小街,经新桥过河,一边算计该买多少必不可少的东西。克伦彻先生提着篮子在她身边走着。他们俩左顾右盼,对他们经过的大多数店铺都要看一下,对一切人群聚集处,都怀着戒心,绕道避开任何谈得很激动的人群。那是一个阴冷的夜晚,雾蒙蒙的河上,一片耀眼的火光和刺耳的噪音,模糊地显现出一艘艘驳船停靠的地方,铁匠们在船上为共和国的军队制造枪炮。欺骗那支军队的人,在军队里谋得不应得到的提升的人,要遭殃了!他还是不留胡子为好,因为共和国的剃刀要把他剃光。

　　普罗斯小姐买了一点东西,打了一点灯油之后,想起他们要买酒。她看了几家酒店,才在"古代优秀的共和派布鲁托斯①"酒店的招牌前停下来,因为这酒店离曾经一度(两度)是推勒里宫的国家宫不远,她很喜欢那儿的景色。这酒店看来比任何这类地方安静些,虽然也被那爱国者的帽子映得发红,但不像其他酒店那么红。普罗斯小姐试探了克伦彻先生

---

① 布鲁托斯(Marcus Junius Brutus,约公元前85—前42),古罗马政治家,为恢复共和政体而刺杀恺撒的主谋。

的意见,知道跟她一致之后,便在她这位骑士的陪伴下进了"古代优秀的共和派布鲁托斯"酒店。

他们略略观察了一下店堂:灯火烟雾弥漫,有的人叼着烟斗在玩软耷耷的纸牌,发黄的多米诺骨牌,一个袒胸露臂、一身煤烟灰的工人在大声念报,有的人听着,武器或带在身上,或放在一边备用,有两三个顾客还在打瞌睡,他们穿着流行的肩头高耸的毛乎乎的黑短外套,那样子看起来就像在睡觉的熊或狗;这两个外国人模样的顾客走近柜台,指出他们要的东西。

他们正打好了酒时,一个角落里有个人和另一个人分手,站起来走了。他出去时,必然跟普罗斯小姐迎面相遇。他刚面对着她,普罗斯小姐就发出一声尖叫,又拍拍手。

不一会儿,酒客们全站起来。为维护不同观点,某人杀了某人,这是最可能发生的事。人人都期待着看到某人倒下,但是只见一个男人和一个女人相互凝视。那男人的外貌,完全像法国人,彻头彻尾的共和派;那个女人,则显然是英国人。

这些古代优秀的共和派布鲁托斯的门徒,对如此大杀风景都说了些什么,即使普罗斯小姐和她的保护人注意听,也只是一片哇啦哇啦的嚷嚷,像听希伯来语或闪族语一样。然而,他们吃惊得对什么声音都充耳不闻。这非得写上一笔,因为,不仅仅是普罗斯小姐惊奇和激动,克伦彻先生——尽管看来他另有自己的原因——也惊异已极。

"怎么回事?"引起普罗斯小姐尖叫那个男人说道;声音恼怒,粗暴(虽然是低声),而且用英语说的。

"啊,所罗门,亲爱的所罗门!"普罗斯小姐又拍手叫道,"这么久没看见你,也没有你的消息,竟在这儿找到你了!"

"别叫我所罗门。你想害死我吗?"那人偷偷地惊慌地问道。

"弟弟,弟弟!"普罗斯小姐叫道,眼泪夺眶而出,"难道我过去对你太狠了,竟让你问出这样无情的问题?"

"那你就管住你那多事的舌头,"所罗门说道,"要是你想跟我说话,就到外边去。把你的酒钱付了,走吧。这个人是谁?"

普罗斯小姐向她毫无感情的弟弟,摇摇她那多情的泪丧的头,含着泪说道:"克伦彻先生。"

"也让他出去吧,"所罗门说道,"他认为我是鬼魂吗?"

从克伦彻先生的神色看来,显然认为他是。然而,他没说话,普罗斯小姐含着眼泪很费劲地往她那网状手提包的深处探摸,然后付了酒钱。这时,所罗门转身向那些古代优秀的共和派布鲁托斯的门徒,用法语解释了几句,于是他们又坐下,原来干什么仍干什么。

"我说,"所罗门在街上黑暗的拐角处停下来,说道,"有什么事?"

"我一直爱我的弟弟,无论发生什么事都没有使我变心!"普罗斯小姐叫道,"他竟这样问候我,对我毫无感情,真可怕,太无情无义了。"

"好啦。真该死!好啦,"所罗门说道,把嘴往普罗斯小姐的嘴上啄了一下,"现在满意了吧?"

普罗斯小姐只摇摇头,默默地哭泣。

"要是你认为我会感到意外,"她弟弟所罗门说道,"我并不感到意外;我早知道你们在这儿;我也听说过在这儿的大部分人的事。如果你真不想让我遭到生命危险——我可是半信半疑——就尽快走你的路,也让我走我的路。我很忙。我是官员。"

"我那英国的弟弟所罗门,"普罗斯小姐抬起泪眼悲伤地说道,"本来他有那份天分,会成为他本国最拔尖、顶了不起的人物,却当外国人的官员,又是这种外国人!简直还不如看见那可爱的小伙子躺在——"

"我就说过!"她弟弟打断她,叫道,"我就知道,你是想我死。我的亲姐姐会让我受到怀疑。正在我发迹的时候!"

"宽大仁慈的上天不容许!"普罗斯小姐叫道,"尽管我一直真心爱你,永远爱你,亲爱的所罗门,我倒情愿不再见到你。只要跟我说句亲切的话,告诉我,我们之间没有怨恨、没有疏远,我就不再耽误你了。"

好心的普罗斯小姐!他们之间的疏远好像应该怪她,完全由她引起的。洛里先生多年前在苏霍区那个安静的角落里就知道这个宝贝兄弟花光了她的钱,遗弃了她,好像那不是事实!

然而,他还是说了那句亲切的话,不过,显出一副很勉强的屈尊俯就和恩赐的样子,要是他们俩的善恶品质、长幼地位颠倒过来(这是常事,普天下莫不如此),他是决做不出来的,这时,克伦彻先生碰碰他的肩膀,沙声沙气地、出人意外地提出如下古怪的问题:

"我说!可以请教一下吗?你的姓名是约翰·所罗门呢,还是所罗门·约翰?"

这位官员突然起了疑心转向他。刚才他没说一句话。

"说吧!"克伦彻先生说道,"直说了吧,你知道。"(顺便说一句,那是他自己无法知道的。)"是约翰·所罗门,还是所罗门·约翰？她管你叫所罗门，她既是你的姐姐，一定知道。我知道你叫约翰，你知道。这两个名字哪个在前？还有普罗斯这个姓呢。在海那边你不叫这个名字。"

"你是什么意思？"

"我也不知道，我想不起你在海那边叫什么名字。"

"想不起？"

"想不起。不过我敢发誓，那个名字是两个音节。"

"真的？"

"真的，另一个名字是一个音节。我认识你。你是那年在老贝利作证的暗探。凭你亲爸爸、撒谎之父①的名义，那时候你叫什么名字？"

"巴萨。"另一个人的声音插嘴道。

"这个名字，值一千镑！"杰里叫道。

插嘴的人是西德尼·卡顿。他把两手抄在背后他的骑马装下摆下面，他站在克伦彻先生身边，那满不在乎的劲头，就跟他站在法庭上一样。

"别惊慌，亲爱的普罗斯小姐。昨天晚上我才到洛里先生住处，使他感到意外；我们谈好，要等到一切平安无事，或者用得着我的时候，我才露面；我在这儿露面，是要求跟你弟弟谈谈。但愿你的弟弟有个比巴萨先生更好的差事。为你着想，但愿巴萨先生不是监狱里的羊。"

羊，是当时流行的隐语，意思是看守长手下的暗探。这个暗探本来就脸色苍白，这时更苍白了，问他，他怎么敢——

"我就告诉你，"西德尼说道，"个把小时前，我正瞧着法

---

① 指撒旦，魔鬼。

庭监狱的围墙,偶然碰见你,巴萨先生,从监狱里出来。你有一张好记的脸,我对别人的脸的记性又很好。由于看见你有那方面的关系,而且有理由(这你很清楚)由你联想到一个现在很不幸的朋友的种种不幸遭遇,不禁引起了我的好奇心,便跟着你走。我紧跟你进了酒店,坐在你附近。根据你们毫无保留的谈话,根据在赞美你的人当中公开流传的谣言,不难推断你干的哪一行。我这样做,本来漫无目的,似乎渐渐明确起来,有了一个目的,巴萨先生。"

"什么目的?"暗探问道。

"在大街上解释会惹麻烦,也可能有危险。能不能跟你私下谈几分钟——比如说,在特尔森银行的办公室?"

"在威胁下?"

"啊!我说过这话吗?"

"那么,我为什么要到那儿去?"

"说真的,巴萨先生,要是你不知道,我也不知道。"

"你的意思是你不会说,先生?"暗探犹豫不决地问道。

"你很明白我的意思,巴萨先生。我不会说。"

卡顿很机敏,善于处理藏在他心里的那件事,对付他必须对付的这样一个人,他那大大咧咧、满不在乎的态度也助了一臂之力,起了很大作用。他那老练的眼睛看到这一点,便加以充分利用。

"喏,我不是跟你说过,"暗探用谴责的眼光看了他姐姐一眼,说道,"要是惹出什么麻烦,都怪你。"

"得啦,得啦,巴萨先生!"西德尼叫道,"别忘恩负义,要不是我很尊重你的姐姐,我才不会那么愉快地提出一个我们双方都会满意的小建议。你跟我到银行去吗?"

"我倒要听听你有什么非谈不可的事。好,我跟你走。"

"我建议,我们先把你姐姐送到她住的那条街的拐角。让我搀着你,普罗斯小姐。在这个时候,没人保护,这个城市不适于你外出;既然护送你的人认识巴萨先生,我请他跟我们一起到洛里先生那里去。准备好了吗?走吧!"

普罗斯小姐不久就想起这事,而且终生不忘:当她两手紧抓住西德尼的胳膊,抬头看着他的脸,恳求他别伤害她的弟弟时,感到他的胳膊透出坚定的决心,眼里有一种灵感,这不仅跟他那满不在乎的态度相矛盾,也使他变了个人,显得崇高了。当时,她过于为不配得到她的爱的弟弟担心了,又一心听西德尼让她放心的亲切的话,对于她所观察到的这一变化,不大注意。

他们在那条街的拐角处离开她,卡顿带路向洛里先生的住处走去,不过走几分钟的路。约翰·巴萨,或所罗门·普罗斯,跟在他身边。

洛里先生刚吃完晚餐,坐在一两根木头生的融融炉火前面——也许他在炉火中寻找来自特尔森银行那位较年轻的老绅士的那幅画像,他曾在多佛皇家乔治旅店注视着一炉旺旺的煤火,那是多年前的事了。他们进屋时,他转过头,露出他看到一个生人的惊讶。

"这位是普罗斯小姐的弟弟,先生,"西德尼说道,"巴萨先生。"

"巴萨?"这位老绅士重复道,"巴萨?我听说过这个名字——也见过这张脸。"

"我说过,你有一张引人注意的脸,巴萨先生,"卡顿冷冰冰地说道,"请坐。"

他自己就座之后,皱起眉头向洛里先生提供了一个他需要的环节,说道:"那次审判的证人。"洛里先生马上想了起来,用不加掩饰的厌恶的眼光注视着这个新客人。

"巴萨先生让普罗斯小姐认出来,就是你听说过的她那位亲爱的弟弟,"西德尼说道,"他也承认了这一关系。还是谈更坏的消息吧。达奈又被捕了。"

这位老绅士大吃一惊,叫道:"你说什么!我离开他不过两小时,他还平安无事,我正要回到他那里去!"

"他反正被捕了。什么时候逮捕的,巴萨先生?"

"要是逮捕了,那就在刚才。"

"巴萨先生是最可靠的权威,"西德尼说道,"巴萨先生在跟一个也是羊的朋友喝酒时告诉他已经逮捕的事,我才听到这个消息。他在那家大门口才离开那几个当差的,看见门房放他们进去。毫无疑问,他又被捕了。"

洛里先生那双精明的眼睛在说话人脸上看出,再谈这个问题是浪费时间。他心慌意乱了,但意识到,他要保持镇静才能想点办法,便控制自己,默默地注意听着。

"现在,我相信,"西德尼向他说道,"马内特医生的声望和影响,明天仍然会对他有帮助——你说过明天他还会出庭,是吗,巴萨先生?——"

"是的,我相信是这样。"

"——明天也会像今天那样对他有帮助。不过,也许不会。我承认,洛里先生,马内特医生竟没有力量防止这次逮捕,使我感到震惊。"

"这事也许他事先不知道吧。"洛里先生说道。

"一想起他跟他的女婿那样亲密,甚至这一情况也叫人担心。"

"倒也是。"洛里先生承认,一边用不安的手摸着下巴,不安的眼睛瞧着卡顿。

"总而言之,"西德尼说道,"这是进行孤注一掷赌博的孤注一掷的时代。让医生玩赢牌;我玩输牌。这儿的人命不值钱。今天人们把无论什么人抬回家,明天也许会把他处死。现在,如果发生最坏的情况,我决定下的赌注是,关在法庭监狱里的一个朋友。而我决心要赢他的那位朋友,就是巴萨先生。"

"你得有一手好牌才行,先生。"暗探说道。

"我就翻翻我的牌。看看我手里都有些什么牌吧。——洛里先生,你知道,我这人心狠手辣;请你给我一点白兰地。"

白兰地摆在他面前,他干了一杯——又干一杯——若有所思地把酒瓶推开。

"巴萨先生,"他接着说道,那声调真像一个人在看他手上的牌,"几个监狱的羊,共和国几个委员会的密使,有时是囚犯,有时是看守,但始终是暗探和告密者,作为英国人在这儿反而更有价值,因为英国人充当这些角色作伪证,不像法国人那样易于引起怀疑,他还对他的雇主们用了假名。这是一张很好的牌。巴萨先生,现在受雇于共和国政府,先前受雇于贵族的英国政府,法国和自由的敌人。这是张极好的牌。在这多疑的地方作出这样的推断是再明白不过的:仍受雇于贵族的英国政府的巴萨先生,是皮特[①]的间谍,隐藏在共和国内

---

① 皮特(William Pitt,1759—1806),当时的英国首相(1783—1801;1804—1806)。

部的奸细,遭到很多人议论又难以抓获的作恶多端的英国卖国贼。这张牌稳赢。我的牌你听清楚没有,巴萨先生?"

"还不明白你怎么出牌。"暗探有点不安地答道。

"我出A,就是向最近的区委员会告发巴萨先生。翻翻你的牌,巴萨先生,看看你有些什么牌。别急。"

他把酒瓶拿过来,又倒了一杯白兰地,一气喝干。他看出暗探很怕他喝得发脾气,会马上告发他。于是,他又倒了一杯喝干。

"仔细翻翻你的牌,巴萨先生。慢慢看。"

他还猜不到那手牌有多坏。巴萨先生看到西德尼·卡顿还一无所知的一手输牌。他在英国被解雇,丢了他那份很光彩的职业,是由于他多次作伪证被拆穿——而不是不需要他:我们英国自夸不受隐私和暗探的影响的种种理由,是新近才提出来的——他知道,他渡过海峡,在法国接受了一份差事:先混在同胞当中,引别人上钩,偷听别人的话;又渐渐混到本地人当中,引别人上钩,偷听别人的话。他知道,他在被推翻的政府统治时期,到圣安东区和德法日酒店当过暗探;从那个留神监视的警察那里得到点点滴滴关于马内特医生被囚禁、被释放,以及他的经历等情报,作为他跟德法日夫妇套亲近的引子;他用这些情报向德法日太太作了试探,显然未能得逞。他一想起这一情况就害怕、发抖:他跟那个可怕的女人谈话时,她一直在编织,她一边动着指头一边阴险地瞧着他。以后,他在圣安东区一再看见她交出她编织的记录,告发人,随后那些人的确死在断头台上。他像每一个干他这一行的人那样,知道自己朝不保夕;逃也逃不掉;他被牢牢地绑在那把斧头的阴影下;尽管他为恐怖统治推波助澜,极尽背叛、出卖之能事,但只消一句话,那斧头就会落到他身上。只要他被告发,而且是根据刚才他联想到的这些重大案情,他预见到那个可怕的女人,由于他见过她冷酷无情的许多证据,会拿出那致命的记录害他,会毁了他最后一线生机。干这种勾当的人都容易被吓住,此外,他的一手牌的确不吉利,足以说明他在翻看时何以脸色发青。

"你似乎不喜欢你那一手牌,"西德尼极镇定地说道,"你出牌吗?"

"我想,先生,"暗探转向洛里先生,露出极卑贱的样子说道,"我可以恳请像你那么年高仁慈的绅士,向这位比你年轻得多的绅士说一说,他要是出他刚才提到的那张 A 牌,是不是在任何情况下都跟他的身份相称呢。我承认,我是暗探,大家都认为可耻,——虽然总得有人干;但这位绅士不是暗探,他何必降低身份当暗探呢?"

"我毫不犹豫,"卡顿自己回答,边说边瞧着表,"过几分钟就出我的 A 牌,巴萨先生。"

"两位绅士,我本来希望,"暗探总是想方设法套洛里先生参加商谈,"既然你们尊重我的姐姐——"

"能帮她完全摆脱她弟弟,才最能证明我尊重你的姐姐。"西德尼·卡顿说道。

"你认为不会吧,先生?"

"我已下定决心非办到不可。"

暗探那油滑的态度,跟他那身炫耀于人的粗呢衣服,也可能跟他平常的举止,都不协调,显得怪里怪气,这时被卡顿那不可捉摸的态度一下镇住——即使比他聪明、诚实的人对卡顿都捉摸不透——以致显得犹犹豫豫,油滑不起来了。正当

他不知所措时,卡顿又摆出刚才考虑牌那副神气,说道:

"当然,我还要想想,我还有一张没有提到的好牌,给我的印象很深。你那位当羊的哥们,说他在乡下监狱里放牧的,是谁?"

"一个法国人,你不认识他。"暗探马上答道。

"法国人,嗯!"卡顿沉思着说道,似乎根本没有注意他,尽管重复他的话,"好吧;他可能是。"

"就是,我向你保证,"暗探说道,"尽管这并不重要。"

"尽管这并不重要,"卡顿同样机械地重复道——"尽管这并不重要——是的,不重要。是的,不过,我认得那张脸。"

"我认为不会。肯定不会。不可能。"暗探说道。

"不——可——能,"西德尼·卡顿追忆地喃喃道,又倒了一杯酒(幸而那酒杯小),"不可能。法语讲得不错。不过,我认为还是像个外国人,是吗?"

"外省人。"暗探说道。

"不,外国人!"卡顿那只张开的手拍一下桌子,叫道,好像心里突然明白过来,"是克莱!尽管乔装打扮;但就是他。那个人在老贝利出庭时我们见过他。"

"这话你可说得急了点,先生,"巴萨说道,脸上挂着微笑,使他的鹰钩鼻子更歪,"这下你的确让我占了点上风。克莱(事情过了这么久,我可以坦率承认,他曾经是我的搭档)死了好几年了。他最后一次病倒时,我还侍候过他。他埋在伦敦郊区圣潘克拉斯教堂。当时,因为那帮暴徒恨他,我无法送葬,但我帮着把他放进棺材。"

这时,洛里先生从他坐的地方意识到,墙上出现一个极显著的妖怪的影子。他追查这影子的来源,才发现那是由于克伦彻先生那一头竖起的硬头发,突然竖得特别高,特别硬。

"咱们还是讲讲道理,"暗探说道,"讲讲公正。为了证明你大错特错,你的猜测毫无根据,我就把克莱的丧葬证书拿给你看,碰巧我一直放在钱夹里,"他匆匆取出证书打开,"这儿。啊,瞧呀,瞧呀!你可以拿过去看;这可不是伪造的。"

这时,洛里先生看到墙上那影子拉长了,克伦彻先生站起来,走过去。他怒发直竖,即使当时那条母牛在杰克盖的那幢房子里用弯扭的角把它梳过①,也不过如此。

暗探没有觉察到,克伦彻先生已站在他身边,像镇长的幽灵似的碰碰他的肩膀。

"师傅,那个罗杰·克莱,"克伦彻先生板着沉默、严厉的脸,说道,"原来是你把他放进棺材里的?"

"是我。"

"谁把他弄出棺材的呢?"

巴萨靠在椅子上,结结巴巴说道:"什么意思?"

"我是说,"克伦彻先生说道,"他根本不在那里头。不!他不在!要是他在那里头待过,就把我的头砍了。"

暗探向两位绅士看了看;他们都露出无法形容的惊讶瞧着杰里。

"我告诉你,"杰里说道,"你在那口棺材里埋的是铺路的石头和土。竟来告诉我你埋的是克莱,我可不信。那是骗招。我,还有两个人知道这事。"

"你怎么知道?"

"这跟你有什么关系?应声虫!"克伦彻先生咆哮道,"就

---

① 见英国著名童话故事《杰克与豆梗》。

是你,因为可耻地欺骗生意人,我跟你还有旧仇,是不是!我会为了半个几尼抓住你的喉咙掐死你。"

西德尼·卡顿,本来他和洛里先生对出现这一转折正惊奇不已,这时,要求克伦彻先生克制,把话说清楚。

"以后再说吧,先生,"他回避地答道,"目前不便说。我就是认为,他明明知道那个克莱根本不在那口棺材里。只要他敢吭一声,说他在里头,我要么为了半个几尼抓住他的喉咙掐死他;"克伦彻先生老提这话,是作为很大方的建议,"要么我就出去告他。"

"哼!我听明白了一点,"卡顿说道,"我又有了一张牌,巴萨先生。既然你和另一个跟你一丘之貉的贵族的暗探有勾结,而且知道他装死又复活的秘密,那么,在这捕风捉影、疑神疑鬼的暴乱的巴黎,只要告发,你就活不了。外国人在监狱策划反共和国的阴谋!一张强牌——一张吉洛廷牌!你出牌吗?"

"不!"暗探答道,"我认输。我承认,那帮暴徒太恨我们了,我只有冒着被溺死的危险逃出英国,人们到处捉拿克莱,他要不耍那个骗招,根本逃不出来。不过这个人是怎么知道那是骗招呢,这对我来说真是天大的怪事。"

"你甭为这个人费神,"好争论的克伦彻先生反驳道,"你注意听听那位绅士的话,就够你操心了。听着!再说一次!"——克伦彻先生忍不住要相当夸张地显示一下他的大方——"我会为了半个几尼抓住你的喉咙掐死你。"

这只监狱里的羊转向西德尼·卡顿,较果断地说道:"已经到了关键时刻。一会儿我就去值班,不能久留,误了点。你说你有个建议,什么建议?现在向我提过分的要求没用。如果要求我利用我的职务干任何事,拿我的脑袋冒格外大的风险,那我与其同意你的要求,还不如拒绝,反正拿这条命去碰运气。一句话,我会作出那种选择。你提到孤注一掷。在这儿我们大家都在孤注一掷。记住!只要我认为合适,我也可以告发你,我还会发誓作证,什么话都说得出来,别人也会。好吧,你要我干什么?"

"并不过分。你是法庭监狱的看守吧?"

"我干脆告诉你,逃跑这种事根本不可能。"暗探断然说道。

"我没有提出这要求,还用你来告诉我吗?你是法庭监狱的看守吧?"

"有时候是。"

"只要你愿意,就是。"

"只要我愿意,可以随时进出。"

西德尼·卡顿又倒了一杯白兰地,慢慢把酒倒在壁炉边,他瞧着酒往下滴。酒倒完之后,他站起来说道:

"到目前为止,我们是当着这两位的面谈的,因为那些牌的价值,不能只有你我知道。到那间没亮的屋子去吧,我们单独谈几句就完事。"

第九章　成　局

　　西德尼·卡顿和监狱那只羊，在隔壁没亮的屋里谈话，声音低得一点也听不见，而这边洛里先生则相当怀疑地不信任地瞧着杰里。那位诚实的生意人经这么一瞧，他那副样子也不招人信任了；他老是倒换撑着身子的那条腿；仿佛他有五十条腿，都要试一下似的；他察看着手指甲，那样专注，极为可疑；每当洛里先生的眼睛碰上他的眼睛，他就发作那种独特的咳嗽病，需要冲着手心干咳几声，一个光明磊落的人，即使有这种毛病，也极少见。

　　"杰里，"洛里先生说道，"过来。"

　　克伦彻先生一个肩头冲前斜着身子走过去。

　　"你除了当信差而外，还干什么？"

　　克伦彻先生盯着他的恩人，考虑了一会儿，想出了一个易于领会的答法："农业上的活儿。"

　　"我很担心，"洛里先生生气地用食指点着他，说道，"你利用了名高望重的特尔森银行做幌子，干的是那种可耻的非法行业。如果你干了，你回到英国之后，别指望我照顾你。如果你干了，别指望我为你保守秘密。不能欺骗特尔森银行。"

　　"我希望，先生，"羞愧的克伦彻先生辩解道，"就算干了那一行——我可没有说干了，而是说就算干了——像你这样一位绅士,我又为你当差头发都干白了,要整我,也会再考虑考虑。就算干了,也不能全怪一方,这是要考虑的。问题总有两个方面。眼下,就可能有一些医学博士在大捞几尼,而一个诚实的生意人连四分之一便士也没捞到——四分之一!不,八分之一便士也没捞到——八分之一!不,十六分之一也没有捞到——他们顺顺当当把钱存进特尔森银行,还偷偷瞟那个生意人一眼,他们坐着自己的马车来来去去——啊!即使不更顺当,也同样顺当。喏,那也是欺骗特尔森银行。因为情况都一样,你总不能对一边宽对另一边严吧。还有克伦彻太太,至少过去在英国的时候是这样,只要有什么原因,明天就会扑通一声跪下祷告,咒这买卖,竟咒得坏了事——全完了!而那些医学博士的老婆就不会跪下祷告——绝不会!如果她们跪下,也是为了祝愿病人更多,那么,不了解另一情况,你怎么能正确地了解这一情况呢?再说,还有那些办丧事的,那些教区执事、司事,那些私家守墓人(全都贪财,都参加干了),就算干了那一行,一个人得不了多少。一个人即使得到一点钱,他也发不了,洛里先生。干那一行,他根本得不到好处;既然干了——就算干了——只要有出路,他总想洗手不干。"

"啊!"洛里先生叫道,然而口气相当缓和了,"看见你我就感到震惊。"

"先生,小的向你提个建议,"克伦彻先生继续说道,"就算干了,但我并没说干了——"

"别狡辩了。"洛里先生说道。

"不,我可没有,先生,"克伦彻先生答道,仿佛他压根儿没有那种思想或作风——"我并没有说干了——先生,我向你提的建议,是这样的。我那个孩子,坐在圣殿门附近那张板凳上的那个,长大成人之后,会跟你当差、送信、打打杂,侍候你一辈子,只要你愿意。就算我干了,但我并没有说干了(我不会跟你狡辩,先生),也让那个孩子顶他爹的工作吧,让他照顾他妈;别告发那个孩子的爹——别这样做,先生——就让他爹去干规规矩矩的掘墓工,他会好好干,把他们埋好,也有信心把他们埋得更稳妥,好弥补他本不该干的事——就算干了——洛里先生,"克伦彻先生说道,他用胳膊擦擦额头,算是宣告他的讲话到此结束,"这就是我恭恭敬敬向你提的建议。一个人如果不认真想事,就不明白他周围发生的这些可怕的事,那些没有头的尸体,天啦,多得可以降低搬运费,搬运也够辛苦的。这儿的事我还得管,就算干了那一行,也求你记住我刚才说的话,虽然我可以不说,但我还是仗义站出来说了。"

"至少这是真话,"洛里先生说道,"别再说了。我可能还会做你的朋友,只要你配得上,要用行动——而不是空话,表示悔改。我不要听空话。"

克伦彻先生用指关节敲敲额头,这时,西德尼·卡顿和暗探从没亮的屋子走回来。"再见,巴萨先生,"前者说道,"我们这样谈定了,你对我就完全不用担心。"

他在火炉边一把椅子上坐下,正对着洛里先生。等到他们单独在一起时,洛里先生问办了什么事?

"没有什么。要是情况对那个囚犯不利,我保证能见他一面。"

洛里先生的脸色阴沉下来。

"我只能做到这一点,"卡顿说道,"要求太多,会让这个人遭到砍头的危险,他说过,如果他被告发,也不过如此。这显然是有利地位上的弱点。没有办法。"

"不过,要是判决对他不利,跟他见一面也救不了他。"

"我可没说过救得了他。"

洛里先生的眼睛渐渐移向炉火;对他的宝贝的同情,对第二次逮捕感到沉重的失望的心情,已渐渐使他眼神不济;现在他是个老头了,由于最近的焦虑,已经支持不住了,他流下了眼泪。

"你是个善良的人,也是真正的朋友,"卡顿说道,嗓音都变了,"要是我注意到你很难过,请原谅。我看见我父亲哭,总不能在一边漠不关心地坐着。即使你是我父亲,我也无法对你的痛苦表示更大的敬意。不过,你幸而没有这个孽子。"

尽管他说最后一句话时,不觉又故态复萌,但他的口气和语调中都含有真情和敬意,洛里先生由于从未见过他善良的一面,以致思想上毫无准备,于是向他伸出手,卡顿轻轻地握住它。

"还是谈谈可怜的达奈的事吧,"卡顿说道,"别把这次见面,或这样的安排,告诉她。不能安排她去见他。她可能认为,这是为了应付万一出现最坏的情况策划的,好把受刑前先动手的工具送给他。"

洛里先生没有想到这一点,马上瞧着卡顿,看他是不是有这个想法。好像有;他也回看一眼,显然明白洛里先生看他的含义。

"她可能想得很多很多,"卡顿说道,"任何一种想法都只会增添她的苦恼。别向她提到我。我初到这里时就向你说过,我最好不见她。那我也会尽力帮她一点小忙。我想,你要到她那儿去吧?今晚上她孤单单的一定很可怜。"

"我马上就去。"

"真高兴。她对你的感情很深,也很信赖你。她看起来怎么样?"

"忧虑,痛苦,但很美。"

"啊!"

一声拉长的令人心酸的声音,像叹息——简直像哭泣。这声音把洛里先生的眼睛吸引到卡顿的脸上,这时那脸已转向炉火。一道光,或一个阴影(这位老绅士说不清是哪一种),很快闪过那张脸,快得像一个阴晴变幻不定的天那交替出现的光影突然掠过山坡一样;他抬起脚把一根掉出来的燃烧着的小木头往里推。他穿着当时流行的白色骑马装,高筒靴,火光照着它们明亮的表面,加上他那头未加修整的长长的棕发,散乱地披着,使他显得非常苍白。他对火满不在乎的样子太明显,足以引起洛里先生提出警告;那段燃烧的木头经他的脚一推便碎裂了,他的靴子仍踩在红炭上。

"我忘了。"他说道。

洛里先生的眼睛又被吸引到他的脸上。他注意到笼罩着那本来很漂亮的容貌的憔悴神情,由于对那些囚犯的面部表情记忆犹新,强烈地使他想起那种表情。

"你在这儿的公务快办完了吧,先生?"卡顿转向他,说道。

"是的。昨天晚上,露西意外地来到这里的时候,我跟你说过,我终于办完了我在这儿能办的事。我本来希望,在离开他们的时候,都完全平安无事,然后我就离开巴黎。我已获得出境许可。我本来准备走了。"

他们俩都沉默下来。

"回顾起来,你的一生很长吧,先生?"卡顿沉思地说道。

"我都七十八岁了。"

"你没有虚度一生;始终勤勤恳恳地工作;受人信任、尊重和崇敬吧?"

"我成人之后,就一直是办事人。我的确可以说从小时候起就是办事人。"

"你七十八岁了还担任那样繁重的职务。你离去之后,会有多少人怀念你啊!"

"一个孤独的老单身汉,"洛里先生摇摇头答道,"没有人为我哭泣。"

"你怎么能这么说?难道她不会为你哭泣,难道她的孩子不会为你哭泣?"

"是的,是的,感谢上帝。这话我倒不是那么认真说的。"

"这是值得感谢上帝的,是不是?"

"当然,当然。"

"如果你今晚能老老实实对自己孤独的心说:'我没有得到任何人的爱恋、感激或尊敬;我无论在哪一方面都没有赢得同情;我没有做过值得别人怀念的好事或有益的事!'那么,你的七十八岁就会成为七十八个重咒;难道不会吗?"

"你说得对,卡顿先生;我想会的。"

西德尼又把眼睛转向炉火,沉默一会儿之后说道:"请问你——你觉得你的童年仿佛很遥远吗?你觉得你坐在妈妈膝边的那些日子好像是很久以前的事吗?"

洛里先生对他变得温和的态度作出反应,答道:"二十年前,是的;到了我这把年纪,可不是。因为,我在这个圈子中环行,当我越接近终点时,就越接近起点。这仿佛是途中一段段好心铺平的道路中的一段路。现在引起我对美丽年轻的母亲（而我却这么老了）的许多已沉睡多年的回忆，引起我对儿时的许多联想，那时，我对我们所谓的世界还没有切实的体会，我的缺点还没有根深蒂固，想起这些使我深受感动。"

"我理解这种感情！"卡顿满面红光，叫道，"你因此变得更好了吧？"

"我希望是这样。"

卡顿站起来帮他穿上外套，结束了这场谈话；"不过，"洛里先生又回到原来的话题，"你还年轻。"

"是的，"卡顿说道，"我不老，但我的道路绝不是由青年到老年的道路。别再谈我了。"

"也别再谈我了，真的，"洛里先生说道，"你要出去吗？"

"我陪你到他家大门前。你知道我有爱游荡和闲不住的习惯。要是我在大街上逛很久，你也别担心，早上我又会露面的。明天，你上法庭吗？"

"是的，很不幸。"

"我也要去，不过只是作为一个观众。我的暗探会给我找个地方。扶着我的胳膊，先生。"

洛里先生照办，他们一起下楼到了大街上。走几分钟就到洛里先生的目的地了。卡顿在那儿离开他，但停留在不远处，等大门一关，又回到大门前，摸着门。他听说她曾经每天到监狱那儿去。"她从这儿出来，"他往四周看看，说道，"转向这边，一定常常经过这条石路。我就跟着她的足迹走。"

晚上十点，他站在福斯监狱前面，她站了几百次的地方。一个小个子锯木工，关了店门之后，在门边抽着烟斗。

"晚安，公民。"西德尼·卡顿路过时停了停，说道；因为那个人好奇地看着他。

"晚安,公民。"

"共和国干得怎么样?"

"你是指吉洛廷吧。不坏。今天干了六十三个。不久,我们就会达到一百了。有时候,参孙和他手下的发牢骚,说他们累垮了。哈,哈,哈!那个参孙,他真滑稽。好个剃头匠!"

"你常去看他——"

"剃头?常去。天天去。好个剃头匠!你见过他剃头吗?"

"没见过。"

"等他有一大批活的时候,去看看他吧。你想想看,公民。今天,他用了不到抽两袋烟的工夫,就剃了六十三个头!不到两袋烟的工夫。千真万确!"

当咧着嘴笑的小个子举起他正在抽的烟斗,说明他怎样为那个刽子手计时的时候,卡顿清楚地意识到心里涌起了想把他打死的念头,便转身走了。

"不过你不是英国人吧?"锯木工说道,"尽管你穿着英国衣服。"

"是的。"卡顿又停了一下,扭头答道。

"你说话像法国人。"

"我从前在这儿上过学。"

"啊哈,完全像法国人!晚安,英国人。"

"晚安,公民。"

"去看看那个滑稽的家伙吧,"小个子坚持己见,在他后面叫道,"还要带上烟斗!"

西德尼还没走到别人看不见他的地方,就在街道当中一盏昏暗的路灯下停下来,用铅笔在一张纸条上写着。然后像记得路的人那样迈着果断的步子,穿过几条又暗又脏的街道——比往常更脏,因为在恐怖时期,即使最好的大街也没有打扫——他在一家药店前停下来,老板正亲自关门。那是由一个矮小、模糊、佝偻的人,在一条弯弯曲曲的上坡路上开的一家矮小、模糊、佝偻的店铺。

他在柜台前面对这个公民时,向他道过晚安,把那张纸条摆在他面前。"哟!"这个药剂师在看条子时,轻轻嘘了一声,"嗨!嗨!嗨!"

西德尼·卡顿并不在意,药剂师说道:

"是你用吗,公民?"

"我用。"

"你要小心,把这几剂药分开放,公民!你知道把它们混合的后果吗?"

"很清楚。"

药剂师包了几个小包,交给他。他一包一包放进他里面的上衣的怀里,点清药钱,从容地离开药店。"没事了,"他仰望着月亮,说道,"要到明天才有事干了。我无法入睡。"

他在很快飘过的云朵下出声说出这些话时,那态度,既不是满不在乎,也不显得很随便,缺乏挑战精神。那是一个精疲力竭的人的已决定的态度,因为他漂泊过、奋斗过,然而走投无路,但终于走上了自己的路,看见了路的尽头。

很久以前,他作为一个前程远大的青年,在他的最初的竞争者当中很有名气的时候,他随父亲去过坟墓。他母亲已在几年前去世。这时,月亮当空,云朵高高飘过,他在浓重的阴影中经过黑暗的街道时,想起当年在他父亲坟前念过的这段庄严的经文。"耶稣对他说,复活在我,生命也在我。信我的人,虽然死了,也必复活。凡活着信我的人,必永远不死。"①

在那把斧头统治的这座城市里,夜间独行,他不禁为当天被处死的六十三个人,为在监狱里等待这一命运的明天的受害者,感到悲痛,还想到一个明天又一个明天的受害者,使他理解这段经文的这一联想的链条,像从深水中拉起一条生锈的旧船的锚似的,可能很容易找到。他并没有找,而是反复念着这段经文往前走。

那些亮着灯的窗户,里面的人,经过几小时的平静,忘记了他们周围的恐怖,就要休息了;那些教堂的塔楼,教堂里已无人做祷告,因为自从教士进行欺诈、掠夺,荒淫无耻那些年月以来,人心大变,甚至干出自我毁灭的事;远处那些墓地,如大门上所写,留作"永久安息"的地方;那些满满当当的监狱;六十几个人坐着囚车去赴死经过的街道,那种死法已经如此常见而且重要,在人们当中还没有由于这位吉洛廷所干的事引出一个闹鬼的悲惨故事;对这一切,西德尼·卡顿都感到庄严的兴趣,对已经平静下来、夜间暂时息一息怒气的这座城市的整个生死问题,也感到庄严的兴趣;他又过了塞纳河,向较轻松的街道走去。

外边很少马车,因为乘马车的人都容易受怀疑,绅士们都把头藏在红睡帽里,穿着沉重的鞋子,吃力地走着。不过,所有的剧场都满座,他路过时,人们愉快地涌出来,一边往回走一边谈着。在一家剧场门前,一个小姑娘跟妈妈正在那泥泞的街上寻路过街。他把那孩子抱过去,在那怯生生的胳膊还

---

① 这一段在葬礼时用的经文,见《新约·约翰福音》第11章第25—27节。

没有从他的脖子上松开之前,求她亲亲他。

"耶稣对他说,复活在我,生命也在我。信我的人,虽然死了,也必复活。凡活着信我的人,必永远不死。"

这时,街上安静了,夜已深,这段经文在他脚步的回声里,在空中响着。有时,他一边走,一边暗自极平稳地重复这段经文;但他始终能听见。

夜尽了,他站在桥上倾听河水拍击巴黎岛的河堤,那里一片如画的参差错杂的房屋和大教堂,在月光下闪着光,白天阴冷地到来,看来就像天上露出一张死人的脸。接着,夜,随着月亮和星星,变得苍白而死去,有一会儿,仿佛觉得天下万物都移交给死神统治。

不过,那升起的明晃晃的太阳,仿佛用它又长又亮的光线把这段经文,这夜的重唱句,直接热烘烘地照进他的心里。他虔诚地遮着眼睛,顺着光线望去,好像在他与太阳之间架起一道光桥,河流在太阳下闪烁。

在清晨的寂静中,那强劲的水流,那样急,那样深,的确像个意气相投的朋友。他在远离房屋的河边走着,随后在温暖的阳光照耀下躺在岸上睡着了。当他醒来,又站起身时,他还在那儿流连一会儿,瞧着一个漩涡漫无目的地转呀,转呀,直到水流把它吞没,卷向大海——"就像我!"

这时,一只做买卖的小船,张着一片像枯叶似的褪了色的帆,驶进他的视线,又从他身边飘过,然后消失了。在它留下的无声无息的波纹消失时,他祈求宽恕他的一切轻率行为和过失的发自内心的祈祷,已念到最后一句:"复活在我,生命也在我。"

他回去时,洛里先生已经走了,不难猜出那善良的老人的去处。西德尼·卡顿只喝了一点咖啡,吃了一点面包,洗过脸,换过衣服,提提神之后,就出门到审判的地方去。

趁法庭上一片骚动嘈杂,那只黑羊——很多人都怕得闪到一边躲开他——把他推到人群中一个阴暗的角落。洛里先生在那里,马内特医生在那里,她也在那里,坐在她父亲旁边。

当她的丈夫被带上法庭时,她转眼望着他,那神色,给他极大支持,鼓励,又满含赞美的爱和亲切的同情,为了他又显得那样勇敢,因而他的脸又恢复了健康的血色,目光又亮起来,心又活了。如果有人注意她的神色对西德尼·卡顿的影响,本来会看出那影响完全一样。

在这不公正的法庭上受审,很少或根本没有保证被告进行合理申诉的审理程序。如果一切法律、规矩、仪式,先前没有被穷凶极恶地滥用,导致革命的自杀性的报复,把这一切完全废弃,那么,本来不会发生这种革命。

大家的眼睛转向陪审团。还是昨天、前天那些坚定的爱国者,优秀的共和派。明天、后天,还会是他们。他们当中最急切的一个,一脸如饥似渴的样子,指头老在嘴边晃动,他的出现使观众大为满意。这个急于索命,吃人生番似的凶残的陪审员,就是圣安东的雅克三号。整个陪审团,就像选来审那只鹿的狗的陪审团。

大家的眼睛又转向五个法官和检察长。今天,这一方毫无宽容的意思。只有残暴的、毫不容情的、杀人的意图。大家的眼睛又在群众中寻找别人的眼睛,向那眼睛投去赞许的眼光;又互相点点头,才往前探着身子紧张地听着。

查尔斯·艾弗勒蒙德,又名达奈。昨天被释放。昨天又被控告,又缉拿归案。昨夜已将起诉书交给他。有人怀疑并告发他是共和国的敌人、贵族、暴君家庭的成员、被剥夺人权的家族的成员,因为他们曾经利用他们现已被废除的特权迫害人民,罪大恶极。据此,查尔斯·艾弗勒蒙德,又名达奈,应依法处死,不容宽贷。

检察长的起诉,大意如此,也就是这样三言两语。

审判长问,是公开,还是秘密告发被告的?

"公开告发的,审判长。"

"谁告发的?"

"三个人告发的。欧内斯特·德法日,圣安东区卖酒的。"

"很好。"

"特雷丝·德法日,他的妻子。"

"很好。"

"亚历山大·马内特,医生。"

法庭上一片喧闹,这时,只见马内特医生站在他原来坐的地方,面色苍白,直哆嗦。

"审判长,我愤怒地向你声明,这是伪造的,是欺骗。你知道,被告是我女儿的丈夫。我女儿,和她心爱的人,我看得比我的生命还宝贵得多。说我告发我孩子的丈夫那个骗人的阴谋家是谁,在哪儿!"

"马内特公民,安静些。如果不能服从法庭的权威,你就会丧失法律的保护。至于什么是比你的生命更宝贵的东西,对一个好公民来说,没有比共和国更宝贵的了。"

为这一指责发出大声欢呼。审判长摇摇铃,又热情地说下去。

"如果共和国要求你牺牲你的孩子,你也只有牺牲她的义务。注意听下面的审讯。在审讯时,要安静!"

又发出疯狂的欢呼。马内特医生坐下,往周围看了看,嘴唇直颤抖,他女儿更紧地靠着他。陪审团那个神色急切的人,搓搓手,又把常用的那只手伸到嘴边。

传德法日作证,这时,法庭安静得还能听到他讲话,他很快把医生如何被监禁,他在医生家帮工时还是个孩子,医生被释放后交给他时医生什么状况等等情节,一一作了陈述。因为法庭审案很快,接着就这样简短地审讯一下。

"你在攻占巴士底狱时干得不错吧,公民?"

"我想是的。"

这时,一个激动的女人,从人群中尖叫道:"你在那儿是干得最好的爱国者当中的一个。你干吗不说呢?那天,你在那儿当炮手,那座该死的城堡陷落时,你也是最先冲进去的一个。爱国者们,我说的是实情!"

这位就是"复仇女神",她在观众的热烈赞扬声中,这样协助审讯。审判长摇摇铃;但是,"复仇女神"由于受到鼓励,又来了劲,尖叫道:"我才不听这铃铛的!"为此,她又受到同样热烈的赞扬。

"告诉庭上,那天你在巴士底狱里都干了什么事,公民?"

"我先就知道,"德法日往下瞧着他的妻子,说道,这时他已被拥到台阶上,他妻子站在台阶底下一级,抬起头坚定地望着他,"我先就知道,我现在谈到的这个囚犯,被关在叫作北塔楼一百零五号的单人牢房里。我是听他本人说的。他在我的照顾下做鞋时,他只知道自己叫北塔楼一百零五号,不知道别的名字。那天,我开炮时,就决定在攻占那个地方之后去检查那间牢房。攻占之后,我跟一个现在做陪审员的伙伴一道,由一个看守带路,上楼到那间牢房。我很仔细作了检查,烟囱里有一块石头被撬开过又安回原处,我在烟囱的缝隙里找到一份手稿。这就是那份手稿。我查看了马内特医生的一些笔迹,我认为这是我应该做的事。这就是马内特医生亲笔写的东西。我把这份由马内特医生写的手稿托付给审判长保管了。"

"当众宣读。"

死一样的沉寂、安静——受审的那个囚犯深情地瞧着他的妻子,他的妻子却转过眼睛担心地瞧着她的父亲,马内特医生紧紧盯着念手稿的人,德法日太太的眼睛从未离开过那个囚犯,德法日的眼睛从未离开过他那位像在享用盛宴的妻子,其他人都注视着医生,医生对他们谁也没有看——那份手稿照读如下。

第十章　阴影的实质

"我,亚历山大·马内特,不幸的医生,博韦人,后来移居巴黎,于一七六七年最后一个月,在巴士底狱我的凄凉的牢房里,写下这份悲惨的记录。这是在困难重重的情况下偷空断断续续写成的。我在烟囱的内壁里一点点地很吃力地掏出一个隐藏处,打算把这份记录藏在那里。在我连同我的痛苦化为尘土之后,哪位同情的手可能在那里找到它。

"这些字,是在我被监禁的第十年的最后一个月,用生锈的铁尖,蘸着用血和从烟囱刮下的烟灰、木炭灰调成的灰浆,很吃力地写成的。我已完全绝望。由于我注意到我身上出现了可怕的征候,我知道,我的理智不久会受到损害,但我郑重声明,这时我的神志是正常的——详情细节我都记得很准确——我写的都是事实,不管今后是否有人看到,我都要在上帝的审判席前对我最后记下的一字一句负责。

"一七五七年十二月第三周(我想是二十二号),一个多云的月夜,我在塞纳河边一个码头的背静处散步,想吹吹寒风提神,那儿离我在医药学校街的住处,有一小时路程,这时,我身后来了一辆马车,开得很快。我怕被马车撞倒,正闪到一边让马车过去,车窗里伸出一个头,叫车夫停车。

"车夫勒住马,车停下来,接着那同一个声音叫我的名字。我答应了。马车停在我前面,两位绅士打开车门下了车,我才赶到那里。我注意到他们都裹着斗篷,似乎不愿让人看见。当他们并排站在车门附近时,我还注意到,他们的年纪看来跟我差不多大,或更年轻,他们的身材、态度、声音和(就我所能看到的来说)脸,简直一模一样。

"'你是马内特医生吗?'一个说道。

"'是的。'

"'是以前博韦的马内特医生,'另一个说道,'本来是外科专家,近一两年来在巴黎的名气越来越大的那个年轻医生吗?'

"'先生们,'我答道,'承蒙抬举,我就是你提到的那个马内特医生。'

"'我们去过府上,'第一个说道,'不巧没有找到你,说你可能在这一带散步,我们就跟来了,希望赶上你。请上车吧?'

"他们的态度专横,说罢,就走过来,要把我拦在车门前。他们有武器。我没有。

"'先生们,'我说道,'请原谅;我通常总要请教,赏光求医的是谁,找我去看什么病。'

"后说话的那位对此作了回答。'医生,请你去看病的人是有身份的人。至于什么病,因为我们信任你的医术,相信由你自己诊断,比我们所能说明的病情更可靠。够了。请上车吧?'

"我只好从命,一声不响上了车。他们也跟着上车——最后一个在收好踏板后,跳上车。马车掉过头,用原来的速度驶去。

"我如实准确地重述这段对话。我毫不怀疑,这是原话,一字不差。我要如实准确地叙述当时发生的一切情况,我强制自己的思想,不离开这一任务。我要暂时停笔,把我的稿子藏起来,我就标上如下的中断记号。

*　　　　*　　　　*

"马车把一条条大街抛在后面,经过北门,来到乡下的道路上。在离北门三分之二里格远的地方——当时我并没有估计这一距离,而是后来我经过这段路时估计的——马车离开大路,不久就在一幢孤零零的房子前停了下来。我们三个下了车,经过花园里一条湿漉漉的柔软的小路向大门走去,园里有个水泉疏于照管,泉水四溢。由于拉了门铃,没有马上应声开门,后来,我的两个带路人当中的一个,便用厚实的骑马用的手套抽开门人的脸。

"这种行为并没有什么引起我特别注意,因为老百姓挨打比狗挨打更常见。不过,另一个也同样生气,照样用胳膊抽了那个人;这两兄弟当时的神情举止,竟一模一样,我这才看出他们是孪生兄弟。

"我们在外院大门前下车后(我们发现门上了锁,两兄弟当中的一个开了门让我们进去,又锁上),我就一直听到楼上一间卧室发出叫喊声。我被直接带到那间卧室,我们上楼时,叫喊声越来越大,接着我发现一个精神狂乱的病人躺在床上。

"病人是个很美的年轻女人,肯定不过二十来岁。头发扯得乱糟糟的,胳膊用饰带和围巾绑在身子两边。我注意到这些绑带都是一位绅士服装上的东西。其中一部分,是大礼服上的饰有流苏边的饰带,我看见上面有个贵族的纹章,和字母 E。

"我在观察病人的头一分钟就看到这一点;因为,她在不停地挣扎时,翻过身脸扑在床边,把饰带的一头吸进嘴里,有窒息的危险。我采取的第一个行动,就是动手解除她的呼吸困难;我把饰带挪开时,那角上绣的花样引起我的注意。

"我轻轻把她翻过身,手按在她的胸口上,让她安静下来,好好躺着,一边瞧着她的脸。她的眼睛大大张着,神色狂乱,她不断发出刺耳的尖叫,重复叫着:'我的丈夫,我的父亲,我的弟弟!'接着由一数到十二,再'嘘!'一声,停下来听一会儿,就一会儿,然后她又尖叫起来,重复叫着:'我的丈夫,我的父亲,我的弟弟!'又由一数到十二,再'嘘!'一声。这次序或叫法,毫无变化。这样的叫喊,除了有规律的短暂停顿而外,从不停止。

"'这种情况,'我问道,'持续多久了?'

"为了区别这两兄弟,我称他们为哥哥、弟弟;所谓哥哥,我指的是权威最大的一个。哥哥答道:'从昨天晚上大约这个时候开始。'

"'她有丈夫、父亲、弟弟吗?'

"'有个弟弟。'

"'我不是在跟她的弟弟谈话吧?'

"他极轻蔑地答道:'不。'

"'她最近跟十二这个数字有什么关系?'

"弟弟不耐烦地答道:'跟十二点钟有关系!'

"'瞧,先生们,'我仍然把手按在她胸口上,说道,'你们那样带我来,我简直毫无用处!要是我早知道来看什么病,我就可以做好准备来了。事实上,那肯定会耽误时间。在偏远

的地方,也弄不到药。'

"哥哥瞧着弟弟,弟弟傲慢地说道:'这里有一箱药。'随即从一个小房间把药箱拿来,放在桌上。

*　　　　　*　　　　　*

"我打开几个瓶子,闻了闻,又把瓶塞放在嘴唇上。就算我本想用除了含有毒性的麻醉剂而外的任何药,我也不会让病人服那些药当中的任何一种药。

"'你怀疑这些药?'弟弟问道。

"'你瞧,先生,我正要用呢。'我答道,没有再说话。

"我费了好大的劲,作了多次努力,才让病人咽下我要她服的剂量。当时,我靠床边坐下来,因为,过一会儿我还要让她服一剂,也必须观察药的影响。有一个胆怯的驯服的女人(楼下那个人的妻子)在这儿照料,她已退到一个角落里。房子潮湿而破烂,马马虎虎摆了几件家具——显然最近才住人,而且是暂住。窗子上都钉上厚实的旧窗帘挡着,以减弱尖叫声。她有规律地连续不断地发出尖叫:'我的丈夫,我的父亲,我的弟弟!'由一数到十二,再'嘘!'一声。由于她发狂这样厉害,我才没有解开捆住她的胳膊的绑带,但很留神,不让绑带把她勒痛了。这病情唯一令人鼓舞的一点迹象是,我按在病人胸口上的手起了这样大的安抚作用,竟使她的身子一次能安静几分钟。但对尖叫却一点不起作用:还是那样有规律的发作,即使钟摆也不过如此。

"这两兄弟在一边瞧着,由于我的手有这种作用(我假定),我在床边坐了半小时,哥哥才说话:

"'还有个病人。'

"我吃了一惊,问道:'是急病吗?'

"'你最好去看一下。'他不在意地答道;随即拿起灯。

*　　　　*　　　　*

"另一个病人躺在第二道楼梯那边一个后间里,那是马厩上面的一种阁楼。阁楼的一部分上面有低矮的抹了灰泥的顶棚,其余部分敞着,露出倾斜的屋顶的屋脊和一根根横梁。饲料干草存放在有顶棚的那一部分,还有生火的柴捆,一堆埋在沙里的苹果。我到别处,必须经过那儿。详情细节我都记得很清楚。我就回想这些细节试试我的记忆力,于是,在我被监禁的第十年临近末尾时,在巴士底狱我这间牢房里,那时的一切情景历历在目,如同我在那天夜里看见的一样。

"地上的一堆干草上躺着一个漂亮的小伙子,头靠在扔在那儿的一个垫子上——这孩子至多不过十七岁。他仰躺着,牙齿咬得紧紧的,右手抓着胸口,眼睛直瞪瞪地往上瞧。我单腿跪着俯在他身上时,看不出他的伤口在哪儿;但能看出他被利器刺伤,快死了。

"'我是医生,可怜的小伙子,'我说道,'让我检查一下伤口。'

"'我不要检查,'他答道,'别管它。'

"伤口在他手下面,我劝慰一番,才让我把他的手挪开。那是在二十至二十四小时前被剑刺伤的,不过,即使那伤口马上得到治疗,多高明的医术也救不了他。当时,他快死了。我转眼瞧着哥哥,看见他往下瞧着这个垂死的漂亮小伙子,仿佛他是只鸟,或野兔、家兔,仿佛根本不是人类。

"'怎么受伤的,先生?'我说道。

"'一条普通的小疯狗!一个农奴!他逼我弟弟拔出剑来,我弟弟就一剑把他刺倒——像绅士那样。'

"这回答没有一点怜悯、遗憾,或类似人性的感情。说话人似乎承认,让不同等级的人死在那儿添麻烦,像他那种害虫那样无声无息地死去最好。他对这孩子,或他的命运,根本不可能有任何同情。

"他刚才说话时,这孩子的眼睛本来已慢慢转向他,这时又慢慢转向我。

"'医生,这些贵族老爷非常骄傲;不过,我们这些平民百姓有时也骄傲。他们剥夺我们,侮辱我们,打我们,杀我们;不过,有时候,我们还剩下一点骄傲。她——你见过她吧,医生?'

"那尖叫声,虽然隔了一段距离有所减弱,但那儿还能听见。他指这叫声说的,仿佛她就躺在我们面前。

"我说道:'我见过她。'

"'她是我姐姐,医生。多少年来,这些贵族老爷,对我们端庄、贞洁的姐妹,行使那可耻的特权,不过,我们当中有好姑娘。这我知道,听我父亲说过。她是个好姑娘。她还跟一个好小伙子订了婚:他的一个佃户。我们都是他的——就是站在这儿那个人的佃户。另一个是他的弟弟,坏种中最坏的坏种。'

"那孩子好不容易缓过劲来说话,吃力极了,但他的精神却作了极有力的表达。

"平民百姓都遭到这般上等人的抢劫,我们也遭到站在这儿那个人的抢劫——他征税毫不容情,我们被迫无偿地为他劳动,被迫在他的磨坊磨我们的粮食,被迫用我们那点可怜的收成喂养他的几十只家禽,却决不准我们自己养一只,把我们抢夺到这个地步,如果我们偶尔得到一点肉,我们也提心吊胆,要闩上门,关上窗板再吃,才不致让他家的人看见,从我们手里夺走——听着,我们遭到这样的抢劫、迫害,弄得我们这样穷,父亲才告诉我们,生孩子是很可怕的事,我们最该祈求的是,妇女不能生育,我们这不幸的家族都死绝!'

"我从未见过这种受压迫的意识,像火似的喷发出来。我曾经假定它一定潜伏在什么地方的人的心里;我见到它潜伏在这个快死的孩子心里之后,才见到它爆发出来。

"'不过,医生,我姐姐结了婚。当时,她的情人生病,真可怜,她嫁给他,才好在我们的茅屋里——按那个人的说法,我们的狗窝——照顾和安慰他。她结婚没有几个星期,那个人的弟弟一见就看上她了,要那个人把她借给他——我们当中那些丈夫算什么!那个人倒很愿意,可是我姐姐很好,很贞洁,她跟我一样痛恨那个弟弟。当时,那两兄弟为说服她丈夫劝劝她,让她顺从,用了什么手段啦?'

"那孩子的眼睛本来盯着我的眼睛,这时候慢慢转向那个旁观者,我从这两张脸上看出,他说的都是真话。我即使身在巴士底狱,也能看见这两种对立的骄傲相遇的情景;绅士的骄傲只有满不在意的冷漠,农民的骄傲则充满受践踏的感情和强烈的复仇情绪。

"'医生,你知道,这些贵族老爷有权把我们这些平民百姓套上大车,赶着我们干活,这是他们的特权之一。他们也把他套上大车,赶着他干活。你知道,他们还有权叫我们在地里守夜,不让青蛙出声,老爷们睡觉才不会受打搅。晚上,他们总让他到外边在有害健康的雾里过夜,白天又叫他回来上套拉车。但并没有说服他。没有！一天中午他卸了套吃东西——如果他能找到食物的话——钟敲一下他就哭一次,哭了十二次,便死在她怀里。'

"除了他要吐完他的苦水的决心,任何人力都无法维持住那孩子的生命。如同他竭力使他抓紧的右手仍然抓得紧紧地捂住他的伤口,他也竭力逼退了那临近的死亡的阴影。

"'后来,那个人的弟弟得到他的允许,甚至帮助,把她带走了;她一定把我知道的事告诉了他的弟弟——是什么事,即使你现在还不知道,不久也会知道的——他弟弟才不管,还是把她带走了——供他一时寻欢、解闷。我在路上看见她经过我身边。我把这消息带回家之后,父亲的心都气炸了,他满心的话一句也没有说出来。我把我妹妹(我还有一个妹妹)带到这个人的手够不着的地方,她在那里至少永远不会做他的奴仆。后来,我跟踪他弟弟跟到这儿,昨天晚上爬了进来——一个平民百姓,但拿着剑。——阁楼的窗子在哪儿?就在这附近吧?'

"在他看来,这间屋越来越阴暗;他周围的天地越来越狭小。我向周围看了看,只见地板上一片乱草狼藉,仿佛那儿发生过打斗。

"'她听见我的声音,便跑进来。我告诉她,别靠近我们,等他死了再过来。他进来后,先扔给我一些钱;又用鞭子抽我。但是,我虽然是平民百姓,我也抽了他,他才拔剑。那把染上我这平民的血的剑,随他把它断成几截吧;他拔剑自卫——他使出他的本事拼命刺我。'

"不过几分钟以前,我偶然看见草里扔着一把断剑的碎片。那是绅士的武器。在另一处扔着一把旧剑,看来像士兵的武器。

"'把我扶起来,医生;把我扶起来。他在哪儿?'

"'他不在这儿。'我扶着他说道,认为他指的是那个弟弟。

"'他!尽管他像这些贵族老爷那样骄傲,他还是怕见我。在这儿那个人在哪儿?把我的脸转过去对着他。'

"我照办,把那孩子的头抬起来靠在我膝上。但是,由于他暂时得到一股超人的力量,竟自己站了起来,我也不得不站起来,要不然我就无法扶他了。

"'侯爵,'那孩子瞪圆眼睛转向他,举起右手,说道,'等到这一切罪恶都要抵罪的那一天,我要把你,把你全家,直到最后一个坏种,都传来抵罪。我往你身上画这个血十字,算是我决不食言画的押。等到这一切罪恶都要抵罪那一天,我要把你那个弟弟,最坏的坏种,传来,让他单独抵罪。我往你的身上画这个血十字,算是我决不食言画的押。'

"他伸手摸摸他胸上的伤口,又用食指在空中画了个十字,这样反复了两次。他还竖着指头站了一会儿,指头放下时,他也跟着倒下,我把他放到地上,已经死了。

* * *

"我回到那个年轻女人床边时,发现她仍然丝毫不差地照样不断狂叫。我知道,这可能要持续好多小时,也可能进了坟墓才能安静下来。

"我又让她服了我给她服过的药,我在她的床边一直坐到深夜。她的尖叫声还是那样刺耳,丝毫未减,她喊的那些话,还是清清楚楚,也没有颠三倒四。总是'我的丈夫,我的

父亲,我的弟弟!一、二、三、四、五、六、七、八、九、十、十一、十二。嘘!'

"从我最初见到她起,又这样持续叫了二十六小时。我来去了两次,又坐在她身边时,她的声音开始颤悠了,我趁机作了一点力所能及的处置,于是她渐渐昏睡过去,像死了似的躺着。

"这就好像下了很久的暴风雨,终于风停雨住似的。我解开她的胳膊,又叫那个女人帮我把她的身子摆顺,把她扯乱的衣服弄平整。这时我才知道,她像刚刚有了做母亲的希望的妇女那样有了身子;直到这时,我才失去了对她抱的一点希望。

"'她死了吗?'侯爵穿着靴子从他的马那儿进来,问道,我仍然要说他是哥哥。

"'没死,'我说道,'不过也差不多了。'

"'这些老百姓身上竟有这么大的力量!'他好奇地往下瞧着她,说道。

"'在痛苦和绝望中,'我答道,'潜藏着惊人的力量。'

"他对我的话,最初哈哈一笑,继而皱起眉头。他用脚把一把椅子挪到我的椅子旁边,吩咐那个女人走开,便压低声音说道:

"'医生,在发现我弟弟跟这些乡下人闹出这桩麻烦事之后,我就提出,应当请你帮忙。因为你的名气大,再则,你既是一个要发财致富的年轻人,你可能关心你的利益。你在这儿看到的情况,可以看看,但不可以说出去。'

"我注意听病人的呼吸,避开回答。

"'你能不能赏脸听我说,医生?'

"'先生,'我说道,'干我这一行,听了病人说什么话,总是保守秘密。'我的回答很谨慎,因为我所见所闻使我感到非常不安。

"她的呼吸很难听出来,我便仔细摸摸她的脉搏和心跳。还有生命,仅此而已。我又坐下之后,向周围看看,发现这两兄弟注视着我。

*　　　　*　　　　*

"天太冷,又生怕被查出,关进漆黑的地牢,写东西太困难了,我必须压缩这段叙述。我的记忆既不紊乱,也未衰退;我和那两兄弟之间所说的每一个字,都能回想起来,本来也可以详细记下来。

"她拖了一个星期。临终前,我把耳朵靠近她的嘴边,还能听懂她对我说的几个音节。她问我她在什么地方,我告诉了她;我是谁,我告诉了她。我问她姓什么,没有得到答复。她的头靠在枕头上虚弱地摇一摇,像那个小伙子那样,保守她的秘密。

"我告诉了那两兄弟她衰弱得很快,活不到第二天之后,我才有机会问她任何问题。在那以前,当我在那儿时,那两兄弟总有一个警惕地坐在床头的帘幕后面,虽然只有那个女人和我出现在她的意识里。不过,在病情发展到这种程度时,他们似乎对我可能跟她谈什么话毫不在意;就好像——我心里闪过这个想法——我也快死了。

"我始终注意到,他们出于骄傲,对弟弟(按我的叫法)竟跟一个农民而且是个孩子斗剑,大为不快。看来影响这两兄弟心情的唯一考虑,是认为这种行为大大降低身份,辱没门第,而且很可笑。每当我遇上弟弟的眼睛时,那眼神总提醒我他很讨厌我,因为知道了那孩子告诉我的事。虽然他对我比他哥哥更圆滑更有礼貌,但我看出这一点。我也看出我还是哥哥的眼中钉。

"我的病人在半夜前两小时死了——按我的表,这正是我初次见到她的时候,几乎一分不差。那时只有我一个人在她身旁,她那孤独无助的头轻轻一偏,她在尘世上所受的害和痛苦就结束了。

"这两兄弟在楼下一间屋里等着,急不可耐地要骑马离开。我一个人在床边时,早听见他们用马鞭抽他们的靴子,一边走来走去。

"'她到底死啦?'我一进屋,哥哥就问。

"'她死了。'我说道。

"'祝贺你,弟弟。'这是他转过身去说的话。

"他们先给过我钱,我推到以后再收。这时他给我一卷纸包的金币。我接过来,但随手放在桌上。我曾经考虑过这个问题,决定分文不收。

"'请原谅,'我说道,'在这种情况下,不收。'

"他们交换了眼色,但我向他们低低头时,他们也向我低低头,双方都没有再说话,就分手了。

*　　　　*　　　　*

"我累了,累了,累了——被痛苦折磨垮了。我用这只枯瘦的手写的东西,我无法读。

"清早,那卷金币装在一个上面写着我的名字的小盒子里放在我的门口。从一开始,我就焦急地考虑,我该怎么办。那天,我决定私下向大臣写封信,陈述我应召去看的两种病情的真相以及我去的地方:实际上是陈述全部情况。我知道,朝廷的势力有多大,贵族的豁免权是怎么回事,我也料到他们决不会受理这件事;不过是希望减轻我内心的不安。我决不向别人,甚至我妻子,讲这件事;我决定在信里也要提到这一点。不管我会遭遇什么危险,我都不怕;不过,我意识到,要是让别人知道了我知道的这些情况,而受到牵连,对别人可能有危险。

"那天,我很忙,我那封信晚上还写不完。第二天早上,我一大早就起来,比平常早得多,准备赶写完。那天是当年最后一天。信摆在我面前,刚刚写完,这时,听说一位夫人在等候,想见我。

* * *

"我感到越来越不胜任我给自己规定的任务。因为天那么冷,那么暗,我的感觉那么麻木,我的沮丧心情那么可怕。

"夫人年轻、迷人、漂亮,但看样子活不久。她很激动。她向我自我介绍,说她是圣·艾弗勒蒙德侯爵夫人。我把那孩子称呼哥哥所用的称号,和绣在那饰带上的缩写字母联系起来,不难得出这样的结论,我最近刚见过那位贵族。

"我的记忆仍然精确,但我不能记下我们的谈话。我怀疑我受到比过去更严密的监视,我不知道我可能在什么时候受到监视。部分由于猜疑,部分由于发现,她知道了她丈夫参与其事,又找过我的这一残酷事件的主要事实。她不知道那个姑娘已经死了。她很痛苦地说,她希望暗中向她表示一个女人的同情。她希望为这个长久以来一直被许多受苦受难的人所痛恨的家族消灭,免遭上天的惩罚。

"她有理由相信那个妹妹还活着,她最大的心愿是帮助那个妹妹。我只能告诉她有这么一个妹妹;此外,我什么也不知道。她之所以来见我,依靠我的信任,本来是希望我能把她的姓名、住址告诉她。然而,直到现在这可悲的时刻,我都一无所知。

　　　　＊　　　　　＊　　　　　＊

"纸片不够了。昨天给拿走一张,还给我警告。今天我必须完成我的记录。

"她是个善良、富于同情心的夫人,婚后生活不幸福。她怎么能幸福!那个弟弟不信任也不喜欢她,受他的影响,全家都跟她作对;她怕他,也怕她丈夫。我扶她下楼走到门口时,看见马车里有个孩子,两三岁的漂亮男孩。

"'为了他,医生,'她含泪指着他说道:'我要做一切我能做的事,尽可能作一点微薄的补偿赎罪。要不然,他继承了遗产也不会昌盛。我有一种预感,如果没有其他无辜的人为此赎罪,总有一天会要他来抵罪。因此,如果能找到那个妹妹,我要将我遗留的属于自己的财产——除了少量珠宝,并不多——作为他赎命的第一笔费用,连同他的亡母的同情和悲痛,一起赠给这个受害的家庭。'

"她吻吻那个孩子,深情地抚摸着他说道:'这是为了乖乖呀。你会听我的话吗,小查尔斯?'孩子勇敢地回答她:'是的!'我吻了她的手,她便把孩子搂在怀里,深情地抚摸着他离开了。从此我再也没有见到她。

"她因为相信我知道她丈夫的名字,才提到它,我在信里就没有添上那个名字。我封好信,托别人交不放心,当天我亲自交了。

"那天夜里,那年最后一夜,快到九点钟的时候,一个穿黑衣服的人在我家门前拉铃,要求见我,随即跟着我的用人欧内斯特·德法日,一个年轻人,轻轻上了楼。我的用人进屋时,我和我的妻子——啊,我的妻子,我心爱的!我的年轻美丽的英国妻子!——坐在屋里,我们看见原以为他在大门口那个人,悄悄站在他后面。

"他说,圣奥诺雷街有人得了急病。不会留下我,他让马车接送。

"马车却把我送到这儿,把我送进我的坟墓。我离开住宅之后,有人突然从后面用黑布紧紧勒住我的嘴,又把我的胳膊捆住。那两兄弟从一个黑暗的角落走过街来,打了个手势,验明是我。侯爵从衣袋掏出我写的那封信,让我看看,便就着提的一盏灯的灯火把它烧了,用脚把灰踩灭。一句话也没说。他们把我送到这儿,送到我的活坟墓。

"如果上帝愿意,在这些令人恐怖的年月里,让这冷酷的两兄弟无论哪一个想到允许给我一点我最亲爱的妻子的消息——哪怕只告诉我她活着还是死了这么一句话——我可能认为上帝并没有完全弃绝他们。但现在,我相信那血红的十字会要他们偿命了,他们也得不到上帝的宽恕。我,亚历山大·马内特,不幸的囚犯,谨于一七六七年最后一夜,在难以忍受的痛苦中,向这些罪恶都要抵罪的那个时代,控告他们和他们的后代,直至最后一个子孙。我向上天,向人间控告他们。"

这份文件刚一念完,全场就爆发出可怕的喊声。这片如饥似渴的急不可耐的喊声,其中只有要血的喊声听得清楚。这控诉激起了当时最强烈的复仇情绪;受到这样的控诉,全国什么人的脑袋都非掉不可。

在那样的法庭,那样的听众面前,用不着说明,德法日夫妇何以没有把这份文件,和当年他们带着游街的那些在巴士底狱缴获的其他纪念物,一起公开,而是保留下来,等待时机。也用不着说明,这个受憎恶的姓氏,早就被圣安东区的人所诅咒,也编织进了那个要命的记录里。那天,在那样的场合能凭他的美德和功劳支持他反对这样的控告的人,还没有降生。

对这个死罪已定的人来说,尤其不利的是,控告人是著名的公民,他的密友,他妻子的父亲。群众的狂热愿望之一是,想效法那可疑的古代的公德,想得到献于人民祭坛上的牺牲和自我牺牲。因此,当审判长说(要不然他自己的脑袋会在他肩膀上发抖),那位共和国的好医生,会因为灭绝了一个可恨的贵族家族,为共和国立下更大的功劳,他无疑会因为使他的女儿成为寡妇,她的孩子成为孤儿而感到神圣的光辉和喜悦时,全场兴奋若狂,一片爱国的狂热,就没有一点人的同情。

"医生还对他周围的人有很大影响吗?"德法日太太笑着向"复仇女神"喃喃道,"现在救他呀,医生,救他呀!"

对每个陪审员的投票,都报以一阵吼声。一个又一个投票,一阵又一阵的吼声。

投票一致同意。彻头彻尾的贵族、共和国的敌人、恶名昭著的迫害人民的家伙。押回法庭监狱,在二十四小时内处死!

第十一章 黄　昏

那个无辜的人就这样被判了死刑,他的可怜的妻子,听了这一宣判就倒下了,仿佛她挨了致命的一击。但是,她没吭一声;她内心的声音说,在他遭到不幸的时候,全世界只有她必须支持他,而不是增加他的痛苦,那声音如此强大,即使她遭到那样的打击,也使她很快站了起来。

法官们必须参加大街上的群众游行,法庭暂时休庭。法庭上的群众经许多过道一路闹闹嚷嚷很快拥出去,还没走完时,露西向她的丈夫伸出双手,脸上只有表示爱和安慰的神色。

"我多想摸摸他!我多想拥抱他一次!啊,善良的公民们,但愿你们有这点成全我们的同情心!"

这时,只剩下一个看守,还有昨天晚上逮捕他的四个人中的两个,和巴萨。群众全都涌到街上看热闹去了。巴萨向那几个人建议道:"那么,就让她去拥抱他吧;不过一会儿工夫。"都没吭声,勉强同意了,于是他们把她从厅里的座位上扶过去,送到一个台上,他从那里的被告席俯下身可以搂抱她。

"再见了,最亲爱的。给我的爱告别的祝福。在疲倦的人安息的地方,我们会再见的!"

这是她丈夫把她搂在怀里时说的话。

"我受不了,亲爱的查尔斯。上天会支持我:别为我伤心。给我们的孩子告别的祝福吧。"

"请你代我给她告别的祝福。请你代我吻她。请你代我向她告别。"

"我的丈夫。不!等一会儿!"他正忍痛要离开她,"我们分离不会很久。我感到这一离别,我的心不久就会碎的;不过,只要我能做到,我会尽我的责任,在我离开她之后,上帝会为她召来朋友,像他照顾我那样。"

她父亲本来跟在她后面,这时,要不是达奈伸手抓住他,他就向他们俩跪下了,达奈叫道:

"不,不!你有什么错,你有什么错,竟向我们下跪!现在我们知道了,过去你作过多么艰巨的斗争。现在我们知道了,在你先怀疑后来又知道了我的家世之后,你经受了多大的痛苦。现在我们知道了,你为了亲爱的她,与之斗争并克服的理所当然的憎恨。我们全心全意,以全部的爱和敬意感谢你。愿上天与你同在!"

她父亲的回答只是把双手伸进白发,绞扭着,发出痛苦已极的尖叫。

"结果,"那个囚犯说道,"什么事都凑到一起了,不可能有别的结局。正因为要履行我可怜的母亲的嘱托,然而始终徒劳的努力,才注定了我第一次接近你。如此邪恶绝不会发善心;这样不幸的开端本来也不会有较幸福的结局。请宽心,也请宽恕我。上天保佑你!"

他被拉走时,他的妻子放开他,她像做祷告那样合着两手,面带喜悦,甚至还挂着令人宽慰的微笑目送他。等他从囚犯出入的门走出去，她转过身，亲切地把头靠在她父亲胸上，正想向他说什么，就倒在他脚下。

西德尼·卡顿本来一直待在那个阴暗的角落里没动过，这时从那里走过去，扶她起来。她身边只有她父亲和洛里先生。他扶起她，扶着她的头的那只胳膊直发抖。然而，他的神情却并不全是怜惜——也洋溢着骄傲。

"我把她抱上马车吧？我一点不觉得她重。"

他轻松地抱着她走到门口，上了马车又小心地把她放下。她父亲和他们的老友也上了车，他在车夫旁边的座位上坐下。

他们到了大门口（好几个小时以前，他在黑夜里曾到这儿停留了一会儿，想象着她的脚在那条粗糙不平的石头路上经过哪些地方），他又抱起她，把她抱上楼到他们住的房间。进了屋就把她放在一个长沙发上，她的孩子和普罗斯小姐俯在她身上哭。

"别让她醒过来，"他向后者温和地说道，"她这样倒好些，别帮她恢复知觉，她不过是昏过去了。"

"啊，卡顿，卡顿，亲爱的卡顿！"小露西突然伤心地叫道，一下跳起来激动地搂着他的脖子，"既然你来了，我认为你会想办法救妈妈，想办法救出爸爸！啊，瞧瞧她，亲爱的卡顿！尤其是你也爱她呀，你忍心看得下去？"

他向那孩子俯下身，把她红润的脸蛋挨着他的脸，又轻轻挪开她，看着她不省人事的母亲。

"我临走以前，"他说道，停了停——"我可以吻她吗？"

后来大家想起来，他弯下腰，吻她的脸时，他喃喃地说了什么话。那孩子离他最近，后来告诉他们，等她成为漂亮的老太太时又告诉她的子孙，当时她听见他说："你所爱的人的生命。"

他走到隔壁房间之后,突然向跟在他后面的洛里先生和他父亲转过身来,向后者说道:

"昨天你还有很大的影响,马内特医生;无论如何要试一下。那些法官,还有那些掌权的,都对你很好,而且很赏识你的功劳;对不对?"

"查尔斯的事,对我没有丝毫隐瞒。我也曾非常自信,认为一定能救他;我救过了。"他极其苦恼地,很慢地作了回答。

"再试一试。从现在到明天下午,只有几个小时,时间不多了,不过,试一试。"

"我想试一试。我一会儿也不休息。"

"很好。我知道,以前以你这样的精力干过了不起的事——不过,"他带着微笑叹息一声,补充道,"绝不是像这样了不起的事。试一试吧!虽然在我们虚度年华时,生命没有什么价值,也还值得费那份精力。如果不值得,牺牲了也无所谓。"

"我马上就去,"马内特医生说道,"去见检察长和审判长,我还要去见别的人,还是别提他们的名字为好。我还要写信,还——等等!街上在庆祝,不到天黑,谁也见不着。"

"真的,好吧!这事反正也没有什么希望,延迟到天黑办,希望也不会更小。我很想听到你的好信;不过,请注意!我什么也不指望!你可能什么时候见到那些可怕的有权势的人物,马内特医生?"

"我希望,天一黑就去。过一两个小时。"

"过四点天就要黑了。我们把这一两个小时延长一点吧。如果我九点到洛里先生住处,我们的朋友,或是你本人能告诉我你交涉的结果吗?"

"行。"

"祝你成功!"

洛里先生跟着西德尼走到外间门口,在他要离去时拍拍他的肩膀,让他转过身来。

"我不抱希望。"洛里先生痛苦地悄声说道。

"我也不抱希望。"

"真希望那些人当中有人,或者他们全体想赦免他——这是夸大的推测;对他们来说,他的生命,或任何人的生命算得了什么!群众在法庭上那样激愤,我谅他们不敢赦免他。"

"我也这样认为。我在那些喊声中听到了斧头落下的声音。"

洛里先生把胳膊靠在门柱上,低下头把脸靠着胳膊。

"别沮丧,"卡顿非常温和地说道,"别悲伤。我鼓励马内特医生去试一试,是因为我觉得有一天这可能对她有所安慰。要不然,她可能认为'他的一生都胡乱浪费了或糟踏了',这会使她感到难过。"

"是的,是的,是的,"洛里先生擦干眼睛答道,"你说得对,不过他会死的:也实在没有希望。"

"是的,他会死的;也实在没有希望。"卡顿回应着,随即迈着坚定的步子下了楼。

第十二章 黑　夜

西德尼·卡顿在街上停下来，还没有完全决定往哪儿去。"九点到特尔森银行，"他脸上带着沉思的样子说道，"在这之前，我还是露露面为好？我想也是。最好让那帮人知道这儿有我这样一个人；这是稳妥的预防措施，也许是必要的准备。不过小心，小心，小心！让我仔细想想！"

他本来要去一个地方，刚迈步又停下来，在已经黑下来的街上遛了一两个弯，心里一边顺着这个想法考虑种种可能的后果。确定了第一个想法。"最好，"他终于下定决心，说道，"让那帮人知道这儿有我这样一个人。"于是转身向圣安东区走去。

德法日那天报身份说过，他是圣安东郊区一家酒店的老板。熟悉巴黎的人不用打听也不难找到他的酒店。卡顿确定酒店的地点之后，又从那些较狭窄的街道出来，在一家便餐店吃晚饭，饭后便沉沉地睡着了。他没喝烈性酒，这还是多年来头一回。从昨天晚上到现在，他只喝了一点淡薄的葡萄酒，昨天晚上，他还像已戒酒的人那样，把那杯白兰地一滴滴地慢慢倒在洛里先生的壁炉前。

直到七点钟他才醒来，恢复了精神，又走到街上。他向圣安东区走去时，在一家里面有一面镜子的店铺橱窗前停下来，把凌乱的松松的领带、上衣领和那头乱发,稍加整理,然后直奔德法日酒店,走了进去。

酒店里碰巧只有那个指头老闲不住的、声音沙哑的雅克三号,没有别的顾客。他在陪审团席上见过的这个人,站在小柜台前喝酒,跟德法日夫妇谈话。"复仇女神"像酒店的正式成员似的参加谈话。

卡顿进去找了个座,(用很蹩脚的法语)要了少量葡萄酒时,德法日太太不经意地看了他一眼,接着越来越敏锐地看了他一眼,又一眼,然后走到他跟前,问他要了什么酒。

他重复一遍他说过的话。

"英国人?"德法日太太想打听地扬起黑眉毛,问道。

仿佛连一个法语单词的发音也慢吞吞地向他表达意思似的,他瞧了她一会儿,才用刚才那种浓重的外国口音答道:"是的,太太,是的。我是英国人!"

德法日太太回柜台去取酒,他拿起一份雅各宾派的报纸,装着专心看报,费劲地琢磨它的意思的样子,这时,他听到她说:"我敢说,像艾弗勒蒙德!"

德法日把酒端给他,并道个晚安。

"什么?"

"晚上好。"

"啊,晚上好,公民,"往杯里倒酒,"嗨!酒也好。为共和国干杯。"

德法日回到柜台,说道:"的确有点像。"太太呵斥道:"我告诉你,非常像。"雅克三号温和地说道:"你心里老惦着他,是不是,太太。"和蔼的"复仇女神"笑着补充道:"是的,没错!你满心高兴地盼着明天再见他一次!"

卡顿跟着慢慢移动的指头一行行、一字字地看着报纸,一脸全神贯注的样子。他们都把胳膊靠在柜台上,紧挨着低声说话。他们沉默了一会儿,都瞧着他,但没有打搅他,分散他表面上对那位雅各宾派编辑的文章的注意,然后,他们又谈起来。

"太太说的话很对,"雅克三号说道,"干吗要住手?她的话很在理。干吗要住手?"

"好啦,好啦,"德法日辩论道,"不过,我们总得干到哪儿住手吧。说来说去还是那个问题,干到哪儿?"

"干到斩尽杀绝。"太太说道。

"好极了!"雅克三号沙声沙气说道。"复仇女神"也很赞成。

"斩尽杀绝是个好主意,太太,"德法日相当忧虑地说道,"总的来说,我不反对。但那位医生很难过;今天你见过他了;念那份记录时,你注意到他的脸色了吧。"

"我注意到他的脸色了!"太太轻蔑地生气地重复道,"是的。我注意到他的脸色了。我注意到他的脸色不是共和国的忠实朋友的脸色。让他小心他的脸色!"

"你还注意到,太太,"德法日以不赞成的态度说道,"他的女儿很悲痛吧,那一定使他感到痛苦已极!"

"我注意到他的女儿,"太太重复道,"是的,我注意到他的女儿,不止一次。今天我注意到她,前些日子,我也注意到她。在法庭上我注意到她,在监狱旁边那条街上,我也注意到她。我只要抬起我的指头——!"她似乎抬起指头(那个注意倾听的人眼睛总是看着报纸),叭一声指头落到她面前的边沿上,仿佛那斧头落了下来。

"这位女公民真是了不起!"那个陪审员沙声说道。

"她是个天使!""复仇女神"说道,又拥抱她。

"至于你,"太太接着向他丈夫不可和解地说道,"如果这事由你决定——幸好不由你——即使现在,你也会救那个人。"

"不!"德法日抗议道,"这事就算像拿杯子那样轻而易举,我也不会救他。不过这事我说到此为止。我说,到此住手吧。"

"那么注意,雅克,"德法日太太愤怒地说道,"你也注意,我的小'复仇女神';都注意!听着!因为这些暴君、压迫者的其他罪行,我早已把这个注定要斩尽杀绝的家族编进我的记录里了。问我的丈夫,是不是这样。"

"是这样。"德法日不用别人问,就表示同意。

"那伟大的日子一开始,巴士底狱陷落之后,他找到现在这份记录,带回家,到了半夜,这儿没有人了,关上门之后,我们就在这儿,就着这盏灯看这份记录。问他,是不是这样。"

"是这样。"德法日同意。

"那天晚上,看完记录,灯油也燃尽了,白天从那些护窗板上面和那些铁栅栏之间透进亮来的时候,我跟他说,现在我有个秘密要告诉他。问他,是不是这样。"

"是这样。"德法日又表示同意。

"我就告诉他那个秘密。我用这双手像我现在这样捶着这个胸膛,说:'德法日,我是在海边渔民家长大的,那份巴士底狱弄来的材料上写的,遭到艾弗勒蒙德两兄弟残酷迫害的那个农家,就是我的家。那个受了致命伤躺在地上的孩子的姐姐,就是我的姐姐,那个丈夫就是我的姐夫,那个未出生的孩子就是他们的孩子,那个弟弟就是我的哥哥,那个父亲就是我的父亲,那些死了的人就是我家的人,传唤他们为那些罪行偿命的责任就落到我身上!'问他,是不是这样。"

"是这样。"德法日再次表示同意。

"那么告诉风神、火神,它们烧到哪儿住手,"太太说道,"可别告诉我。"

她的两个听众都从她这种必欲置之死地的仇恨中,感到一种可怕的快意——那位倾听者即使没有看她,也能感到她的脸色有多苍白——而且予以高度赞扬。德法日虽是微弱的少数派,他还是说了几句怀念侯爵那位富于同情心的妻子的话;不过,这只招来他自己的妻子重复她刚才说的最后那句话:"告诉风神、火神,它们烧到哪儿住手,可别告诉我!"

来了顾客,这伙人才散开。那个英国顾客付了酒账,迷迷惑惑地点了找他的钱,既是外国人,便打听到国家宫的路。德法日太太带他到门口,在指路时,把她的胳膊搭在他的胳膊上。英国顾客当时不是没有这种想法,要是抓住她的胳膊抬起来,狠狠地往她胁下扎一刀,那才做了一件大好事。

不过,他走了,不久就消失在监狱围墙的阴影中。到了约定的时间,他从那阴影中出来,又出现在洛里先生的房间里,看到那位老绅士在那里走来走去,焦急不安。他说,他刚才还在露西那里,离开她如约赶回来,才几分钟。她父亲在快到四点时离开银行之后,还没有见人。她对他出面斡旋可能救查尔斯,还抱着一线的希望,不过,希望太小。他已经走了五个多小时:他可能在哪儿?

洛里先生等到十点;但马内特医生还没有回来,因为他不愿意扔下她再等下去,便作了这样的安排,他到她那里去,半

407

夜再回银行。这段时间,让卡顿一个人在火炉边等医生。

他等呀等呀,钟敲了十二下了;但马内特医生还没有回来。洛里先生回来了,没有得到他的消息,也没有带回任何消息,他可能在哪儿?

他们议论着这个问题,几乎在他迟迟不归上建起了结构脆弱的希望,这时,他们听见他上楼的声音。他一进屋,他们就明白,全完了。

谁也不知道,他是否的确去见过任何人,还是一直在街上晃荡。当他瞪着眼睛瞧着他们时,他们什么也没有问,因为他的神色说明了一切。

"我找不到它,"他说道,"非找到不可。在哪儿?"

他没戴帽子,也没围围脖,说话的时候露出无助的样子四处张望,一边脱下上衣,任它掉在地板上。

"我的板凳在哪儿?我到处都找了,就是找不到。他们把我那些东西怎么啦?时间很紧:我得做完那双鞋。"

他们相互瞧瞧,都泄气了。

"唉,唉!"他呜呜咽咽可怜地说道,"让我干活。把我那些东西给我。"他没有得到回答,就扯着头发,跺着脚,像发狂的孩子似的。

"别折磨一个孤苦的可怜人了,"他发出可怕的叫喊,求他们,"把我那些东西给我!那双鞋要是今晚上做不完,我们怎么办呢?"

完了,全完了!

跟他讲道理,或试图让他清醒过来,显然毫无希望,他们——仿佛约好似的——各自伸出一只手放到他的肩上,劝他在炉火前坐下,答应马上就把那些东西给他。他一下坐进椅子,望着余烬发愁,一边掉泪。仿佛自从住在阁楼上那个时期以来所发生的一切,都是一时的幻想,或是个梦,洛里先生看见他缩成了当年德法日照管他时那个形象,一模一样。

尽管这一崩溃的景象使他们深深感到恐怖,但这不是屈从于这种心情的时候。他的孤独的女儿,由于丧失了最后的希望和依靠,非常强烈地向他们求助。他们又像约好似的互相看一眼,但脸上都露出一个心意。卡顿先说:

"最后的机会已经消失:本来也没有多大希望。是的;最好把他送到她那里去。不过,临走前,你能不能沉住气听我说几句?别问我为什么要订我就要订的规定,强求我就要强求的许诺;我有理由——充分的理由。"

"我不怀疑,"洛里先生答道,"说吧。"

坐在他们中间的那个形象,一直无变化地来回摇晃着身子,不停地呜呜咽咽。他们谈话那样低声细语,就好像他们在夜里守在病人床边谈话一样。

卡顿弯下腰去捡那件上衣,它几乎缠住他的脚。他一提起上衣,医生平常装看病的名单的小匣子,轻轻掉到地板上。卡顿把它捡起来,里面有一张折叠的纸。"我们应当看看!"他说道。洛里先生点点头表示同意。他把那张纸打开,就叫起来:"感谢上帝!"

"那是什么?"洛里先生急切地问道。

"等一等!让我在适当的地方再谈它吧。首先,"他从自己的上衣里取出另一张纸,"这是准许我离开这座城市的许可证。瞧瞧。你明白了吧——西德尼·卡顿,英国人?"

洛里先生拿着那张打开的纸,注视着他真诚的脸。

"为我保管到明天。我明天要去见他,你记得吧,我还是不把它带进监狱为好。"

"为什么不带?"

"我不知道;我不愿意带。现在,收下马内特医生带在身上的这张纸。这是同样的许可证,准许他,他的女儿和她的孩子,任何时候过关卡,出境!明白了吧?"

"明白!"

"昨天他办了许可证,也许是作为对付邪恶的最后的预防措施。许可证上写的什么日期?不过也没关系;快瞧呀;把这张许可证,和我的,还有你的,一起收好。听我说,直到这一两个小时,我才怀疑他办了,或可能办了这样的许可证。许可证被撤销以前是有效的。不过,它不久就会撤销,而且,我有理由相信,一定会撤销。"

"他们是不是有危险?"

"危险大啦。德法日太太要控告他们。我听她亲口说的。今天晚上我无意中听到那个女人讲的话,声色俱厉地向我说明了他们的危险。随后我马上就去见了那个暗探。他证实了我的看法。他知道,住在监狱围墙附近的一个锯木工,是受德法日夫妇控制的,德法日太太教过他怎么讲他看见她"——他从不提露西的名字——"向囚犯们打手势,递暗号的情况。这是很容易预见到的,告她的借口就是常用的借口,搞监狱阴谋,这危及她的生命——也许还危及她孩子的生命——也许还危及她父亲的生命——因为他在那里见过他们两个。别那样惊慌。你会把他们全都救出去的。"

"但愿我能,卡顿!不过怎么救法?"

"我就告诉你怎么救。这事要靠你了,没有人比你更可信赖。这次肯定会在后天才会提出控告;也可能在两三天以后,更可能在一星期以后。你知道,为断头台的受害者哀悼,或对他表示同情,是犯死罪。毫无疑问,她和她父亲都要犯这个罪,而这个女人(她那想报仇的心那样根深蒂固,难以形容)会等着把这份说服力加进她的案情,她就加倍有把握了。你听明白了吗?"

"我听得那么专心,对你的话那么信任,连这样的悲痛,"他摸摸医生的椅背,"有一会儿我都看不见了。"

"你有钱,能雇到以最快速度驶到海边的车马。几天前你就做好回英国的准备工作了。明天一早鞴好马,他们就可以在下午两点准备出发。"

"一定办到!"

他的态度那样热情和鼓舞人心,洛里先生也受了感染,激情满怀,敏捷得像个年轻人。

"你心地高尚。我刚才说过你最可信赖吧?今天晚上,就把你所知道的她的危险会危及她孩子和她父亲的事,告诉她。要强调这一点,因为她会愉快地把她美丽的头埋在她丈夫的头旁边。"他的声音颤抖了一会儿,又像原来那样说下去,"为了她的孩子,她的父亲,一定要说服她,必须跟他们和你,在那个时候离开巴黎。告诉她,这是她丈夫的最后安排。告诉她,要她千万,千万相信这话。你认为她父亲,即使他的情况这样可悲,也会听从她吧,你看呢?"

"我相信会的。"

"我也这样认为。你要在这个院子里悄悄地,坚定地作好一切安排,甚至于上马车坐到你的座位上。我一到你这儿,扶我上了车,就开车。"

"我无论如何要等你,是不是这意思?"

"你知道,你拿着我的许可证,还有其他许可证,就要给我留座位。只等有人坐上我的座位,就回英国!"

"那么,"洛里先生抓住他那急切然而又那么坚定的手,说道,"并不是只靠一个老头子,还会有个热情的年轻人在我身边。"

"上天保佑,你会有的!郑重答应我,无论发生什么情况,都不会影响你改变我们互相作过保证的行动计划。"

"绝不会,卡顿。"

"明天想想这些话:如果改变或延迟行动计划——不管有什么理由——可能谁也救不了,不少人也免不了要送命。"

"我会记住。我希望忠实地尽我的责任。"

"我也希望尽我的责任。再见!"

尽管他带着出自真诚的庄严的微笑告别,尽管他甚至吻了这位老人的手,但他当时并没有离开他。他还帮他扶起坐在快熄灭的余烬前那个摇晃的形象,给他披上斗篷,戴上帽子,又哄着他到藏板凳和其他东西的地方去找,因为他还一直呜呜咽咽要找到这些东西。他走在他的另一边,把他护送到那幢住宅的院子,屋里那个痛苦的人——在那值得怀念的时候,他曾向她吐露过他孤独的隐衷,多么幸福——要在这个可怕的晚上守一个通宵。他进了院子,待了一会儿,仰望着她房间窗户的灯光。他低声向那儿祝福,道声再见,才离开。

第十三章 五十二名

那天要处死的人在法庭监狱黑暗的牢房里等着他们的厄运。他们的数目跟一年的周数一样。五十二名要在那天下午乘着城里生命的潮流涌向无边的永恒的大海。他们的牢房还没有腾出来,新的牢囚就已经派定;他们的血还没有流入昨天洒的血里,明天要跟他们的血相混的那些血,就已经准备好。

挑出了五十二名。从七十岁的租税承包人(他的财富也买不了他的命),到二十岁的女缝工(她的贫穷和卑微也救不了她)。人们由于种种恶习和疏忽大意而引起的身体上的疾病,无论贵贱高低,谁都会受它的害;人们由于无法形容的痛苦,受到难以忍受的迫害和无情的漠视而得的可怕的精神病,也不分青红皂白地害人。

单独关在一间牢房里的查尔斯·达奈,自他从法庭上回来以后,就没有用骗人的妄想支持自己。他在听到的那份记录的每一行里,都听到对他的谴责。他充分了解到,无论谁的影响,都无法救他,他实际上被广大群众判了死刑,凭几个人的努力对他无济于事。

然而,他的爱妻的容貌如在眼前,要他静下心来承受必须承受的命运,谈何容易。他牢牢地抓住生命,很难、很难松手;由于逐渐使劲,渐渐这儿松开一点,那儿又抓紧一点;当他那只手使了劲,又松开时,这只手又合拢了。他的种种思虑一片忙乱,心里一片骚动,翻腾都急于反对他松手。只要有一会儿他感到松手了,他死后还得活下去的妻女似乎提出抗议,认为这是自私行为。

不过,这都是最初的情况。不久,他考虑到他必须遭遇的命运决非耻辱,许许多多人都蒙冤走上刑场,而且每天都从容就刑,不禁受到鼓舞。接着想到,他的亲人将来能享有宁静的心境多半靠他的沉着坚强。于是,他渐渐平静下来,心情好转,这时他的思想能达到高得多的境界,从而得到安慰。

他被判死刑那天晚上,天黑以前,他在最后的路上就走了这么远。经准许,买了一些书写的文具,一盏灯之后,他坐下来一直写到监狱熄灯的时候。

他给露西写了一封长信,说明关于她父亲被监禁的事,他还是听她本人说了才知道;关于他父亲和叔父对这一不幸负有责任的事,他和她一样,在宣读了那份记录之后才了解。他已经向她解释过,他对她隐瞒他已放弃的姓氏,是她父亲对他们订婚所加的条件——现在完全明白了——是他们结婚那天早上,他父亲仍然坚持要求的许诺。他请求她,为了她父亲,决不要去打听她父亲是否忘记了那份记录的存在,还是在多年前一个星期天在花园里那棵老梧桐树下提到北塔楼的事时,使他(暂时,或永远)想起了那份记录。即使他对此还有一点明确的记忆,他也无疑会认为它随巴士底狱一起被毁了,因为,群众在那里发现的囚犯的遗物中,没有提到它,而那些遗物已公之于众了。他恳求她——尽管他知道这些话不必说,他还是加了一句——安慰她父亲,要想方设法委婉地使他感到,他没有干过任何该当自责的事,反而始终为了他们的结合而忘我。要她记住他最后表示的感激的爱和祝福,要她节哀,一心照顾他们亲爱的孩子;既然他们会在天堂相见,他又恳求她安慰她父亲。

他以同样的语气给她父亲写了信;不过,他告诉她父亲,他特意把他的妻女托他照顾。而且很强调这一点,因为他预见到他可能一蹶不振,或陷于危险的回忆,希望他从中摆脱出来。

他把他们全托付给洛里先生,又交代了他财产上的事。又加上许多对他的友情表示衷心感谢的、很热情的话,这封信写完,要写的就全写完了。他从未想到卡顿。他心里尽想到其他几个人,竟一次也没有想到他。

他来得及在熄灯以前把这几封信写完。当他在他的草铺的床上躺下时,他认为他已了却尘缘。

但是,在睡梦中,尘世把他召了回去,它又显出阳光灿烂的形象。回到苏霍区旧宅(虽然一点不像真正的旧宅),自由而幸福,他又和露西在一起,说不出有多么轻松、愉快,她告诉他,这不过是一个梦,他从未离家出走。一时什么都忘了,然后,他甚至已受害,已回到她那里,死了,而且很平静,然而,他还是那样,没有什么不同。一时又什么都忘了,随后在昏暗的早上醒来,不知身在何处,也不知发生了什么事,直到恍悟:"这是我死的日子。"

他这样过了几个小时,到了五十二个人头要落地那一天。现在,他已经平静,希望他能平静地像英雄那样面对死亡时,他的苏醒的思想开始了新的活动,那是很难控制的。

他从未见过要结束他的生命的那种刑具。它离地多高,它有多少台阶,让他站在哪里,怎样对他下手,那下手的手是否会染红,他的脸转到哪一边,他是头一个,还是最后一个受刑。这些问题以及许多诸如此类的问题,一再地,无数次地突然闯来,决不听从他的意志,也与恐惧无关:他绝没有意识到恐惧。更确切地说,这些问题出自一个奇怪的纠缠不休的愿望,想知道到时候该怎么办,这个愿望与它问及的那一瞬间的事大得不相称;这种好奇更像在他心灵里的别人的心灵所感到的好奇,而不是他自己的。

他走来走去,一小时一小时也随之过去,敲过的钟声,他再也听不到了。九点永远逝去,十点永远逝去,十一点永远逝去,十二点,就要敲响,逝去。经过跟刚才使他困惑的古怪思想活动一番苦斗之后,他战胜了。他一边走来走去,一边轻轻反复念着他们的名字。最艰难的斗争已经结束。他能摆脱令人心烦意乱的幻想走来走去,为自己,为他们祈祷。

十二点永远逝去。

他已得到通知,他的最后时刻是三点,他也知道,传他的时间总要早一点,因为,囚车要沉重地慢慢地颠颠簸簸经过一条条大街。因此,他决定把两点作为他的最后时刻提醒自己,以便在这段时间激励自己坚强起来,才能在他死后激励别人。

他双臂抱在胸前,从容地走来走去,与在福斯监狱走来走去那个囚犯判若两人,这时他听到钟声敲了一点,消逝了,并不感到吃惊。这一小时还是像其他大多数小时一样长。他因为恢复了镇静,虔诚地感谢上天,心想:"还有一个小时了。"又开始走起来。

门外石头过道上响起了脚步声,他停下来。

有人把钥匙塞进锁里,转动一下。门还没有打开,或者说刚打开,只听得一个人用英语低声说:"他在这儿没见过我;

我总是躲开他。你一个人进去吧。我在附近等着。赶快!"

门很快打开又关上了,一个人迎面站在他跟前,不声不响注视着他,脸上挂着轻松的微笑,把一根指头竖在嘴上,不让他作声,这就是西德尼·卡顿。

他脸上有一种显然与众不同的神色,这个囚犯乍一看,还怀疑他是自己想象出来的幽灵。但是,他说话,是他的声音;他握住囚犯的手,那实在是他的手。

"你万万没有想到,会见到我吧?"他说道。

"我不可能相信是你。现在我还不敢相信。你是不是"——他突然明白了——"囚犯?"

"不是。我偶然掌握了能控制这儿一个看守的权力,我靠了这权力才到了你面前,我从她——你的妻子那里来,亲爱的达奈。"

这个囚犯扭着手。

"我把她的请求捎给你。"

"什么请求?"

"一个你感到那么亲切,一定记得很清楚的声音,用最凄惨的口气,向你提出一个最认真、最紧急、最坚决的请求。"

这个囚犯半转过脸去。

"你没有时间问我为什么带信给你,有什么用意;我也没有时间告诉你。你必须照办——把你穿的靴子脱了,穿上我的靴子。"

这个囚犯身后有一把椅子靠着牢房的墙。卡顿逼过去,已经以闪电般的速度把他推到椅子上坐着,自己光着脚站在他跟前。

"把我的靴子穿上。动手穿呀;下决心穿呀。快!"

"卡顿,绝对逃不出去;绝对办不到。你只会跟我一起死。这是疯狂行为。"

"如果我要求你逃跑,那是疯狂行为;我要求了吗?要是我要求你从那道门出去,就告诉我那是疯狂行为,留下来好了。把你那条领带换上我这条,把那件上衣换上我这件。你换的时候,让我把你头发上那条缎带解下来,把你的头发摇散,像我的头发那样!"

他以不可思议的敏捷,以看来好像超自然的意志和行动的力量,迫使他换了这些装束。这个囚犯就像个听他摆布的小孩似的。

"卡顿!亲爱的卡顿!这是疯狂行为。绝对逃不出去,绝对办不到,有人试过,都没有逃出去。我求你,可别这样,你要死了我会死得更痛苦。"

"我要求你,亲爱的达奈,走出那道门了吗?如果我这样要求,就拒绝好了。桌上有笔、墨水和纸。你的手还拿得稳笔写字吗?"

"你进来的时候,还行。"

"再稳住劲,把我口述的话记下来。快,朋友,快!"

达奈把一只手按住他那困惑的头,在桌前坐下来,卡顿紧挨着他站着,右手伸进怀里。

"完全按我说的记下来。"

"写给谁呢?"

"不写给谁。"卡顿仍把手放在怀里。

"写不写日期?"

"不写。"

这个囚犯每问一次,都抬起头来看看。卡顿高高站在他跟前,手放在怀里,低头瞧着。

"'要是你还记得,'"卡顿口述道,"'很久以前我们两人谈的话,等你见到这封信时,你很容易了解这件事。我知道,你一定记得那些话。按你那样的天性,是不会忘记的。'"

他正要从怀里抽出手;偏巧这个囚犯在写的时候,一下怀疑起来,抬头看看,那只抓住什么东西的手不动了。

"'不会忘记'写好了吧?"卡顿问道。

"写好了。你手上是不是拿着武器?"

"没有;我没有武器。"

"你手上拿的什么?"

"你马上就会知道的。接着写;只有几句话了。"他再次口述,"'我能证实我的话的时候到了,深感欣慰。我这样做,决不是为引起别人难过或伤心。'"他眼睛盯着记录人说了这几句,一边把手慢慢地,轻轻地靠近记录人的脸。

那支笔从达奈的手上掉到桌上,他茫然地向周围看看。

"是什么烟雾?"他问道。

"烟雾?"

"有什么东西从我跟前晃过去?"

"我毫无感觉;这儿不可能有什么东西。拿起笔写完吧。快,快!"

这个囚犯努力集中注意力,好像记忆力减弱,官能都出了毛病似的。他抬头瞧卡顿时,两眼蒙蒙眬眬,那呼吸的样子也变了,卡顿——又把手伸进怀里——镇静地瞧着他。

"快,快写!"

这个囚犯再次埋头写起来。

"'要不然——'"卡顿的手又警惕地偷偷往下伸。

"'我决不会再利用这个机会。要不然,'"那只手已靠近囚犯的脸,"'我就要负更大的罪责。要不然——'"卡顿瞧着笔,后来看见它慢慢没劲了,歪歪扭扭不知写些什么。

卡顿的手不再伸回怀里。囚犯一下跳了起来,脸上露出谴责的神色,但卡顿那只手已靠近并坚定地捂住他的鼻孔,卡顿的左手一把搂住他的腰。他无力地同到这儿来为他牺牲的人挣扎了几秒钟;不过一分来钟,他就失去知觉摊在地上。

卡顿用跟他的心一样忠实于这一目的的手,把这个囚犯放在一边的衣服很快穿在身上,把他的头发往后拢一拢,用囚犯那根缎带把头发系住。然后,他轻声叫道:"喂,进来!进来!"那个暗探随即露面。

"你明白了吧?"卡顿单腿跪在那个失去知觉的人身边,抬起头来说道,一边把那张纸放进那人怀里,"你冒的风险不很大吧?"

"卡顿先生,"暗探答道,胆怯地打了个响指,"只要你完全遵守你答应的条件,这儿在大忙的时候,我的风险倒是不很大。"

"别担心。我一定遵守,至死不变。"

"你一定得遵守,卡顿先生,只要五十二这个总数没有错。你穿上那身衣服凑足数,我就没有可担心的了。"

"没有可担心的了!我不久就要离开,害不了你,如果运气好,其他人不久也要远离此地!现在,找人来帮忙,把我送上马车。"

"你?"暗探紧张地说道。

"他,嗨,我交换的那位。你从带我进来的那道门出去吧?"

"当然。"

"你带我进来的时候,我已经虚弱,发晕,现在你带我出去,我更晕。我经受不住生离死别的会见。这儿常常发生这种事,太多了。你的生命现在由你自己掌握了。快!叫人来抬!"

"你发誓,保证不出卖我吧?"发抖的暗探,最后犹豫了一会儿说道。

"你呀,你呀!"卡顿跺着脚答道,"难道我为保证完成这件事发过的誓还不郑重,现在你才来浪费这点宝贵的时间?你要亲自把他送到你知道的那个院子,你要亲自把他放到马车上,你要亲自让洛里先生看看他,你要亲口告诉他,只要让他透透空气就行,用不着别的兴奋剂,要他记住我昨天晚上说的话,和他昨天晚上的保证,马上开车!"

暗探退出去,卡顿在桌子前面坐下来,用两手支着额头。暗探马上带着两个人回来。

"怎么啦?"其中一个打量着倒下的人,说道,"发现他的朋友中了圣吉洛廷彩票的奖就那么痛苦?"

"要是这个贵族没有中奖,"另一个说道,"一个好爱国者也不过这么痛苦。"

他们把那个失去知觉的人抬起来,放到他们带来搁在门口的一个担架上,弯下腰准备抬走。

"时间不多了,艾弗勒蒙德。"暗探用警告的口气说道。

"我很清楚,"卡顿答道,"我求你,好好照顾我的朋友,去吧。"

"走啦,伙计们,"巴萨说道,"抬起来,走吧!"

门关上了,剩下卡顿一个人。他全神贯注,屏息静气,极其紧张地倾听可能是引起怀疑或惊慌的任何声音。没有。只听见钥匙的转动声,关门的撞击声,经过远处过道的脚步声;没有引起异乎寻常的叫喊或忙乱。他在桌旁坐下来,缓了一口气,又注意倾听,一直听到钟声敲了两下。

接着听到一些他并不害怕的响声,因为他料到这些响声的来意。有人接连打开几道门,终于打开了他的门。一个手里拿着名单的看守,往里看了看,仅仅说了一声:"跟我走,艾弗勒蒙德!"他就跟着他到了远处一间阴暗的大房间。那是个阴暗的冬天,一则监内阴暗,一则监外也阴暗,他只能模糊地看出其他被带到这儿上绑的人。有的站着;有的坐着。有的痛哭流涕,坐立不安;不过,这种人很少。绝大多数人都一声不响,一动不动地瞧着地上。

他在一个阴暗的角落里靠墙边站着,继他之后又带来几个在数的人,有一个过路时停下来拥抱他,像认识他。因为生怕暴露,他感到很紧张;但那个人往前走了。过了不大一会儿,一个年轻女人,身材像个苗条的姑娘,那可爱的瘦脸上没有一点血色,睁着一双忍耐的大眼睛,从他看到她坐下的座位上站起来,过来跟他说话。

"艾弗勒蒙德公民,"她用冷冰冰的手碰了他一下,说道,"我是个穷苦的缝工,跟你一起坐过福斯监狱。"

他嘟嘟哝哝答道:"对。我忘了,他们控告你什么罪?"

"搞阴谋。不过,公正的上帝知道,我根本没有罪。这可能吗?谁会想到跟我这样穷苦瘦弱的人一起搞阴谋?"

她说话时脸上露出的凄凉的微笑,使他大为感动,眼泪不禁夺眶而出。

"我并不怕死,艾弗勒蒙德公民,但我没有干过犯罪的事呀。既然共和国要为我们穷人做那么多好事,只要共和国能从我的死得到好处,我并不是不愿意死;但我不知道这怎么可能,艾弗勒蒙德公民。这样穷苦瘦弱的人!"

他很同情、怜悯这个可怜的姑娘,这似乎是他动了恻隐之心要同情、怜悯的人世间最后一件事。

"我听说你被释放了,艾弗勒蒙德公民。我本来希望,那是真的,是吗?"

"是真的。不过,我又被逮捕,判了死刑。"

"要是我能跟你同车去,艾弗勒蒙德公民,你让我拉着你的手吗?我并不害怕,但我瘦小体弱,拉着你的手会给我更多勇气。"

当那双忍耐的眼睛抬起来看他的脸时,他看到那眼里露出怀疑,继而惊讶的神色。他紧紧捏着那由于干活磨损的饿瘦的年轻的指头,送到他嘴上。

"你要为他去死吗?"她悄声说。

"还为他的妻子和孩子。别出声!是的。"

"啊,你会让我握住你勇敢的手吧,陌生人?"

"别出声!是的,我可怜的妹妹;直到最后。"

那天清早同样的时刻,降临监狱的同样的阴暗,也降临围着人群的关卡,这时一辆马车驶出巴黎前来接受检查。

"什么人?车里有什么人?证件!"

证件交出去,念起来。

"亚历山大·马内特。医生。法国人。是哪一个?"

是他;指指这位不能自理,口齿不清地嘟嘟哝哝,恍恍惚惚的老人。

423

"看起来这位医生公民神志不清？'革命热'可能让他受不了吧？"

太让他受不了啦。

"嗨！害这病的多得很。露西。她的女儿。法国人。是哪一个？"

是她。

"看起来,准是她。露西,艾弗勒蒙德的妻子;是不是？"

是的。

"嗨！艾弗勒蒙德在别处有约会。露西,她的孩子。英国人。这是她吗？"

是她。

"吻我,艾弗勒蒙德的孩子。喏,你吻了一个好共和派;在你们家,这是新鲜事,记住！西德尼·卡顿。律师。英国人。是哪一个？"

他躺在这儿,马车里这个角落。也指指他。

"看起来,这个英国律师昏过去了？"

希望他呼吸了新鲜空气会醒过来。据说他的身体不壮实,跟共和国不喜欢的一个朋友分了手,很痛苦。

"就这事？没有什么大不了！很多共和国不喜欢的人,都得从那个小窗口往外瞧。贾维斯·洛里。银行职员。英国人。是哪一个？"

"是我。既是最后一个,当然是我。"

正是贾维斯·洛里对上面提的问题一一作了回答,正是贾维斯·洛里下了车,把手扶着马车门,回答那一伙官员。他们从容地绕着马车转了转,又从容地登上驾驶台,瞧瞧车顶载的很少一点行李;待在周围的乡下人,挤近了马车门,急切地睁大眼睛往里瞧;由妈妈抱着的一个小孩,把他的小胳膊伸出去抓门,好摸摸已上断头台的一个贵族的妻子。

"瞧瞧你们的证件,贾维斯·洛里,又签了字了。"

"可以走了,公民?"

"可以走了。上路,车夫!旅途愉快!"

"向你们致敬,公民们。——过了头一道险关!"

这还是贾维斯·洛里说的话,他一边握着两手抬头仰望。车里的人还感到恐怖,还有人哭泣,还有那个失去知觉的旅行者沉重的呼吸声。

"我们是不是走得太慢了?能不能催他们走快点?"露西紧紧依偎着这个老人,问道。

"那就像逃跑了,宝贝。不应当催得太紧;那会引起怀疑。"

"往后瞧瞧吧,往后瞧瞧吧,看是不是有人追我们!"

"路上没有人,最亲爱的。到现在还没有人追我们。"

房舍三三两两地掠过,接着是一座座孤立的农庄,倾圮的楼房,染坊,制皮作坊,等等,空旷的田野,树木光秃秃的林荫道。我们车下是高低不平的坚实的路,两旁是很深的烂泥。有时,为了避开把我们的车子颠得嘎吱响的石头,驶进边上的烂泥;有时,我们的车子陷进烂泥中的车辙和泥坑里。当时,我们焦急万分,由于惊恐慌张已极,我们真想下车逃跑——躲藏——只要不停住干什么都行。

出了空旷的田野,又经过倾圮的楼房,孤立的农庄,染坊,制皮作坊等等,三三两两的茅舍,树木光秃秃的林荫道。这些车夫骗了我们,经另一条路把我们拉回去了吗?这是不是经过两次的地方?谢天谢地,不是。是个村子。往后瞧瞧,往后瞧瞧,看是不是有人追我们!别出声!是驿车。

我们的四匹马不慌不忙地被牵走了;马车,没有马,不慌不忙地停在小街上,看样子不可能再行动了;新换的马不慌不忙,一匹匹地出现;新换的车夫不慌不忙地跟在后面,一边呷着,编着他们的鞭梢;原来的车夫不慌不忙地数着他们的钱,算错了,得出不满意的总数。我们那负担过重的心跳得那么快,简直远远超过世上最快的马的最快的奔跑速度。

新换的车夫终于坐上马鞍,把原来的车夫留下了。我们经过这个村子,上山,下山,来到低洼多水的地带。车夫们突然用生动的手势交谈,一下勒住马,马差点蹲了下去。有人追我们?

"喂!车里的人。你们说说!"

"什么事?"洛里先生望着窗外,问道。

"他们说有多少?"

"我不明白你的话。"

"——在上一站说的。今天上断头台的有多少?"

"五十二个。"

"我说过不是!真够劲!这位公民偏说是四十二个;再加十个头也该。断头台干得真漂亮。我爱它。走。嘀!"

夜色降临,黑沉沉的。他的活动增多,他开始复苏,说话也清楚了;他以为他们俩还在一起;他叫他的名字,问他拿的什么东西。啊,可怜我们吧,仁慈的上天,保佑我们!瞧呀,瞧呀,看是不是有人追我们。

风在我们后面奔驰,云在我们后面飘飞,月亮在我们后面渐渐下沉,整个荒凉的夜在追我们;但是,直到目前还没有别的什么追我们。

第十四章　编织结束

在那五十二个人等死的同一时刻，德法日太太和"复仇女神"，革命陪审团的雅克三号，正举行阴险的秘密会议。德法日太太和这几个侍从开会的地方不在酒店，而在锯木工即养路工的棚屋里。锯木工没有出席，而是像外围的帮闲那样待在一边，要他讲话他才能讲，征求他的意见，他才能发言。

"不过，我们的德法日，"雅克三号说道，"毫无疑问是好共和派吧？嗯？"

"那么好的，"能说会道的"复仇女神"尖声尖气抗议道，"还找不到第二个。"

"安静，小'复仇女神'，"德法日太太皱着眉头伸手堵住她的嘴，"听我说，我的丈夫，公民，是一个好共和派，也很勇敢；他有功于共和国，又得到它的信任。但我的丈夫有他的弱点，他竟软弱到对那个医生发慈悲了。"

"太可惜了，"雅克三号沙声说道，怀疑地摇摇头，把他残酷的指头放到他饥饿的嘴边，"这就不大像个好公民了；这真是遗憾。"

"听着，"德法日太太说道，"我对那个医生毫不在意。他顶着脑袋也好，丢了脑袋也好，我才不关心；对我反正都一样。不过，艾弗勒蒙德家的人要杀绝，那个妻子和那个孩子，必须跟那个丈夫和父亲去。"

"她倒是有个挨宰的好脑袋,"雅克三号沙声说道,"我在那儿见过蓝眼睛,金头发。参孙把那些头提起来那会儿,看起来很迷人。"他虽是个吃人魔鬼,说起话来倒像个美食家。

德法日太太低下眼睛,想了一会儿。

"那个孩子,"雅克三号说道,品味着他的话,"也有金头发和蓝眼睛。我们倒是很少宰小孩。那才好看!"

"总之,"德法日太太出了一会儿神之后,说道,"这件事我信不过我的丈夫。从昨晚上以后,我不仅感到,我不敢把我这些计划的细节透露给他,我还感到,我要是动手晚了,他会去通风报信,他们就可能逃跑。"

"那绝对不行,"雅克三号沙声说道,"一个也不让逃掉。我们宰的本来还不足半数。我们一天应该宰一百二十个才行。"

"总之,"德法日太太继续说道,"我有理由非把这一家杀绝决不罢手,而他没有;他有理由对医生有感情,而我没有。因此,我必须独自行动。过来,小公民。"

出于极度畏惧,才对她那样尊敬,那样恭顺的锯木工,把手伸向他的红帽子,走过来。

"她向那些囚犯,小公民,"德法日太太严厉地说道,"打信号的事,你愿意就在今天作证吗?"

"唉,唉,为什么不呢!"锯木工叫道,"不管刮风下雨,天天从两点到四点,一直在打信号;有时,带着那个小家伙,有时不带。我就知道这些。我亲眼看见的。"

他一边说,一边打各种各样的手势,好像是顺便模仿他从未见过的多种信号中的几种似的。

"显然是搞阴谋,"雅克三号说道,"明摆着!"

"陪审团没问题吧?"德法日太太带着阴沉沉的微笑把眼睛转向他,问道。

"相信爱国的陪审团好了,亲爱的女公民。我保证那些陪审员没问题。"

"唔,让我想想,"德法日太太又考虑了一会儿,说道,"再想想!我能为我的丈夫饶了那个医生吗?饶不饶我都无所谓。我能饶他吗?"

"他也算一个人头,"雅克三号低声说道,"我们的人头的确还不够;我认为,饶了就可惜了。"

"我看见她的时候,他正跟她一起打信号,"德法日太太讲道理,"我总不能只告这个不告那个吧。我不应当不作声,把这个案子完全托给他,这个小公民。因为,我不是个糟糕的证人。"

"复仇女神"和雅克三号争相声称,她是最可敬佩、最了不起的证人。这位小公民,也不甘落后,宣称她是上天的证人。

"他得去碰碰运气,"德法日太太说道,"不,我不能饶了他!三点钟你有事吧;你要去看今天处决的那一批吧。——你?"

这是问锯木工,他连忙作了肯定的回答,又趁机补充道,他是最热心的共和派,他下午去看那个滑稽的国家剃头匠时,总要一边抽烟斗一边默算,要是有事妨碍了他享受这点乐趣,实际上他是最孤独的共和派。这些话说得太露骨,表明很可能有人怀疑(也许就是德法日太太脸上那双轻蔑地瞧着他的黑眼睛怀疑)他有点个人的畏惧,白天每时每刻都在担心自身的安全。

"我,"太太说道,"也有事到那儿去。完事之后——比如说,今晚上八点——你就到圣安东区我这儿来,我们要在区里告发这些人。"

锯木工说,他能侍候这位女公民不胜荣幸。这位女公民瞧着他,他感到很窘,像小狗那样避开她的眼光,回到他的木柴堆里,拿起锯子锯起来,以掩盖他的惊惶。

德法日太太向那位陪审员和"复仇女神"招招手,叫他们到稍稍靠近门口的地方,她在那里把下一步打算对他们作了如下说明:

"现在她准会在家里,等待他死亡的时刻。她准会哀悼、悲伤。她的心情准会谴责共和国审判不公。她准会对共和国的敌人充满同情。我要到她那里去。"

"多令人钦佩的女人;多令人崇敬的女人!"雅克三号狂喜地叫道,"我的宝贝!""复仇女神"叫道,又拥抱她。

"你拿着我的活儿,"德法日太太把编织的活儿交到她的副官手上,"把它放在我平常坐的位子上备用。我平常坐的椅子给我留着。你马上就去,因为今天去的人可能比平常多。"

"谨遵队长的命令,""复仇女神"欣然说道,又吻吻她的脸,"你不会迟到吧?"

"我在开始以前赶到那儿。"

"还要在囚车开到以前。一定要来呀,我的灵魂,""复仇女神"追着喊她,因为她已经上了大街,"要在囚车开到以前!"

德法日太太略微挥挥手,示意她听见了,准能按时赶到,于是她经过烂泥,绕过监狱围墙那个拐角。"复仇女神"和陪审员一边瞧着她离去,一边对她美好的身材,超人的品质,大加赞赏。

那个时代,有很多妇女受时代的影响变得很可怕;然而,她们当中没有一个比现在正在路上的这个残忍的女人更可怕。她性格坚强、无畏、精明、机敏、决心大,她那种美似乎不仅给予她本人以坚定和仇恨,也使别人能凭直觉看出那些品质;那动乱的时代无论如何要把她翻上来。不过,由于自幼受到郁结的受害感和不共戴天的阶级仇恨的影响,时机一到就把她变成了一只母老虎。她绝对没有怜悯心。即使她曾经有这种美德,也荡然无存。

要一个无辜的人为他祖先的罪恶抵命,对她算不了什么;她只看见他的祖先,而不是他。要他的妻子成为寡妇,他的女儿成为孤儿,对她算不了什么;那还不足以解恨,因为他们是她天然的敌人和猎物,既然如此,他们就没有生存的权利。由于她没有,甚至对自己也没有怜悯心,哀求她也没有希望。她参加过多次战斗,如果有一次她在街上被打倒,她也不会怜悯自己;如果有人打发她明天上断头台,她也会怀着想跟打发她的人换个地位的强烈愿望去的,她的心不会变得比这更软。

德法日太太在她那件粗糙的长袍下面就怀着这样一副心肠。这件长袍随便穿在身上,有点怪里怪气,倒很相称;她那头黑发在那顶粗糙的红帽子下面显得很浓密,她的怀里藏着一支上了子弹的手枪,腰间藏着一把锋利的匕首。德法日太太一身这样的装备,迈着这种性格的人那样自信的步子,又像做姑娘时就习惯于光脚光腿在棕色的海滩上走路的女人那样轻松自如地沿着大街走去。

昨天晚上,他们安排好乘旅行马车出走,在那个时刻等着上最后一个人之后,对于带普罗斯小姐同行有困难一层,当时让洛里先生大费斟酌。不带她不仅避免马车装载过重这一点可取,最重要的是,可以把检查车和乘客所占的时间减少到最低限度;因为他们可能靠这儿那儿节省哪怕几秒钟才能逃出去。经过焦急的考虑,他终于提出,普罗斯小姐和杰里,因为可以自由离境,就乘当时大家都知道的最轻便的马车,在三点动身。由于没有行李的累赘,他们不久就会赶上并超过他们的马车,会预先为它雇好马,那么,在那每时每刻都很宝贵的晚上,一路上就非常顺利了,如有耽误就非常可怕。

普罗斯小姐从这样的安排,看出在那紧急万分的关头能真正帮上忙的希望,竟欢呼起来。她和杰里看着那辆马车动身,也知道所罗门送来的是谁,又经过十多分钟提心吊胆的折磨,这时,正要商定去追那辆马车的安排;偏偏德法日太太也在这时沿大街走来,越来越接近那座别处已人去楼空的住宅,而他们还在那里商谈。

"你看怎么样,克伦彻先生,"普罗斯小姐激动万分,几乎说不出话,站不住,动不了,或者活不下去了,"我们不从这个院子动身,你看怎么样?今天已经从这儿开走一辆马车,再开走一辆会引起怀疑。"

"我的意见是,小姐,"克伦彻先生答道,"你是对的。反正不管对不对,我都支持你。"

"我为我们那些最亲爱的人,既担心又怀着希望,弄得我心慌意乱,什么主意也想不出来了。你能不能想个主意,亲爱的好克伦彻先生?"

"就将来怎么过日子来说,小姐,"克伦彻先生答道,"我希望能。就目前使用我这该死的老脑瓜来说,我怕不能。请你帮个忙行不行,小姐,注意听两个保证和誓愿,我希望在这危急关头把它记下来?"

"啊,天哪!"普罗斯小姐叫道,仍在痛哭流涕,"马上记下来,别让它碍事,要像个好样的男子汉。"

"第一,"克伦彻先生说道,浑身发抖,脸色灰白而庄严,"只要那些可怜人逃脱危险,以后我决不再干那种事,决不再干!"

"我完全相信,克伦彻先生,"普罗斯小姐答道,"你绝不会再干了,不管那是什么事,请你别认为必须更详细地说出那是什么事。"

"不,小姐,"杰里答道,"不会向你说的。第二,只要那些可怜人脱险,以后我决不再干涉克伦彻太太跪下祈祷,决不再干涉!"

"不管什么家务事,"普罗斯小姐说道,竭力擦干眼睛,使自己平静下来,"毫无疑问,最好全交给她去管——啊,我可怜的宝贝!"

"而且,我甚至要说,小姐,"克伦彻先生摆出好像是在布道坛上讲话的最令人惊慌的架势,继续说道——"还要把我的话记下来,由你亲自转达克伦彻太太——我对跪下祈祷的看法,经历了一个变化,我仅仅衷心希望克伦彻太太现在跪下来祈祷。"

"好啦,好啦,好啦!我希望她祈祷,老兄,"心慌意乱的普罗斯小姐叫道,"我也希望,她会觉得这符合她的期望。"

"这可不容许,"克伦彻先生继续说道,又添了几分庄严,几分缓慢,几分要滔滔不绝讲下去的架势,"因为我说过什么

433

话,干过什么事,就降罚于我为那些可怜人所作的真诚的祝愿!这可不容许,我们竟然都不跪下来(只要方便)为保佑他们这次脱险祈祷!这可不容许,小姐!我说这可——容许!"这是克伦彻先生想找一句更好的词经过一番拖长的但无效的努力之后所作的结语。

然而,德法日太太沿着大街来了,越来越近。

"要是我们回到家乡,"普罗斯小姐说道,"我一定将你这番说得很感动人的话,就我所能记得的,听得懂的,全告诉克伦彻太太,放心好了;你可以相信,不管怎么样我也要为你在这可怕时刻所表示的绝对真诚的心意作证。现在,请让我们想一想!可敬的克伦彻先生,让我们想一想!"

然而,德法日太太沿着大街来了,越来越近。

"如果你先走,"普罗斯小姐说道,"不让马车开到这儿来,开到别处等我,是不是最稳妥呢?"

克伦彻先生认为可能最稳妥。

"你可能在哪儿等我呢?"普罗斯小姐问道。

克伦彻先生困惑得只能想到圣殿门。唉!圣殿门远在好几百英里以外,而德法日太太倒是很近了。

"在大教堂门口附近,"普罗斯小姐说道,"在两个塔楼之间的大教堂门口附近接我上车,离大路太远了吧?"

"不,小姐。"克伦彻先生答道。

"那么,要像个男子汉大丈夫那样,"普罗斯小姐说道,"马上到驿站,改到那儿。"

"我离开你,"克伦彻先生犹豫地摇摇头说道,"怕不行吧,你明白。我们不知道会出什么事。"

"天晓得,我们的确不知道,"普罗斯小姐答道,"不过,别为我担心。三点,尽可能在三点前后,到大教堂门前接我,我相信这比从我们这儿离开要稳妥些。这一点我拿得准。好啦!上帝保佑你,克伦彻先生!别想着我,想着可能要靠我们俩救命的人吧!"

由于这番话,和普罗斯小姐两手苦苦恳求地抓住他的手,克伦彻先生才下了决心。他令人鼓舞地点了点头,马上就出去改变接人的安排,让她按她的主意独自随后赶来。

想出了这个正在执行的预防措施,使普罗斯小姐深感欣慰。必须整理梳洗一番,才不致在街上引起特别注意,这又是令人欣慰的事。她看看表,两点过二十分。她不能耽误了,得马上做好准备。

普罗斯小姐由于极为慌张,害怕那些空房间的冷清,害怕半出于想象的一张张脸从那些房间的每一道开着的门偷看,连忙打了一盆冷水,开始洗她红肿的眼睛。她老是提心吊胆,那滴下的水每次把她的眼睛弄模糊一会儿,她都受不了,还不断停下来四处张望,弄清楚没有人看她才放心。有一次停下来时,她往后一退,叫了起来,因为她看见一个人影站在屋里。

脸盆掉到地上碎了,水流到德法日太太脚下。那双脚经过异常严酷的道路,踏过大量玷污脚的鲜血,来到这里竟遇上这摊水。

德法日太太冷酷地瞧着她,说道:"艾弗勒蒙德的妻子在哪儿?"

普罗斯小姐忽然想起,房门都开着会让人想到逃跑。她的第一个行动就是关门。房间有四道门,她全关上了。接着,她站在露西住的卧室门前。

德法日太太那双黑眼睛在她迅速关门时一直跟着她,关好门后,就盯着她。普罗斯小姐一点也不美;虽然上了年岁,未曾使她外貌上那股野性有所驯化,也未曾使她那副令人望而生畏的样子变得温和;不过,她也是她那种坚决的女人,她把德法日太太浑身上下打量了一番。

"看你那副样子,你可能是魔鬼的老婆,"普罗斯小姐在歇气时说道,"不过,你占不了我的上风。我是个英国女人。"

德法日太太轻蔑地瞧着她,但也有点像普罗斯小姐那样感到她们都被逼到绝境。她看出站在她面前的是个极难对付的顽强的女人,如同洛里先生多年前看出这同一个人物是个力气很大的女人一样。她很清楚,普罗斯小姐是这一家的忠实朋友;普罗斯小姐也很清楚,德法日太太是这一家的死对头。

"我是到那儿去的,"德法日太太向刑场那边略微挥挥手,"他们给我留了座位,也把我的编织活摆在那儿,我顺道来向她问好。我要见她。"

"我知道你没安好心,"普罗斯小姐说道,"没错,我准跟你对着干,寸步不让。"

她们各说各的语言,谁也听不懂对方的话,但都很警惕,一边注意察言观色,捉摸那些不明白的话的意思。

"在这个时候,她躲着不见我,对她没有好处,"德法日太太说道,"好爱国者知道,这会有什么后果。让我见她。去告诉她,我要见她。你听见没有?"

"就算你那双眼睛是搬床的起重机,"普罗斯小姐答道,"而我是英国的四柱大床,也休想动我一块木片。不,你这邪恶的外国女人;我可是你的对手。"

德法日太太对这些土话虽然不可能句句听得懂,但还是明白一点,能感到她受了轻蔑。

"你这蠢猪!"德法日太太皱起眉头说道,"我不要你回答。我要见她。要么去告诉她,我要见她,要么走开别挡住门,让我到她那里去!"说着挥挥右胳膊,作了气冲冲的解释。

"我倒没有想过,"普罗斯小姐说道,"我还需要听懂你们那种胡说八道的语言,不过,只要让我知道你是否猜出真情,哪怕猜到一点,我都愿意把我所有的东西,除了身上穿的,全部奉送。"

她们两个都紧紧盯着对方的眼睛,一会儿也不放松。德法日太太在普罗斯小姐最初发觉她以后,还站在原来的地方没动过;这时,她往前迈了一步。

"我是英国人,"普罗斯小姐说道,"我豁出去了,我什么也不在乎。我知道,我让你在这儿待得越久,我那瓢虫儿的希望就越大。只要你敢碰我一下,我就把你的黑头发拔掉,一把也不剩!"

普罗斯小姐就是这样说的,而且她每说一句话,就要摆一摆头,目光闪闪,而且每句话都是很快一气说完。普罗斯小姐就是这样说的,而她一辈子从来没有动过拳头。

不过,她的勇气是容易动感情,忍不住要流泪那一类。这种勇气,德法日太太根本不理解,以致误认为是软弱。"哈,哈!"她笑了,"你这可怜的家伙!你算什么!我亲自跟医生讲话。"她提高嗓门喊起来,"医生公民!艾弗勒蒙德的妻子!艾弗勒蒙德的孩子!除了这个可怜的傻瓜,你们哪一个答应一声,我是德法日女公民!"

也许是随后的沉默,也许是普罗斯小姐脸上暗中透露的消息,也许是这两种暗示以外的突然产生的怀疑,悄悄告诉了德法日太太,他们走了。她很快打开了另外三道门,往里瞧。

"那些房间全都乱七八糟,有人匆匆忙忙收拾过行李,地上到处是零碎东西。你背后那间没有人!让我看看。"

"不行!"普罗斯小姐说道,她像德法日太太懂得这声回答一样,完全懂得那一要求。

"要是他们没有在这间屋里,他们就走了,能追上,抓回来。"德法日太太自言自语道。

"只要你不知道他们是不是在这间屋,你就拿不准该怎么办,"普罗斯小姐自言自语道,"要是我能阻止你,不让你知道,你就别想知道;不管你知不知道,只要我能抓住你,你就别想离开这儿。"

"我一直在街上闯荡,什么也挡不住我,我要把你扯碎,不过,我要你离开那道门。"德法日太太说道。

"我们单独在一个背静院子里一座高楼的顶层,别人不可能听见我们的声音,我祈求体力帮忙,拖住她,只要多拖住你一分钟,对我的宝贝来说,就值上十万几尼。"普罗斯小姐说道。

德法日太太向那道门冲过去。普罗斯小姐凭一时的直觉,用双臂抱住她的腰,抱得紧紧的。德法日太太一边挣扎一边打也徒劳。凭着往往比仇恨强烈得多的执着的热爱,普罗斯小姐死死抱住她,甚至在她们搏斗时,把她抱了起来。德法日太太那双手往她脸上又打又抓;但普罗斯小姐低下头,死死抱着她的腰,比将要淹死的女人抱住什么人还抱得紧。

不久,德法日太太不打了,手伸到被抱住的腰间。"那家伙压在我胳膊下,"普罗斯小姐憋着嗓门说道,"你休想把它抽出来。我的力气比你大,我为此感谢上天。我要一直把你抱到我们当中有一个昏倒或死了才放手。"

德法日太太的手伸到怀里。普罗斯小姐抬起头来,看见那是什么家伙,便向它一下打过去,打出一道闪光,砰的一声响,她一个人站着——烟雾迷住了眼睛。

这不过是一秒钟的事。烟雾一消散,留下可怕的寂静,烟雾像躺在地上死去的那个凶狠的女人的灵魂一样,随风飘了出去。

由于她的处境最初引起的那一阵惊恐,普罗斯小姐尽可能远地绕过那个尸体,连忙跑下楼去呼救,虽然谁也听不见。恰好她想到她刚才的行为的后果,才及时站住,又往回走。再从那道门进去,太可怕了;她还是进去了,为了去拿帽子和她必须穿戴的其他东西,她甚至走近那个尸体。她穿戴好以后,出门到了楼梯口,关上门,锁上,把钥匙带走。然后,她坐在楼梯上坐一会儿,喘口气,哭几声,随即站起来,匆匆离开。

幸亏她的帽子上有面纱,要不然她上街就会被人截住,也幸亏她的长相那么独特,不像任何其他女人那样,会露出破了相的样子。她需要这两个有利条件,因为她脸上留下深深的抓痕,她的头发扯乱了,她的衣服(用晃动的手匆匆整理了一下)被乱撕乱扯、东拉西拽,弄得凌乱不堪。

过桥的时候,她把房门钥匙扔进河里。她比护送她的人先到大教堂几分钟,一边等,一边想着,要是那钥匙被网捞起来了怎么办,要是认出那把钥匙怎么办,要是打开门,发现那个尸体怎么办,要是她在关卡被截住,送进监牢,告她谋杀,怎么办!正忧心忡忡、胡思乱想时,她的护送人来了,接她上车,带她走了。

"街上有闹声吗?"她问他。

439

"还是平常的闹声。"克伦彻先生答道;这个问题和她那副样子使他感到意外。

"我听不见,"普罗斯小姐说道,"你说什么?"

克伦彻先生重说一遍也白费;普罗斯小姐听不见他的话,"那我就点点头,"很吃惊的克伦彻先生想道,"她总能看见。"她看见了。

"这会街上有闹声吗?"普罗斯小姐马上又问道。

克伦彻先生又点点头。

"我听不见。"

"不过一个小时就聋啦?"克伦彻先生心里很乱,边说边琢磨,"她出了什么事吧?"

"我觉得,"普罗斯小姐说,"好像刚才火光一闪,砰的一声响,那响声怕是我这辈子听到的最后的声音。"

"她肯定有点不对劲!"克伦彻先生说道,心里越来越乱,"她可能喝了什么东西壮胆?听!那些可怕的大车轰隆隆的响声!你听得见吗,小姐?"

"我什么也听不见,"普罗斯小姐看见他跟她说话,说道,"啊,好人,先是好响一声,接着安静极了,似乎在我有生之年永远这样安静似的。"

"那些可怕的大车现在快到刑场了,要是她竟听不见它轰隆隆的响声,"克伦彻先生扭过头看了一眼,说道,"我看,今世她的确再也听不见别的声音了。"

她的确如此。

第十五章　脚步声永远消失

那些死亡之车沿着巴黎的大街隆隆行驶着,响声沉重而刺耳。六辆死囚车给吉洛廷送去当天享用的红葡萄酒。那是自从想象有了记载以来,把一切想象出的狼吞虎咽、贪得无厌的妖怪融为一体,才化为这样一个现实的东西,吉洛廷。法国虽然有多种多样的土壤和气候,但它的一草、一叶、一根茎、一树枝、一粒胡椒赖以生长成熟的条件,没有比产生这种令人恐怖的东西的条件更可靠。如用相似的大锤,再次把人性砸变形,它就会自己扭曲成同样歪扭的形象。如再次种下肆意掠夺和压迫的种子,物从其类,也必然结出同样的恶果。

六辆囚车沿着大街隆隆行驶着。时间,你这法力高强的巫师,如果你把这些囚车变回它们原来的样子,就会看见它们又成为专制君王们的马车,封建贵族的车马随从,珠光宝气的耶洗别①们的梳妆打扮,那本是祀奉上帝的地方竟成了贼窝子的教堂②,千百万挨饿的农民的茅屋!不;这位庄严地执行了造物主的意旨的伟大魔法师,绝不会把它们变回去。"如

---

① 耶洗别,以色列王亚哈之妻,残忍淫荡的女人,见《旧约·列王纪下》第9章第31节。
② 见《新约·马太福音》第21章第13节:"我的殿必称为祷告的殿。你们倒使他成为贼窝子。"

果你变成这副模样,是上帝的意旨,"那些充满智慧的阿拉伯故事里的先知们,对中了魔法的人说道,"那么,只好如此!可是,如果你这副样子,只是一时中了魔法,那么,恢复你的原形吧!"囚车隆隆行驶着,毫无变化,也毫无希望。

那六辆大车的暗黑色的轮子四处滚动时,它们好像在街上的人群中犁出一道长长的弯弯曲曲的沟。人们的脸像犁垄似的,被抛到这边,抛到那边,而那些犁稳定地前进着。街上一般住户人家对这一景象已习以为常,很多窗口上没有人,有的窗口上,虽然有人用眼睛打量囚车里的脸,手上的活甚至停也不停一下。这儿那儿的住户,有客人来看热闹,他就带上一点博物馆馆长或委任的解说员那样自得的神情,指指这一辆车,又指指那一辆车,仿佛在说,昨天这儿坐的什么人,前天那儿坐的什么人似的。

囚车里的人,有的冷漠地凝视着他们最后经过的路边的这些情况,以及一切情况;有的还留恋着世人世事。有的低着头,沉默、绝望;还有些人竟那么注意自己的仪容,他们像在剧院和画上看到的那样向群众看一看。有几个闭上眼睛沉思,或试着集中分散的思想。只有一个,一个样子发狂的可怜虫,由于恐怖,崩溃了,醉醺醺的,他竟唱着歌,还试着跳舞。这批死囚倒没有一个用脸色或手势祈求人们同情。

一支由各式各样的骑兵凑成的卫队,和这些囚车并排前进,常常有人仰起脸问他们。似乎总是问一样的事,因为问过之后,总有一群人向第三辆车涌去。和那辆车并行的骑兵,不断用他们的剑指一指车上一个人。大家很想知道哪一个是他;他站在囚车后面,低着头跟一个姑娘谈话,她坐在囚车边上,握着他的手。他对周围那场面一点不感到好奇,也毫不在意,始终跟那个姑娘谈话。在那条长长的圣奥诺雷大街上,到处发出打倒他的喊声,即使那些喊声对他有所影响,也不过引起微微一笑,一边把披在脸周围的头发摇松散一点。他的胳膊绑着,不容易碰到脸。

那个暗探兼监狱的羊,站在教堂的台阶上等着囚车到来。他查看第一辆囚车:不在。他查看第二辆:不在。他已经在问自己:"莫非他出卖了我?"他查看第三辆时,脸才开朗。

"哪一个是艾弗勒蒙德?"他身后一个人问道。

"那一个。在车后边。"

"他的手让姑娘握着那个?"

"是的。"

那人叫道:"打倒艾弗勒蒙德!让贵族全上断头台!打倒艾弗勒蒙德!"

"别叫,别叫!"暗探胆怯地恳求他。

"为什么不,公民?"

"他就要偿命了;再过五分钟就要偿命了。让他安静一下吧。"

但是,那个人仍继续叫喊:"打倒艾弗勒蒙德!"艾弗勒蒙德的脸向他转过去看了看。艾弗勒蒙德随即看见暗探,注意看看他,就过去了。

钟声正敲三下时,在人群中犁出的沟拐了一个弯,到达刑场,就到头了。那抛向这边那边的犁垄,等最后一张犁一过去,就塌下来封住它后面,因为都要跟着到断头台那儿去。断头台前面,一大帮女人坐在椅子上忙着编织,好像在公园里似的。"复仇女神"站在最前面一排椅子当中一把椅子上,向四处张望,找她的朋友。

443

"特雷丝!"她尖声叫道,"谁看见她啦?特雷丝·德法日!"

"以前她从不缺席。"她们姊妹中一个编织的女人说道。

"不,现在她也不会,""复仇女神"暴躁地叫道,"特雷丝!"

"大声点。"那个女人劝告道。

唉!大声点,"复仇女神",再大声她也听不见你叫她了。"复仇女神"还是更大声叫了,还带上一声咒骂,仍然叫不来。既然她待在哪儿不肯走,就派几个女人到处去找她;这几个当差的虽然干过可怕的事,她们是否乐意到远处去找她,还很可疑。

"真倒霉!""复仇女神"在椅子上跺着脚叫道,"囚车已经到了!马上就要打发艾弗勒蒙德,她倒不在这儿!她编织的活儿还在我手上,她的空椅子还给她留着。真叫人生气,扫兴,我急得叫了!"

"复仇女神"从高处下来叫的时候,囚车开始下人。圣吉洛廷的侍从已穿上长袍,做好准备。砰!——一个头被提起来,刚才它还能思想和说话的时候,并不抬眼看它一下的编织女人数着,一。

第二辆囚车下完人,拉走;第三辆到了。砰!——手从不发抖,也没有歇一歇的编织的女人数着,二。

那位被当作艾弗勒蒙德的人下了车,接着把那个女缝工抱下来。他下车时并没有放开她那忍耐的手,而是遵守诺言仍然握着。他轻轻把她的背转向那不断哗哗地起落的砰砰响的机器,她看着他的脸,感谢他。

"要不是你,亲爱的陌生人,我不会这样镇静,因为我天生是个小可怜,胆子小;我也想不到被处死的耶稣,想到他,我们今天在这儿才有了希望,得到安慰。我认为你是上天给我派来的。"

"你也是上天给我派来的,"西德尼·卡顿说道,"你就看着我好了,亲爱的孩子,什么也别放在心上。"

"只要我握住你的手,我什么也不放在心上。要是他们动作快,我放开你的手,我什么也不放在心上。"

"他们动作很快。别怕!"

他们俩站在人数很快减少的一群受害者当中,但他们旁若无人似的谈着。这两个本来各在一方,又大不相同的宇宙母亲的孩子,眼看着眼,你一言我一语,手拉着手,推心置腹,他们在黑暗的道路上相遇,要一起回家,安息在她的怀里。

"勇敢仗义的朋友,我可以问你最后一个问题吗?我真不懂事,这事又让我感到不安——就一点。"

"说吧,什么事。"

"我有个表妹,就这一个亲戚,跟我一样是个孤女,我很爱她。她比我小五岁,住在南方一个农民家里。因为穷,我们才分手,她对我的不幸遭遇一点也不知道——因为我不会写——要是我会写,我怎么告诉她呢!还是不知道好些。"

"是的,是的;还是不知道好些。"

"我们来的时候,我一直在想,现在,我瞧着你那仁慈坚强的脸给我很大鼓舞的时候,我还在想这样的事:——要是共和国真的为穷人做好事,他们就会少挨饿,在各方面都会少受些苦,她就能活很长时间:甚至活到老。"

"又怎么样,好妹妹?"

"你认为,"那双很有耐性的、没有抱怨的眼睛充满眼泪,那嘴唇张开一点,哆嗦着,"当我在那更美好的地方等她的时候,既然我相信你我都会在那里得到仁慈的庇护,我会不会觉得那段时间很长呢?"

"不可能,孩子;那儿没有时间,也没有烦恼。"

"你给了我很大的安慰!我真不懂事。现在我可以吻你吗?时间到了吧?"

"是的。"

她吻他的嘴,他也吻她的嘴;他们庄严地互相祝福。他放开那只瘦削的手时,它没有发抖;那张忍耐的脸上也不过露出甜美的、鲜明的、始终忍耐的神色。接着,轮到她,比他先走一步——走了;编织的女人数着,二十二。

"耶稣对他说,复活在我,生命也在我。信我的人,虽然死了,也必复活。凡活着信我的人,必永远不死。"

一时人声嘈杂,许多人仰起脸来,外围的人群中响起往前挤的脚步声,于是大群人往前涌去,像掀起的巨浪,一切随之一闪而过。二十三。

* * *

那天晚上,城里到处都有人谈论他,说那是在那儿看到的最安详的人的脸。很多人还说,他的样子很庄严,像个预言家。

不久以前,被这同一把斧头处死的最著名的受害者之一——一个女人[①]——走到同一个断头台跟前时,曾要求准

[①] 指罗兰夫人,吉伦特派领导成员的妻子,也是该派的主要活动家,她于一七九三年十一月八日被处死。她上断头台时,讲了一句留传后世的名言:"自由啊,多少罪恶假汝之名以行。"

许她写下那些鼓舞她的思想。如果他把他的思想说出来,就是预言,可能是如下的预言:

"我看到,在废止这种报应的惩罚工具像目前这样使用以前,巴萨,克莱,德法日,'复仇女神',那个陪审员,那个审判长,以及许多借消灭旧压迫者上台的大大小小新压迫者,都将死于它的斧下。我看到,将要从这个地狱出现一个美丽的城市,一个了不起的民族,在他们将来经历多年的争取真正自由的斗争中,在他们的胜利和失败中,我看到这个时代的邪恶,和造成这一恶果的前一个时代的邪恶,逐渐为自己赎了罪而消亡。

"我看到我为之牺牲的那些人,在我再也见不到的英国,过着安宁、有益于人、繁荣而幸福的生活。我看到她怀里抱着一个用我的名字命名的孩子。我看到她父亲,虽然年老驼背,但已康复,在他的诊所里勤勤恳恳为一切人治病,寿终正寝。我看到那个善良的老人,他们的老友,十年后,将他的全部财产赠给他们,便平静地归天,得到善报。

"我看到,我在他们的心中,在他们的子孙,世世代代子孙的心中,被奉为神明。我看到她,已成为老妇,每年这个忌日,都为我哭泣。我看到她和她丈夫,在走完自己的路以后,并排躺在他们最后安息的墓地里,我知道,他们俩的灵魂,彼此很敬重,对我也很敬重。

"我看到,她抱在怀里,用我的名字命名的那个孩子,已长大成人,在曾经是我的人生道路上,凭自己的努力获得成就。我看到他获得那么大的成就,我的名字也沾他的名字的光而大放光彩。我看到我给自己的名字抹上的污点消失了。我看到他,最公正的法官和最受尊敬的人,带着一个用我的名字命名的男孩,有我熟悉的前额和金发,来到这里——那时看起来很美,一点也看不到今天这样残破的景象了——我听到他用温柔的颤抖的声音跟他讲我的故事。

"我做了一件比我所做过的好得多、好得多的事;我就要去比我所知道的好得多、好得多的安息处。"

"外国文学名著丛书"书目

第 一 辑

书 名	作 者	译 者
伊索寓言	〔古希腊〕伊索	周作人
源氏物语	〔日〕紫式部	丰子恺
堂吉诃德	〔西班牙〕塞万提斯	杨 绛
泰戈尔诗选	〔印度〕泰戈尔	冰 心 石 真
坎特伯雷故事	〔英〕杰弗雷·乔叟	方 重
失乐园	〔英〕约翰·弥尔顿	朱维之
格列佛游记	〔英〕斯威夫特	张 健
傲慢与偏见	〔英〕简·奥斯丁	王科一
雪莱抒情诗选	〔英〕雪莱	查良铮
瓦尔登湖	〔美〕亨利·戴维·梭罗	徐 迟
欧·亨利短篇小说选	〔美〕欧·亨利	王永年
特利斯当与伊瑟	〔法〕贝迪耶	罗新璋
巨人传	〔法〕拉伯雷	鲍文蔚
忏悔录	〔法〕卢梭	范希衡 等
欧也妮·葛朗台 高老头	〔法〕巴尔扎克	傅 雷
雨果诗选	〔法〕雨果	程曾厚
巴黎圣母院	〔法〕雨果	陈敬容
包法利夫人	〔法〕福楼拜	李健吾
叶甫盖尼·奥涅金	〔俄〕普希金	智 量
死魂灵	〔俄〕果戈理	满 涛 许庆道

书 名	作 者	译 者
当代英雄	〔俄〕莱蒙托夫	草 婴
猎人笔记	〔俄〕屠格涅夫	丰子恺
白痴	〔俄〕陀思妥耶夫斯基	南 江
列夫·托尔斯泰中短篇小说选	〔俄〕列夫·托尔斯泰	草 婴
怎么办？	〔俄〕车尔尼雪夫斯基	蒋 路
高尔基短篇小说选	〔苏联〕高尔基	巴 金 等
浮士德	〔德〕歌德	绿 原
易卜生戏剧四种	〔挪〕易卜生	潘家洵
鲵鱼之乱	〔捷〕卡·恰佩克	贝 京
金人	〔匈〕约卡伊·莫尔	柯 青

第 二 辑

荷马史诗·伊利亚特	〔古希腊〕荷马	罗念生 王焕生
荷马史诗·奥德赛	〔古希腊〕荷马	王焕生
十日谈	〔意大利〕薄伽丘	王永年
莎士比亚悲剧五种	〔英〕威廉·莎士比亚	朱生豪
多情客游记	〔英〕劳伦斯·斯特恩	石永礼
唐璜	〔英〕拜伦	查良铮
大卫·科波菲尔	〔英〕查尔斯·狄更斯	庄绎传
简·爱	〔英〕夏洛蒂·勃朗特	吴钧燮
呼啸山庄	〔英〕爱米丽·勃朗特	张 玲 张 扬
德伯家的苔丝	〔英〕托马斯·哈代	张谷若
海浪 达洛维太太	〔英〕弗吉尼亚·吴尔夫	吴钧燮 谷启楠
哈克贝利·费恩历险记	〔美〕马克·吐温	张友松
一位女士的画像	〔美〕亨利·詹姆斯	项星耀
喧哗与骚动	〔美〕威廉·福克纳	李文俊
永别了武器	〔美〕欧内斯特·海明威	于晓红

书　名	作　者	译　者
波斯人信札	〔法〕孟德斯鸠	罗大冈
伏尔泰小说选	〔法〕伏尔泰	傅　雷
红与黑	〔法〕司汤达	张冠尧
幻灭	〔法〕巴尔扎克	傅　雷
莫泊桑中短篇小说选	〔法〕莫泊桑	张英伦
文字生涯	〔法〕让-保尔·萨特	沈志明
局外人　鼠疫	〔法〕加缪	徐和瑾
契诃夫小说选	〔俄〕契诃夫	汝　龙
布宁中短篇小说选	〔俄〕布宁	陈　馥
一个人的遭遇	〔苏联〕肖洛霍夫	草　婴
少年维特的烦恼	〔德〕歌德	杨武能
德国，一个冬天的童话	〔德〕海涅	冯　至
绿衣亨利	〔瑞士〕戈特弗里德·凯勒	田德望
斯特林堡小说戏剧选	〔瑞典〕斯特林堡	李之义
城堡	〔奥地利〕卡夫卡	高年生

第　三　辑

埃斯库罗斯悲剧二种	〔古希腊〕埃斯库罗斯	罗念生
索福克勒斯悲剧二种	〔古希腊〕索福克勒斯	罗念生
欧里庇得斯悲剧二种	〔古希腊〕欧里庇得斯	罗念生
神曲	〔意大利〕但丁	田德望
西班牙流浪汉小说选	〔西班牙〕克维多　等	杨　绛　等
阿拉伯古代诗选	〔阿拉伯〕乌姆鲁勒·盖斯　等	仲跻昆
列王纪选	〔波斯〕菲尔多西	张鸿年
蕾莉与马杰农	〔波斯〕内扎米	卢　永
莎士比亚喜剧五种	〔英〕威廉·莎士比亚	方　平
鲁滨孙飘流记	〔英〕笛福	徐霞村

书 名	作 者	译 者
彭斯诗选	〔英〕彭斯	王佐良
艾凡赫	〔英〕沃尔特·司各特	项星耀
名利场	〔英〕萨克雷	杨 必
人性的枷锁	〔英〕威廉·萨默塞特·毛姆	叶 尊
儿子与情人	〔英〕D.H.劳伦斯	陈良廷 刘文澜
杰克·伦敦小说选	〔美〕杰克·伦敦	万 紫 等
了不起的盖茨比	〔美〕菲茨杰拉德	姚乃强
木工小史	〔法〕乔治·桑	齐 香
恶之花 巴黎的忧郁	〔法〕波德莱尔	钱春绮
萌芽	〔法〕左拉	黎 柯
前夜 父与子	〔俄〕屠格涅夫	丽 尼 巴 金
卡拉马佐夫兄弟	〔俄〕陀思妥耶夫斯基	耿济之
安娜·卡列宁娜	〔俄〕列夫·托尔斯泰	周 扬 谢素台
茨维塔耶娃诗选	〔俄〕茨维塔耶娃	刘文飞
德国诗选	〔德〕歌德 等	钱春绮
安徒生童话选	〔丹麦〕安徒生	叶君健
外祖母	〔捷〕鲍·聂姆佐娃	吴 琦
好兵帅克历险记	〔捷〕雅·哈谢克	星 灿
我是猫	〔日〕夏目漱石	阎小妹
罗生门	〔日〕芥川龙之介	文洁若

第 四 辑

一千零一夜		纳 训
培根随笔集	〔英〕培根	曹明伦
拜伦诗选	〔英〕拜伦	查良铮
黑暗的心 吉姆爷	〔英〕约瑟夫·康拉德	黄雨石 熊 蕾
福尔赛世家	〔英〕高尔斯华绥	周煦良

书 名	作 者	译 者
月亮与六便士	〔英〕威廉·萨默塞特·毛姆	谷启楠
萧伯纳戏剧三种	〔爱尔兰〕萧伯纳	潘家洵 等
红字 七个尖角顶的宅第	〔美〕纳撒尼尔·霍桑	胡允桓
汤姆叔叔的小屋	〔美〕斯陀夫人	王家湘
白鲸	〔美〕赫尔曼·梅尔维尔	成 时
马克·吐温中短篇小说选	〔美〕马克·吐温	叶冬心
老人与海	〔美〕欧内斯特·海明威	陈良廷 等
愤怒的葡萄	〔美〕约翰·斯坦贝克	胡仲持
蒙田随笔集	〔法〕蒙田	梁宗岱 黄建华
悲惨世界	〔法〕雨果	李 丹 方 于
九三年	〔法〕雨果	郑永慧
梅里美中短篇小说选	〔法〕梅里美	张冠尧
情感教育	〔法〕福楼拜	王文融
茶花女	〔法〕小仲马	王振孙
都德小说选	〔法〕都德	刘 方 陆秉慧
一生	〔法〕莫泊桑	盛澄华
普希金诗选	〔俄〕普希金	高 莽 等
莱蒙托夫诗选	〔俄〕莱蒙托夫	余 振 顾蕴璞
罗亭 贵族之家	〔俄〕屠格涅夫	陆 蠡 丽 尼
日瓦戈医生	〔苏联〕帕斯捷尔纳克	张秉衡
大师和玛格丽特	〔苏联〕布尔加科夫	钱 诚
茨威格中短篇小说选	〔奥地利〕斯·茨威格	张玉书 等
玩偶	〔波兰〕普鲁斯	张振辉
万叶集精选	〔日〕大伴家持	钱稻孙
人间失格	〔日〕太宰治	魏大海

第 五 辑

书　名	作　者	译　者
泪与笑　先知	〔黎巴嫩〕纪伯伦	冰　心　等
华兹华斯 柯尔律治 诗选	〔英〕华兹华斯　柯尔律治	杨德豫
济慈诗选	〔英〕约翰·济慈	屠　岸
汤姆·索亚历险记	〔美〕马克·吐温	张友松
大街	〔美〕辛克莱·路易斯	潘庆舲
田园三部曲	〔法〕乔治·桑	罗　旭　等
金钱	〔法〕左拉	金满成
果戈理小说戏剧选	〔俄〕果戈理	满　涛
奥勃洛莫夫	〔俄〕冈察洛夫	陈　馥
谁在俄罗斯能过好日子	〔俄〕涅克拉索夫	飞　白
亚·奥斯特洛夫 斯基戏剧六种	〔俄〕亚·奥斯特洛夫斯基	姜椿芳　等
复活	〔俄〕列夫·托尔斯泰	草　婴
静静的顿河	〔苏联〕肖洛霍夫	金　人
谢甫琴科诗选	〔乌克兰〕谢甫琴科	戈宝权　任溶溶
维廉·麦斯特的学习时代	〔德〕歌德	冯　至　姚可崑
叔本华随笔集	〔德〕叔本华	绿　原
艾菲·布里斯特	〔德〕台奥多尔·冯塔纳	韩世钟
豪普特曼戏剧三种	〔德〕豪普特曼	章鹏高　等
铁皮鼓	〔德〕君特·格拉斯	胡其鼎
加西亚·洛尔卡诗选	〔西班牙〕加西亚·洛尔卡	赵振江
你往何处去	〔波兰〕亨利克·显克维奇	张振辉
显克维奇中短篇小说选	〔波兰〕亨利克·显克维奇	林洪亮
裴多菲诗选	〔匈〕裴多菲	孙　用

书 名	作 者	译 者
轭下	〔保〕伐佐夫	施蛰存
卡勒瓦拉（上下）	〔芬兰〕埃利亚斯·隆洛德	孙 用
破戒	〔日〕岛崎藤村	陈德文
戈拉	〔印度〕泰戈尔	刘寿康
三个火枪手（上下）	〔法〕大仲马	李玉民
约翰-克利斯朵夫（上下）	〔法〕罗曼·罗兰	傅 雷
都兰趣话	〔法〕巴尔扎克	施康强

第 六 辑

金驴记	〔古罗马〕阿普列尤斯	王焕生
萨迦	〔冰岛〕佚名	石琴娥 斯文
约婚夫妇	〔意大利〕曼佐尼	王永年
双城记	〔英〕查尔斯·狄更斯	石永礼 赵文娟
飘	〔美〕米切尔	戴 侃 等
狄金森诗选	〔美〕艾米莉·狄金森	江 枫
在路上	〔美〕杰克·凯鲁亚克	黄雨石 等
尤利西斯	〔爱尔兰〕詹姆斯·乔伊斯	金 隄
漂亮朋友	〔法〕莫泊桑	张冠尧
战争与和平	〔俄〕列夫·托尔斯泰	刘辽逸
陀思妥耶夫斯基中短篇小说选	〔俄〕陀思妥耶夫斯基	文 颖 等
阿赫玛托娃诗选	〔俄〕阿赫玛托娃	高 莽
布登勃洛克一家	〔德〕托马斯·曼	傅惟慈
西线无战事	〔德〕雷马克	邱袁炜
雪国	〔日〕川端康成	陈德文
晚年样式集	〔日〕大江健三郎	许金龙

7